LOBOS DE LA STASI

LOBOS DE LA STASI

DAVID YOUNG

Editado por HarperCollins Ibérica, S.A.
Núñez de Balboa, 56
28001 Madrid

Lobos de la Stasi
Título original: Stasi Wolf
© 2017, David Young
© 2018, para esta edición HarperCollins Ibérica, S.A.
Traductor: Carlos Jimenez Arribas

Diseño de cubierta: www.blacksheep-uk.com

ISBN: 978-84-9139-208-8
Depósito legal: M-35069-2017

Para Stephanie, Scarlett y Fergus

INTRODUCCIÓN

Bienvenidos a la segunda entrega de mi serie de novelas de suspense protagonizadas por la *Oberleutnant* Karin Müller, y ambientadas en la Alemania comunista a mediados de los años setenta. Los hechos suceden meses después del final de la primera novela, *Hijos de la Stasi*; pero, al igual que el primer libro, es una historia autónoma en sí misma, y he intentado escribirla de tal manera que quienquiera que empiece la lectura en este punto pueda disfrutarla y no tenga la sensación de que se ha perdido algo por no haber leído la primera entrega de la serie.

A los lectores de *Hijos de la Stasi* los ayudó la introducción que incluí al inicio del libro, así que les pido perdón porque en este hallarán repetida parte de la información.

Alemania del Este, en alemán *Deutsche Demokratische Republik* (DDR), fue un estado comunista creado en los años posteriores a la Segunda Guerra Mundial, muy dominado por la Unión Soviética. El nivel de vida era uno de los más altos al otro lado del telón de acero; y, si bien en muchos aspectos era un Gobierno-títere en manos de Moscú, la vida allí era diferente, aunque la política fuera la misma.

La protagonista principal de la serie, Karin Müller, es una *Oberleutnant* (o teniente) de la Policía del Estado, la *Volkspolizei* (literalmente, la Policía del Pueblo). No obstante, como detective que es de una brigada de homicidios, trabaja en la rama de la Policía Criminal, la *Kriminalpolizei* o *Kripo* (muchas veces, conocida tan solo como la «*K*», aunque aquí no he usado esa nomenclatura).

Sin embargo, sobre todos ellos se cierne la efigie de la policía secreta de la Alemania Oriental, el Ministerio para la Seguridad del Estado, más comúnmente conocido como la Stasi (por contracción de la palabra en alemán).

He mantenido los rangos del escalafón en alemán a lo largo de todo el texto por mor de la autenticidad: en muchos de ellos la equivalencia se puede deducir fácilmente, pero para ver una explicación o una traducción más amplia de los mismos, así como de otros términos usados en la Alemania del Este, remito al glosario del final de la novela.

Ruego al lector que comprenda la necesidad de ajustar a la trama algunas de las fechas en las que ocurrieron los hechos reales que constituyen el marco de esta historia de ficción. Para obtener más detalles, véase la nota del autor al final de la novela.

Muchas gracias a todos los lectores de *Hijos de la Stasi*, sobre todo a los que escribieron reseñas en prensa o en sus blogs. Me vi gratamente sorprendido (y un poco desbordado) ante todas las muestras de agradecimiento por haber escrito ese libro. No hacía falta, pero aun así, fue fantástico recibir todas vuestras cartas y correos electrónicos.

En mi página web, www.stasichild.com, hallaréis los datos de contacto y más información; también me podéis seguir en Twitter @djy_writer.

¡Gracias por leerme!

D. Y. (febrero de 2017)

PRÓLOGO

Julio de 1945.
Halle-Bruckdorf, Alemania ocupada.

Sientes un dolor punzante en la pierna cuando la arrastras por el saliente para ponerte cómoda. Frau Sultemeier ha acabado pegada a ti en el transcurso de esta noche sin fin. Así apelotonadas, unas encima de otras en lo más hondo de la mina abandonada, hace algo menos de frío; y el hecho de ser muchas da cierta seguridad, por poca que sea. Por eso te sientes un poco como si las estuvieras traicionando al desplazarte de lado para ganar espacio; al avanzar a tientas en las sombras, allí donde los rayos del sol no penetran nunca, ni siquiera de día. No te atreves a poner el pie en el suelo porque sabes que la bota se te volvería a llenar de agua fría, negra de carbón, y el dolor sería insoportable. Oyes el chapoteo de esa agua que se cuela por todas partes, que empapa cada poro y cada herida. No la ves, pero sabes que está ahí.

Sultemeier suelta un gruñido pero sigue durmiendo; y casi querrías que despertara, porque así tendrías alguien con quien hablar: alguien que aplacara el miedo que sientes. Si al menos Dagna estuviera contigo: tu hermana pequeña nunca tenía miedo. La sirena de los bomberos, las explosiones de las bombas, el cielo en llamas, las nubes de polvo y los escombros; ante todo eso, Dagna

11

siempre decía: «Seguimos aquí y seguimos vivas. Da gracias y espera que lleguen tiempos mejores». Pero Dagna ya no está. Se ha ido con las otras. Tanto ella como todas nosotras oímos las historias que contaban en la Liga de Muchachas Alemanas. Aquello de que los soldados del Ejército Rojo eran peores que animales salvajes, que te violaban varias veces seguidas, que te despedazaban. Las otras no quisieron quedarse a comprobar si era cierto o no, y se han ido para ver si podían llegar a la zona estadounidense.

Sultemeier gruñe otra vez. Te echa el brazo por encima, como si fueras su amante. Frau Sultemeier, la mísera y vieja tendera que no dejaba entrar a más de dos niños a la vez en la tienda, antes de la guerra; que siempre te pillaba en cuanto te llevabas un caramelo al bolsillo, aunque tú pensaras que tenía la vista puesta en otra parte. Como casi todas las que están aquí, ella también era demasiado vieja para echar a correr. Y tú, que tienes el pie lastimado desde el último bombardeo británico, tú tampoco puedes correr. Por eso tuviste que meterte aquí debajo con ellas: en la vieja mina de lignito. Casi todo este carbón de color pardo lo arrancan directamente de la tierra; es el combustible de una guerra que parecía que no iba a terminar nunca. Que iba a ser tan gloriosa. Y que al final acabó siendo sucia como pocas, odiosa, agotadora. Aunque vosotros, los *Kinder des Krieges*, sabíais de la existencia del pozo de la mina abandonada —la cueva, como lo llamabais—, de cuando jugabais aquí antes de la guerra; tú y tu hermana Dagna, que acababais tan sucias que Mutti no daba crédito a sus ojos. «Tiznadas, como dos negritas», decía, y se echaba a reír; luego hacía como que os pegaba, y os daba unos azotes en el culo, y echabais a correr, derechas a la bañera. Por supuesto, Mutti ya no está. Murió… ¿cuánto hará de eso? ¿Un año, dos? Y tú todavía no has visto a ningún negro. Bueno, aparte de los que salen en los libros. Y te preguntas si verás algún día a uno de verdad. Te preguntas si saldrás algún día de aquí con vida.

Lo primero que ves es el foco de las linternas, luego los oyes gritar en un idioma extranjero, oyes el chapoteo de las botas en la mina inundada. Frau Sultemeier se despierta en el acto y te agarra por los hombros con sus manos sarmentosas. Para protegerte, o eso crees. Eso esperas. Notas cómo tiembla, y te contagia ese miedo a través de sus dedos.

Entonces te deslumbra el foco de la linterna, una luz juguetona que va pasando por toda la fila de abuelas, solteronas y viudas. Mujeres que acumulan ya muchos años. Muchas derrotas. Todas menos tú, que solo tienes trece primaveras, y estás en el catorceavo verano de tu vida.

—*Frauen! Herkommen!* —La lengua eslava destroza la pronunciación de las palabras alemanas, pero el mensaje queda claro.

De repente, Sultemeier, la vieja bruja, te empuja para que salgas de la fila. Comprendes que al agarrarte por los hombros no quería en absoluto protegerte: solo que no echaras a correr.

—¡Aquí! ¡Aquí! —grita. El foco de la linterna retrocede y cae sobre ti—. Llevaos a esta chica, que es joven, y guapa: ¡fijaos! —Te levanta la barbilla a la fuerza y tira del brazo con el que querías protegerte los ojos.

—No —dices—. No. No pienso ir, no quiero ir. —Pero el soldado soviético te atrae para sí; y, a la luz cruda de la linterna, le ves la cara por primera vez. Los alocados rasgos eslavos. Tal y como ya advirtiera el Führer: hay hambre en ese rostro; necesidad. Hambre y necesidad de ti.

Te grita a ti ahora, esta vez en ruso.

—*Prikhodite!*

—No entiendo —dices—. Solo tengo trece años.

—*Komm mit mir!* —Mas no hace falta ordenártelo, solo tiene que arrastrar por la mina anegada tu cuerpo de adolescente malnutrida que, para él, pesa menos que una pluma. Con cada una de sus zancadas, te va clavando en el pie herido una punzada de dolor; y oyes la risa de sus camaradas: «Bonita chica», se mofan. «Bonita chica».

Afuera acaba de amanecer; sin embargo, hay una luz cegadora. Soldados y más soldados por todas partes. Y risas. Silbidos. Besos

13

que te tiran por el aire. Haces lo posible por ir a su paso, pero das zancadas que más parecen tropiezos, y te tiene cogido el brazo con todas sus fuerzas. Notas, por la humedad, que te lo has hecho todo encima.

Te lleva al cobertizo: el cobertizo de chapa ondulada, oxidada ya, que hay a la entrada de la mina; allí donde solías jugar con Dagna antes de la guerra, antes de este infierno. Tú hacías que eras la madre de la casa; ella, la traviesa de tu hija, que siempre se valía de alguna treta para que la regañaras. El soldado abre la puerta, te mete dentro de un empujón y te tira al suelo; luego cierra la puerta de un puntapié.

«Bonita chica», dice, te mira un instante y repite con un eco animal las palabras con las que sus camaradas le acaban de dar el visto bueno: «Bonita chica».

Te arrastras de culo por el suelo, entre la porquería y los escombros, hacia un rincón del cobertizo. Lo ves desabrocharse el cinturón, abalanzarse sobre ti con el traje de campaña caído a la altura de los tobillos. Y ya lo tienes encima: te rasga la ropa, te sujeta los brazos contra el suelo para que no le arañes los ojos, adelanta la jeta maloliente porque quiere que le des un beso.

Entonces te rindes. Dejas el cuerpo muerto y lo dejas a él que haga lo que quiera. Todo lo que quiera.

No ha hecho más que acabar, y ya está listo para empezar otra vez. Y entonces se abre la puerta, y entra otro soldado, con la misma mirada hambrienta en los ojos. La lucidez se abre paso entre el dolor y la vergüenza y el olor a hombre sin lavar, y comprendes que las de la Liga de Muchachas Alemanas tenían razón.

Que el Führer tenía razón.

Que es verdad que los soldados del Ejército Rojo son peores que animales salvajes.

1

Julio de 1975.
Berlín Oriental.

La *Oberleutnant* Karin Müller se quedó mirando al joven con la cara llena de granos que tenía sentado enfrente, en la sala de interrogatorios de Keibelstrasse. Él le devolvió la mirada; y ella vio, detrás del pelo negro, largo y grasiento que le tapaba los ojos, una insolencia que, mucho se temía, no le iba a venir nada bien en las celdas de prisión preventiva de la Policía del Pueblo.

Müller estuvo un instante callada, sorbió el aire por la nariz y luego miró sus notas.

—Te llamas Stefan Lauterberg, tienes diecinueve años, vives en la capital del Estado, en Fischerinsel, bloque 431, apartamento 3019. ¿Estos datos son correctos?

—Sabe usted que sí.

—Y eres el guitarra de un grupo de música popular que se llama… —Müller volvió a consultar sus notas—. Los Hell Twister. ¿Correcto? —repitió Müller.

—Somos un grupo de *rock*, no de pop.

—Ya —Müller hizo como que tomaba nota mentalmente, aunque le importaba bien poco aquella distinción en la que tanto insistía el joven. Eso sí, no le costaba mucho ponerse en su lugar: porque seguro que el chico sentía que no tendría que estar allí, sometido a un interrogatorio por la Policía del Pueblo; y ella pensaba lo mismo, que no se había alistado en el cuerpo para hacer aquel tipo de trabajos. Era inspectora de policía, la primera mujer al frente de una brigada de homicidios de la *Kripo* en toda la República Democrática Alemana. Había hecho bien su trabajo —eso pensaba ella, al menos—, y se lo habían pagado apartándola de la Comisión Mixta de Homicidios, encargándole tareas dignas de un *Vopo* de andar por casa, trabajillos como aquel que podía hacer cualquier inútil de uniforme. Müller soltó un suspiro, apretó el botón del bolígrafo para guardar la punta y lo dejó encima de la mesa de interrogatorios.

—Mira, Stefan: puedes hacer dos cosas, o ponerme a mí las cosas fáciles, o hacer que sean mucho más difíciles para ti. Fáciles, y entonces admites la falta, se te da un aviso y sales por esa puerta. Vuelves a tocar con los... —Miró las notas otra vez. Se acordaba perfectamente del nombre del grupo, pero no quería darle esa satisfacción al chico—... los Hell Twister, en un santiamén. O difíciles, y te haces el listillo. Y entonces te metemos en una celda todo el tiempo que se nos antoje. Y si tenías esperanzas de ir a la universidad, tener un buen trabajo, todo eso se acabó.

Lauterberg soltó un gruñido:

—¿Dice usted que un buen trabajo, camarada *Oberleutnant*? —La llamaba por su rango, pero lo hacía con un deje sarcástico—. ¿En este país de mierda? —Dijo que no con la cabeza y esbozó una sonrisa.

Müller volvió a suspirar y se pasó las manos por el pelo rubio; lo tenía sucio, lacio y húmedo a causa del calor sofocante del verano.

—Vale. Tú mismo. Stefan Lauterberg: el domingo quince de junio del año en curso, lo denunció a usted la camarada Gerda Hutmacher por tocar música con un amplificador eléctrico a un volumen fuera de lo común en el apartamento de su familia. Y cuando ella fue a quejarse en persona, usted le contó un chiste antisocialista. El chiste es que va el camarada Honecker, y se le cae el reloj de pulsera debajo de la cama. ¿Correcto?

El chico soltó una risita forzada. Luego se echó hacia adelante en la silla y miró a Müller a los ojos.

—Correcto, sí, todo correcto, *Oberleutnant*. Resulta que pierde el reloj y piensa que a lo mejor se lo han robado. Así que le pide al ministro para la Seguridad del Estado que abra una investigación.

Müller apoyó los codos en la mesa y reposó la barbilla en las manos entrelazadas. No le había pedido a Lauterberg que le contara el chiste de principio a fin, pero vio que eso era precisamente lo que estaba haciendo.

—A ver si me acuerdo bien —siguió diciendo el chico—. El camarada Honecker entonces encuentra el reloj, y llama al ministro para que no sigan investigando. —Lauterberg lo dejó ahí y miró a Müller con toda la intención—. ¿Qué pasa, que no sabe cómo acaba, *Oberleutnant*?

Müller soltó otro suspiro de hastío. El chico siguió:

—¿Lo acabo yo entonces? El ministro responde: «Pues es que ya es demasiado tarde, porque hemos arrestado a diez personas y han confesado las diez». —Lauterberg apoyó la espalda en el respaldo y soltó una carcajada.

Müller se puso en pie. Le habían contado el chiste antes, no le parecía que fuera muy bueno, y ya había aguantado bastante a Stefan Lauterberg por aquel día. A Stephan Lauterberg y aquel trabajo que le había caído.

—¡Guardias! —gritó—. Llévenselo de vuelta a la celda.

Entraron dos policías de uniforme y uno de ellos se esposó al chico. Cuando pasaban junto a ella, antes de atravesar el vano de la puerta, Lauterberg la miró con desdén. Luego desvió la mirada y le escupió a los pies.

Müller decidió que, en vez de coger el tren o el tranvía, caminaría el par de kilómetros que había hasta su apartamento en Schönhauser Allee. El calor sofocante, insoportable en el interior de la comisaría de Keibelstrasse, se hacía más llevadero en la calle con la brisa del atardecer. Pero ni con ese cambio de ambiente lograba sacudirse de encima cierta sensación de soledad, de que estaba fuera de sitio. Cuando trabajaba en la Comisión Mixta de Homicidios, debajo de los arcos de la estación del metropolitano de Marx-Engels-Platz, formaba un pequeño equipo con Werner Tilsner. Fueron amantes, solo una vez, aunque sobre todo eran amigos. Pero por el momento, Tilsner estaba fuera de combate, convaleciente en una cama de hospital después de haber recibido varios disparos que casi acaban con su vida; y sin saber cuándo volvería a incorporarse a sus labores de policía, si es que podía volver. En la comisaría de Keibelstrasse había muchos más agentes de Policía, pero Müller apenas conocía a ninguno lo suficiente para pensar en ellos como amigos; salvo, quizá, el *Kriminaltechniker* Jonas Schmidt. Jonas era de la Policía Científica y había trabajado con ella en el caso de la chica asesinada en el cementerio un año antes.

Cruzó Prenzlauer Allee por el semáforo cuando el *Ampelmann* se puso verde y emprendió camino a paso rápido hacia el apartamento. Con cada zancada, se iba preguntando si su carrera de policía, que en un momento dado prometía bastante, había llegado a un punto muerto. Y todo por rechazar la oferta del *Oberstleutnant* Klaus Jäger, quien la había pedido que se uniera a él en el Ministerio para la Seguridad del Estado, la Stasi. Müller tenía que haber comprendido entonces que ese tipo de trabajos no se puede rechazar.

Nada más llegar al bloque de apartamentos, se le escapó una sonrisita. El coche que la había estado vigilando varias semanas ya no estaba allí. Era como dejar de ser importante. Y al subir las escaleras desde la entrada hasta el primer piso, tampoco oyó el clic en la puerta de su vecina, Frau Ostermann, de tan ubicua presencia antes. Ni siquiera Frau Ostermann se tomaba ya la molestia de meter las narices en la vida de Müller.

Abrió con la llave y entró en el apartamento. Allí había sido feliz con su marido, Gottfried. Bueno, su exmarido. Le habían dejado que huyera al otro lado del muro, por ser un enemigo del Estado y participar supuestamente en actividades antirrevolucionarias; y allí estaría, ganándose la vida tan ricamente como profesor. Müller pensó que quizá las autoridades no tardaran mucho en obligarla a ella, una divorciada que vivía sola, a mudarse a un apartamento más pequeño; o puede que hasta a un albergue de la Policía. Y se echó a temblar. Eso no podría soportarlo; sería como estar de vuelta en la academia de policía. Y no quería que le recordaran su paso por allí.

Fue derecha al dormitorio, se quitó los zapatos con sendos puntapiés y, boca arriba en la cama, estuvo mirando las grietas que había en las molduras de yeso del techo. Tenía que rehacer su vida, tomar una decisión: o bien seguía en la Policía e intentaba reconducir su carrera otra vez, o tenía que salirse del cuerpo. Había que elegir, lo uno o lo otro. No podría aguantar muchos más días así: esforzándose por convencer a imbéciles como Lauterberg, con toda su actitud impostada de *hippies* occidentales, para que confesaran las pequeñas faltas que habían cometido contra el Estado. Eso la agotaba infinitamente más que investigar un asesinato.

Respiró hondo. Había tenido un mal día, eso era todo. Nada más: un día de esos en los que por fin vuelves a casa y te quejas a tu marido o a tu familia de lo mal que te ha ido, lo sueltas todo, dejas que salga con un deje de frustración; pero también de alivio, al ver que todo se esfuma sin más. Pero Gottfried era ya el pasado; en parte, porque ella misma así lo había querido. Pensó entonces en su familia por primera vez en no recordaba cuánto tiempo. No porque fueran de mucha ayuda: vivían a cientos de kilómetros más al sur, en Oberhof, y si no había querido ir a verlos en Navidad, estaba claro que no iba a ir ahora.

Rememoró lo que había pasado en las montañas Harz, al final del último caso importante que había tenido. Allí quiso hacerse la heroína y acabó de cabeza en una trampa, llevándose consigo a su ayudante; al que por poco matan a balazos. Müller acabó de cabeza y sin refuerzos. Y ahora Werner Tilsner estaba en una cama del hospital de la Charité, sin poder hablar, casi todo el tiempo inconsciente.

Se levantó y decidió darse una ducha e ir a ver a Tilsner. Así podría constatar que había quien había salido peor parado que ella. Mucho peor.

2

Cuando llegó al hospital, antes incluso de abrir la puerta de la habitación de Tilsner, Müller pudo apreciar que el estado de su ayudante había mejorado mucho. Estaba sentado en la cama, leyendo. Jamás habría pensado que aquel hombre seductor fuera aficionado a la lectura. Pero nada más abrir la puerta, se disipó la sorpresa que le había provocado verlo en aquella actitud. Porque, aunque Tilsner escondió el libro rápidamente debajo de las sábanas, poniendo buen cuidado en no enredarse con las sondas de alimentación y sueros que le estaban administrando, Müller ya había visto la portada: era una novela erótica. O sea que seguía como de costumbre, pensó.

—Ka-rin —balbuceó como pudo, pues todavía no podía vocalizar correctamente, y eso que ya habían pasado cuatro meses desde el tiroteo.

Müller se sentó en la cama y le cogió las manos, con cuidado de no tocar la vía intravenosa que tenía en el dorso.

—Qué bien que te encuentres mejor, Werner. Y además estabas leyendo, ¿no? —Según lo dijo, fue a echar mano del libro escondido con una mueca juguetona, pero Tilsner se apoyó con fuerza contra las sábanas, lo que le arrancó una mueca de dolor.

—Mucho... me-jor, sí. —Movió afirmativamente la cabeza—. Le-yendo. —Y le guiñó un ojo sin mostrar señal alguna de azoramiento.

—Ojalá pudiera yo decir lo mismo —añadió ella soltando un suspiro—. Mi trabajo es una pesadilla, preferiría estar en la cama, leyendo un libro. —No debería importunar a Tilsner con sus problemas, pero echaba de menos la relación del día a día que tuvo con quien fuera ayudante suyo.

—¿Cómo... va todo... por... —La frase entrecortada se quedó ahí. Le costaba horrores pronunciar cada palabra, se le veía en la cara. Pero también era apreciable que, después de estar tantos días en cama, la esculpida mandíbula iba tomando forma—... la oficina?

A Müller se le arrugó la frente un instante mientras le daba vueltas en la cabeza a lo que quería decir. Pero enseguida dio con ello. Entornó los ojos entonces y lo soltó:

—Ya no estoy en la oficina de Marx-Engels-Platz. Me han trasladado a Keibelstrasse. Han puesto a otra persona al frente de la Comisión de Homicidios. —Era consciente de la emoción que le embargaba la voz y del dolor que rezumaba al decirlo. Y vio que Tilsner le dirigía una mirada compasiva—. Me tienen haciendo el tipo de trabajos que debería estar haciendo alguien de uniforme. Me han apartado del servicio, Werner. —Se acercó a él para susurrarle al oído—: Y todo porque no acepté el trabajo que me ofreció tu amigo Jäger. Me parece que eso no fue muy juicioso por mi parte.

Tilsner sonrió y le apretó la mano.

—Tú eres... mejor... que eso. —Otra vez le costó a Müller unos segundos descifrar las palabras que su ayudante se esforzaba por vocalizar. Cuando lo logró, esbozó una sonrisa amarga.

—No te pases con los cumplidos. No te pega nada.

El chirrido de las hojas de la puerta al abrirse hizo que giraran los dos la cabeza. Tilsner tenía otra visita: *Oberst* Reiniger, el coronel de la Policía del Pueblo que había recomendado a Müller para un ascenso y la cubrió en el último caso cuando ella se saltó las normas a la torera; el mismo, no obstante, que había puesto su rúbrica para que la trasladaran ahora a la comisaría de Keibelstrasse. A Müller no le hizo demasiada gracia verlo, pero él estaba de buen humor.

—Qué bueno ver que está usted sentado, camarada *Unter-leutnant* —le dijo a Tilsner, y arrimó una silla a la cama por el lado opuesto al que ocupaba Müller. Cuando se sentó, su abultado vientre empujó con fuerza contra los botones del uniforme, a punto de reventarle los pantalones. Müller lo miró: ya empezaba con el ritual de siempre, aquello de quitarse una pelusa imaginaria de las charreteras, como para que se fijaran en las estrellas doradas que indicaban su rango. Mientras Reiniger admiraba sus propios hombros, Tilsner hizo por imitarlo, pero las sondas que tenía enganchadas le impidieron lucirse. Le está volviendo la mala uva, pensó Müller: eso es que se está recuperando. Reiniger alzó de nuevo la vista justo cuando Tilsner dejaba caer la mano en el regazo—. A este ritmo —dijo el coronel—, lo tendremos de vuelta en la *Kripo* para un nuevo caso en menos que canta un gallo.

—¡Sin… Karin… no! —Müller no supo si la mueca en la cara de Tilsner era debida al dolor o al énfasis que puso en esas palabras.

Reiniger arrugó el entrecejo e interrogó a Müller con los ojos.

—¿Qué ha dicho, Karin? ¿Usted ha logrado entenderlo?

—Me parece que ha dicho: «Sin Karin, no», camarada *Oberst*. —Müller vio que Reiniger se ponía rojo.

—Ya. Pues eso no va a ser posible por ahora. Y me temo que no depende de mí. —Entonces Reiniger le sostuvo la mirada a Müller—. Es más, Karin, me alegro de haberme encontrado aquí con usted, porque tenemos que hablar.

Parecía que Tilsner fuera a pronunciar otra frase, pero antes de que pudiera articular palabra, Reiniger se levantó y le hizo una señal con la mirada a Müller, dándole a entender que era mejor que hablaran en el pasillo, donde su ayudante no pudiera oírles.

El *Oberst* fue hacia la puerta con sus andares de pingüino tan característicos, gacha la cabeza, pronto el paso; y a Müller, y a cualquiera que estuviera mirando, le daba la impresión de que, fuera cual fuera la misión que se traía entre manos, era más importante que su último caso.

Karin se levantó y, antes de seguirlo, cruzó una mirada con Tilsner, y su ayudante y ella intercambiaron una sonrisa irónica.

Reiniger le indicó con la mano a Müller que lo siguiera hasta una fila de asientos pegados a la pared, en el pasillo del hospital; una vez allí, se sentó y empezó a decirle en voz baja:

—Tenía que haberme imaginado que vendría usted a verlo. Fui a buscarla a Keibelstrasse, pero me dijeron que ya se había ido a casa. —Müller lo tomó por lo que era, un toque de atención, pero había llegado a un punto en el que ya nada le importaba—. Tenemos un problema, Karin. Y puede que usted sea la persona que necesitamos para sacarnos del embrollo. Sería la forma de que volviera a estar a cargo de la investigación de un asesinato. Imagino que eso le gustaría, ¿no?

A Müller le saltaron las alarmas en el acto. Por algún motivo, la habían castigado mandándola a la casita del perro en Keibelstrasse. ¿A qué venía ahora aquel hueso que le ofrecía el coronel para que saliera?

No obstante, a pesar de tener dudas, asintió despacio con la cabeza.

—¿De qué se trata, camarada *Oberst*?

—Les ha salido un caso difícil allí abajo, cerca de Leipzig. En el *Bezirk* de Halle. Halle-Neustadt, para ser exactos. Imagino que lo conoce.

Müller volvió a asentir.

—Claro que lo conozco, camarada *Oberst*. —No había estado allí nunca, pero lo había visto en los programas de televisión y en las revistas. Se trataba, en cierto sentido, del orgullo de la República Democrática: una ciudad de nueva construcción al oeste de Halle que tendría, cuando estuviera acabado el proyecto, casi cien mil habitantes. Cien mil ciudadanos, cada uno con su propio apartamento, hasta formar filas y filas de *Plattenbauten*: altos bloques de placas de hormigón equipados con las mejores instalaciones en materia de vivienda. Así le demostraría el bloque comunista al capitalismo corrupto de Occidente que podía hacer las cosas mejor que ellos.

—Hemos tenido que mantenerlo en secreto —dijo Reiniger, y paseó la vista por el pasillo del hospital al decirlo, para asegurarse de que nadie lo estaba oyendo—. Pero han desaparecido dos bebés. Mellizos. Está implicado el Ministerio para la Seguridad del Estado, son los que intentan que no se destape el asunto. —Al oírlo, a Müller se le cayó el alma a los pies, porque por mucho que ansiara dejar atrás la tediosa labor de los interrogatorios en Keibelstrasse, no quería trabajar en otra investigación a las órdenes de la Stasi—. Quieren que les ayude un detective de la Policía del Pueblo que sea mujer. Salió su nombre, y sería una buena oportunidad para que se reenganchara con lo que hacía antes, Karin. Es usted una buena detective. Yo lo sé y usted también lo sabe. Lo que pasó con Jäger..., bueno, esa no fue una decisión muy afortunada. Pero es buena señal que su nombre esté otra vez encima de la mesa.

Müller soltó un suspiro.

—El caso es que yo me he hecho ya a Berlín, camarada *Oberst*. Esta es mi ciudad, aquí está mi casa. No estoy segura de que quiera trabajar fuera de la capital del Estado. ¿No sería mejor dejárselo a los detectives que ya trabajan allí, en vez de llevar a alguien de fuera?

Reiniger tomó aire despacio y eso le tensó todavía más los botones del uniforme.

—A ver si nos entendemos, Karin. Si quiere usted algún día dejar de ser *Oberleutnant* y ascender, tendrá que decir que sí de vez en cuando. Tendrá que asumir trabajos que a lo mejor no le apetece mucho hacer, en sitios a los que quizá no le apetezca mucho ir. Se le presenta una oportunidad, pero ahora no puede haber errores de juicio como la última vez. Estaremos muy encima de usted; y, como puede imaginarse, no solo nosotros.

—¿Me deja al menos que lo piense?

—Sí, pero no tarde mucho en decidirse. Y no lo hable con Tilsner. —El coronel de la Policía se levantó de donde estaba sentado y esperó junto a la puerta acristalada de la habitación de Tilsner a que Müller lo siguiera. Señaló con la mirada a su ayudante, quien tenía toda la pinta de querer echar una mirada subrepticia al libro que había escondido debajo de las sábanas—. Porque no quiero que él se haga ilusiones, pensando que va a ir con usted, y que se dé el alta él solo. Está mejor, como habrá podido observar: las secuelas físicas ya casi se le han curado, pero ni por asomo está listo para volver a trabajar. Como perdió mucha sangre en poco tiempo, dicen los médicos que le dio una pequeña apoplejía. Con tiempo, puede que se recupere del todo. Por supuesto, esperamos que sea cuanto antes; pero primero tendrá que verlo un logopeda, un fisioterapeuta… puede que hasta un psicólogo… Como poco, pasarán meses antes de plantearnos siquiera que vuelva a trabajar.

Müller dijo que sí con la cabeza. Luego siguió un pequeño silencio y se quedaron los dos allí, cargando el peso alternativamente sobre uno y otro pie, como si Reiniger estuviera esperando.

—Entonces, ¿qué, Karin, ha tomado ya una decisión?

Ella lo miró sorprendida:

—Quería pensarlo detenidamente y darle mañana una respuesta.

Reiniger suspiró y dijo:

—No hay tiempo para eso. Les dije a los de la Policía del Pueblo de Halle que los llamaría a lo largo del día de hoy. —Echó un vistazo al reloj y luego volvió a mirarla a los ojos—. O sea, ahora mismo. —Müller soltó una risita y negó con la cabeza, sorprendida—. Ah, y hay una cosa que debería decirle, Karin, a lo mejor eso la ayuda a decidirse. Porque no se trata solo de un caso de desaparición. Han encontrado a uno de los bebés: muerto. Y no de muerte natural. Estamos dando caza a un asesino. Si acepta, le pondremos un ayudante nuevo; alguien que no sea de allí, igual que usted. Lo importante, Karin, es que estará otra vez al mando de su propia Comisión de Homicidios.

Reiniger le clavó la mirada. Tenía una baza ganadora y sabía que Karin no podría resistirse. Porque era lo que ella quería, y eso lo sabían los dos: volver a hacer un trabajo que la apasionaba.

—Pues entonces, vale —dijo con un suspiro—. De todas formas, usted sabía que iba a decir que sí. Aunque, ¿me podría dar más información sobre el caso?

Reiniger esbozó una sonrisa. Müller vio que su superior se había salido con la suya, y entonces él le dijo:

—Sabe usted todo lo que tiene que saber por el momento. No hace falta que ande yo complicando más las cosas. Ya le pondrán al corriente cuando vaya allí.

Müller frunció el ceño. Si su jefe no tenía ganas de extenderse mucho sobre el asunto, solo en los detalles más básicos, es que era una investigación complicada. Y más sospechoso, si cabe, era que mandaran a alguien desde Berlín. Pero ella estaba en una situación en la que lo complicado y lo sospechoso la atraían más que el aburrimiento de estar sin hacer nada en la comisaría; a lo sumo, dándole vueltas al bolígrafo.

Se despidieron de Tilsner sin dar muchas explicaciones de a qué venía tanta prisa, y Müller y el coronel atravesaron el hospital en busca del coche de este último. Al girar para tomar uno de los pasillos, ella vio de repente una cara amiga: era Wollenburg, el médico que había conocido hacía unos meses, en torno a la mesa de una autopsia que resultó especialmente angustiosa. Se sonrieron, pero siguieron caminando. Müller no pudo evitar volverse para mirarlo: era tan atractivo como ella lo recordaba. Justo en ese preciso instante, Wollenburg hizo lo mismo y sus ojos se encontraron una vez más. Entonces él se separó del grupo de médicos y enfermeras con los que iba y salió corriendo hacia Müller y Reiniger.

—¿Tiene usted un momento, camarada *Oberleutnant*? —le preguntó Wollenburg.

Müller interrogó con la mirada al oficial de más rango.

—Le concedo un minuto, *Oberleutnant* —dijo Reiniger—. Nada más que un minuto. La espero a la entrada.

—¿Qué se le ofrece? —preguntó Müller cuando ya se había alejado Reiniger—. Tengo un poco de prisa.

—Pues... —El médico no supo qué decir y se puso rojo. «Tiene un aspecto muy dulce cuando se pone colorado», pensó Müller—. Me preguntaba si... Bueno, he visto que ya no lleva anillo de casada, *Oberleutnant*.

A Müller la sorprendió aquel comentario; pero era una sorpresa no carente de emoción... y de algo de vergüenza. Se miró el dedo anular, luego alzó los ojos y le dirigió a Wollenburg una mirada de asombro.

—En fin... esto es un poco... a ver, un poco violento, si le digo la verdad —siguió diciendo él, y no daba con las palabras—. Me preguntaba si le gustaría salir a tomar algo un día, o ir al teatro o...

A Müller se le relajó la expresión de la cara. Qué mono era. Le puso una mano en el brazo y dijo:

—Me encantaría, pero es que me han destinado a Halle-Neustadt por un tiempo. No sé cuándo volveré.

El médico asintió y le dedicó una sonrisa de oreja a oreja.

—¿Dice usted que Halle-Neustadt? Vaya, bueno, pues a lo mejor podríamos vernos.

—¿Y eso? ¿No me diga que también lo han mandado a usted allí? Wollenburg ladeó la cabeza con coquetería.

—Cosas más raras se han visto. —Se dio la vuelta hacia sus colegas, que lo estaban esperando—. Pero, en fin, me tengo que ir, aunque ya me pondré en contacto con usted. Y pronto, espero. Supongo que la podré localizar si pregunto en la comisaría de la Policía del Pueblo en Halle-Neustadt, ¿no?

Müller sonrió, luego se alejó caminando hacia donde había desaparecido Reiniger, sin darle a Wollenburg una respuesta definitiva.

3

Al día siguiente.

La única concesión que Reiniger le hizo a Müller fue dejar que se llevara a su propio forense de Berlín, y a que hiciera el trayecto al sur en un Wartburg de la *Kripo* sin distintivos, parecido al que conducían Tilsner y ella cuando estaban en las oficinas de Marx-Engels-Platz. El *Kriminaltechniker* Jonas Schmidt la sacó de un apuro en más de un sentido en aquella investigación por asesinato; eso sin contar con que le salvó la vida al menos a una chica, una de las víctimas en aquel caso: así que estaba encantada de tenerlo en su equipo una vez más.

En su fuero interno, Müller era consciente de que tenía que haber hecho más veces aquel viaje por autopista de Berlín al bosque de Turingia, para ver a su familia. Pero lo había evitado, una y otra vez, alegando por lo general la excusa de que tenía mucho trabajo en la brigada de homicidios. No les había dicho nada ni siquiera en los peores momentos, cuando lo dejó con Gottfried: ni a su madre, ni a su hermano, ni a su hermana pequeña. Y sabía que, una vez que estuviera en Halle-Neustadt, sería más difícil negarse a hacerles una visita. Y ¿por qué negarse? No lo tenía muy claro. Quizá porque vivía con la sensación de que en Berlín estaba ahora su casa, y porque no se sentía parte del pueblo de montaña de Oberhof, ni siquiera de su familia. Le pasaron cosas esos años de atrás que le habían hecho anhelar los cuidados de una madre. Sabía que algunas de sus amigas habían sido más afortunadas: ellas sí conocieron el amor un tanto sofocante de una madre, el cariño con el que te arropa en una mullida toalla de baño y te mece en sus rodillas mientras canta una nana. Müller había visto a su madre hacérselo a su hermana Sara; pero a ella, nunca. ¿Tendría celos de que a Sara la habían tratado mejor porque era la más pequeña? ¿O era que su madre y ella nunca habían congeniado y, posiblemente, nunca se llevarían bien? Muchos de los recuerdos que tenía eran de alguna discusión, no de la expresión de los afectos: cómo la miró su madre cuando le preguntó por la desaparición de su amigo de la infancia, Johannes, y de toda su familia; la visita que les hizo una mujer muy amable que quería ver a Karin por alguna razón que ya no recordaba, y el ataque de ira que eso le provocó a su madre. Pese a todo, Müller sabía que, en lo que durase aquella nueva investigación, independientemente de cómo se desarrollaran los acontecimientos, tendría que seguir camino en algún momento hacia al sur, rumbo a la casa materna.

Estaban entrando ya en las afueras de la ciudad de Halle, Müller echó la vista a un lado y vio que Schmidt apartaba la mano que le quedaba más cerca del volante del Wartburg y se la pasaba por la frente; un movimiento que había repetido varias veces en las dos horas de camino que llevaban desde que salieron de la capital del Estado. Tenía la camisa blanca empapada de sudor a la altura de la axila, una mancha concéntrica cuyos bordes ofrecían un aspecto lamentable. Llegó a preguntarse si Schmidt habría sentido alguna vez como ella la sensación de vivir desconectado de su familia. Pero, aunque eran amigos y compañeros de trabajo, dado el rango superior que ella ostentaba, no le pareció que fuera un tema de conversación muy adecuado. Porque no la dejaría muy bien ante él. Además, a Schmidt lo preocupaba más por el momento el calor del verano.

—Es que ni siquiera con la ventanilla bajada: no es plato de buen gusto estar aquí encerrado como un pollo en esta caja de latón —dijo—. A ver si llegamos ya de una vez.

Müller le dedicó una media sonrisa a modo de asentimiento, dejó de pensar en su familia y recordó el Mercedes de lujo en el que había cruzado hacía unos meses el puesto fronterizo con Tilsner, cuando entraron en Berlín Occidental. Entonces estaban en invierno, pero quizá el coche llevara incorporado lo último en aparatos de climatización, tal y como anunciaban en los programas de automóviles que veía con Gottfried en la televisión de la República Federal. Programas que, como oficial de la Policía del Pueblo, ella no debería ver. Pero bueno, Gottfried estaba ya en su Occidente tan querido; o sea que seguro que conocía esos lujos de primera mano, si es que se los podía permitir con un sueldo de profesor. Si es que se lo podía permitir alguien que no fuera un rico hombre de negocios, pensó Müller. Aquí te podías dar con un canto en los dientes si tenías un Trabi, un Wartburg; o un Skoda checo o un Lada soviético, los más privilegiados; y eso, después de estar varios años en lista de espera. Y, que ella supiera, ninguno tenía aire acondicionado. Al menos no había conducido ni montado jamás en uno que lo tuviera.

Se acercaban ya al centro de Halle. Müller pensó que era una ciudad igual que todas, aunque sabía que tenía mucha historia: Händel, el compositor, había nacido allí. Ahora se la conocía más por la industria química que propulsaba la economía de la República Democrática. Daba fe de ello la nube de contaminación que se veía al sur de la ciudad, por encima del hombro de Schmidt: y el olor acre y ácido que le invadió las fosas nasales y la garganta, igual que si le hubiesen dado de cuchilladas con un estilete muy fino.

—Ahí está —dijo Schmidt, y señaló a través del parabrisas un punto justo enfrente de ellos.

Müller siguió con la mirada el dedo del forense, tan grueso como él, y alzó la mano haciendo de visera; casi como un saludo militar al sol bajo de última hora de la tarde, rodeado de una corona rosácea. Iban por un trazo alzado de la avenida de doble dirección, como si el coche flotara en el aire. Iluminaban la calzada, ya a aquella hora, gigantescas farolas de estilo modernista, tan altas como bloques de casas, y un resplandor anaranjado perforaba la luz mortecina del ocaso y caía sobre el pavimento. Más allá del río Saale, las torres de pisos recién construidas se extendían hasta el horizonte: la ciudad socialista del futuro; llena de ángulos rectos, formas que se recortaban contra la luz rosada del crepúsculo, como en una escena de una película de ciencia ficción. Una escena de otro mundo: en el espacio.

—Es impresionante —dijo Müller—. ¿Has estado aquí antes?

Schmidt negó con la cabeza:

—No, pero tengo familia en Dresde. Y muy cerca está Hoyerswerda, otra ciudad de nueva construcción. Esta se le parece bastante. A la gente le gustan los pisos recién construidos, cada uno con su baño y su retrete. Le sacan los colores hasta a algunos apartamentos al otro lado del Muro.

Schmidt frenó bruscamente para no chocar con un camión que iba delante; y si Müller no se hubiera agarrado, habría acabado estampada contra el salpicadero. A consecuencia del frenazo, el mapa que Schmidt llevaba entre las piernas, y del que se había servido para orientarse, cayó al suelo del coche.

—¿Lo cojo y te voy indicando? —preguntó ella.

—No hace falta, camarada *Oberleutnant*. Me parece que ya sé dónde estamos.

—Déjame por lo menos que te diga los nombres de las calles principales —apuntó Müller.

—Pues no lo tiene usted nada fácil. Esta calle por la que vamos es la Magistrale, la avenida principal. —Müller vio que perdían altura al cruzar el río Saale; o los ríos, más bien, pues eran varios los cauces de agua; aunque la calzada de doble dirección se perdía en la distancia, flanqueada a ambos lados por bloques de apartamentos, construidos con planchas de cemento prefabricadas: eran los *Plattenbauten*—. Y con que se acuerde del nombre de esta calle, vale.

—¿Y eso? —preguntó Müller.

—Pues porque las otras no tienen nombre, *Oberleutnant*. Las otras no tienen nombre.

Habían instalado de manera temporal las dependencias de la brigada de homicidios encima de la estación de bomberos, pero cuando ellos llegaron no había nadie de la Policía. Müller arrugó el entrecejo porque era frustrante ver que la niña seguía desaparecida y allí nadie había previsto un turno de noche para el seguimiento del caso. Y ¿cómo era que el capitán de los agentes que patrullaban las calles de uniforme no se había quedado para esperarla y ponerla al corriente como es debido? A Müller la iban a oír si era así como pensaban llevarlo todo. Menos mal que en la recepción había una chica joven, y un sobre con las llaves del alojamiento que les habían preparado, y la dirección, así como indicaciones de cómo llegar allí.

El apartamento que les habían asignado a Müller y a Schmidt estaba en *Wohnkomplex VI*, en el extremo más al oeste de la ciudad recién construida; dividida, según le explicó Schmidt, en ocho barriadas, cada una de ellas formada por varios bloques de apartamentos numerados. Así daba la gente con su casa: tenían que aprenderse de memoria los «códigos», formados a su vez por varios dígitos que correspondían a la manzana, el bloque y el número del apartamento. Y a Schmidt le faltó tiempo para señalar la falta de lógica de todo el sistema. Estaban llegando ya a su barriada –la conocida como Complejo número 6 en números romanos–, cuando comprendieron que cada bloque de apartamentos –por lo menos los que tenían el número visible– se iba acercando al 1000. El suyo era el 953.

Schmidt llevaba el coche por la avenida que circundaba el *Wohnkomplex*, y Müller iba contando los números que quedaban, decidida a no dejarse arredrar por aquella ciudad nueva y su nebulosa de calles sin nombre y casas cortadas todas por el mismo patrón. A aquella altura, los bloques de apartamentos formaban una curva continua, ininterrumpida, adosado cada uno al siguiente. Parecía lo único en toda la ciudad que desafiaba a los ángulos rectos. El muro de cemento aparecía dentado solo en algunos puntos: allí donde se abrían pasadizos para los peatones, todos convenientemente alejados de cualquier rincón en sombra a la luz huidiza del crepúsculo.

—No veo el 953 por ninguna parte —dijo Schmidt a modo de queja.

Müller tampoco lo veía. Lo que sí vio, aparcado a un lado de la calle, fue un sedán Lada de color rojo. Y había algo que no le cuadraba en aquel coche. Porque el conductor estaba dentro, como si vigilara algo o esperara a alguien. Cuando lo pasaron, volvió la cabeza y los miró fijamente con unos ojos que brillaron un instante en la luz del sol que se ponía; y Müller notó que aquella mirada le daba un pequeño escalofrío. A lo mejor no era más que todo el sudor acumulado en el viaje, que se evaporaba y le dejaba frío el cuerpo. Pero sintió como si la calibraran: igual que miraría una zorra cuando, de repente, encuentra un ser humano que no esperaba hallar y la ha sorprendido en campo abierto.

—¿Qué hacemos? ¿Paramos y preguntamos a alguien?

Müller miró a derecha e izquierda: la calle estaba desierta. Se acordó entonces del conductor del Lada. Volvió la cabeza, esperando ver el coche en la distancia, aparcado al lado de la acera, donde lo habían dejado al pasar. Pero ya no estaba allí. El conductor había arrancado y tenía toda la pinta de que los estaba siguiendo. Si ese era el caso, si no era una mera casualidad, Müller se podía hacer una idea bastante precisa de para quién trabajaba.

4

Al día siguiente.

Las dependencias temporales de la brigada de homicidios situadas encima de la estación de bomberos eran un torbellino a la mañana siguiente, pasadas las ocho, cuando se presentaron allí los dos policías llegados de Berlín. Puede que los de la Policía del Pueblo de aquella localidad no fueran muy dados a quedarse hasta tarde, pero ya llevaban un rato trabajando a aquella hora temprana. El núcleo de la brigada de homicidios lo formaban policías de fuera: Müller y Schmidt de la capital del Estado, y otro *Unterleutnant* que reemplazaría a Tilsner como ayudante. Müller seguía sin saber quién era el agente que faltaba: por no saber, no sabía si era hombre o mujer; pero mientras, los de la Policía local harían labores de apoyo.

La impresión inicial que se llevó Müller fue que los de la *Vopo* de la ciudad parecían reacios a cederles el control del caso; ni siquiera se mostraban muy dispuestos a compartir con ellos información. Había varios agentes con la mirada enterrada en montones de papeles y fotografías, y no prestaron atención a su llegada. Müller vio que tendría que hacer valer su autoridad y tomar el mando; de lo contrario, aquellos policías intentarían aprovecharse de ella. No les gustaría tener a una mujer de jefe, pero alguien al

34

más alto nivel había decidido que así había de ser. Tendrían que aguantarse.

Dejó caer el maletín con un sonoro golpe en la mesa del centro y carraspeó:

—¿*Hauptmann* Eschler? ¿Podría hablar con usted un momento, por favor? —Eschler era el capitán de la *Vopo*; el que, según Reiniger, tenía que darle novedades del asunto. Lo reconoció por las cuatro estrellas doradas que llevaba en las charreteras de plata. Müller le sonrió.

Eschler se levantó y, sin devolverle la sonrisa, fue a reunirse con ella junto a la ventana, desde donde tenían una vista de la calle principal de la ciudad. Había algo furtivo en la mirada del capitán, y tenía los rasgos de la cara como afilados, rayanos casi en la maldad. Aunque quizá Müller estaba siendo demasiado dura con él.

—¿En qué puedo ayudarla, camarada *Oberleutnant*? —preguntó Eschler. Müller notó cómo pronunciaba cada una de sus sílabas y dedujo de ello lo mucho que le costaba doblegarse ante ella; no en vano, en el escalafón, él era en teoría su superior. Pero en aquel caso, la *Kripo* estaba por encima de la *Vopo*, como Eschler bien sabía.

—Le ruego que me ponga al corriente de todos los detalles del caso. Lo que sé es bien poco, y tendré que estar al día de cómo avanzan las investigaciones, en qué se están centrando ahora mismo, y lo que me pueda decir sobre la familia de las víctimas.

Eschler asintió levemente con la cabeza.

—Desde luego. Le hemos hecho sitio en un despacho pequeño, camarada *Oberleutnant*. —A lo mejor Müller se lo estaba imaginando, pero hubiera jurado que Eschler hacía hincapié en lo de «pequeño», como si quisiera así ponerla en su lugar—. Yo mismo la acompañaré —siguió diciendo— y le llevaré la documentación que tenemos.

* * *

«Pequeño» definía a la perfección el espacio de trabajo que le habían habilitado. Con Eschler y ella dentro, ya no cabía casi nada más. Había una mesa de trabajo con una silla, delante de la ventana; y encima de la mesa, un teléfono y una máquina de escribir. Y junto a una de las paredes del despacho, un taburete de madera mondo y lirondo. A Müller le recordó la sala de interrogatorios de Hohenschönhausen, en Berlín; donde tuvo un emotivo encuentro con Gottfried la última vez que se vieron. Müller se decantó por la silla: era su despacho, al fin y al cabo, o sea que sería ella quien decidiese dónde sentarse. Indicó a Eschler que acercara el taburete y tomara asiento delante de ella.

Eschler puso con cuidado las carpetas de documentos encima de la mesa y preguntó:

—Así pues, camarada *Oberleutnant*, ¿qué quiere saber?

Müller apoyó los antebrazos en la mesa y formó con los dedos estirados de ambas manos una especie de torre culminada en pico:

—Todo, camarada *Hauptmann*. Desde el principio.

El capitán de la Policía del Pueblo empezó con el resumen de la investigación; y Müller, sentada, con los brazos cruzados sobre la blusa beis, lo animaba a seguir con movimientos afirmativos de la cabeza.

El bebé muerto, de tan solo cuatro semanas de vida, era varón y se llamaba Karsten Salzmann. Había nacido prematuro, junto a su hermana, Maddelena, en el hospital principal de Halle-Neustadt. Allí los tuvieron en la Unidad de Cuidados Intensivos por su precario estado de salud, hasta hacía como una semana, cuando los trasladaron a la planta de pediatría.

—Los padres iban a verlos con frecuencia —dijo Eschler—. La madre, Klara Salzmann, se quedaba muchas horas con ellos, aunque el hospital no permite a los padres quedarse a pasar la noche. Y justo un día después de salir de la UCI, los dos bebés desaparecieron.

Müller arrugó el ceño y preguntó:

—¿O sea, que se los llevaron del hospital?

Eschler asintió con la cabeza:

—Me temo que sí. Deja en una posición comprometida al Servicio de Salud, ¿verdad? Aunque se los llevaran por la noche, cuando hay menos enfermeras y médicos de guardia. Los hemos interrogado a todos. Nadie vio nada fuera de lo común; lo que dicen es que no tienen suficiente personal para estar encima de cada paciente veinticuatro horas al día. Seguro que alguien estuvo atento al vaivén de las enfermeras y esperó el momento propicio para actuar. Como se puede usted imaginar, es un tema muy delicado.

Delicado se quedaba corto a la hora de definir aquel fallo de seguridad tan flagrante.

—Siga —lo animó Müller.

—Bueno, pues la madre entró en crisis, como se puede imaginar, y hubo que sedarla. Y debido a lo... sensible... del incidente, el Ministerio para la Seguridad del Estado tomó inmediatamente cartas en el asunto y advirtieron a los padres y a la plantilla del hospital de que no dijeran nada del caso.

—¿O sea que la Stasi ha estado implicada en esto desde el principio? —preguntó Müller.

—Implicada es poco —dijo Eschler, frunciendo el ceño—. La Stasi es la que ha llevado la investigación desde el minuto uno.

Müller hizo lo posible por que no se le notara la preocupación en la cara al oír aquello. Todavía no conocía a todos los policías de uniforme que formaban el equipo de Eschler y no sabía cuáles de ellos serían los informantes oficiosos de la Stasi. Seguro que alguno había; el mismo Eschler, quizá.

—Y ¿en qué punto pasó la investigación a manos de la *Kriminalpolizei* de aquí? —preguntó Müller.

—Es que no ha pasado. Estaba a punto de contarle eso ahora.

—Le ruego que me perdone, camarada *Hauptmann*. Por favor, continúe.

Eschler esbozó una media sonrisa:

—Mi equipo, la Policía de Halle-Neustadt, resultó implicada cuando apareció el cuerpo de Karsten. —Eschler metió la mano en una de las carpetas, sacó dos fotografías ampliadas y se las dio a Müller.

La *Oberleutnant* examinó la primera fotografía: una toma que no decía nada y mostraba una maleta roja al lado de las vías del tren, con la piel —más que probablemente de imitación— arañada o rasgada por los años, por algún tipo de impacto, o por las dos cosas quizá.

—Ahí dentro fue donde encontraron el cuerpo —le explicó Eschler—. Lo halló un ferroviario hace tres días, cerca de Angersdorf, a un lado de la línea de tren, entre las plantas químicas de Leuna y Buna, cerca de Merseburg. Afortunadamente, al ferroviario no le pareció oportuno abrirla, y se limitó a alertarnos a nosotros, la Policía del Pueblo. Quizá tuvo miedo a perder el puesto de trabajo. Y el primero de mis agentes que se personó allí, al notar el peso y el olor a descomposición, me alertó a mí. O sea que tenemos pruebas materiales sobre las que trabajar; puede que hasta huellas. Pero la clave está en la otra fotografía. —Eschler las tomó con cuidado y Müller abrió las manos para que él apartara a un lado la fotografía de la maleta.

Y si la primera foto no aportaba nada, al menos a primera vista, no se podía decir lo mismo de la segunda. Müller echó instintivamente hacia atrás la cabeza: la impresionó aquella imagen, pese a ser una detective fogueada en casos de asesinato.

Mostraba la maleta, nada más abrirla en la comisaría de la zona.

Con el cuerpo del bebé dentro.

Tenía los ojos cerrados; y la expresión, casi se diría que en paz. Pero los abultados moratones, las marcas rojas en la cara del bebé desmentían todo asomo de placidez. Hablaban de una vida segada a los pocos días de nacer, embutida en una maleta, arrojada desde un tren en marcha. Müller tuvo que tomar aire un instante para recomponer la figura.

—¿Se sabe cuál fue la causa de la muerte? —preguntó por fin.

Eschler abrió los brazos y alzó los hombros.

—Hasta mañana no le harán la autopsia oficial completa. Podrá usted asistir en persona. Pero el patólogo, después del primer análisis del cuerpo, llegó a la conclusión bastante lógica de que al niño lo mataron a golpes: se ve en esos moratones tan atroces. Que lo asesinaron, vaya.

—Aunque dice usted que han dejado a la *Kripo* de Halle fuera del caso; ¿no le parece raro eso?

Eschler volvió a encoger los hombros.

—Así lo exigió el Ministerio para la Seguridad del Estado. Por eso la han traído a usted aquí, camarada *Oberleutnant*. La Stasi quería que el homicidio lo investigara una brigada formada por agentes que no fueran de la zona. Imagino que intentan que no cunda el pánico antes de que se haga público el caso.

Müller soltó un suspiro. Aquello no acababa de encajar. Tanto ella como Schmidt y un tercer agente todavía por identificar iban a tener que lidiar con varias dificultades ajenas al caso en sí: no conocían la zona, tenían que trabajar en territorio nuevo para ellos; hombro con hombro con agentes locales que podían serles hostiles, pues no les haría mucha gracia que los marginaran unos colegas de la capital del Estado, mientras sus propios detectives permanecían a conveniente distancia.

—Aun así, su equipo sigue en la investigación. ¿No se ha preguntado usted por qué, camarada Eschler?

Si Eschler había comprendido lo que insinuaba Müller con aquellas palabras, no parecía darlo a entender.

—A veces, camarada Müller, no es muy juicioso cuestionar las órdenes recibidas.

—Cierto —dijo Müller—. Aunque seguro que a su equipo lo motiva ver que cuenta con la confianza de la Stasi, como es bien palpable. —Müller no tenía que añadir que solo había una razón lógica por la que el Ministerio confiara hasta tal punto en los hombres de Eschler. Y era que por fuerza debía de tener a alguien infiltrado dentro. La cuestión era saber quién.

Müller dejó a un lado las fotografías.

—¿Qué hay de los Salzmann? —preguntó—. ¿Qué saben de ellos? Imagino que habrá que considerarlos sospechosos, ¿no?

Eschler movió afirmativamente la cabeza:

—Sí, al menos hasta que haya indicios de lo contrario. Pero, como es lógico, nos andamos con mucho tacto con ellos. A fuer de ser sincero, las preguntas más comprometedoras se las vamos a dejar a ustedes, los de la *Kripo*.

—Muy bien —dijo Müller—. Ya nos encargaremos, faltaría más. Pero, ande: dígame lo que sabe de ellos.

—Parecen ciudadanos modélicos —dijo Eschler—. Fueron de los primeros a los que les asignaron un apartamento en Halle-Neustadt, hará algo menos de ocho años de eso. Lo tienen justo ahí enfrente. —Eschler lanzó una rápida mirada a la ventana que Müller tenía detrás, y ella se giró en el asiento para echar un vistazo—. Es ese bloque de pisos: se lo conoce como *Ypsilon Hochhaus* porque las tres alas del edificio forman una «Y» a vista de pájaro. En fin, que los dos están apuntados al partido. Reinhard Salzmann, el padre, lleva un montacargas en la planta química, donde trabajan muchos de los que viven en Halle-Neustadt. La madre, Klara, seguía de baja por maternidad cuando pasó todo: trabaja en el *Kaufhalle* de aquí del centro.

—¿Y no están fichados? ¿Nada de violencia doméstica, pequeños hurtos?

—Nada de nada. Limpios como una patena. Como dos patenas, de hecho. Claro, que eso es lo que refiere la Policía del Pueblo. A lo mejor la Stasi le cuenta otra cosa.

Müller soltó el aire con fuerza por la boca y le retumbaron las mejillas.

—¿O sea, que la Stasi sí que tiene algo contra ellos?

Eschler negó con la cabeza:

—Nada en absoluto, camarada *Oberleutnant*. Lo que se dice nada. Me limito a recordarle que por que no tengan expediente abierto en las fichas de la Policía del Pueblo, eso no quita para que las autoridades puedan tener constancia de algo que les concierna, lo que sea. Aunque por lo que sabemos están limpios. Y no tenían ninguna razón aparente para atentar contra sus propios hijos.

—¿Y tuvieron ocasión? —preguntó Müller.

—No. Las coartadas de ambos son bien sólidas, por lo que hemos podido deducir después de interrogarlos con cuidado. En la noche de autos, fueron a cenar a casa de unos amigos. Como se quedaban muchas horas en el hospital, acababan casi sin fuerzas para hacer la cena y los amigos les echaban una mano. Parece que todo encaja; pero si quiere, puede usted volver sobre ello.

Müller movió despacio la cabeza como negativa; entonces cogió la foto de Karsten, arrugó el entrecejo y dijo:

—Aunque se trate de la investigación de un asesinato, la prioridad tiene que ser también encontrar a la niña; si, como espero, sigue con vida. ¿Se está llevando a cabo un registro casa por casa?

Eschler la miró como disculpándose.

—Nos han dicho que no lo hagamos, camarada *Oberleutnant*. Órdenes del oficial de enlace de la Stasi, *Hauptmann* Janowitz; y de su jefe, el comandante Malkus. Dijeron que solo serviría para avivar el pánico.

—Pues habrá que saltarse esas órdenes entonces. La mejor manera de encontrar a la niña es un registro apartamento por apartamento; así evitamos que el secuestrador, o la secuestradora o secuestradores, ataque de nuevo.

Eschler respiró hondo.

—Créame que he intentado convencerlos. Estoy de acuerdo con usted. Pero el comandante Malkus quiere que empleemos métodos más sutiles. ¿Todavía no conoce al comandante Malkus? Estuvo aquí anoche preguntando por usted.

Müller pensó en el encuentro de la noche anterior con el conductor del Lada. ¿Quién sería, el comandante o un hombre suyo? La verdad era que no tenía ni idea. Ni pruebas de que el coche los estuviera siguiendo en realidad; puede que solo fuera en la misma dirección y a la vez que ellos. Negó con la cabeza:

—No. No he tenido el placer hasta ahora.

Eschler sonrió sin ganas.

—Supongo que la llamará dentro de bien poco.

Müller asintió y se puso de pie, todo lo alta que era.

—Vamos a conocer al resto del equipo, ¿le parece? Estoy deseando saber qué han estado haciendo en vez de ese registro casa por casa. ¿Qué le parece si me los presenta dentro de media hora, a las nueve? Imagino que siguen aquí, o ¿han salido ya a patrullar?

Eschler miró su reloj, frunció el ceño y dijo:

—Algunos habrán salido a desayunar a esa hora. Como puede ver, aquí madrugamos.

Müller tomó aire despacio. Todo en aquel caso se le hacía cuesta arriba.

—Pues haga el favor de decirles que dejen el desayuno para más tarde. No creo que haya en ello mayor problema, teniendo en cuenta que se trata de un caso de asesinato.

Finalmente, todos los agentes asignados como apoyo a la investigación llegaron puntualmente nada más dar las nueve. Müller paseó la mirada por la sala e hizo un cálculo mental del grueso de sus efectivos: estaban ella y el *Unterleutnant* de la *Kripo* todavía por confirmar; Schmidt como único agente de la Científica —eso sí, con la posibilidad de contar con la ayuda de la Policía del Pueblo en caso de que le hiciera falta—; luego Eschler, el capitán de Policía al frente de los de uniforme. Lo ayudaba en su labor un sargento, a quien Eschler presentó como *Wachtmeister* Fernbach, y tres patrulleros, además de varias mecanógrafas y secretarias.

Cuando se hizo el silencio propicio, Müller carraspeó y se dirigió a ellos:

—Muchas gracias por aceptar reunirse hoy aquí conmigo, camaradas. Soy la *Oberleutnant* Karin Müller, de la *Kripo* de la capital del Estado, y este... —Müller señaló a Schmidt, quien se estaba abrochando la bata blanca de científico—... es el *Kriminaltechniker*

Jonas Schmidt, de Berlín también: él se encargará de la investigación forense. Esperamos, además, que se nos una un *Unterleutnant* de la *Kripo* en un par de días. Bien, imagino que se preguntarán por qué han traído a una detective de Berlín para investigar el caso; por qué no alguien de Halle-Neustadt, o por lo menos del *Bezirk* de Halle. No tengo una respuesta concluyente a esa pregunta, pero les puedo asegurar que la decisión la han tomado al más alto nivel. Así que habrá que aceptarla y trabajar lo mejor que podamos todos juntos.

Müller recorrió la sala con la vista. Quería ganarse al equipo, costara lo que costara. Estaba dispuesta hasta a sacarle partido a los prejuicios que pudieran tener contra las mujeres que asumían puestos de liderazgo. Respiró hondo, sonrió y siguió diciendo:

—Habrá momentos en los que Jonas y yo tengamos que echar mano del mayor conocimiento que tienen ustedes de la zona. Ya nos costó encontrar el apartamento anoche con todos esos números y la falta de nombres en las calles... En fin, eso fue mucho para mis entendederas. —Admitir aquello le valió para arrancar algunas risas entre los asistentes—. *Hauptmann* Eschler me acaba de poner al día en lo que concierne al caso, y estoy segura de que ustedes están al tanto ya de todos los detalles. Lo que quiero que se les quede grabado es que estamos ante un caso muy delicado. Halle-Neustadt es una ciudad muy importante para la República Democrática. Queremos que la gente quiera vivir aquí, que quiera trabajar aquí. O sea que además de dar con el asesino o los asesinos a la mayor brevedad, tenemos que hacerlo de manera sutil. No queremos que la gente se alarme. Seguro que están ustedes conmigo en esto. Dicho lo cual, pienso volver a solicitar permiso para poder llevar a cabo un rastreo apartamento por apartamento, aunque hasta ahora no lo hayan autorizado. En fin, *Wachtmeister* Fernbach: por lo que me ha dicho *Hauptmann* Eschler, me iba usted a explicar qué planes tiene el equipo para hoy.

El sargento, Fernbach, se puso en pie, fue hasta la parte delantera de la sala y se situó junto a un plano que había en la pared.

Müller y todos los demás hicieron corro alrededor de él. La *Ober-leutnant* vio que habían dividido el plano de la ciudad recién cons-truida en secciones de colores diferentes, y que cada una de ellas coincidía aproximadamente con los distintos *Wohnkomplexe*: los ocho complejos residenciales, cada uno formado por varios bloques de apartamentos.

Fernbach, un hombre rubicundo con las cejas muy pobladas, carraspeó:

—Cuando nos preguntan que qué hacemos, decimos que se trata de una operación para blindar la ciudad frente a espías contra-rrevolucionarios. Por lo menos, eso fue lo que la Stasi nos pidió que dijéramos. —El sargento alzó las tupidas cejas, dando a entender que no le hacía nada de gracia aquel embuste—. Según esto, al otro lado del Muro están tan impresionados por lo que hemos logrado aquí, en Neustadt, que quieren mandar espías para ver si pueden copiar nues-tro diseño arquitectónico y urbanístico. No sé cuánta gente se lo cree, pero es igual, porque me atrevo a decir que la desaparición de los bebés no es un hecho conocido por la mayoría de la población. El personal sanitario del hospital se enfrenta a un expediente disciplina-rio como hablen de ello. Lo malo es que hay muchos escondites en potencia en la ciudad; eso, si la niña está aquí todavía. Y también, que es muy difícil distinguir a un bebé de otro, así a primera vista. Aunque los mires a la cara, hasta es difícil saber si es niño o es niña.

Müller tosió y dijo:

—Seguro que las madres sí lo saben.

—Bueno, sí, tiene usted razón, camarada *Oberleutnant*. Se me olvidaba que tenemos una mujer en la casa. A nosotros, los hom-bres, nos cuesta más.

Müller se aguantó las ganas de soltarle una buena a Fernbach y se limitó a sonreírle.

—Siga usted —dijo—. Decía que hay muchos escondrijos. ¿A qué se refiere exactamente?

Fernbach fue pasando los dedos por el plano, en línea recta, entre los distintos *Wohnkomplex*; luego, entre los bloques de apartamentos

44

con su numeración extraña que quedaban comprendidos dentro de cada barriada.

—Bajo tierra —explicó Fernbach—. Todos los bloques de apartamentos se calientan desde esta planta soterrada en el centro de la ciudad. Y los tubos de calefacción salen de ahí en una instalación radial que lleva el aire caliente a todos los bloques. Hay kilómetros y kilómetros de túneles subterráneos por donde van los conductos. Aunque también miramos en los descampados y las zonas de monte bajo que rodean la ciudad, y en todas las líneas ferroviarias, no vaya a haber más de un... —A Fernbach se le quebró la voz, y quedó un silencio lúgubre en el aire. Müller sabía lo que había querido decir: «No vaya a haber más de un asesinato. No vaya a ser que la hermana gemela, Maddelena, esté muerta también».

—Está bien, gracias, *Wachtmeister*. Les dejo por hoy que sigan con todo eso a las órdenes de *Hauptmann* Eschler. En días venideros, es posible que cambiemos de prioridades. En cuanto a hoy, quiero acelerarlo todo al máximo: ver el sitio en el que tiraron el cuerpo de Karsten y, si hiciera falta, reunirme con el comandante Malkus para plantearle la necesidad de registrar casa por casa toda la ciudad y sus alrededores.

—Pues le deseo suerte en esto último —susurró Fernbach. Y lo hizo relativamente en alto, para que lo oyera Müller; aunque no tanto, para que, si ella le increpaba, pudiera decir que no había dicho eso. Müller lo dejó correr porque quería estar bien segura de cómo funcionaba el equipo antes de imponer su autoridad.

Estaba claro que había acabado su corta intervención, y Müller buscó a Eschler con la mirada, dándole a entender que mejor siguiera él. Luego fue hacia la mesa en la que estaban expuestas las pruebas, pasó de largo la maleta abollada en cuyo interior había sido hallado el cuerpecillo de Karsten Salzmann, las mismas fotografías del bebé magullado, y concentró toda su atención en la foto de Maddelena Salzmann: su hermana gemela. Le recordaba demasiado aquel caso a su propio pasado. Había dos mellizos implicados: uno desaparecido; el otro, asesinado. Eso la llevaba al aborto que tuvo, de mellizos también; y le reavivó todo el dolor que acumulaba, como el caso de la adolescente del *Jugendwerkhof* asesinada, hacía unos meses. Recibió de pleno la mirada que Maddelena le dirigía desde aquella foto. La niña sonreía, quizá a su madre. Y esa sonrisa se le clavaba a Müller en las entrañas: como un agudo recordatorio que le escarbaba en lo más hondo, le decía que su pericia a la hora de resolver aquel caso, y de resolverlo rápido, marcaría literalmente la línea divisoria entre la vida... y la muerte.

5

Más tarde ese mismo día.

Müller dio un respingo cuando sintió pasar el tren expreso a toda máquina, a escasos centímetros del punto en el que se había agachado para inspeccionar la sección de balasto acordonada al lado de la vía: allí donde la maleta, al caer a gran velocidad, había levantado la grava y formado un pequeño montículo. Estaba tan concentrada en la escena del crimen, intentando imaginarse cómo había sucedido todo, que no vio acercarse el tren.

—Cuidado, *Oberleutnant* —le dijo el *Kriminaltechniker* Jonas Schmidt, situado a su lado—. Ya la avisé de que no iban a parar los trenes porque estuviéramos nosotros aquí—. Müller respiró hondo un par de veces, esperó a que el corazón recuperara su ritmo y se alisó el pelo con las manos, todo revuelto después del paso del convoy. Sonrió al de la Policía Científica:

—¿Has traído las fotografías, Jonas?

—Sí, claro, camarada *Oberleutnant*.

Schmidt se puso a hurgar en el maletín para buscarlas, y Müller paró la vista justo enfrente, en la carretera que discurría en paralelo a la vía del tren; allí donde los dos policías de uniforme de la *Volkspolizei* que los habían acompañado a la escena del crimen mataban el tiempo apoyados en un Wartburg con distintivos. A Müller y a

Schmidt les vino bien contar con servicio de chófer después de lo mal que lo habían pasado la noche anterior buscando la dirección por las calles sin nombre. Aunque ella no dejara de pensar que la verdadera misión de los dos *Vopos* fuera más vigilarlos que pasearlos por la ciudad. Pero quiso ir hasta allí para ver el punto exacto con sus propios ojos. Tenía que cerciorarse de que Eschler estaba en lo cierto cuando dijo con tanta convicción que la maleta la habían tirado desde un tren en marcha.

—Aquí tiene, *Oberleutnant*. —Schmidt le alcanzó unas fotografías envueltas en plástico transparente. Müller ya las había visto, claro estaba; en su primera reunión con Eschler. Pero a ella le gustaba trabajar así: procuraba hacerse siempre una composición visual de la escena del crimen. Sostuvo en alto la fotografía de la maleta sin abrir, la puso en ángulo en su campo de visión, justo donde encajaba con el tramo exacto de la vía del tren, y tuvo una imagen precisa de cómo el cuerpo había llegado allí. Entonces miró la otra foto, el cuerpecillo trágicamente magullado de Karsten.

Luego se las devolvió a Schmidt y él las metió otra vez en el maletín. ¿Qué había sacado ella en claro con el cotejo? Bien poco. Era solo que le gustaba oficiar aquel ritual. No en vano, no era allí exactamente donde habían cometido el asesinato, si es que era en realidad un asesinato. La autopsia estaba fijada para la mañana siguiente. Y no sería ella la que fuera a sacar conclusiones de antemano.

Müller vio que Schmidt se había alejado un poco y que inspeccionaba la vía en dirección al centro de Halle-Neustadt. ¿Qué andaría buscando? Luego miró a los dos policías de la *Vopo* en la carretera. Había acudido otro coche, este sin distintivos, y los de uniforme hablaban por las ventanillas con sus ocupantes. Los recién llegados tenían pinta de ser policías de paisano. Iban de traje, y a Müller no le hacía falta pensar mucho para imaginarse quiénes podían ser.

Volvió Schmidt a paso lento, y vio que llevaba algo en una bolsa para recoger pruebas. Un par de cosas: un mechero desechable y una colilla. El mechero no dejaba de tener su interés, pues solo los utilizaban los occidentales y aquellos que tenían acceso a las Intershops.

—No creo que haya relación entre ambos —dijo él—. Pero no cuesta nada echar un vistazo. La maleta, aunque era más pesada que esto, tendría que haber recorrido más metros. Por eso fui andando unos pasos hacia atrás, hacia Ha-Neu. —Aquella forma de referirse a la ciudad, en abreviatura, despistó a Müller por un instante. Sonaba exactamente igual que la capital vietnamita pronunciada en alemán: Hanoi. Había muchos ciudadanos de Vietnam trabajando en la República Democrática Alemana. Y seguro que más de uno habría hecho un chiste con aquella coincidencia.

—Eso no tiene mucho sentido, ¿no, Jonas? ¿No caería más rápido el objeto más pesado?

—Difícil explicarlo, *Oberleutnant*, porque en realidad no es una ciencia exacta. En el vacío, los objetos, pesados o livianos, caen todos a la misma velocidad. Sin embargo, la maleta, y el mechero y la colilla, si es que los tiraron desde el tren, lo que no acabo de creerme, deberían desplazarse a la misma velocidad que el convoy. Pero es que la maleta, por ser más pesada, se ve menos afectada por la resistencia del aire: o sea, que tendría que haber recorrido más distancia.

—Ya veo —dijo Müller, a la que no le quedó muy claro el asunto después de oír la explicación de Schmidt—. Pero bueno, yo creo que aquí ya hemos acabado. Solo quería hacerme una composición de lugar del sitio en el que arrojaron el cuerpo; nada más, la verdad. No creo que vayamos a averiguar nada que no sepa ya la *Kripo*.

Schmidt asintió, y los dos detectives bajaron con cuidado del talud de la vía y fueron hacia el coche que los estaba esperando. Según se acercaban, los dos hombres de traje salieron del coche sin distintivos aparcado al lado del Wartburg y echaron a andar hacia ellos.

—Buenos días, camarada *Oberleutnant* —dijo el primer hombre, y le tendió la mano a Müller, sin dejar de mirarla a los ojos de manera desafiante—. Pensábamos que la encontraríamos en la

49

comisaría de la Policía del Pueblo de Ha-Neu, pero ya nos han dicho que estaba usted aquí. Soy el comandante Malkus y este es *Hauptmann* Horst Janowitz. Somos de la oficina del Ministerio para la Seguridad del Estado de Halle-Neustadt. Solo queríamos que supiera que estamos aquí, que puede contar con nosotros si necesita cualquier cosa.

Müller y Schmidt les estrecharon la mano a ambos, y entonces el sol del verano asomó por detrás de una nube solitaria e iluminó al hombre de más edad. Müller vio que no podía apartar sus ojos de los suyos. Lo miraba fijamente, y entonces supo por qué: se le reflejaba el brillo del sol en el iris; un iris de un color miel fuera de lo común. Eran unos ojos profundos, magnéticos, que la absorbían por completo.

Müller bajó la mirada, como un animal que se humilla ante un rival más poderoso antes de que empiece la refriega. Molesta consigo misma, alzó los ojos de nuevo y respondió, con tanta firmeza como le fue posible:

—Creo que nos valdrá con la ayuda de la Policía del Pueblo de aquí y con la *Kripo*, camarada comandante, pero le agradezco mucho el ofrecimiento.

Malkus asintió levemente con la cabeza y esbozó una sonrisa; mas a Müller no se le escapó que Janowitz, quien no se separaba en ningún momento de su superior, no sonreía y la miraba fijamente, igual que había hecho el comandante hacía apenas unos segundos.

—Sin embargo —dijo Malkus—, es este un caso muy delicado. —Müller pensó en retarlo pidiéndole que le explicara exactamente en qué radicaba la delicadeza. Porque Eschler le había adelantado algo, pero a ella no le cuadraba. Aunque puede que no fuera el mejor momento. Hubo una pequeña pausa y Malkus siguió diciendo—: Ha-Neu es un proyecto muy importante para la República Democrática, como a buen seguro sabrá usted. Así que le estaría agradecido de que me concediera el honor de pasarse hoy, más tarde, por la oficina del Ministerio para la Seguridad del Estado para ponerle al día con todo detalle. —Malkus le ofreció su tarjeta de visita—. ¿Le vendría bien a las tres?

Müller se lo pensó un momento, aunque la verdad era que no tenía más remedio que ir.

—Desde luego, camarada comandante.

—Estupendo, pues —asintió el oficial de la Stasi—. Allí nos veremos. —Dirigió una mirada de desaprobación a Schmidt, quien acababa de sacar un bocadillo y le había dado tal mordisco que tenía que abrir la boca al masticar y dejaba ver el contenido: como la ropa que daba vueltas en una de esas lavadoras de carga frontal último modelo—. Y vaya sola, camarada *Oberleutnant*, se lo ruego. Seguro que el camarada Schmidt aquí presente querrá ocuparse de sus tareas forenses, cuando haya terminado con ese tentempié.

6

Diez años antes: 1965.
Halle.

Hansi es tan bueno conmigo. Sabe que es un momento difícil, y que me da un poco de miedo el embarazo; pero no para de darme ánimos, y masajes en los hombros, ni de traerme cafés; hasta va a la sección de pastelería del *Kaufhalle* para comprarme la tarta de *mousse* de manzana que tanto me gusta. Claro, que no tenía que comer tanta, pero Hansi dice que no pasa nada. «¿No ves que ahora tienes que comer por dos, Franziska?», dice, y me frota la tripa.

Hará como dos semanas, le dije que estaba preocupada porque no notaba las patadas del bebé. Las otras madres del programa prenatal están todo el día con eso: «¡Hala! Noto una patadita justo aquí», dicen. «Este va para futbolista cuando sea mayor». O sea, que cuando no noto nada, me preocupo. Pero Hansi me llevó a un chequeo con ese amigo suyo que es médico y le ha dicho que no hay motivo de preocupación. Así que menudo alivio sentí. Aunque ahora sé a ciencia cierta que estoy embarazada, la verdad es que lo supe en cuanto dejó de venirme la salsa de fresa. ¡Qué forma tan bonita de llamarlo!, ¿verdad? Siempre me hizo gracia eso, aunque la primera salsa de fresa me vino cuando… Pero ¡no! No voy a pensar en eso. Hansi dice que no me viene nada bien pensar en los días aquellos.

52

Lo que hago muchas veces es inventarme pataditas. Si Frau Becker dice que su futbolista ha vuelto a propinarle una, voy yo y digo: «Ah, pues a mí me ha dado un golpecito el mío, solo que muy pequeño. Vamos, que no va para futbolista. Será que es una niña». Eso mismo hice esta mañana, y Frau Becker se echó a reír. Estoy encantada de tener tantas amigas. He tenido bien pocas en los últimos años.

Eso sí, a Frau Becker le dan muchos mareos de mañana. Y en eso no me quedo atrás. Hansi me da unas pastillitas para prevenirlos. Qué listo es. ¿Sabes que trabaja en una planta química en Leuna? Menudo puesto tiene. Es que fue a la universidad. Yo nunca fui tan lista. Y además trabaja a veces para el Ministerio; vamos, que es muy importante. De vez en cuando me pide que lo ayude con los asuntos oficiales del Ministerio. A ver si algo no me cuadra del todo, cosas por el estilo. Porque si alguien no actúa como es debido, a lo mejor es que las autoridades tienen que echarle un cable.

Pero bueno, ya está bien de soñar despierta. Eso es lo malo, que siempre estoy soñando despierta. A ver si me puedo calmar y pensar en el futuro: el futuro con mi bebé recién nacido. Porque tenemos toda la vida por delante; eso dice siempre Hansi.

Acaban de abrir una tienda nueva en Schkeuditz, así que allá que voy esta misma tarde, a hacerles una visita. Descuida, que no pienso comprar nada. Le he prometido a Hansi que no voy a comprar nada más. Pero es que es tan mona toda esa ropita sin estrenar. Me encanta cómo huele. Aunque tengo ya toda una colección en el sifonier del apartamento. Dos cajones llenos. Me parece que Hansi no sabe todo lo que tengo ya. Pero es que es mejor estar preparados. Imagínate que de repente escasea la ropita de niña, ¡al poco de nacer! Y solo me faltan dos meses.

Yo tengo suerte y no se me nota tanto. No es por cotillear, pero cuando tienes una tripa del tamaño de la de Frau Becker tiene que ser muy incómodo, ¿verdad? ¡Qué sé yo si podrá dormir por la noche! Supongo que tendrá que dormir de espaldas. Hubo un tiempo en que también me preocupaba eso. Pero Hansi me contó que el médico le había dicho que yo soy gordita, y que a nosotras no se nos nota tanto el embarazo. Y yo me eché a reír. Porque tan gorda no estoy; aunque reconozco que me tira la tarta de *mousse* de manzana: ¿Y a quién que esté en estado de buena esperanza no le va a tentar?

¡Qué mujer tan maleducada me acabo de encontrar en el autobús! ¿Quién se habrá creído que es? Se supone que somos todos iguales, ¿no? Pero ella no paraba de rezongar en el asiento de al lado; decía que yo ocupaba el doble de espacio que ella y que solo había pagado un billete. Pero le dije que estaba encinta y empecé a frotarme la tripa, a hacer como que me dolía. No tuvo más remedio que callarse la boca, la muy imbécil.

Nada más entrar en la tienda, suena una campanilla, y me llevo un buen susto; hasta tal punto de que no sé dónde estoy. Me pasa eso a veces con los ruidos que no me espero: ya sabes, después de lo de...

Pero, bueno, enseguida me recompongo y voy a la sección de bebés. Entonces, en un expositor, veo un peto rosita y me acerco a echar un vistazo. ¡Qué tejido más suave! Parece que le hubieran pasado el cepillo a la lana. Lo acaricio un poco. Es lo que tiene este país tan maravilloso: que podemos producir materiales que son todavía mejores de lo que parecen. Y que duran más, ¿sabes? No como eso que hacen al otro lado del Muro, que parece todo de usar y tirar.

—¿Puedo ayudarla, ciudadana? —me pregunta la dependienta, una chica joven. Es muy guapa, casi recién salida del colegio. Imagino que es su primer trabajo.

—Ay, pues es que no sé —suspiro—. Es tan bonito. Pero no sé si me lo puedo permitir.

—Son la última moda, acabamos de recibirlos. Y se los llevan muchas mamás —dice la chica—. ¿Tiene usted alguna amiga que está embarazada?

Me ofende un poco ese comentario y me señalo la tripa.

—Yo soy la que está embarazada, ¿no lo ve? Salgo de cuentas en dos meses. —La chica se pone toda roja. Le está bien empleado. Pero entonces le sonrío. Porque, claro, no es la primera que se equivoca. Bajo la voz y le digo con un susurro—: La verdad, el peto es una monada, pero es que mi marido dice que no compre más ropa de bebé.

—Pero él no tiene por qué enterarse, ¿no? —susurra ella a su vez, como si fuéramos dos adolescentes que se cuentan un secreto—. ¿Por qué no lo esconde hasta que llegue el gran día?

Eso digo yo, por qué no. Asiento levemente con la cabeza y vamos las dos con el peto a la caja.

7

Diez años más tarde: julio de 1975.
Halle-Neustadt, Alemania del Este.

De vuelta al centro de operaciones en Ha-Neu, Schmidt fue derecho a analizar lo que había encontrado en la vía del tren, buscando huellas en la colilla y en el mechero. Mientras, Müller quiso prepararse para la reunión con Malkus. Se miró en el espejo que había detrás de la puerta y le dio unos retoques al poco maquillaje que llevaba: no hizo más que repasarse la raya del ojo; y luego alisarse la ropa. Estos últimos días, primero en Berlín y luego en Ha-Neu, el sol le había dado a su piel un tono muy saludable. Lo traumático del último caso, más la ruptura con Gottfried; todo aquello la había hecho mella meses atrás. Ahora había vuelto a ser la de antes, y quizá hasta gozara de un aspecto demasiado juvenil para estar al frente de una brigada de homicidios.

Por eso eligió una prenda de ese color. Hacía un calor sofocante, pero Müller se había traído de Berlín un guardapolvo rojo muy fino, y lo descolgó de la percha de detrás de la puerta, en el despacho que la gente de Eschler había habilitado para ella en la comisaría. Lo eligió aposta para llamar la atención. No tanto para cuando tuviera que entrevistarse con la gente, sino, sobre todo, para las reuniones con otros mandos. Vestida de rojo se sentía más fuerte. Aunque puede que fuera solo algo psicológico; pero nada más conocer a Malkus, le pareció que ganar la batalla psicológica, o plantarle cara al menos, podía ser clave en la relación que debía mantener con él.

Sí que era verdad que Malkus la había convocado a aquella reunión sin darle opción. Pero ella pensaba aprovechar la circunstancia para exponer ante él la necesidad de buscar a Maddelena casa por casa. Y si la Stasi se resistía a hacerlo, tal y como aseguraba Eschler, entonces ella quería saber por qué. Lo de evitar el pánico era una excusa cualquiera; y una excusa que acabaría palideciendo frente a la vida de una niña a la que el tiempo, con toda seguridad, se le estaba acabando.

Cogió de encima de la mesa las llaves del Wartburg y se encaminó hacia el aparcamiento de la comisaría. En cuanto la vio, Eschler se levantó para seguirla: con una bolsa de plástico en una mano y, en la otra, una hoja de papel.

Bajaban los dos las escaleras, haciéndose eco el uno al otro con los pasos, que resonaban como palmetazos en el suelo de cemento, cuando él le entregó la hoja de papel: resultó que era un plano de la ciudad en el que las distintas zonas estaban marcadas con colores.

—A lo mejor le sirve esto. No es la única que se confunde con la numeración para dar con las direcciones. A mí esto me ayuda. Vienen todos los *Wohnkomplexe* en colores diferentes; como el que tenemos en el centro de operaciones. Muchas veces es difícil ver dónde están las lindes entre uno y otro complejo residencial. Así se orienta.

Müller cogió el plano y le dio las gracias con un gesto de la cabeza. Ojalá fuera eso señal de que se iba ganando al capitán, llevándolo a su terreno; mejor eso, y no que él sintiera que tenía que tratarla como a alguien que le habían impuesto desde arriba y no pintaba nada allí.

Cuando llegaron al aparcamiento, Müller se montó en el asiento del conductor del Wartburg; y, para su sorpresa, Eschler hizo lo propio en el asiento del copiloto, dejando la bolsa de plástico entre las piernas en el suelo del coche.

—¿Pensaba usted acompañarme, camarada *Hauptmann*?

Eschler se echó a reír:

—No. —Acercándose un poco más a ella, le tomó el plano de las manos y lo desdobló—. Pensé que mejor le marcaba dónde está el cuartel regional de la Stasi del *Bezirk* de Halle, donde la espera Malkus. Aquí lo tiene, no hay pérdida: en el extremo oriental de la ciudad nueva. Justo donde acaba el *Wohnkomplex VIII*, el que está sombreado en azul.

Müller siguió con la mirada el recorrido del dedo sobre el plano; luego se fijó en la bolsa.

—Y mientras yo voy al encuentro de Malkus, ¿usted qué va a hacer, irá de compras?

Eschler sonrió con cierta ironía y eso le suavizó los rasgos de la cara, los mismos que, horas antes, Müller halló poco amistosos, amenazadores casi.

—No, no —dijo riendo—. Esto es para usted. —Abrió la bolsa para que ella viera qué tenía dentro—. Verduras que planto en el huerto que tengo en casa. Soy consciente de que no va a encontrar aquí nada parecido, y, bueno, pues este año se nos ha dado bien la cosecha.

—Es muy amable por su parte… —Müller lo dejó ahí un instante—. Bruno. ¿Puedo llamarlo Bruno?

Eschler se removió en el asiento y tendió la mano para estrechar la de Müller.

—Pues claro, camarada *Oberleutnant*. Aunque delante de mis hombres…

—Tranquilo, que delante de sus hombres ya me encargaré de seguir el escalafón, Bruno. Y usted… usted, llámeme Karin.

Eschler dijo que sí con la cabeza.

—Lo siento si fui un poco seco esta mañana en la sesión informativa. Estoy seguro de que se hace usted cargo. Es que es duro ceder el control a un equipo que viene de fuera. Pero quiero que trabajemos juntos, que cooperemos y nos llevemos bien; en la medida de lo posible.

—Desde luego —dijo Müller—. Lo entiendo.

—Lo de las verduras es mi forma de pedirle perdón.

Müller le dedicó una afectuosa sonrisa.

—De verdad que se lo agradezco. Jonas Schmidt y yo estamos un poco descolocados. Nos hará falta su apoyo y el de su equipo. Le acepto de corazón el obsequio.

Eschler salió del coche; pero, antes de cerrar la puerta, metió la cabeza otra vez dentro:

—Una cosa, Karin. Tenga cuidado de lo que se avenga a aceptar con Malkus. Ya sé que estamos todos en el mismo barco, que más o menos buscamos todos lo mismo. Pero menuda pareja hacen él y *Hauptmann* Janowitz. Si le entra por el ojo derecho, es fácil llevarse bien con el comandante. Pero Janowitz... Pues posiblemente no se lo quite usted de encima ni a sol ni a sombra. Y es frío como un témpano. Es muy difícil entrarle por el ojo derecho a Janowitz, se lo digo yo. Tenga mucho cuidado en el día a día con él. —El capitán dio un pequeño golpe en el techo del coche—. Pero no quiero entretenerla. Buena suerte. —Cerró de un portazo y volvió al centro de operaciones.

Como había salido con tiempo más que de sobra, Müller tenía ahora veinte minutos libres antes de llegar a la reunión. Pensó emplearlos en orientarse en Ha-Neu a plena luz del día, dado lo mucho que les costó a ella y a Schmidt encontrar el apartamento la noche anterior.

Para alguien recién llegado de Berlín, era difícil acostumbrarse a que las calles no tuvieran nombre; pero se las apañó para abrirse camino entre unas y otras, echando mano del mapa a colores que le había dado Eschler: con él delante, solo tenía que preocuparse del número de cada bloque de apartamentos. Le chocó, eso sí, la atmósfera general de despreocupación que vio en el ambiente veraniego: los niños se refrescaban en las fuentes, las madres llevaban por la zona peatonal de las calles los carritos de sus bebés y lucían faldas cortas; y pasaban muchachos del Movimiento de los Pioneros, ataviados con el uniforme blanco, azul y rojo. No había nada que diera a entender que sabían lo de los mellizos, ni que eso tuviera el más mínimo efecto en la vida de la gente. Quizá la Stasi iba bien encaminada al no permitir que corriera la noticia, pensó Müller. Mas no lograba acallar la voz insistente que le decía que era mejor investigar casa por casa, por el bien de la desaparecida Maddelena. Miró a otra madre que pasaba con un carrito y alcanzó a ver de refilón la cara del bebé cuando cruzó delante de ella. Aquello que dijo Fernbach de que casi todos los bebés se parecían tenía su poso de verdad; aunque ella casi le echa una buena bronca por decirlo. Si alguien quisiera esconder un bebé, posiblemente lo mejor fuera hacerlo pasar por hijo suyo. ¿Era imaginable algo así?

De repente, tuvo que frenar para que no se le echara encima una señora mayor que iba dando bandazos en la bici: tenía la cesta del manillar llena de bolsas de la compra, y eso hacía que no fuera derecha, era todo un peligro. La anciana la miró con cara de pocos amigos, y eso le recordó que tendría que hacer algo que no quería ni atada. Recordaba haber recibido muchas veces esa mirada intempestiva por parte de su madre. Y supo que no podría posponer mucho más tiempo aquella visita obligada al hogar materno en Turingia. Aunque no se muriera de ganas de ir por allí. Su carrera en la Policía le permitió escapar de la atmósfera asfixiante que reinaba en la casa familiar; y de esas miraditas enfurecidas que recibía cada vez que no hacía lo que se esperaba de ella, por nimio que fuese el asunto. Miradas que nunca iban dirigidas a su hermana pequeña, Sara; ni a su hermano, Roland. ¿Y eso por qué?, se preguntaba. Porque lo que era seguro era que todos los padres deberían tratar a sus hijos de forma parecida; aunque la relación de Müller con su madre siempre había sido difícil, por llamarlo de alguna manera: difícil, cuando no directamente hostil. ¿Acaso tenía ella la culpa; o la tenía su madre, o era otra cosa?

Llevaba unos quinientos metros conduciendo casi como si llevara puesto el piloto automático cuando paró bruscamente a un lado de la calzada y consultó el plano. En aquel punto, los apartamentos eran más nuevos, no estaban acabados del todo; había montones de arena, cemento y ladrillos, y barro seco entre unos bloques y otros: por mucho que buscara en la paleta de colores de Eschler, Müller se había perdido. No solo eso, es que la gente había desaparecido de aquella parte de Ha-Neu: no había madres orgullosas empujando el carrito del bebé, ni muchachos del Movimiento de los Pioneros con los uniformes perfectamente planchados. Y se puso a temblar sin querer. El miedo le bajó al estómago, porque llegaría tarde a la reunión con Malkus, y de nada le valdría protegerse psicológicamente debajo del guardapolvo rojo. Si era verdad que iban a supervisar cada paso que diera, menudo comienzo era aquel.

Entonces notó algo que le hizo mirar por el espejo retrovisor. Quizá lo que veía allí reflejado fuera el Lada rojo de la noche anterior; el que los había seguido a Schmidt y a ella, o el que no los había seguido. Pero no, no era ese el coche que veía ahora, sino un Skoda negro aparcado como a unos cientos de metros de donde se encontraba. Estaba en el mismo sentido de la marcha que ella; y vio una figura en el asiento del conductor. ¿Era ese el coche que la seguía ahora? Porque de ser así, ella no se había dado cuenta. No sabría decir si era un hombre o una mujer, debido a la sombra que arrojaba sobre la calzada el bloque de apartamentos que quedaba justo encima. Eso sí: esperaba que la ayudara, fuera o no de la Stasi.

Müller se bajó del Wartburg, sin olvidar el plano de Eschler, y echó a andar hacia el Skoda. Y fue nada más entrar en la misma zona en sombra que velaba la identidad del ocupante del coche cuando vio que era un hombre lo que había dentro; y que la miraba fijamente. Notó algo hostil en aquella mirada; aunque, cómo iba a saber que ella era oficial de Policía: iba de paisano, el coche no llevaba distintivos. A no ser, claro está, que supiera exactamente quién era ella, y ese fuera el motivo por el que estaba allí aparcado. Para seguirla bien de cerca.

Pasaron unos segundos y Müller se fue acercando al hombre sin dejar de mirarlo. Pero entonces él apartó la mirada, fijó la vista en el salpicadero del Skoda y se oyó el ruido del motor al arrancar. Ella levantó la mano en la que llevaba el mapa cuando el coche pasó a su lado, pero el hombre hizo caso omiso.

Se llevó una mano a la frente y notó que empezaba a dolerle la cabeza; y que todo su cuerpo se resistía a sucumbir al calor seco y aplastante, y al estado de nervios que iba apoderándose de ella. Justo entonces, se pasó la mano por la cara y fijó la vista en el bloque de apartamentos: era uno de los pocos en aquella parte de Ha-Neu todavía en construcción que tenía ya puesto el número. Sintió un gran alivio cuando casó ese número con el plano: había logrado por fin volver a orientarse. Y la efigie de aquellos bloques de cemento que había sentido que se le venían encima, que la atrapaban en un dédalo de calles sin nombre, volvieron a tener para ella su condición benigna, inanimada.

Müller consultó el plano y miró el reloj. Se había desviado hacia el extremo oeste de la ciudad, cerca del apartamento que les habían asignado a Schmidt y ella, aunque no había sido consciente hasta ahora. Había perdido veinte minutos con aquel desvío innecesario, sumado al miedo que le entró al haberse perdido. Por muy rápido que condujera rumbo a la parte este de la ciudad, donde estaba el cuartel de la Stasi, al lado del *Wohnkomplex VIII*, sabía que llegaría tarde.

Cuando salió de la avenida principal, la Magistrale, Müller volvió a fijar la vista en el retrovisor del Wartburg. Y se le cayó el alma a los pies al comprobar que el Skoda negro giraba también en dirección al cuartel de la Stasi. Al principio se recriminó a sí misma tanta paranoia. Se dijo que lo más seguro sería que el otro coche llevara la misma dirección por puro azar. Aminoró la marcha antes de llegar a las puertas de seguridad: vio alzada la barrera que daba entrada al recinto vallado en el que sentaba sus reales el Ministerio para la Seguridad del Estado. Y entonces, el Skoda la adelantó y entró en territorio de la Stasi sin parar delante del control de acceso.

Para cuando acabaron los trámites en la entrada –le miraron el pase y el guardia llamó para confirmar que tenía cita–, el retraso de Müller rayaba ya en la falta de consideración; y no era la mejor tarjeta de visita para Malkus y Janowitz, con quienes todo auguraba que la relación sería difícil. Nada más salir del coche y ponerse el guardapolvo rojo, ya tenía allí a un agente de paisano para escoltarla dentro, tanto si ella quería como si no.

—Buenos días, camarada *Oberleutnant*. He venido para acompañarla a la reunión que tiene con el comandante Malkus. Sígame, por favor.

Mientras caminaba al lado del agente de la Stasi, Müller alzó la vista para ver el exterior del edificio. No distaba mucho de ser como los otros bloques de Ha-Neu. Estaba casi recién acabado, tenía siete plantas; subrayada cada una de ellas por una franja de enfoscado de color arcilloso, lo que le daba al edificio la apariencia de una piel a rayas horizontales. Dos torres dividían en tres secciones la fachada del cuartel; estaban rematadas con paneles prefabricados de hormigón y adornadas con el emblema de la Stasi, repetido en rosetones de cemento, de un tono gris apagado, que reproducían el motivo: un musculoso trabajador, brazo en alto, sostenía un rifle en el que ondeaba la bandera de la República Federal.

La entrada hacia la que la guiaban estaba ubicada en una de las torres, y a Müller le pareció idéntica a la del cuartel general de la Stasi en Normannenstrasse, en la capital del Estado. Aunque iba a ser esta la primera vez que entrase en un edificio del Ministerio para la Seguridad del Estado; aparte de la cárcel de Hohenschönhausen en la que estuvo recluido Gottfried a primeros de año. Y ese recuerdo la hizo temblar de frío, pese al calor que hacía: rememoró la forma en la que intentaron utilizar pruebas manipuladas para incriminar a su exmarido; y, por si eso fuera poco, pensó también en el incidente del Skoda que acababa de presenciar. Malkus había hablado de ofrecerle a ella y a su equipo todo el apoyo que les hiciera falta; pero por propia experiencia, sabía que cualquier apoyo que le brindara el Ministerio para la Seguridad del Estado la obligaría a apurar un amargo cáliz.

Malkus se levantó de su sillón de cuero detrás de la mesa de trabajo y fue a saludarla lleno de cordialidad: le estrechó la mano, la invitó a sentarse en un sofá de pana bajo que había delante del escritorio y luego volvió a su puesto. El sol de la tarde entraba a raudales por el ventanal y le sacaba brillos a su prominente calva: desde donde se encontraba, quedaba al menos un metro por encima de ella; detalle que no era baladí, pensó Müller, pues aquella diferencia de altura la dejaba en clara desventaja.

—Le agradezco mucho que haya venido, camarada *Oberleutnant* —empezó a decir Malkus, como si le hubiera quedado a Müller otra opción que acudir a la cita—. Y no se preocupe por la tardanza; me hago cargo de que usted y su equipo tienen que andar ahora poniéndose al día en todo. —Esto lo dijo con una leve sonrisa, pero en realidad le estaba echando en cara el retraso, y Müller lo sabía.

—Le pido disculpas, camarada comandante. Me está costando acostumbrarme a la falta de nombres de las calles. Esto es muy distinto a Berlín.

—Y que lo diga —replicó Malkus, quien se reclinó en el sillón y empezó a hacer puñetas moviendo despacio los pulgares. Luego se echó hacia delante y tiró unos milímetros de los puños de la camisa blanca por debajo de la manga del traje, con los codos apoyados en la mesa. A Müller se le fueron los ojos al busto blanco de Felix Dzerzhinsky que había encima del escritorio: la angulosa cabeza del director de la Checa soviética. Ella ya sabía que a los miembros de la Stasi les gustaba pensar que eran la «Checa alemana». Al lado de la estatuilla había una botella de vodka abierta con un vaso medio vacío. Malkus siguió la dirección de su mirada, tapó la botella y la metió con el vaso en un

64

cajón del escritorio. Luego la miró sin demudar en ningún momento la media sonrisa.

—Pues bien, lo que quería era acordar con usted las líneas de actuación. Unas líneas en la investigación que sirvan tanto a los fines de la Policía del Pueblo como al Ministerio para la Seguridad del Estado. Tengo entendido que ha trabajado usted con nosotros antes. Con el *Oberstleutnant* Klaus Jäger, ¿verdad?, del Departamento Ocho de la capital del Estado.

Müller asintió con cautela.

—Klaus y yo somos buenos amigos, nos conocemos desde la universidad. Fue él quien la recomendó para este trabajo. Aunque se enfrentará usted a ciertas limitaciones en las pesquisas, y créame que esas restricciones son necesarias, es mejor estar al frente de su propia brigada de investigación de homicidios que andar todo el día entre papeles, mareando la perdiz; o interrogar a los macarrillas en Keibelstrasse. ¿A que está usted de acuerdo conmigo?

A Müller le cayó como un puñetazo en la boca del estómago saber que la habían seleccionado los de la Stasi, Jäger nada menos, y no sus propios superiores en la Policía del Pueblo. Por segunda vez en el transcurso de unos pocos meses, tenía toda la pinta de que le iba a tocar bailar al compás que le marcara la Stasi. Pero en vez de darle voz a la angustia que sentía, Müller asintió otra vez levemente con la cabeza.

—Entonces —dijo Malkus, y sacó una carpeta del maletín y cogió un bolígrafo al que sacó punta con un clic del botón—: déjeme que le ponga al día de algunos de los problemas a los que nos enfrentamos en esta investigación, y de cómo sugerimos que sean abordados. —Levantó la vista de los papeles y miró a Müller directamente a los ojos. Y de repente, cuando el sol le dio en la cara al comandante, igual que esa misma mañana junto a las vías del tren, Müller comprendió por qué sus ojos le causaban tanta extrañeza: no eran de color miel, sino de un tono sorprendentemente ambarino, luminiscente. A Müller la sacaban de quicio y tuvo que hacer un esfuerzo para concentrarse en lo que le decía el oficial de la Stasi.

—Nuestra primera prioridad —siguió diciendo— es no provocar el pánico entre la población. Por supuesto que hay que dar con el asesino, la persona que ha secuestrado a los bebés. Hay que encontrar a la niña que falta... —Hizo una pausa para consultar sus notas—. Maddelena. Eso es prioritario, desde luego. Pero es casi más importante evitar que cunda el pánico, evitar que el buen nombre de Ha-Neu se vea afectado. Creo que estará usted de acuerdo. O sea que lo que quiero que le quede bien claro es que no va a haber ningún registro apartamento por apartamento.

Ella no quiso callarse:

—Pero es que...

—No es cuestión de negociarlo, *Oberleutnant*. Se ha decidido al más alto nivel en el Ministerio para la Seguridad del Estado, y en el Ministerio del Interior, al que pertenece el cuerpo de Policía.

Müller sintió que la invadía la rabia. No pensaba que la reunión fuera a transcurrir por esos derroteros: no le habían dejado ni siquiera sacar a colación la importancia de un registro casa por casa. Intentó a la desesperada exponer sus argumentos:

—Será prácticamente imposible que encontremos a la niña, que hallemos pistas de su paradero, sin llevar a cabo un registro de todos los pisos, de todos los bloques y en todos los complejos residenciales. Sigo creyendo que eso es lo que hay que hacer.

No había acabado la frase y ya estaba Malkus diciendo que no con la cabeza.

—Tendrá que recurrir a otros métodos; seguro que se le ocurre algo. Además, en caso de que tuvieran al bebé escondido en alguna parte, ¿por qué había de ser en un apartamento aquí en la ciudad? ¿No le parece que el captor correría un riesgo demasiado elevado? Pero es que, ya le digo, este aspecto de la investigación es innegociable. En segundo lugar, nuestra prioridad es que tiene usted que compartir la información con nosotros. Siempre que tenga una pista nueva, háganoslo saber. Si quiere llevar la investigación por otras vías, consúltenos antes de hacerlo. Así no habrá malentendidos. —Malkus dejó el bolígrafo encima de la mesa y se repantingó en el sillón, con las manos plegadas encima del estómago—. Según sé por Klaus, hubo uno o dos de estos malentendidos en la investigación que dirigió usted hará unos meses.

Müller no dijo nada, se limitó a mirar al comandante de la Stasi a los ojos.

—Ah, y antes de que se vaya: Klaus le manda recuerdos. Sintió mucho que rechazara usted la oferta que le hizo de unirse a él en la Dirección General de Inteligencia. Ya lo han ascendido a coronel y lo han destinado a Cuba. Aunque a lo mejor a usted no le va eso de viajar al extranjero, no es como su marido.

Müller suspiró hondo. Quedaba dentro de lo previsible que la oficina de la Stasi en Halle lo supiera todo de ella. Eso sí, no pensaba darle a Malkus la satisfacción de que creyera que le había hecho perder los papeles. Y bien que lo intentó provocándola de aquella manera. Después de alisarse la falda, se puso en pie.

—¿Alguna cosa más, camarada comandante?

Sin levantarse del asiento, Malkus hizo señales ostensibles de que podía retirarse:

—No, no, Karin. No quiero entretenerla. Sé que el tiempo apremia y debe usted volver al trabajo. Cualquier detalle que considere de relevancia, hágamelo saber. Y para lo que es el día a día, ya se pondrá en contacto asiduamente con usted *Hauptmann* Janowitz. Tenga cuidado, a ver si le entra usted por el ojo derecho al capitán. Él no es tan comprensivo como pueda serlo yo. Sabe por dónde queda la salida, ¿verdad?

Salió del despacho sin decir adiós. Era bien consciente de que había sido todo una exhibición de poder. Malkus no le había dicho nada que no pudiera haberle dicho esa mañana en las vías del tren. Y saber que Janowitz tendría con ella «un contacto asiduo» no era ningún consuelo; más bien al contrario. Puede que el hombre del Skoda, o incluso el del Lada rojo de la noche anterior, fuera uno de los subordinados de Janowitz.

Bajaba por las escaleras de cemento, de vuelta a donde había aparcado el coche, escoltada por el mismo agente de paisano, cuando la invadió de nuevo aquella sensación funesta que había sentido mientras trabajaba en el caso de la chica del *Jugendwerkhof*. Eso la hizo plantearse si no sería mejor, al fin y al cabo, vérselas con *hippies* de medio pelo como Lauterberg en Keibelstrasse.

8

Antes de volver a la sala de operaciones, Müller decidió desviarse un poco para ir al apartamento que le había buscado la Policía de Halle. Sentía la necesidad de refrescarse después de la reunión con Malkus; y sentía también que ponerse aquella prenda roja no había sido buena idea del todo. En lo que duró la charla, o la conferencia, o lo que quiera que fuera, notó cómo se le acumulaban las gotas de sudor en las axilas. Miró otra vez por el espejo retrovisor y no vio por el momento señales de que la siguiera nadie. Y si la estaban siguiendo, no hacían ostentación de ello a plena luz para ponerla nerviosa. Así que se sintió más con el control de la situación en ese trayecto, con más confianza, pese a lo incómodo de la ropa.

Giró para entrar en *Wohnkomplex VI*, tan característico con aquel muro redondo que formaba el bloque de apartamentos, y tuvo cierta sensación de familiaridad. Quedaba a su izquierda la carretera de circunvalación que rodeaba la ciudad. Más allá, le contaron, había un parque y un lago. Hizo intención de ir allí algún día, cuando no estuviera de servicio; aunque tendría que asegurarse de que Eschler y sus hombres habían registrado antes esa zona, si no lo habían hecho ya. Movía la cabeza a un lado y a otro, empapándose bien del entorno: se diría que no acababa nunca aquel bloque de apartamentos, la uniformidad de las ventanas y las puertas, el gris ininterrumpido. Aunque era un gris recién estrenado, limpio; nada que ver con el gris sucio al que estaba acostumbrada y que dominaba Berlín, la capital del Estado.

La numeración de los bloques no era todo lo lógica que cabía esperar, no seguía una pauta lineal. Por ver si se orientaba, estuvo atenta a la súbita aparición del bloque 952, que sabía que venía a continuación del suyo, el 953. Aparcó el coche y fue hasta la entrada, dándole vueltas en la cabeza a lo que le había dicho Malkus. Aquello era un aviso, como lo habían sido las «charlas» de Jäger en el caso anterior. Al entrar, echó un vistazo por todo el portal buscando el ascensor para subir al cuarto piso, pero enseguida se acordó: no lo habría, pues solo los bloques de más de cinco pisos lo tenían. Se preguntó entonces cómo se las apañarían para subir las escaleras cargadas con los carritos de los niños las jóvenes madres que había visto antes paseándolos al lado de las fuentes. A lo mejor era ese el precio que había que pagar cuando te asignaban un piso recién construido en una ciudad tan moderna: los primeros pasos hacia la formación de una familia en la República Democrática Alemana, algo al alcance de muy pocos.

Müller subió las escaleras y enfiló por un pasillo que parecía no tener fin. Miró por encima del hombro antes de meter la llave en la cerradura de la puerta del piso que les habían asignado a los de la *Kripo*. «¿Por qué me preocupo tanto? Ya me han dicho que me estarían vigilando, y no tengo nada que esconder». Una vez dentro, oyó una voz de hombre que tarareaba una canción. No parecía la de Schmidt; aunque, cosa rara, le sonaba ese timbre de voz. Dobló por el pasillo para entrar en la cocina y se dio de bruces con un joven nervudo de pelo rizado que llevaba gafas, y que estaba sacando latas de comida de las bolsas. A los dos se les dibujó en la cara simultáneamente una sonrisa.

—Martin —dijo, y le dio un abrazo—. No esperaba verte.
—Era Vogel, el joven *Unterleutnant* que los había ayudado a Tilsner y a ella en las montañas Harz, a primeros de año, en el caso de los adolescentes del *Jugendwerkhof*—. No esperaba que salieras nunca del Harz: yo creía que eras un detective de campo de pura raza.

Vogel se separó del abrazo y su cara adquirió una expresión sombría.

—Es que no era lo mismo, camarada *Oberleutnant*. Me faltaba…

El joven oficial se interrumpió antes de decir el nombre de *Hauptmann* Baumann. Pero Müller le adivinó el pensamiento en los ojos, en la expresión de la cara: vio en ellos los últimos instantes en la vida del capitán de la Policía del Pueblo; a varios metros bajo tierra, en una mina que atravesaba la frontera, herido de muerte por el disparo de alguien que se suponía que era de los suyos.

Vogel tomó aire y alzó los hombros.

—El caso es que necesitaba probar cosas nuevas. Pedí un traslado a Berlín, y di su nombre como el de alguien con quien me gustaría trabajar, camarada *Oberleutnant*.

—No, Martin: Karin, me tienes que llamar Karin. Ya nos conocemos lo bastante.

Vogel sonrió de oreja a oreja.

—Pero bueno, el caso es que no me dieron lo que pedí. Porque en vez de las luces de neón de la capital del Estado, me tocaron las de Halle-Neustadt. Pero estoy encantado de volver a trabajar con usted otra vez, Karin. Aunque por lo poco que sé, puede tratarse de otro caso difícil.

Müller dijo que sí con la cabeza y empezó a preparar la cafetera.

—Vamos a tomarnos un café primero y luego te pongo al día de lo que sé por ahora. Pero sí que es un caso un poco delicado, como el otro.

Vogel retiró una de las sillas de cocina que había debajo de la mesa y se sentó.

—Eso me han dicho. Tengo entendido que el Ministerio para la Seguridad del Estado se ha metido de lleno en el asunto.

Müller iba a alcanzar dos tazas de uno de los armarios colgados en la pared de la cocina y volvió la cabeza para mirar sorprendida al joven oficial que era ahora su ayudante en el caso.

—¿Quién te ha contado eso? —dijo.

—Me llamaron por teléfono cuando estaba todavía en el Harz, después de que aceptara el puesto. Fue un *Hauptmann* de la Stasi: ¿Janowitz? ¿Puede que se llame así?

Müller entornó los ojos y asintió con la cabeza:

—Sí. Es el oficial de enlace. Él y su jefe, el comandante Malkus. —O sea que la Stasi se había entrometido en la investigación y también en la configuración de su equipo; antes de que ella tuviera tiempo de ponerse en contacto con su ayudante. Y si Malkus no había logrado ganársela, el tal Janowitz parecía de cuidado; habría que vigilarlo también, quizá más que al otro—. Malkus me convocó a una reunión en el cuartel de la Stasi, hará como un par de horas —siguió diciendo—. Me da la sensación de que vamos a verlos mucho por aquí. Es posible que tengamos menos campo de maniobra en la investigación de lo que nos gustaría. —Echó dos cucharaditas colmadas de café en la máquina, le añadió agua y la encendió—. Enseguida lo revisamos todo. ¿Te ha dado hambre el viaje? Ayer compré una tarta.

—Suena de maravilla, *Oberleutnant*.

—¡Por favor, Martin! Llámame Karin. Aparte de trabajar juntos, vamos a vivir juntos hasta que resolvamos este caso. Así que podemos pasar por alto tanta formalidad. Al menos mientras no estemos delante de los otros agentes.

—Le pido disculpas, Karin. Y le digo que sí a la tarta.

Müller abrió la puerta de la nevera, pero no vio ni rastro de la tarta.

—Qué raro. Con toda seguridad, ayer estaba aquí. —Entonces apartó la margarina y la leche, y vio el plato vacío, en el que solo habían dejado unas migajas—. Lo siento mucho Martin, pero parece que se nos ha adelantado alguien. Ya conocerás a nuestro forense, Jonas Schmidt. Es un buen policía, y un hombre encantador. Lo que pasa es que tiene un apetito voraz.

Vogel sonrió y dijo:

—Con una taza de café me vale también, Karin.

* * *

A Müller le vino bien desconectar y pasar por el apartamento después de la reunión con Malkus. Se sentía ahora más fresca, y por fin tenía nuevo ayudante en la persona de Vogel. Fueron los dos en el Wartburg de camino a la sala de operaciones de la Policía en el centro de Ha-Neu. Por el momento, hasta que tuvieran los resultados de la autopsia al día siguiente, Müller estaba conforme con seguir la búsqueda marcada por los agentes de la *Vopo*. Una vez en la sala de operaciones, Eschler y Fernbach señalaron en el plano de la pared el túnel que les tocaba registrar a continuación: llevaba el conducto de calefacción al bloque de apartamentos de la familia Salzmann.

El trayecto llevó a los agentes de Policía por el puente peatonal que cruzaba la Magistrale trazando una curva majestuosa. Por debajo pasaba la vía principal que atravesaba Halle-Neustadt con dos carriles en cada sentido; la única en toda la ciudad que tenía lo que se podía decir nombre.

El apartamento de los Salzmann estaba como a la mitad de uno de los edificios más altos: alcanzaba los catorce pisos de altura. Con las bandas de enfoscado amarillo debajo de la línea de ventanas, a Müller se le antojó una gigantesca toalla de baño a rayas colgada al sol. Ella y sus ayudantes, Vogel y Schmidt, tenían que andar rápido para ir al paso del puñado de policías de uniforme; pero a su alrededor, las nuevas madres paseaban sin ninguna prisa empujando sus carritos, parándose de vez en cuando, orgullosas, para charlar con sus amigas y mostrarles al último miembro de su modélica familia socialista, y no prestaban la más mínima atención al grupo de policías. Allí, entre ellas, tenían que haber estado los Salzmann, con un carrito doble de bebé y sus dos mellizos dentro. Pero ahora todas sus esperanzas pasaban por que Müller y su equipo encontraran a Maddelena antes de que fuera demasiado tarde.

Los de la brigada canina ya estaban en sus puestos a la entrada del bloque en cuestión. Los habían mandado antes para evitar el desfile por el centro de la ciudad; y los perros ya habían sido expuestos al olor que Maddelena había dejado en la ropa de cama del hospital. Müller estaba tan contenta con la otra cara amiga que representaba Vogel en su equipo. Bajaron por el hueco de la escalera del bloque de apartamentos hasta llegar al sótano; y ella tuvo la sensación de que lo había vivido todo antes en las montañas Harz: cuando seguía a Vogel escaleras abajo por el pozo de la mina.

Era obvio que el fibroso *Unterleutnant* había adivinado sus pensamientos.

—Qué raro se me hace bajar otra vez hasta el subsuelo, camarada *Oberleutnant*. —Müller vio cómo a su ayudante se le empañaban aquellos ojos tan jóvenes y llenos de ganas de vivir; y eso le trajo de nuevo a la memoria la muerte traumática de *Hauptmann* Baumann.

Eschler abrió la gruesa puerta de acero y los agentes de la patrulla canina tuvieron que emplearse a fondo para retener a los animales, que tiraban de las correas con todas sus fuerzas. Un calor húmedo y viciado flotaba en el ambiente. A ras de tierra la temperatura resultaba sofocante, y no era de esperar que el sistema de calefacción estuviera encendido. Pero algo de calor residual había quedado retenido en las enormes tuberías que llevaban el aire caliente a cada uno de los complejos residenciales en los que estaba dividida la ciudad.

—Sigo sin entender por qué no vamos casa por casa buscándola antes de todo esto, *Oberleutnant* —susurró Vogel, mientras seguía con la mirada el reguero de haces que las linternas arrojaban contra las paredes húmedas del túnel; en pos de los agentes a cargo de los perros y los policías de uniforme—. ¿No sería más lógico?

—Y no te falta razón, Martin —respondió Müller en voz baja—. Pero no está en mi mano. Tenemos que poner en común lo que se nos ocurra sobre el caso esta noche, dar con algo que nos haga avanzar. Lo malo es que, en cierto sentido, son dos casos: uno de secuestro y, además, otro de asesinato.

—Eso sí no...

Müller se detuvo un instante y miró a su subordinado a los ojos.

—Vamos a pensar en positivo. —Luego siguió caminando, avivando el paso para ponerse a la altura de Eschler, Fernbach y los otros, cuyas siluetas parpadeaban sobre la luz de las linternas—. Hay que pensar que Maddelena sigue viva. Y por eso tenemos que actuar con rapidez —siguió diciendo Müller, con Vogel a su lado—. Las primeras horas después de una desaparición son las más importantes; y ya han pasado, así que hay que intentar como sea dar con algún avance en estos primeros días, antes de que se enfríen los rastros.

—Precisamente por eso, deberíamos estar haciendo un registro casa por casa —insistía Vogel—. Y no ponernos a recorrer kilómetros y kilómetros de túneles subterráneos debajo de la ciudad recién construida.

Müller no dijo nada, aunque en su fuero interno estaba completamente de acuerdo con su nuevo ayudante. Todo le recordaba la forma tan frustrante en la que Malkus la había cortado en seco cuando ella quiso argumentar sus razones.

Uno de los perros empezó a ladrar de repente, presa de una gran agitación, y llegaron a pensar que a lo mejor andaban equivocados. Eschler, Fernbach y el resto de los policías de uniforme enfocaron con la linterna lo que había encontrado el perro, que ya se había puesto a aullar, con las orejas empinadas. El animal tiraba de la correa, se la tensaba en las manos al policía que lo sujetaba para que no se abalanzara sobre un objeto que había en el reborde de una de las paredes del túnel.

Müller fue hacia allí; luego se detuvo en seco al ver lo que era. Imposible, ¡no podía ser! Pero en ese preciso punto, iluminado por los focos de las linternas de los *Vopos*, en el primer registro de un túnel al que asistía Müller, había un cuerpo. Un cuerpecillo desnudo, tendido de espaldas, con los brazos y las piernas extendidos, que miraba con ojos carentes de vida el techo del túnel.

9

Nochebuena de 1965.
Halle-West, ciudad de los empleados de la planta química.

¡Ah, menudo año ha sido! Yo creo que el más feliz de mi vida. Primero llegó la noticia en otoño de que Hansi había logrado que nos dieran uno de los pisos a estrenar en la recién construida ciudad de los empleados de la planta química. Seguro que como yo estaba embarazada, eso ayudó; y pudimos mudarnos antes de que llegara el gran día.

Y ahora estamos a punto de celebrar la Navidad, la primera como la pequeña familia que somos. Tengo que tener cuidado, lógicamente; pero para hacer alguna cosa en la cocina, colgar la decoración navideña y ese tipo de cosas, todavía me apaño.

El piso ha quedado muy bien. Ya pusimos el árbol, y lo primero que hicimos fue decorarlo. Hansi colocó el ángel arriba del todo, aunque dijo que ya no se lo podía llamar ángel; que era mejor decir que es un *Jahresendflügelfigur*: una figurita con alas para despedir el año. Ahora mismo, Hansi está en el *Kaufhalle*, ha ido a comprar salchichas de Viena. Las comeremos luego, acompañadas de la ensalada de patatas que ya tengo preparada, porque la hice mientras escuchábamos la radio como cada día. Esta noche echan una obra de teatro: un cuento tradicional que a Hansi le gusta mucho

76

que se llama *Augusto, el ganso de Navidad*. Tengo muchas ganas de escucharlo; aunque yo creo que me gustaría más ver la televisión. Por suerte, tenemos una. Ya sabes que hay pocos hogares que la tengan; pero es que Hansi trabaja en un puesto muy importante, o sea que nos pusieron en una lista aparte y nos dieron más prioridad.

No he parado tampoco con los adornos. Ya está puesta la pirámide de Navidad en el aparador; y las aspas giran con el calor de la vela. Y las figuritas del *Räuchermännchen* ya las he encendido. Así sé a ciencia cierta que es Navidad: porque el aroma del incienso en el salón huele casi como una casita hecha de galletas de jengibre. ¡A mí es que me encanta aspirar ese olor! Y al lado, en la misma repisa, hemos puesto el belén. Dice Hansi que cuando tengamos visita hay que esconderlo, no vaya a ser que alguno no sea creyente. Por supuesto, Hansi no lo es; porque no quedaría bien con su puesto en el Ministerio. Aunque sabe que a mí me gusta echarme un responso de vez en cuando.

Me encanta la Navidad porque es muy emocionante. Y me da igual lo que me traiga el *Weihnachtsmann*, porque yo ya tengo un regalo que no cambio por nada en el mundo: mi pequeña Stefanie. Mi querida, queridísima Stefanie. Ella sí que es mi ángel de verdad.

Aunque hoy no ha parado de llorar. Y no sé muy bien por qué; en cuanto Hansi salió a la compra. ¡Será que echa de menos a su papá! Cuando él está en casa, se le ilumina la cara a mi niña. Aunque es un poco revoltosilla y no toma bien el pecho; o sea, que no creo que esté todo lo bien nutrida que tenía que estar. Toma mejor el biberón, pero es que a mí me gustaría darle solo la leche materna. ¿A que es mucho mejor eso? Ahora mismo me duelen un poco los pezones porque quise darle de mamar antes. Me puse un poco de la leche del biberón en cada uno, y así sí conseguí que mamase un rato; aunque enseguida dijo que no quería y se echó a llorar. ¿Habrá que llevarla al médico? Me preocupa que pierda peso. Hansi dice que es mejor darle el biberón. Me lo prepara cada mañana antes de irse a trabajar. Pero hay días que lo tiro sin que él se entere; porque prefiero que mame leche de verdad.

¿Tendrá algo que ver esa caída que tuve? Espero que no sea por eso por lo que me come tan mal la niña. Aunque menudo susto me di, te lo juro. Eso sí, al final salió todo bien. Nos acabábamos de mudar al apartamento y, como es lógico, todavía había obras: porque es que quieren que cuando esté terminada, vivan en la ciudad cien mil personas. Y es normal que quieran acabar esos nuevos hogares cuanto antes. Así que no hay que quejarse de las obras.

Pero bueno, el caso es que, según parece, me caí al tropezar con unas cañerías, y menudo trompazo me di. Yo no me acuerdo de nada, pero Hansi dice que caí a plomo y perdí el conocimiento y todo. Estaban tan preocupados por el estado del bebé que me hicieron una cesárea de urgencia. Todavía me duelen los puntos. Pero lo bueno es que no recuerdo nada de lo que pasó. Yo estaba allí, con mi embarazo de nueve meses, y de repente, vuelvo en sí en una cama del hospital, y veo a Hansi que tiene a Stefanie en brazos. ¡Qué regalito! Soy tan afortunada. Pero dicen que estuve dos días inconsciente; así que no me extraña que Stefanie tuviera que tomar el biberón, ¡la pobre!

¡Anda! Suena una llave en la cerradura: me parece que es Hansi.

—¿Franzi? —me llama. Hansi y Franzi, nos reímos mucho con eso—. ¿No la habrás dejado otra vez en la cuna? —Lo dice casi sin aliento. Está muy rojo, agobiado con el peso de las compras de Navidad.

—Es que parecía que no se encontraba muy bien. Así que la eché en su cuarto para que durmiera un poco.

—Pero es que no está durmiendo, Franzi: está llorando a todo llorar. Y se nos van a quejar los vecinos. —¿Cómo es que no me he dado cuenta de que estaba llorando? Vaya por Dios, pues no me gusta nada que Hansi se enfade conmigo. Siento que lo he defraudado. Me entran ganas de llorar. Espero que no me venga una crisis.

—Ea, ea, ea, pequeñina, ea. Que ya ha llegado papá. —La está acunando en sus brazos: la mece, le susurra chis y ya la ha calmado un poco. ¿Por qué conmigo llora tanto?—. Está toda mojada,

Franzi. ¿Es que no la has cambiado? ¿No ves que ya está escocida y se va a poner peor? —Noto que me suben las lágrimas a los ojos, aunque hago lo que puedo por no llorar. Hansi no me ve porque se ha llevado a la pequeña Stefanie derecha a la cocina. Ya le oigo que va a calentar la leche: ha encendido la cocina eléctrica. Y luego, unos minutos más tarde, la oigo mamar con avidez—. Ea, ea, pequeñina. Es que tenías mucha hambre, ¿verdad? —Se asoma al vano de la puerta con ella en brazos, y me mira arrugando el ceño—. Tienes que acordarte de darle de comer, Franzi. Tenía mucha hambre, la pobre. ¿Cuándo le has dado el último biberón?

No acierto a contestar porque sé que me pondré a llorar y, entonces, ya no podré parar. Y no me apetece estar así en Nochebuena.

—¿No será que has intentado darle el pecho otra vez, *Liebling*?

Digo que sí despacio con la cabeza y me trago las lágrimas. Noto que me rozan los pezones contra el tejido del sujetador. Me duelen mucho. Y sé que, cuando me los mire delante del espejo, los tendré muy rojos.

Hansi viene hasta donde yo estoy y me abraza con el brazo que tiene libre; con cuidado para no rozarme el pecho. En el otro, sostiene a Stefanie y le da el biberón.

—Franzi, Franzi —dice—. ¿A ver qué vamos a hacer contigo? ¿A ver qué?

10

Julio de 1975.
Halle-Neustadt.

Cuando Eschler fue a recoger el diminuto cuerpo de entre los pliegues de la manta que lo envolvían, Müller le gritó que se detuviera; y ese grito se propagó con un eco que amortiguaron las paredes del túnel.

El capitán de la Policía del Pueblo se volvió con una expresión de sorpresa dibujada en la cara:

—Pero si solo es una muñeca, *Oberleutnant*. Dudo mucho que tenga nada que ver con la investigación. A veces, jugando, se cuela aquí dentro algún niño. Pero es que ni aunque hubieran entrado aquí: no creo que un bebé tenga una muñeca tan grande.

Müller dio gracias de que en la oscuridad del conducto subterráneo no se le notara el apuro que estaba pasando. Le ardía la cara; y había estado convencida de que era el cuerpo de Maddelena, por muy inverosímil que fuera. ¿Qué hacía que perdiera los nervios con tanta facilidad?

—Aun así, camarada *Hauptmann*. Debemos tratarlo como cualquier prueba potencial con la que nos encontramos. *Kriminaltechniker* Schmidt, ¿sería usted tan amable de hacer los honores?

Schmidt la adelantó, se puso de rodillas, agarró la muñeca con sus manos enguantadas y la metió en una bolsa. Entonces, Eschler hizo señas a los de la brigada canina para que siguieran adelante y se reanudó la búsqueda.

No hallaron nada más aparte de la muñeca y, pasadas un par de horas, Eschler propuso dejar la búsqueda para el día siguiente. Ya era bien entrada la tarde, así que Müller se mostró conforme.

Los perros y sus adiestradores volvieron a la base; y Fernbach y sus hombres se fueron cada uno a su casa, frustrados después de otro día de intenso trabajo sometido a las limitaciones que les imponían Malkus y Janowitz. Müller invitó a Eschler a que se uniera a los de la *Kripo* a tomar algo después, para hablar del caso. Tenía que haber alguna forma de avanzar sin provocar la ira de la Stasi. Eschler recomendó que fueran a una fonda, el Grüne Tanne, en el pueblo de Halle Nietleben, no muy lejos del apartamento de Müller, Vogel y Schmidt. Tenía una sala privada en la parte de atrás, y los de la Policía de la zona iban allí a menudo a reunirse fuera del trabajo. Eschler llamó desde la sala de operaciones para asegurarse de que la sala estaba libre.

Müller insistió en ser ella la que pagara la primera ronda. Sí que era verdad que el hielo se había roto en gran parte con Eschler, pero creyó que tenía que seguir marcando el terreno, dejando claro que la que mandaba era ella. Sobre todo con lo mal que lo había pasado después del incidente de la muñeca.

El camarero les llevó lo que habían pedido y salió; y Müller sacó el cuaderno en el que anotaba todo lo referente al caso y le dio al botón del bolígrafo para sacar la punta.

—Así pues. —Respiró hondo—. Espero que estén ustedes de acuerdo conmigo en que hay que hacer algo distinto si queremos que todo avance. Lo cual no quiere decir que no se haya llevado el caso bien hasta ahora, Bruno. Yo creo que fue acertado concentrar la búsqueda en los túneles de la calefacción, los vertederos y sitios por el estilo. Pero quiero que busquemos en lugares en los que se congregan las madres: guarderías, jardines de infancia, zonas de juego.

Eschler arrugó el entrecejo y dijo:

—Parece razonable, claro. Sin embargo, es mucho suponer que el captor, quien casi con toda probabilidad será el asesino de Karsten, vaya a dejar que se vea a Maddelena en sitios así. ¿No es más probable que la tenga escondida?

—Pudiera ser —reconoció Müller—. Pero las madres hablan con otras madres de sus bebés. Y a lo mejor una de ellas ha notado algo raro. Es que estoy convencida de que hay que actuar, antes que nada, como si se tratara de una desaparición. Porque si encontramos a Maddelena, tenemos bastantes posibilidades de dar con el asesino de Karsten. Lo malo es que si preguntamos mucho a la gente, el Ministerio para la Seguridad del Estado va a caer sobre mí en bloque.

Vogel se echó hacia delante en el asiento y dijo:

—¿Por qué la busca se circunscribe a Halle-Neustadt? ¿Qué nos hace pensar que la persona que estamos buscando es de aquí y no de otra parte? ¿Por qué no Halle? ¿O incluso Leipzig?

Eschler cogió una servilleta de papel para limpiarse la espuma de cerveza que se le había quedado en las comisuras de la boca:

—Tiene usted razón, camarada *Unterleutnant*. Nada nos dice que la persona a la que intentamos dar caza sea de Ha-Neu. Ni hay nada que garantice que Maddelena esté todavía en la zona de Halle. De hecho, hemos dado la alerta a la Policía de otros distritos. A la de la capital del Estado, sin ir más lejos. Por eso están ustedes aquí, camaradas Müller y Schmidt. Pero la maleta que contenía el cuerpo de Karsten la arrojaron desde un tramo de la vía férrea que va de Ha-Neu a Merseburg, y que pasa por las plantas químicas de Leuna y Buna. Y por el ángulo del impacto, y el lado de la vía en el que apareció, sabemos que la tiraron desde un tren que salía de Ha-Neu. Es probable que fuera desde uno de los trenes que hacen la ruta para llevar trabajadores a las fábricas. Circulan las veinticuatro horas del día para dar servicio a todos los turnos de ambas plantas químicas sin interrupción.

Müller afirmó lentamente con la cabeza y le preguntó a Schmidt:

—¿Cuadra eso con la inspección que hiciste del lateral de las vías, Jonas?

—En efecto, *Oberleutnant*: sí que cuadra —dijo Schmidt, después de alzar la cabeza de la carta de platos que ofrecía el establecimiento.

—La hipótesis más verosímil que tenemos —siguió diciendo Eschler— es que el asesino lanzó la maleta desde uno de los trenes nocturnos, justo antes de que el convoy entrara en Angersdorf. Allí el terreno es muy pantanoso: puede que pensara que si la arrojaba con la suficiente fuerza, podría rebasar el lateral de la vía y caer en la zona cenagosa. Pero puede que el que la tiró, o la que la tiró, no midiera bien sus fuerzas. O que la maleta pesara más de lo que pensó en un momento dado y acabara cayendo más rápido.

Müller observó que Schmidt estaba a punto de lanzarse a explicar que los objetos, pesados y livianos, caen todos a la misma velocidad en el vacío; pero le indicó por señas que se estuviera callado. Acto seguido, antes de que Eschler supiera qué estaba pasando, preguntó:

—¿Y nadie en el tren vio nada?

Eschler alzó los hombros:

—Al menos, nadie que se sepa. O que quiera declarar. Hemos tenido que ir con cuidado al interrogarlos; por lo mismo que hemos tenido que descartar un registro casa por casa. La Stasi se ofreció para ayudarnos.

—¿La Stasi? ¿Quién, Malkus?

Eschler asintió con gesto severo:

—Anoche pusieron a varios agentes en los trenes: les mostraban fotos de la maleta a los trabajadores y preguntaban si la habían visto, sin decir qué había dentro. Y si la gente preguntaba a su vez qué contenía, los agentes, que se hacían pasar por policías, decían que estaban investigando un robo.

Müller le dio un sorbito a la cerveza de trigo y paladeó el sabor, ligeramente dulzón: más dulce todavía que las que tomaba en la capital del Estado. No le gustaba nada la forma que tenían Malkus y sus hombres de meterse hasta la cocina en aquella investigación, una investigación que, de momento, era competencia de la Policía del Pueblo.

—Y ¿qué me dice de las plantas químicas? ¿Han interrogado a la gente de allí, ustedes o la Stasi?

Eschler soltó un suspiro:

—Tenemos el mismo problema. Porque muchos de los que trabajan en Leuna y Buna, si no todos, viven en Halle-Neustadt. Se construyó por eso, como bien sabrán: es la ciudad de los trabajadores de las plantas químicas; un proyecto largo tiempo anhelado. O sea, que si levantáramos las alarmas con un operativo que se notase demasiado en cualquiera de las dos plantas, estaríamos haciendo exactamente lo mismo que nos ha prohibido expresamente el Ministerio para la Seguridad del Estado en la propia Ha-Neu. Eso sí, yo no sé qué se les pasa por la cabeza a los del Ministerio. Ellos van por su cuenta, y nos dicen solo lo que les conviene que sepamos. —El capitán de la Policía del Pueblo calló para darle un largo trago a su cerveza; como si saciando la sed fuera a sepultar debajo del amarillo líquido toda la frustración que le producía aquel caso—. No quiero que parezca que estoy poniendo una excusa detrás de otra, pero es que estamos atados de pies y manos. —A Müller le parecía que la forma de actuar de la Stasi no seguía ninguna lógica. El secretismo con el que lo llevaban todo era excesivo. «A no ser que haya algo importante que no quieran que sepamos: algo más relacionado con los secuestros», pensó.

Vogel repiqueteó con los dedos encima de la mesa y dijo:

—Pues yo no estoy del todo seguro de que la búsqueda tenga que limitarse a Ha-Neu. Porque la línea se bifurca en Angersdorf. Los trenes de cercanías llegan hasta Halle Süd; o sea que no es que vayan solamente de Ha-Neu a las plantas químicas y a Merseburg. —A Müller la impresionó el valor de Vogel al cuestionar la hipótesis de Eschler, pero el capitán de la Policía seguía impasible.

—Es que no solo tenemos la prueba de dónde y cómo tiraron la maleta del tren —dijo este último con el ceño fruncido—. El cuerpo del niño estaba envuelto en un papel de periódico. Y había también un folleto de propaganda dentro de la maleta, de las ofertas del *Kaufhalle*: el *Kaufhalle* central que hay en Ha-Neu.

—Donde trabaja Klara Salzmann —dijo Müller.

Eschler dijo que sí con la cabeza:

—Eso es.

Al parecer, oír hablar de las ofertas especiales del supermercado sacó a Schmidt de su ensimismamiento, pues llevaba un rato largo dándole sorbitos a la cerveza, con la mirada anhelante sumida en el menú.

—¿Qué anunciaba el folleto, camarada *Hauptmann*? ¿Algún alimento en particular?

Eschler se quedó inmóvil un instante y luego soltó, con cierto tono de alarma en la voz:

—*Scheisse!*

—¿Qué pasa, Bruno? —preguntó Müller.

El oficial de Policía se sostenía la cabeza entre las manos:

—Tenía que haber caído en ello. Como el folleto era del *Kaufhalle* del centro de la ciudad, me dejé llevar por la conexión que se establecía entre el asesino de Karsten y Ha-Neu. Pero es que el folleto anunciaba ofertas de platos preparados de carne. Jamón, salami, ese tipo de cosas. O sea, que eso nos habla de una persona concreta, ¿no? Un sospechoso en potencia.

—¿Cómo que un sospechoso en potencia? ¿A qué se refiere? —preguntó Schmidt, sin poder ocultar su sorpresa.

—Pues a que Klara Salzmann trabaja en el despacho de carne en el *Kaufhalle* del centro.

Müller arrugó el entrecejo:

—Está claro que hay que considerar a los Salzmann como sospechosos. Pero Klara estaba de baja por maternidad cuando se los llevaron. Y ¿para qué iba a querer ella un folleto de esos?

—Pero a lo mejor merece la pena seguirle la pista —dijo Vogel—. ¿Y si algún compañero se la tenía jurada por algo? ¿O una compañera le tenía envidia por los mellizos?

Eschler movió afirmativamente la cabeza, como imbuido de cierta esperanza:

—Pudiera ser. Pero de ahí a raptarlos... y matar a uno de los dos. Es un poco inverosímil.

Müller suspiró hondo:

—Hay que seguir esa pista antes de descartarla. ¿Podrían encargarse sus hombres, por favor, Bruno?

—Desde luego. Mañana es la reunión mensual del Partido. Tenemos que estar todos en la oficina. Pero se puede arreglar para ir a interrogarlos antes o después de la reunión.

—Bien —dijo Müller, y respiró hondo para relajar la tensión que le embargaba el cuerpo—. Y a ver si mañana la autopsia nos da alguna clave. No tengo que recordarles que, en este tipo de casos, hacer algún avance significativo en los inicios es de suma importancia. A Karsten ya lo han matado. Y a Maddelena la tenían en el hospital, igual que a su hermano, porque no podía valerse por sí sola, la pobre: eran bebés prematuros, estaban muy débiles. Ojalá sea una niña de las que plantan batalla. Pero hay que hacer lo que esté en nuestras manos para dar con ella, antes de que sea demasiado tarde.

11

Al día siguiente.

Müller no paró de dar vueltas en la cama; se le pegaba el cuerpo a las sábanas empapadas y no podía dormir con las altas temperaturas de la noche veraniega, que no bajaban de los veinte grados. También le daba vueltas al caso en su cabeza, por si lograba ver en todo ello algún asomo de orden. Le daba rabia que la labor de interrogar a posibles testigos en los trenes nocturnos hubiera corrido a cargo de agentes de la Stasi. No había manera de averiguar qué habían descubierto, si es que habían descubierto algo; solo lo que Malkus y Janowitz quisieran hacerle llegar. Y sobre toda la investigación pendía una nube de secretismo de lo más desconcertante; un poco como aquellas nubes de contaminación que expulsaban a la atmósfera las plantas químicas de la zona.

Por la mañana, aunque no había descansado, al menos sí tenía decidido por dónde seguir; y pensaba hacer partícipes a sus compañeros después de asistir a la autopsia de Karsten Salzmann.

Había una diferencia fundamental entre el doctor Albrecht Ebersbach y los otros dos patólogos forenses con los que había trabajado Müller en sus últimos casos. Porque los patólogos de la capital del Estado y los del Harz iban comentando lo que hacían, qué encontraban; pero ese no era el proceder de Ebersbach, quien más bien habló poco, y eso sacó de quicio a Müller.

Como no la distraía de ello la conversación, y como no hacía preguntas —ya solo la actitud de Ebersbach le quitaba a cualquiera esa idea de la cabeza—, Müller se halló mirando el cuerpo del bebé Karsten todo el rato. Qué pequeño era. Y qué vulnerable. Los golpes que tenía en la cabeza se los tuvo que propinar el más cruel de los asesinos. Y los del pecho también. ¿Quién podía hacerle algo así a un bebé; un bebé de apenas unas semanas de vida? Müller quiso mirar para otra parte, centrar su atención en el asistente, en Vogel mismo, que estaba a su lado…, en quien fuera, en lo que fuera. Pero se le iban los ojos a Karsten; mientras Ebersbach lo levantaba una y otra vez, lo daba la vuelta y lo examinaba minuciosamente, sin decir palabra. Al niño le colgaban los brazos y las piernas, y era un espectáculo obsceno ver cómo se movían, a diferencia de la rigidez en los miembros que tenía la muñeca de tamaño real que habían encontrado en el túnel de los conductos de calefacción.

Müller carraspeó. En algún momento tendría que romper aquel silencio; porque ni Vogel, junto a ella, ni el médico abrían la boca.

—¿Nos puede decir algo, doctor; algo que nos ayude en la investigación?

Ebersbach siguió con la cabeza gacha, como si no hubiera oído la pregunta. Tenía la coronilla de pelo cobrizo volcada sobre el cuerpo de Karsten. Entonces se incorporó despacio; pero en vez de mirar directamente a Müller o a Vogel, concentró toda su atención en un punto en el espacio que quedaba un par de metros por encima de la detective, y allí dirigió la mirada, enmarcada en unas gafas de pasta con cristales gruesos. Una arruga muy pronunciada le surcaba la frente.

—Esta es de las raras —dijo por fin con un hilo de voz—. De las muy raras. —Y siguió mirando el cuerpo del niño, en el que empezó de nuevo a hurgar con delicadeza: le abría la boca, le levantaba la lengua; le abría los ojos y miraba la parte interior de los párpados.

Pero Müller no estaba dispuesta a conformarse con una respuesta tan poco esclarecedora:

—¿Rara, por qué, doctor Ebersbach?

El patólogo alzó de nuevo la cabeza y soltó un suspiro, aunque esta vez sí la miró a los ojos, como sorprendido.

—Pues porque en apariencia es un caso bastante claro de traumatismo craneal provocado por golpes. ¿Ve estos moratones a ambos lados de la cara? —Ebersbach señaló con el dedo y Müller y Vogel se inclinaron sobre el cuerpecillo—. Hay también una fractura de costilla. —El patólogo forense apretó la caja torácica del bebé, y vieron que cedía a la presión. Müller sintió que le subía a la garganta un acceso de bilis y que le iba a dar una arcada. Procuró concentrarse en lo que decía el médico, y no en lo que le estaba haciendo al cuerpo del bebé.

—Dice usted que «en apariencia». ¿Es porque sospecha que pudo ser otra la causa de la muerte? —preguntó Müller.

—Pues la verdad es que depende. No lo sabré hasta que no haya abierto el cuerpo; y así como he estado encantado de tenerlos aquí para la exploración inicial, no pienso permitir que se queden a ese examen interno.

—Y ¿qué espera encontrar una vez que lo haya abierto? —preguntó Vogel.

Ebersbach alzó los hombros:

—¿Que qué espero? —Lanzó una exhalación con cierta vehemencia—. No se trata de lo que yo espere, camarada. Aquí nos las vemos con los hechos, con la causa y el efecto. —Se quedó callado un momento y fulminó a Vogel con la mirada, como si el *Unterleutnant* fuera tonto. Luego suavizó los rasgos de la cara—. Discúlpenme, a veces me tomo todo al pie de la letra. No obstante, si es cierto que fue una muerte violenta, pues entonces en un niño de esta edad lo que podría encontrar son fracturas de cráneo, sangre en la retina. Puede que el hígado esté dañado si lo golpearon también en el cuerpo; o que haya incluso lesiones medulares si lo zarandearon.

—Vale —dijo Müller—. Pero ¿qué lo hace a usted dudar?

—Pues son esos moratones tan raros en los labios del niño. Miren aquí. —Ebersbach les indicó que se acercaran, acunó la cabeza sin vida de Karsten en un brazo y luego señaló con el dedo índice de la otra mano dónde estaban los moratones—. Como si lo hubieran besado con violencia.

—¿Besado? —preguntó Müller, horrorizada y con un poso de alarma en la voz; rogando por que el estómago no devolviera lo que había tomado para desayunar—. ¿Se refiere a algo sexual?

—No, no. No me refiero a eso. Santo cielo, ustedes los detectives de Berlín tendrán que ver cada cosa...

—¿A qué se refiere entonces? —preguntó ella.

—Bueno, pues fíjese en los moratones de la caja torácica, donde está la costilla rota. Hay dos muy bien definidos; parecen obra de la punta de los dedos de alguien. —Ebersbach señaló con los dedos índice y corazón de una mano, separados, haciendo una «V» invertida, para indicar exactamente los dos cardenales.

—Sigo sin comprender —dijo Vogel.

—Ni yo tampoco, doctor —añadió Müller, negando con la cabeza.

—Pues a lo mejor me equivoco. Y ya digo, habrá que diseccionar el cuerpo, abrir el cráneo, hacer todo el trabajo sucio en el que, váyanse ustedes a saber por qué, me especialicé hace años. Pero si mis sospechas son fundadas, quienquiera que le haya hecho esos cardenales puede que no quisiera acabar con la vida de este pobre niño.

—¿Qué quiere decir con eso? —preguntó Müller, cuya frustración crecía por momentos.

—Esa «V» que hice antes con los dedos es la clásica forma de presionarle a un niño en las costillas cuando... —Ebersbach lo dejó ahí, como si ni él mismo se creyera lo que iba a decir.

—¿Cuando qué? —lo apremió Müller.

—Cuando se intenta reanimarlo. Si estoy en lo cierto, quienquiera que haya hecho esto no quería matar al niño. Quería salvarlo.

12

Müller mandó a Vogel a que interrogara a posibles testigos en el ala de pediatría del hospital; evitando dar muchos detalles sobre lo que implicaba la sospecha que había compartido con ambos el doctor Ebersbach en la morgue, situada en el sótano del mismo edificio. Los dos detectives eran bien conscientes de que sin el componente de asesinato en la investigación, sus efectivos se verían reducidos con toda certeza. Aunque fuera verdad que Maddelena siguiera desaparecida. Müller no quería ninguna reducción en el número de agentes que la buscaban a ella y a su captor. La cuestión del tiempo era fundamental. Seguro que el rastro ya se estaba difuminando.

Lo que tocaba a continuación no le hacía la más mínima gracia a Müller: interrogar a los padres de los mellizos. Sabía que había que considerarlos sospechosos en potencia. Pero también habían perdido al niño hacía muy poco tiempo; y estarían fuera de sí, desesperados, al ver que la niña seguía sin aparecer. Habría que andarse con cuidado. Müller sabía que tenía que haber ido a verlos antes, puede que nada más llegar. Los acompañaba en el sentimiento, sentía su pérdida como si fuese suya, y eso la había desviado del desempeño de su labor como policía. Había sido un error, y ojalá que no tuviera que pagarlo más tarde.

Había un olor acre a desinfectante en el portal del bloque de apartamentos en el que vivían los Salzmann; un olor que le dio náuseas porque le recordaba el que flotaba en la sala de autopsias, aunque este último no tenía el ligero tufo a orín que la saludaba ahora. Lo de tener ascensor era todo un lujo en Ha-Neu, eso Müller ya lo sabía. Y los bloques con forma de aspa, que se alzaban hasta los catorce pisos, cumplían con creces ese requerimiento. Pero estaba claro que los de los pisos de arriba –los niños, o puede que los ancianos, o los que volvían a casa con varias cervezas Dunkel en el cuerpo– no siempre se podían aguantar las ganas.

Contuvo la respiración todo lo que pudo mientras el ascensor la llevaba en delicado ascenso hasta la planta diez; y una vez allí, fue por el pasillo hasta el apartamento 1024 y llamó a la puerta. Salió a abrir el padre de Karsten y Maddelena, con toda la tragedia que estaban viviendo reflejada en el rostro. Müller le mostró la placa de la *Kripo*, y Herr Salzmann la mandó pasar sin decir palabra. Los dos sabían a qué había ido Müller.

La llevó hasta la cocina del apartamento; diminuta como lo serían las otras que habría en Ha-Neu: unas treinta mil, todas idénticas. Estaba equipada con los últimos electrodomésticos: tenían nevera con su congelador, máquina eléctrica de café, tostadora. Y dos tronas que seguro que habían costado un ojo de la cara, y que quizá habrían financiado con la ayuda de los camaradas de Herr Salzmann en la planta química. Todo estaba en su sitio, aunque faltaban dos detalles: uno que estaba vivo, o eso esperaba Müller; el otro, muerto y bien muerto.

—Mi mujer se ha tomado una pastilla y está echada en el dormitorio. ¿Quiere que vaya a buscarla? Aunque no sé si estará para muchas preguntas. —Mientras hablaba, Reinhard Salzmann sostenía entre las curtidas manos un tarro de leche en polvo, y no paraba de darle vueltas sin orden ni concierto. Vio que Müller se había dado cuenta y dejó el tarro en la mesa con un temblor de manos.

—Lo siento —dijo—. Tengo los nervios destrozados. Entonces, ¿quiere que llame a mi mujer?

92

—Vamos a dejarla que duerma un poco más, camarada Salzmann. Tendré que hablar con los dos, pero ¿por qué no vamos al salón y me cuenta usted primero?

—¿Quiere tomar algo? A lo mejor le apetece un café. Yo estaba a punto de hacerme uno. —Había un tono de súplica en esa voz, pensó Müller. Y era como si tuviera que estar siempre haciendo algo con las manos para olvidar todo el horror que había vivido: los hechos traumáticos que habían destrozado su familia. Müller dijo que sí con la cabeza y sacó una silla de la cocina para sentarse. Salzmann estaba moreno, lucía una media melena y tenía las patillas muy a la moda, pobladas y largas, hasta más abajo de los pómulos. Era mayor de lo que Müller había pensado, quizá frisara los cuarenta. En la República Democrática, las parejas empezaban mucho antes a tener niños. Todavía le temblaban las manos cuando cogió el café con una cucharilla y midió el agua—. Es que no sé qué hacer —dijo, dándole la espalda, como si no quisiera que ella lo mirara a los ojos—. Porque si yo ya estoy mal, Klara está mucho peor. Ella siempre había querido tener niños, y llevábamos mucho tiempo intentándolo. Nos casamos muy jóvenes y metimos la pata; no sé si me explico: porque entonces no estábamos preparados para tenerlos. Y cuando tomamos aquella decisión, bien poco sabíamos los quebraderos de cabeza que nos daría luego: y es que, después, siempre que se quedaba embarazada, perdía al niño. Pensamos que habíamos agotado todas nuestras posibilidades, que lo habíamos tirado todo por la borda con aquella decisión prematura.

—¿Un aborto? —preguntó Müller.

Él asintió con un movimiento casi imperceptible de la cabeza.

—Y luego, después de tanto tiempo, se quedó embarazada. No solo se quedó embarazada, es que íbamos a tener mellizos. Fue como un milagro. —Reinhard Salzmann lo dijo todo sin darse la vuelta, casi como si le estuviera hablando a la máquina del café mientras esperaba a que se hiciera. Entonces se volvió de golpe y miró a Müller a los ojos—. La va a encontrar usted, ¿verdad que sí?

Klara no superará jamás haber perdido a Karsten, pero es que si Maddelena…

A Müller aquello la destrozó por dentro. No quería dar falsas esperanzas. No había pistas sobre el posible paradero de Maddelena, ni rastro de su captor. Respiró hondo y dijo:

—Puede estar seguro de que haremos lo que esté en nuestras manos para encontrarla. Pondré en ello todo mi empeño.

Salzmann sirvió el café en dos tazones y le dio uno a Müller.

—¿Toma usted azúcar? —preguntó, con la mente en otra parte. Ella dijo que no con la cabeza.

Fueron hasta el salón del apartamento, en perfecto estado de revista, y se sentaron a la mesa del comedor. Los muebles se parecían unos a otros en todos aquellos pisos recién construidos de Ha-Neu; en todos los pisos nuevos de la República Democrática Alemana: papel pintado de color beis con un motivo floral; sofás y sillones tapizados en un tejido parecido a la pana gruesa, de color verde oscuro; una televisión; y hasta un teléfono. Esto último sí que no era tan frecuente. Müller, una agente de la Policía del Pueblo, siempre había tenido teléfono. Pero para el común de los trabajadores, como Salzmann, era más difícil hacerse con uno.

—Solo hace unos días que lo tenemos —dijo Salzmann, al ver que ella miraba el aparato—. Para que nos pongan al día en lo referente a la investigación. Estamos muy agradecidos. Lo malo es que no paramos de mirarlo, a ver si suena. Y no suena nunca.

Ella asintió y siguió recorriendo toda la estancia con la mirada. Hasta que sus ojos se posaron en el aparador, y allí vio lo más triste de todo: una fotografía de Reinhard a la izquierda, volcado sobre una cuna doble en el hospital, mientras sonreía a la cámara; y Klara, a la derecha, en postura idéntica sobre el otro mellizo prematuro. Las sondas y aparatos que rodeaban a los bebés le recordaron a Tilsner, en su cama del hospital en la capital del Estado.

—Maddelena es la de la derecha, la que está con Klara. Y ese soy yo con… —Reinhard Salzmann no llegó a acabar la frase: se le atragantaban las palabras. Solo alcanzó a alzar hacia Müller los ojos, llenos de lágrimas. Ella adelantó la mano y la posó en su musculoso antebrazo; se lo apretó, intentó ofrecerle consuelo. Si las lágrimas, si el dolor era auténtico, y Müller creía que lo era, entonces costaba imaginárselo como sospechoso: era muy convincente para ser un numerito.

Müller echó mano del maletín y sacó el cuaderno y el bolígrafo.

—Voy a tener que repasarlo todo otra vez con usted, ciudadano Salzmann. Sé que va a ser un suplicio. —Le apretó el brazo otra vez—. Pero es que cualquier detalle que se le pueda haber olvidado contarnos, o que hayamos obviado nosotros, podría ser lo que nos ayudase a encontrar a Maddelena. Así que, por muy mal que lo pase, intente acordarse de todo. Es la única esperanza que nos queda.

Müller lo interrogó unos veinte minutos, repasando exhaustivamente cada detalle del que la Policía tenía conocimiento: la coartada de los Salzmann para el momento en el que desaparecieron los bebés; la última visita al hospital; qué enfermeras solían estar de guardia cuando iban; quién más de la familia había ido a ver a los mellizos; si tenía la familia constancia de alguien que pudiera guardarles rencor y quisiera hacerles daño. Müller anotó con detenimiento todas las respuestas que dio el hombre, y que ella les pasaría a las mecanógrafas de la sala de operaciones para que prepararan una declaración formal que firmase Salzmann. Pero era bien consciente de que no le había dicho nada que Müller no supiera ya.

Estaba a punto de poner fin a la ronda de preguntas y pedirle a Herr Salzmann que despertase a su mujer, cuando llegó esta: como una aparición en el vano de la puerta del salón, con el pelo sucio y enredado, y la bata echada sobre los hombros con total descuido, lo que dejaba ver bastante de su escuálido cuerpo. Estaba tan pálida que casi parecía una enferma terminal. Y quizá se sentía peor que eso, pensó Müller, si había perdido aquellos mellizos que tantos años llevaba intentando concebir.

95

—Esta señora es una detective de la Policía muy amable, *Liebling* —dijo, y se volvió hacia Müller—. Perdóneme, camarada, pero no recuerdo su nombre.

—*Oberleutnant* Müller, Frau Salzmann. ¿Se encuentra con fuerzas para responder a unas preguntas?

La mujer guardó silencio unos instantes y se limitó a mirar a Müller como si estuviera en trance.

—Klara —dijo su marido—. ¿Estás como para atender a las preguntas de la detective?

Por fin, Klara Salzmann movió afirmativamente la cabeza, y luego fue arrastrando penosamente los pies por el suelo: primero una zapatilla; luego, la otra. Se dejó caer en la silla que estaba enfrente de la de Müller y hundió la cabeza entre las manos; tapándose los ojos con los dedos, hurtándose la faz ante una realidad que se le antojaba horrenda.

Müller le preguntó más o menos lo mismo que al marido, repasó los datos que ya constaban en el informe de la Policía, por ver si había alguna anomalía en el relato de la mujer. Klara Salzmann respondía todavía bajo los efectos del sedante, en un tono insulso, monótono.

Únicamente cuando Müller le habló de los folletos de publicidad, se la notó un poco más animada. Fue a la cocina y volvió con un papel de propaganda.

—¿Se refiere a esto? El *Kaufhalle* no hace más que repartirlos entre los trabajadores, animándonos a que nosotros a su vez los repartamos. Me dieron uno cuando pasé a comprar algo de comida: se conoce que, aunque estaba de baja por maternidad, también quisieron que yo participara en la campaña. La verdad es que no sé muy bien a qué viene tanta publicidad; si luego la mitad de lo que anuncian no está disponible. Y si lo está, son los trabajadores los primeros que lo compran. Aunque controlen mucho los precios, claro está. Lo que pasa es que son platos muy solicitados: guisos de carne y salchichas que no tenemos todos los días.

—O sea, que lo que viene usted a decir es que estos folletos estarán por toda la ciudad.

La mujer asintió con la cabeza.

El marido se echó hacia delante en la silla, apoyó los brazos en la mesa de resina sintética y arrugó el ceño:

—¿Qué importancia puede tener un folleto de publicidad? ¿De qué nos vale eso para encontrar a Maddelena, o al asesino de Karsten?

—¿El asesino? —preguntó Müller—. ¿Qué le hace pensar que Karsten fue asesinado? —Nada más oír esta última palabra, Klara Salzmann respiró hondo súbitamente.

—Eso oímos —dijo Reinhard Salzmann, con cara de pocos amigos—. La gente habla, ¿qué se cree? ¿No le iban a hacer la autopsia esta mañana? Seguro que ya sabe usted la causa de la muerte.

Müller se mostraba reacia a decirles a los padres más de lo que les convenía saber.

—No podemos dar detalles de las líneas de investigación seguidas. Lo siento, pero ni siquiera a ustedes, a los padres.

—¿Y eso qué quiere decir, que también somos sospechosos? —preguntó el marido. La mujer dio otro súbito suspiro.

—A mí no se me pasa por la cabeza que estén implicados. Esto tiene que ser traumático para ustedes. —Müller era consciente de que no había respondido a lo que le había preguntado el hombre.

—Y ¿cuáles son esas líneas de investigación que tienen? —preguntó Reinhard Salzmann con un tono de voz distinto: sonaba ahora casi como una amenaza—. Por lo que se ve, mucho no hacen. ¿Por qué no está todo lleno de policías llamando a todas las puertas? ¿Por qué no hay cientos de agentes peinando cada rincón de la ciudad, buscando a nuestra hija y al asesino de nuestro hijo? Tenía que haber carteles en todos los escaparates, tenían que ir ustedes por ahí con altavoces, haciendo un llamamiento para que les dieran información. Es una noticia que tenía que salir en todos los periódicos; y, sin embargo, no aparece en ninguno: ¿por qué no? —Mientras le lanzaba esta filípica, Herr Salzmann había cogido con fuerza a Müller por los antebrazos y cada vez la apretaba más. De repente, se dio cuenta de lo que estaba haciendo, la soltó y dijo—: Perdóneme.

—Conoce la respuesta a todas esas preguntas, ciudadano Salzmann. Ya ha hablado con usted el Ministerio para la Seguridad del Estado. Pero le aseguro que hacemos todo lo que está en nuestras manos.

Reinhard Salzmann la miró fijamente unos instantes. Luego bajó los ojos, dándose por vencido.

13

Cuando Müller volvió a la sala de operaciones, le sorprendió ver a todo el equipo reunido allí, incluidos Vogel y Schmidt. Estaban también las mecanógrafas, los conductores y los cuidadores de perros. Vio a Janowitz al fondo de la sala. Lo reconoció porque le veía la parte de atrás de la cabeza mientras él miraba a través de la ventana: algo que había en la calle había llamado su atención. Otro oficial que no conocía se dirigía a los presentes, hablaba de objetivos: había que hallar a los culpables de robos en varios pisos y coches, y de algunos casos de vandalismo. Nada de todo aquello hacía al caso para la investigación que ocupaba a los detectives llegados de Berlín. Müller se abrió paso y buscó sitio al lado de Vogel, quien acercó una mano al oído de su jefa y le dijo:

—Me he inventado una excusa para explicar por qué no había venido. ¿Es que no se enteró de que teníamos reunión? —Müller arrugó el entrecejo, luego buscó con los ojos a Eschler, que estaba al otro lado de la sala. Él alzó las cejas y le devolvió una mirada risueña, y entonces ella se acordó. *Scheisse*. Era la reunión mensual del Partido; y Eschler había hablado de ello la noche anterior, cuando se juntaron en el Grüne Tanne. Lo había olvidado por completo después de estar presente en la autopsia e interrogar a los Salzmann. En Berlín no tenían que pasar por esto; o, al menos, ni ella ni Tilsner tuvieron que asistir a esas reuniones cuando estaban en Alexander-Platz. Casi siempre lo que hacían era celebrar sus propias «reuniones del Partido» en el bar de la esquina, y rellenar luego el formulario estipulado que le daban a Reiniger. Tilsner se había presentado voluntario como representante local y no se tomaba muy en serio los deberes del cargo.

Nada que ver con el representante del Partido en el cuerpo de Policía de Halle-Neustadt: aquel hombre de mediana edad que llevaba una camisa beis de cuello amplio, y que estaba ahora hablando sobre las noticias que recogía el *Neues Deutschland*; de cómo eso afectaba al trabajo de la Policía. Acabó una frase que Müller no llegó a coger del todo porque no estaba muy atenta, y entonces se dirigió a ella:

—Ah, camarada Müller. El *Unterleutnant* Vogel dijo que a lo mejor llegaba usted tarde; por lo visto, tenía que interrogar a los padres de los mellizos Salzmann. Y estoy de acuerdo en que es una labor de suma importancia. Quizá pueda contarnos cómo va la investigación; y, sobre todo, cómo piensa incorporar la visión del Partido Socialista Unificado a su trabajo.

Müller miró otra vez a Eschler y este, lejos de apresurarse a intervenir y sacarla del aprieto, se conformó con esbozar una media sonrisa, bajo la atenta mirada de Janowitz y el representante del Partido.

—Pues, como bien sabe, camarada…

—Wiedemann. *Leutnant* Dietmar Wiedemann. Trabajo en la sección de archivos. Me encargo de que todo el papeleo se rellene y quede registrado como es debido. Seguro que volveremos a vernos en el transcurso de la investigación. Si quiere consultar casos anteriores para informarse, eso es cosa mía. Y también lo es, muy a mi pesar, la representación local del Partido. Pero, perdone, que la he interrumpido.

—Sí, camarada Wiedemann. Pues esta mañana, el *Unterleutnant* Vogel y yo misma hemos estado presentes en la autopsia que se ha realizado en la morgue, en los sótanos del hospital. Y lamento decir que todavía no tenemos la causa definitiva de la muerte.

—Pero ¿al niño lo mataron, eso seguro, no? —preguntó Wiedemann.

Müller lo miró fijamente a los ojos.

—Como ya he dicho, no tenemos la causa definitiva de la muerte. Y hasta que no la tengamos, prefiero no andarme con especulaciones. Lo que sí sabemos, claro está, es que Maddelena sigue desaparecida. Y con un bebé de esa edad, su seguridad es lo primero, independientemente de que la hayan secuestrado para hacerle daño o no. Maddelena, como bien sabe, fue un bebé prematuro; por eso estaba en cuidados intensivos en el hospital. Y tiene que haber sido un mazazo para los padres.

Müller hizo una pausa. Un silencio como en misa se apoderó de la sala. Wiedemann carraspeó y dijo:

—Me hago cargo de todo eso, camarada *Oberleutnant*. Pero ¿qué estamos haciendo, como cuerpo de Policía, y qué manera tenemos de asegurarnos de que se cumplan los objetivos del Partido en la investigación?

—Vengo justo ahora de interrogar a los padres. Las coartadas que tienen parecen sólidas. Tenemos que seguir considerándolos sospechosos, pero a mí me da que el dolor que sienten no es fingido. Y tienen la sensación de que no estamos haciendo todo lo que estaría en nuestras manos hacer. Quieren que la Policía salga a la calle a buscar a su hija, que se note nuestra presencia. No es justo negarles eso, y es algo que está dificultando la investigación.

Janowitz dio un paso al frente desde el fondo de la sala y tomó posición al lado de Wiedemann:

—Ya sabemos lo que piensa usted al respecto, *Oberleutnant*. Pero es que no es una decisión baladí la que ha tomado el Ministerio para la Seguridad del Estado. Le conviene tener eso muy en cuenta.

Müller se esforzó por adoptar una expresión neutra. No quería que ni Malkus ni su número dos vieran ahí ocasión para ir contra ella. Y el tal Janowitz le daba escalofríos: había algo en ese hombre que la ponía muy nerviosa. Se volvió hacia Vogel, quien bien podía aguantar el chaparrón por unos instantes.

—El camarada Vogel acaba de llegar del hospital, donde ha interrogado a varios testigos. ¿Algo de lo que merezca la pena informar en ese frente, *Unterleutnant*?

Si lo incomodaba aquella invitación forzosa a salir a la palestra, Vogel lo disimulaba bien; porque se lanzó a dar noticia con detalle de la serie de preguntas que había hecho al equipo médico en el ala de pediatría. Pero cuando iba a acometer la difícil tarea de explicar cómo se las había ingeniado para hacerlo siguiendo las directrices del Partido, sonó el teléfono. Lo cogió Eschler. Müller vio la preocupación dibujada en la cara del capitán de la Policía del Pueblo. Según atendía a la llamada, Eschler alzó la vista y buscó con la mirada a Müller, indicándole de este modo que fuera hasta allí. Cuando la tuvo al lado, tapó el auricular con una mano y le susurró al oído:

—Camarada *Oberleutnant*: llaman de la guardería del *Komplex VIII*. Podría ser una emergencia, porque dicen los de la patrulla que puede que tenga relación con el caso.

14

Febrero de 1966.
Halle-Neustadt.

No. No. La pequeña Stefanie no. Dios mío, ¿qué va a pensar Hansi de mí ahora?

Que no cunda el pánico, no hay que perder los nervios. Venga, Franziska; antes de que empezaras con las crisis, eras una enfermera diplomada y sabes lo que hay que hacer.

Échale la cabeza hacia atrás. Acerca la oreja, a ver si la oyes respirar por la boca. ¡No se oye nada! ¡No se oye nada de nada!

Cinco exhalaciones de reanimación. Así, pongo la boca encima de la suya, y ojalá que no me den ganas de vomitar. Sopla fuerte, Franzi. Sopla fuerte: uno, respira; dos, respira; tres, respira; cuatro, respira; cinco, respira.

A ver qué oyes. A ver qué ves. ¡Nada, nada! Ay, Dios. ¿Qué van a pensar todos de mí? Hace tanto tiempo que quería tenerla, tantos años. No llores. Mantén la calma.

¿Y ahora qué? El masaje torácico.

Scheisse! Ya se le están poniendo morados los labios. Ay, Stefi, Stefi, no me dejes, que estás con la Mutti.

Aprieta, Franzi. ¡Aprieta! Pon los dedos así en mitad del pechito. Aprieta fuerte. Luego suelta. Una vez. Y otra vez. Cuenta hasta diez. Hasta veinte. Nada, no reacciona. Por favor, Stefi. Por favor. Mutti te quiere. Yo no quería hacerte daño.

Tendré que avisar a Hansi. Él sabrá qué hacer. No le gusta que llame al médico antes de hablar con él. Hansi se lo toma todo con más calma; pero es que, lo que es yo, me entra el pánico a veces, digo cosas que no debería decir.

Acerco la boca a la suya otra vez y soplo. Soplo.

Hazlo otra vez, Franzi. A lo mejor todavía estás a tiempo. Dos dedos. Así, en mitad del pecho de Stefi. Aprieta fuerte. Mira bien que se le hunda el pecho. Y entonces suelta. Otra vez. Así hasta tres veces.

Pienso seguir haciéndolo, no voy a rendirme. Siempre quise tener a Stefi. Ella era mi regalito de Dios. Del cielo. Jamás pensé que pudiera abandonarla. Te lo ruego, Dios, por favor. Ya llevo veinte.

¿A ver qué se oye? Nada, sigo sin oír nada.

Acerco la boca una vez más, noto la sal de mis lágrimas mezclada con el sabor a leche de sus labios. Sopla, Franzi, sopla. Respira, por favor, Stefi, cariñito mío. Por favor, respira.

15

Julio de 1975.
Halle-Neustadt.

Müller, Vogel y Eschler abordaron uno de los coches con distintivos de la Policía del Pueblo; conducía Fernbach. Eschler encendió las luces de alarma y la sirena, haciendo caso omiso de las advertencias de Malkus y Janowitz de que pasaran inadvertidas las pesquisas en torno al caso. No sería Müller la que se lo echara en cara. En la República Democrática Alemana era bastante común ver coches de policía que acudían a una emergencia. Aquella idea de Lenin de que en un régimen comunista el crimen acabaría desapareciendo conforme se acabaran los excesos de algunos... En fin, que Müller y los otros se quedarían sin trabajo si eso fuera así.

Fernbach pisó a fondo el acelerador y la gente los miraba al pasar. Tomaron a toda pastilla la Magistrale y ocuparon el carril de la izquierda, mientras se apartaban coches y camiones para dejarles el paso franco. En apenas dos minutos se plantaron en la guardería, con un crujido de los frenos que resonó con eco en una de aquellas calles sin nombre de Ha-Neu.

Los cuatro agentes de Policía dijeron bien poco al entrar y dejaron que las placas de identificación hablaran por sí solas. El personal de la guardería les señaló un aula que había a un lado, bien apartada del edificio principal y de las dependencias en las que estaban los niños. Cuando entró con los otros, a Müller no le sorprendió nada lo que vio: sentada en una silla, sujetándose la cabeza con las manos, estaba Klara Salzmann, rodeada de tres policías de uniforme. En cuanto oyó la voz de Müller, la madre de Maddelena alzó la vista y soltó una especie de gruñido.

—Ya nos hacemos cargo nosotros, camaradas —les dijo Müller a los tres policías.

Los de uniforme empezaron a rezongar, pero Eschler levantó una mano y calló toda protesta:

—*Oberleutnant* Müller tiene razón. Sabemos quién es esta ciudadana: está implicada en una investigación ya abierta.

—Pero estaba molestando al personal de la guardería y a los niños —dijo una de ellos, una agente joven—. Habría que arrestarla.

Klara Salzmann soltó otro gruñido:

—¿Arrestarme? ¿A mí? Yo solo hago lo que tenían que hacer ustedes: mostrarle esto a todo el mundo. —Frau Salzmann se zafó del brazo que la sujetaba y cogió una fotografía que había encima de la mesa contigua. Müller vio que era una foto de Maddelena: un primer plano de la cara de la niña—. Yo lo único que hacía era preguntarles si habían visto a esta nena. Mi nenita. Mi Maddelena. No es justo que nadie haga nada. No hay derecho.

Con una mirada, Eschler les indicó a los tres policías de uniforme que salieran.

—No la vamos a arrestar, Klara —dijo Müller—. Pero es que no nos lo está poniendo usted nada fácil. Tiene que dejar que hagamos las cosas a nuestra manera, es nuestro trabajo. Puedo comprender que se viera empujada a hacer esto, pero no podemos permitir que vuelva a ocurrir. —Nada más pronunciar aquellas palabras, Müller notaba la falsa cadencia que había en ellas. Las exigencias de Malkus eran un serio impedimento para el avance de las investigaciones. Tenía que haber algo más aparte del sacrosanto secretismo de siempre, y estaba dispuesta a averiguar qué era. Pero ni aun así podía consentir que Klara Salzmann fuera por ahí tomándose la justicia por su mano.

La mínima resistencia que había opuesto la mujer acabó desvaneciéndose: se abrazó a Müller, escondió la cara en el hueco de su cuello y la detective empezó a acariciarle la espalda.

Fue ella misma, junto con Vogel, quien acompañó a Klara Salzmann para que entrara en el asiento de atrás del coche de policía. Müller paseó la vista por el entorno, con la esperanza de que el altercado no hubiera atraído la atención de muchos curiosos. Al igual que casi todos los edificios dedicados al cuidado de niños que había en Ha-Neu, la guardería en el *Komplex VIII* estaba ubicada en una plaza con un jardín en el centro, flanqueada por los tres costados por *Plattenbauten*. No tenían que caminar mucho las madres para ir a la guardería o al jardín de infancia desde el apartamento. Les daban la baja por maternidad para unas pocas semanas y luego tenían que incorporarse a la fábrica o a la tienda en las que estaban empleadas, para sacar adelante la República Democrática: la mayor parte trabajaba codo con codo con sus maridos en Leuna y Buna, y subía con ellos al tren de cercanías en la estación central de la ciudad. Afortunadamente, no había testigos ni curiosos; o sea, que el manto de secretismo de la Stasi seguía intacto, al menos por el momento.

Eschler y Fernbach volvieron por su cuenta a la sala de operaciones mientras Müller y Vogel llevaban a Klara a casa: Vogel iba al volante y Müller acompañaba a Klara en el asiento de atrás y trataba de consolar a la pobre mujer, que seguía alterada. Vogel retiró una mano del volante y le pasó los cigarrillos y el mechero a Müller, quien le ofreció uno a Klara y se lo encendió. La mujer le dio una calada honda con las manos temblorosas.

En cuanto Klara Salzmann abrió la puerta del apartamento, una vaharada de alcohol le dio a Müller en las narices. Fueron los tres siguiendo aquel mefítico rastro hasta el salón, y allí estaba

Reinhard Salzmann, hecho un guiñapo en el sofá, dando ronquidos; él, y una botella de vodka puro de tres cuartos de litro, vacía, encima de la mesa. Tenía los pantalones mojados a la altura de la entrepierna. Al principio, Müller creyó que se lo había hecho todo encima a causa del alcohol, pero entonces vio el vaso de vodka en el suelo. En vez de pasar a engrosar lo que ya era una bomba en su estómago, el último lingotazo de Blue Strangler había acabado en los pantalones.

—¿No ve usted por qué creía yo que había que hacer algo? —dijo su mujer—. Porque él no puede. No hace más que darle a la botella a todas horas. Esa se la escondí. Y se enfadó; por eso y por lo poco que hacen ustedes para dar con Maddelena. Estamos hechos un despojo, *Oberleutnant*: los dos, un despojo. Si no la encontramos, estamos acabados. Aunque la encontremos, a Karsten ya lo hemos perdido. —La mujer se sentó al lado de su marido y miró a Müller fijamente a los ojos—. Siento mucho cómo me he comportado hoy. No volverá a pasar; pero, por favor, encuéntrenla.

De vuelta en la comisaría de Ha-Neu, Müller pidió a Vogel y a Eschler que se reunieran con ella en su despacho. Casi no cabían allí los tres. Müller se subió unos centímetros la falda y tomó asiento en el borde de la mesa. Sus compañeros se apoyaban cada uno en una pared.

—Aunque las formas fueron nefastas, Klara Salzmann tenía algo de razón en lo que hizo, y en lo que dijo —afirmó Müller—. Tenemos que hacer más.

—No veo cómo —dijo Eschler.

—Pues se puede. Llevo tiempo dándole vueltas a la cabeza. Lo que nos hace falta es una razón poderosa para registrar todos los hogares que tengan un niño, digamos, de menos de tres meses; que no parezca explícitamente una búsqueda de un bebé desaparecido apartamento por apartamento.

—Pero no podemos hacer eso, levantaríamos inmediatamente sospechas —dijo Vogel, y sacó un cigarrillo del paquete de f6. Luego les ofreció uno a Müller y a Eschler, pero los dos dijeron que no con la cabeza.

Müller se puso de pie y miró por la ventana, con la vista puesta en el bloque de pisos en forma de aspa en el que vivían los Salzmann. Entonces se volvió hacia ellos y dijo:

—Las familias que tienen niños están acostumbradas a que el personal médico vaya a verlos cada cierto tiempo para hacer chequeos sanitarios. Personal médico: eso es lo que vamos a ser. Nos inventaremos el cuento de que las autoridades sanitarias van a poner en marcha una campaña de nutrición infantil; para asegurarse de que todos los niños están bien alimentados. Lo usaremos de tapadera. Y sacaremos un artículo en el periódico local para darle más credibilidad.

—No creo que Malkus y Janowitz lo autoricen —dijo Eschler con el ceño fruncido.

Müller lo fulminó con una mirada:

—Pues si se le ocurre algo mejor, no dude en decírmelo, Bruno. Y de Malkus y Janowitz…

Los interrumpieron unos golpes en la puerta.

—Pase —gritó Müller.

Era Wiedemann.

—Ah, camarada *Oberleutnant*. Qué bien que haya vuelto, porque *Hauptmann* Janowitz quiere hablar con usted.

—¿Y no puede esperar? ¿No ve que estamos reunidos?

—Pues van a tener que cancelar la reunión, camarada *Oberleutnant*.

16

Müller siguió a Wiedemann hasta su oficina, forrada de cajas y más cajas apiladas, llenas de casos previos. Janowitz ya estaba allí sentado, pero, para sorpresa de Müller, también estaba Malkus. El comandante daba vueltas al bolígrafo con una mano para aliviar la espera. Ninguno se levantó a saludarla. Malkus señaló con los ojos una silla vacía que había delante de la mesa que ocupaba junto a su segundo.

—Gracias por venir enseguida, camarada *Oberleutnant*, y siento si he interrumpido la reunión.

Müller se encogió de hombros:

—No pasa nada, de todas formas tenía que hablar con usted, camarada comandante. Pero ¿por qué quería verme?

—Pues porque me he enterado de que la reunión del Partido no fluyó como otras veces —dijo Malkus, dando golpecitos con la punta del boli en el bloc de notas—. Y quería averiguar por qué, y saber si hay algo que podamos hacer para ayudarla.

Miró a los otros dos a la cara: Wiedemann y Janowitz, quienes tenían idéntica expresión, subrayada por una sonrisita altanera.

—Pues a mí me parece que fue muy bien, camarada comandante —dijo Müller—. Solo que había ido a interrogar a alguien y me perdí el comienzo. ¿Pasó algo antes de que yo llegara?

El primero en hablar fue Janowitz; Malkus se quedó callado con los brazos cruzados sobre el pecho.

—Lo único que pasó fue que llegó usted tarde, ese fue el problema. Aquí funcionamos de otra manera.

Malkus echó el cuerpo hacia delante en ese punto y dijo:

—Las reuniones del Partido que celebramos todos los meses son obligatorias, camarada *Oberleutnant*; y esperamos que todo el mundo se las tome muy en serio, sobre todo los oficiales de más rango como usted.

—Le pido disculpas, camarada comandante. La próxima vez dejaré a un lado cualquier interrogatorio que sea vital para el caso, por mucho que nos haga avanzar.

Malkus se puso rojo, pero no reprendió inmediatamente a Müller. Quien sí vio ocasión para sojuzgarla todavía más fue Janowitz:

—Lo que pasa es que el caso no está avanzando mucho, ¿o sí? —dijo el capitán de la Stasi—. No sé a santo de qué tiene que venir un equipo de Berlín que solo complica más las cosas. —Se volvió hacia el oficial de mayor rango—. Yo creo, camarada comandante, que tendríamos que quitarle el caso de las manos a la Policía del Pueblo y ocuparnos nosotros.

Ahora la que se puso roja fue Müller. Era frustrante trabajar en aquel caso, cierto. Pero una vez que estaba allí, su intención era resolverlo. Y bajo ningún concepto aceptaría que fuera Janowitz el que decidiera si Vogel, Schmidt y ella tenían que ser apartados de las investigaciones.

Sucedió un incómodo silencio en el que Malkus se llevó la mano al mentón y calculó por dónde podía seguir. Al final, miró a Wiedemann y a Janowitz y dijo:

—Camaradas, ¿les importaría dejarnos solos un momento? Me gustaría hablar en privado con *Oberleutnant* Müller.

Cuando salieron del despacho, Malkus cerró la puerta con llave. Luego volvió y se sentó, pero no donde estaba antes, sino en la propia mesa, de tal manera que tenía otra vez los ojos por encima de los de Müller.

—Yo preferiría que no me dejara usted en evidencia delante de compañeros de menos rango, Karin —dijo con amabilidad—. Lo de no llegar a tiempo a la reunión fue algo que sometió a mi consideración *Hauptmann* Janowitz, así que no tuve más remedio que tomar cartas en el asunto. Pero mientras esté usted aquí, en Halle-Neustadt, tendrá que acatar nuestras reglas. No podemos saltárnoslas a la torera. Le sorprendería saber que la presión a la que yo estoy sometido no es menor que la que sufre usted. Acaba de verlo ahora mismo. Si empiezo a saltarme la normativa por usted y sus hombres, entonces los del ala dura del Partido, como mi ayudante, me denunciarán, y lo tendré mucho más difícil. Así que, a partir de ahora, quiero que acuda puntalmente a esas reuniones. Y que haga el favor de tomárselas en serio. ¿Estamos?

A Müller la sacaba de quicio que aquel acatamiento servil de la doctrina del Partido quedara por encima de lo que era la investigación en sí. Pero movió afirmativamente la cabeza después de sostenerle a Malkus la mirada unos instantes.

—Muy bien —dijo el comandante de la Stasi, sin dejar de mirarla a los ojos—. Y ese altercado que protagonizó la madre en el jardín de infancia fue de lo más inoportuno. Eso es precisamente lo que hay que evitar. Aunque me dicen mis hombres que lo solventó usted con mucha soltura, y se lo agradezco. —Müller tuvo que contenerse para no dejar entrever una media sonrisa irónica. Porque, con aquel halago que le hacía como perdonándole la vida, Malkus desvelaba el verdadero alcance de sus tentáculos: la Stasi estaba al corriente de cada paso que daban ella y su equipo.

El comandante dejó transcurrir un corto silencio para que ella encajara sus últimas palabras, y entonces fue él quien esbozó de verdad una sonrisa irónica para decir:

—Así, pues, ¿para qué quería usted verme a mí?

Müller se levantó de la silla, fue a la ventana y entonces se volvió para encararlo. Ahora era ella la que estaba de pie y él seguía sentado en el borde de la mesa; sintió que se había sacudido parte de esa ventaja psicológica que tanto buscaba él. Pero el fulgor de aquellos ojos ambarinos podía con ella.

—Tenemos que hacer avanzar la investigación un tramo más, camarada comandante. Está entrando en vía muerta de manera vertiginosa. Lo que pasó en la guardería fue consecuencia de la frustración que sienten los padres al ver que no ponemos toda la carne en el asador. Hay que cambiar de estrategia. Quiero registrar todos los apartamentos en Ha-Neu que tengan un niño menor de tres meses. Y si se puede, me gustaría hacer esa medida extensiva a la ciudad de Halle también; y a otras colindantes, como es el caso de Merseburg, o incluso Schkeuditz. Lo haremos de tal manera que nada levante sospechas. Puede que hasta le venga bien a la población.

Malkus arrugó el ceño y dijo:

—No veo cómo va a ser eso posible sin contravenir la orden específica de no hacer un registro casa por casa.

—Porque no será en todos los apartamentos. Estará destinado solo a casos muy específicos: nos haremos pasar por trabajadores del Servicio de Salud que están llevando a cabo una campaña de control alimentario, porque queremos asegurarnos de que los bebés están bien nutridos. Algo por el estilo. Llevaremos a una enfermera diplomada en Pediatría para que los pese. Habrá que dar formación a los agentes implicados con el fin de que todo parezca auténtico. Aunque si llevamos a la enfermera, eso ya ofrecerá muchas garantías. —Le sostuvo la mirada al oficial de la Stasi hasta que él miró el bloc de notas que tenía encima de la mesa y soltó un suspiro.

—Supongamos por un instante que lo autorizo. ¿Por qué diantre cree usted que a un bebé desaparecido lo van a esconder así, a plena luz? ¿No sería más lógico tenerlo a buen recaudo en un escondrijo?

Müller alzó los hombros:

—Puede. Pero si nos metemos en las casas de quienes tienen hijos recién nacidos, aunque no encontremos a Maddelena, a lo

113

mejor sí encontramos algún indicio que nos lleve a ella. Además, por ahora, no hay nada más que podamos hacer.

Malkus se repantingó en la silla y entrelazó ambas manos.

—Está bien. No le voy a dar todavía la autorización oficial, pero tampoco haré nada para detenerla. Queda de su cuenta y riesgo convencer a la Policía del Pueblo de Halle y poblaciones limítrofes. Pero quiero que todo el que participe, incluido el personal médico, jure mantener en secreto cuál es el fin último de la operación. Y si sale mal, su cabeza será la que ruede, Karin. —Dicho esto, se mostró más relajado—. Aquí, entre nosotros, tiene toda la pinta de ser un buen plan. La felicito. Aunque más nos vale a todos que dé buenos resultados.

Según los cálculos aproximados que Müller llevaba anotados en su libreta, debía de haber como unos doscientos cincuenta bebés de la edad del que estaban buscando. De ellos, alrededor de unos ciento veinticinco debían de ser niñas, si la división de sexos era paritaria. Aunque cuando contrastaron esos números con los que tenían el hospital y los inspectores médicos, la cifra era un poco más alta: ciento cuarenta. Decidió que lo más sensato era hacer dos equipos de dos personas cada uno: una enfermera y un detective, ocupado este último puesto por Vogel y ella. Eran la mejor opción porque venían de fuera, y sería menos probable que los reconocieran. Aunque quedaba la posibilidad de que las madres del jardín de infancia del *Komplex VIII* –donde Klara había empezado a hacer campaña por su cuenta– casaran una cosa con otra. Pero aquel día que los llamaron desde la guardería, Müller y Vogel fueron derechos al aula en el que estaba custodiada Frau Salzmann, así que, con un poco de suerte, ni se habrían percatado.

Müller había calculado que en cada visita les llevaría veinte minutos hacer el registro y las preguntas pertinentes, y que cada equipo podría cubrir unas quince visitas al día. Es decir, que en una semana podrían haber acabado con todo Halle-Neustadt. Otra cosa eran la ciudad de Halle y las poblaciones de al lado. Solo con la primera de ellas, ya tendrían para más del doble de tiempo.

Tuvo una reunión con Vogel y las dos enfermeras para ultimarlo todo, y empezó ella misma la búsqueda en el complejo residencial en el que vivía: el número seis. Aquí tendrían que visitar a unas treinta familias: quizá un par de días de trabajo.

A la sexta visita, fueron al bloque de apartamentos número 956, piso 26, en el *Wohnkomplex VI*. Todos los números de aquellas señas acababan en seis. De haber sido supersticiosa, o creyente, puede que aquellos tres seises, el número de la bestia, hubieran significado algo para ella. Pero no lo era. Sin embargo, la visita tuvo algo de especial; incluso antes de que las dos mujeres, Müller y la enfermera, Kamilla Seidel, llamaran a la puerta. Porque los primeros cinco bebés que visitaron estaban más cerca de los tres meses que de las tres semanas de vida, y pesaban demasiado para ser Maddelena, aparte de que no se le parecían.

Iban por la escalera, subiendo hacia el segundo piso, cuando Kamilla verbalizó los pensamientos de la detective:

—Tengo el presentimiento de que esta podría ser la niña, camarada *Oberleutnant*. No sé por qué, pero... —Müller había pensado que lo mejor era decirles la verdad sobre la operación a las enfermeras; parte de la verdad, al menos, si no toda. De la muerte de Karsten no les dijo nada, tan solo que había desaparecido un bebé. Y las advirtió de que no dijeran nada a nadie, ni siquiera a sus familias, pues, de lo contrario, podían perder el trabajo.

—Mejor esperar, Kamilla. Estaría bien encontrarla nada más empezar, pero eso sería demasiado fácil. Y, en la vida, las cosas nunca son así.

Abrió la puerta una chica que tenía todavía aspecto de colegiala y llevaba un bebé minúsculo arropado con una toquilla. Parecía demasiado joven para ser madre, así, con la cara lavada y aquellos rasgos de niña. Müller se había leído las fichas del registro y sabía que la chica se llamaba Anneliese Haase, y que Tanja era el nombre de la niña. Le enseñó la acreditación de pega del Ministerio de Salud y le explicó por qué estaban allí.

—No hay de qué alarmarse, Anneliese. Solo queremos pesar a Tanja, hacerle un pequeño chequeo, y darle algunos consejos para que esté bien nutrida. Es un programa nuevo del Gobierno: queremos estar seguros de que los ciudadanos que acaban de nacer en la República Democrática están bien preparados para enfrentarse al mundo.

La chica no parecía muy convencida, pero llevó a Müller y a Kamilla al interior del apartamento. Tanja empezó a llorar al instante y no se callaba, por más que la madre la mecía en sus brazos y le enseñaba el conejito de juguete. Al final, como pidiendo disculpas, dijo que no tenía más remedio que darle de mamar. Se sentó en el sofá que había en el salón, dispuso una toalla sobre el regazo sin dejar de acunar a Tanja con el otro brazo y entonces se soltó el sujetador para que mamara la niña.

Y aunque allí tenían la prueba palpable de que Tanja estaba bien nutrida, para Müller aquello demoraba todo un poco más. Ya llevaban bastante retraso aquel día: habían «procesado» solo a cinco bebés y habían rebasado con creces el mediodía.

—¿Mama bien? —preguntó Kamilla, sentada con Müller a la mesa del comedor.

—Pues sí. Sabe lo que le gusta. Es una nena muy glotona, ¿a que sí, *Schatzi*?

—Y ¿cuánto tiempo mama cada vez que le da el pecho?

—Diez minutos por lo general. Pero como tenga hambre, a veces se pasa una hora enganchada. Tengo suerte de que me sube mucho la leche. Hasta he empezado a donar un poco al banco de leche que hay en el centro de Ha-Neu.

Por dentro, Müller no paraba de rezongar al ver que pasaba el tiempo y Kamilla seguía con la pesadez de sus preguntas, por muy necesarias que fueran. Por fin, la *Oberleutnant* dijo:

—Tenemos algo más de tiempo, Frau Haase, pero hemos de ir a ver a más ciudadanas. Así que háganos saber cuándo podemos pesarla

116

sin que le cause mucho lío. —Su mirada se encontró con la de Kamilla y le señaló la bolsa con el equipo médico que traían. Kamilla cogió la indirecta y empezó a sacar la báscula para bebés. Pasaron unos minutos y Anneliese le quitó a Tanja el pezón de la boca.

—Yo creo que, por ahora, con esto le vale; luego, cuando se hayan ido, le doy más si me lo pide.

Kamilla cogió a Tanja y empezó la labor del pesaje: primero con y luego sin pañal. Mientras tanto, Müller sacó la cámara Foton instantánea que llevaba en el bolso y le hizo dos fotografías a la cara de Tanja. Una de frente y otra de perfil. Ya las estudiarían ella y Vogel más tarde en la sala de operaciones, si advertían algún parecido.

Müller echó mano otra vez del bolso y sacó una fotografía de Maddelena en blanco y negro, enfundada en plástico transparente. Se la dio a Anneliese.

—Aquí tiene una muestra de un bebé malnutrido con el que nos encontramos hace poco. No habrá visto a un bebé que presente estos rasgos, ¿no? En la guardería, o cuando se junta con otras madres, cuando va por ahí con Tanja en su carrito. ¿Le dice algo esta foto? —Era un pequeño engaño; y Malkus no lo habría aprobado, pero tampoco tenía por qué saber al dedillo lo que se traían entre manos Müller y Vogel.

Anneliese dijo que no con la cabeza.

—Bueno, pues si algún día lo ve —siguió diciendo Müller—, ¿puede hacer el favor de ponerse en contacto con Kamilla en el hospital inmediatamente? Ella me lo hará saber a mí, y podremos tomar las medidas oportunas. —Le dio a la joven madre una tarjeta de visita que tenía el emblema del hospital, pero un número de teléfono que correspondía en realidad a una línea directa con la sala de operaciones de la Policía. Allí montaba guardia una de las mecanógrafas, un operativo que Müller había montado aquella misma mañana—. Y muchas gracias por su cooperación, Anneliese. Aquí la amiga Tanja tiene toda la pinta de estar como un roble, y vaya si mama bien. ¿El peso es el adecuado, Kamilla?

—Perfecto. Un poco más de la media para el tiempo que tiene, pero eso no es un problema.

Anneliese cogió a la niña en brazos, con el orgullo de madre bien reflejado en la cara, y acompañó a las dos mujeres a la puerta.

Müller y Kamilla fueron a comer a un sitio que les quedaba cerca, en la parte norte del *Komplex V,* que estaba justo al lado: El Molino del Burrito, el *Eselsmühle.* Resultaba raro allí aquel molino tan mono pintado de rosa: las cuatro aspas giraban despacio en la brisa veraniega, y al fondo se veía la amenazadora presencia de los bloques de pisos forrados de placas de cemento. Qué mala pareja hacía lo moderno y lo antiguo, pensó Müller mientras aparcaba el Wartburg al lado del molino. Pero lo había elegido aposta. Figuraba en muchas de las postales de Ha-Neu y estaba siempre lleno porque los niños podían montar en burro en la explanada de hierba que tenía al lado. La clientela estaba formada por padres jóvenes con sus bebés; y uno de ellos podría ser lo que estaban buscando: el pequeño cuco que ocupaba un nido ajeno, Maddelena Salzmann.

—¿Quieres ir pidiendo? —le preguntó Müller a Kamilla—. Enseguida entro, quiero antes llamar por radio a la sala de operaciones. Para mí una ensalada de patatas y una Vita Cola. Y tú pide lo que quieras. —Le dio a la enfermera un billete de diez marcos. Cuando vio que la otra salía del coche y se dirigía al restaurante, Müller cogió el aparato y se agachó un poco para esquivar las miradas de la gente que comía sentada al sol fuera del molino.

Lo cogió Eschler.

Y lo que dijo le puso a Müller el corazón a cien.

Los de la Policía de uniforme habían arrestado a alguien.

17

Müller llamó por radio a Vogel y le dio instrucciones de que dejara lo que fuera que estuviera haciendo y se reuniera con ella en la sala de operaciones. Cuando llegó, salieron en coche de Ha-Neu, por la Magistrale; cruzaron los dos brazos del río Saale y pusieron rumbo al norte, hacia la parte vieja de Halle: iban atravesando los ramales del río que afluían de este a oeste, más allá del ala occidental del imponente castillo de Moritzburg.

—¿Adónde vamos? —preguntó Vogel.

—A la cárcel de Roter Ochse —dijo Müller, y tomó otra curva con el Wartburg.

—Pero ¿eso no era un centro de detención de la Stasi?

—Lo es. Solo que la Policía no tiene celdas acondicionadas para los interrogatorios en Ha-Neu, y llevan allí a los sospechosos.

Müller miró a su derecha y vio que el Roter Ochse, o «buey rojo», se había ganado el nombre a pulso: el edificio sentaba sus reales en la tierra, un poco como un toro asienta las cuatro sólidas patas, con una torre en cada esquina; un toro cuya piel estuviera formada por millones de ladrillos rojos. Müller sentía que el miedo le atenazaba el estómago, pero no sabía por qué.

Mostraron a la entrada sus placas y les indicaron que dejaran el coche en el aparcamiento de visitantes. Desde allí hasta la entrada del edificio, los escoltaron dos agentes de la Stasi; y la escolta cambió una vez dentro. Empezaron a subir las escaleras y llegaron al centro de detención en absoluto silencio, solo roto por el eco de sus pasos. Olía igual que en la prisión de la capital del Estado en la que tuvieron preso a Gottfried: una mezcla de hormigón, metal y desinfectante. Tenía el mismo sistema de luces rojas y verdes; las puertas hacían el mismo ruido metálico al cerrarse. Todos los pasillos lucían idénticos colores: verde aceituna en las paredes; hueso en las bóvedas. Giraron tres veces en el trayecto que llevaban, y Müller ya sabía que se había perdido; sin la perpetua presencia de los guardias que los escoltaban, le habría sido difícil encontrar la salida.

Llegaron por fin a una celda con la puerta abierta. Dentro, sentado y con cara de circunstancias, estaba Eschler; y a su lado, Malkus. Nada más verlo, Müller se puso en guardia. Fue este último el que les indicó que ocuparan las otras dos sillas vacías.

—Les agradezco que hayan venido tan rápido, camaradas. Es posible que tengamos algún avance, y se lo debemos al camarada Eschler y a sus hombres. Eschler, ¿los informa usted?

—Con mucho gusto, camarada comandante. Aunque me temo que sea un poco prematuro para hablar de avance. Pero el caso es que en la celda de al lado tenemos detenido a un varón de treinta y cinco años. Lo encontramos durmiendo la mona en los túneles.

—¿Un indigente? —preguntó Müller, bien consciente de la sorpresa que le había embargado la voz. Porque si se seguía al pie de la letra lo proclamado por Karl-Eduard von Schnitzler en su programa de actualidad semanal, *Der schwarze Kanal*, esas cosas solo pasaban al otro lado del Muro. Y lo confirmaban día a día las noticias que no se perdía Gottfried en los canales occidentales de televisión, y que le robaban audiencia al canal oficial: llevaban años echando imágenes de las huelgas de mineros en la República Federal, los cortes de electricidad, las semanas de tres días... y el problema de la gente sin hogar.

Malkus dio unos golpecitos con el bolígrafo encima de la mesa y dijo:

—Que no salga eso de estas cuatro paredes. Aunque yo me niego a afirmar que sea un sin techo. Él dice que tampoco tiene trabajo, pero bien sabemos que eso no pasa en la República Democrática Alemana.

—Ya, pero hay pruebas —siguió diciendo Eschler— de que era verdad que llevaba varias semanas durmiendo en ese mismo túnel de los conductos de calefacción: mantas, botellas de vodka vacías, cajas de cartón con las que improvisaba un refugio para guarecerse del frío; aunque a estas alturas del verano haga un calor sofocante ahí abajo.

—¿Allí abajo, dónde? —preguntó Vogel.

—En el *Wohnkomplex V.* En el túnel que va del restaurante El Molino del Burrito al bloque 815. Es un ramal que sale del conducto principal, y que pasa debajo de una zona sin edificar, justo donde los niños montan en los burros. Mi hipótesis es que él creía que ahí estaba seguro: como el túnel solo llega hasta el restaurante, pues pensaría que los de mantenimiento lo revisarían menos que los conductos principales entre un bloque y otro.

—Vale —dijo Müller, cayendo en la cuenta de que acababa de venir justo de ahí—. Pero porque sea un indigente y no tenga trabajo, eso no lo convierte en secuestrador de niños. ¿Qué lo hace sospechoso?

—Fue la reacción que tuvo el perro al olisquear las mantas con las que se arropaba —dijo Eschler—. Es el mismo que encontró la muñeca cubierta con una toquilla el otro día: lo han entrenado para buscar el rastro de Maddelena.

—¿El rastro de Maddelena? —indagó Müller—. Yo pensaba que estaba entrenado para reconocer el rastro de la ropa de cama que usó Maddelena. Perdonen, pero no es lo mismo.

Malkus no le dio tiempo a responder a Eschler y dijo:

—No nos perdamos en los detalles. Es la mejor pista que tenemos hasta la fecha. Y si es culpable, caso resuelto; y de paso, sacamos a un indigente de las calles.

—Pero no habremos resuelto el caso, camarada comandante —dijo Müller después de soltar un suspiro—. No hasta que no hayamos dado con el paradero de Maddelena. Es nuestra prioridad en este momento; sobre todo si, como parece, la muerte de Karsten no fue realmente un asesinato.

Malkus se puso rojo; y Müller tuvo miedo de haberse pasado de la raya. Pero el comandante de la Stasi movió afirmativamente la cabeza:

—Por supuesto, tiene usted razón, camarada *Oberleutnant*.

Müller se puso en pie y se alisó los pliegues de la falda.

—Bien, pues lo mejor será que empiece con el interrogatorio. ¿Cómo se llama?

Eschler le alcanzó una carpeta y dijo:

—Stefan Hildebrand.

Ella sostuvo la carpeta en alto y preguntó:

—Y ¿hay algo aquí de relevancia?

—Alguna condena por hurto menor, un periodo entre rejas. Lo que cabe esperarse de un caso así.

—Y ¿no está fichado como pedófilo, o algo parecido?

—No —dijo Eschler.

Malkus se levantó, al parecer tenía intención de unirse a Müller en el interrogatorio. Pero ella levantó una mano en alto:

—Por el momento, esto sigue siendo asunto de la Policía, camarada comandante. —Le dio un toque en el hombro a Vogel y le dijo—: Martin, vente conmigo a la celda de al lado. —Entonces se volvió una vez más hacia Malkus—. Si usted no tiene inconveniente, camarada comandante.

Al principio, Malkus estuvo tentado de decir que sí lo tenía, pero luego se sentó en la silla y les indicó con la mano que salieran:

—Vayan, vayan. Pero asegúrense de que sacan algo de lo que inculparlo. Nos hacen falta resultados ya.

18

Stefan Hildebrand tenía el aspecto que se esperaba Müller: le cubría la cara macilenta una barba jaspeada llevada con mucho descuido; y tenía los ojos hundidos, rodeados de profundas ojeras. Tuvo que contener la respiración cuando se sentó con Vogel delante de él: si se las había apañado para conseguir comida y alcohol suficiente y así había sobrevivido en los túneles de la calefacción, quedaba claro que no le había llegado para pagarse ningún artículo de higiene personal.

Alzó la cabeza, miró a los dos detectives y les preguntó directamente:

—¿Por qué no paran de preguntarme por ese bebé?

—¿Qué bebé? —preguntó Müller.

—Pues Maddelena, creo que se llama así. Yo no sé nada de ningún bebé.

Müller señaló con la cabeza la bolsa de pruebas que contenía la manta, y que Vogel había traído consigo. Su ayudante la puso encima de la mesa y la empujó hacia Hildebrand.

—Creemos que esta manta estaba en la cuna de la niña en el hospital —dijo Vogel—. ¿Qué puede decirnos usted al respecto?

Hildebrand cogió el paquete con ambas manos.

—No la toque —lo previno Müller—. Limítese a mirarla a través del plástico. ¿La reconoce?

A Hildebrand se le torció la boca en un significativo gesto y arrugó el entrecejo:

—No le sabría decir.

—Ya, pero es que estaba entre sus posesiones —dijo Vogel—. Y los perros han detectado el rastro de Maddelena en la manta. ¿Puede explicarlo?

Hildebrand alzó los hombros:

—Tengo varias mantas viejas. Las cojo según me las voy encontrando. Ahora no hacen mucha falta, pero en invierno…

—Sus hábitos de vida me importan bien poco, ciudadano Hildebrand —dijo Müller—. Lo que queremos saber es de dónde sacó esta manta en concreto.

El detenido adelantó el cuerpo y observó la manta con más atención. Luego dijo:

—Esta me parece que la tengo desde hace poco, si es la que creo que es. La encontré en el túnel que queda cerca del hospital; no sé si eso les dice algo. La habían tirado allí con más cosas: basura casi todo.

—Y ¿qué hacía usted cerca del hospital?

—Nada en particular. Por el día me quedo en el conducto que va al Molino del Burrito. Allí me siento más seguro. Nunca me había molestado nadie, hasta hoy que han llegado los de la *Vopo*. Pero por la noche voy por ahí buscando en los otros túneles; a veces salgo para ver si hay algo que pueda aprovechar en la basura del *Kaufhalle*. No se imagina usted la cantidad de comida que tiran.

—No le creo —dijo Müller—. Sabe usted tan bien como yo que en la República Democrática no hay gente sin trabajo ni sin techo. Hay trabajo y casa para todos, si es que uno quiere trabajar, ciudadano Hildebrand. Por eso no le creo. Así que dígame la verdad: ¿qué ha hecho usted con Maddelena?

—Y ¿qué ha hecho con su hermano mellizo, Karsten? —añadió Vogel por su parte—. Sabe bien que tenían apenas unas pocas semanas de vida; y que si estaban en el hospital, era por algo. Sin medicación, lo más seguro es que mueran. Así que, ¿por qué no nos dice dónde están?

124

Müller vio el miedo en los ojos de Hildebrand. Aquel engaño de Vogel al ocultarle que Karsten estaba muerto puede que lo pillara en un renuncio. A lo mejor lo forzaba a revelarles información que podía resultar vital. Si es que era el hombre que andaban buscando.

—¿Mellizos? Yo no sé nada de ningún mellizo. No sé nada de esa Maddelena de la que no hacen más que hablar, ni de su hermano. Sé que he quebrantado la ley, que no tenía que vivir ahí abajo, en los túneles. Pero es que me estragaba el trabajo que me dieron cuando salí de la cárcel: barrer las malditas calles, cuando soy un científico diplomado. Eché una solicitud para irme a la República Federal. Por eso perdí el trabajo. Y entonces empezaron a inventarse cosas sobre mí y a contárselas a mi mujer. Hasta que me dejó —dijo con un gemido en la voz, y enterró la cara entre las manos. Luego levantó la vista y encaró a Müller—. ¿Qué habría hecho usted? —Müller echó la vista atrás, a la crisis que tuvo con Gottfried: no era un caso tan distinto.

—Su vida privada no es asunto mío, ciudadano Hildebrand. —Apartó la manta a un lado de la mesa, luego sacó un sobre del maletín. Lo abrió y le enseñó el contenido a Hildebrand. Era una fotografía de la maleta maltrecha de color rojo, la misma en la que habían hallado el cuerpecillo de Karsten.

—¿Reconoce usted esta maleta?

Hildebrand dijo que no con la cabeza.

—¡Haga el favor de responder! —gritó Vogel.

—Vale, pues no, no la he visto nunca antes. ¿Por qué me lo pregunta?

—Alguien metió el cadáver de Karsten en esa maleta y se deshizo de ella —dijo Müller.

—¿Está muerto? Pero ¿no dijo que había desaparecido, como la hermana?

Vogel se encogió de hombros.

—Pues no, lo mataron, lo molieron a palos y lo mataron. Así que yo que usted me lo pensaría bien, ciudadano Hildebrand. Será mejor que nos lo cuente todo. Y cuanto antes lo haga, más clemencia obtendrá del tribunal. Aunque un asesinato es una cosa muy seria.

De repente, Hildebrand se puso blanco como la pared.

—¿Asesinato? Yo no he matado a nadie, ni he cogido ningún bebé. ¿Para qué iba a querer yo bebés? Ya me cuesta horrores encontrar comida para mí.

Müller y Vogel no dijeron nada; se limitaron a coger la fotografía y la bolsa de pruebas, y salieron de la celda.

—Entonces, ¿qué? —preguntó Malkus, que los estaba esperando en la celda de al lado con Eschler.

Müller se cruzó de brazos y dijo:

—No me creo que sea ese el hombre que andamos buscando. Cierto que no tendría que estar viviendo en los túneles. Y cierto que debería tener un trabajo como es debido y vivir en un apartamento normal y corriente, como todo el mundo. Pero no hay ni una sola prueba contra él.

—¿Y la manta? Los de los perros estaban tan convencidos —dijo Eschler.

Müller entornó los ojos.

—Ya le he dicho, camarada Eschler, que eso no quiere decir nada; solo que el perro encontró un rastro parecido al que hay en una manta que sabemos que estaba en la cama de Maddelena. A lo mejor la manta es del mismo ala del hospital; a lo mejor es el desinfectante que les ponen. Prueba, lo que se dice prueba, no es, ¿no? Vale, es posible que pudiéramos implicar a Stefan Hildebrand en el caso. Pero si no es el hombre que buscamos, y dudo mucho que lo sea, no haríamos más que perder el tiempo: y adiós a todo rastro de Maddelena. ¿Por qué no manda al *Wachtmeister* Fernbach y a sus hombres al hospital para que lo comprueben? Que miren a ver si les suena la manta. Tiene un código de números y letras: quizá pertenezca a un ala concreta.

Malkus se levantó y se llevó una mano a la barbilla:

—Y ¿entonces qué me recomienda que haga con Hildebrand?

—Manténgalo aquí retenido por ahora. Si quiere, siempre podrá acusarlo de vagancia y robo de comida. Mientras tanto, *Unterleutnant* Vogel y yo seguiremos visitando a los recién nacidos en Ha-Neu. ¿Quiere que le demos novedades de lo que vamos averiguando? Nos podemos ver esta misma noche, en la sala de operaciones.

Malkus frunció el ceño:

—No sé si a *Hauptmann* Janowitz y a mí nos va a ser posible ir, pero pueden ustedes reunirse sin nosotros. —Luego le dedicó a Müller una leve sonrisa—. Por algo no hace usted más que decirme eso, camarada *Oberleutnant*, que el caso es suyo. —Metió la mano en la bolsa que llevaba, sacó un sobre y se lo alcanzó a Müller—. Ah, por cierto: tengo que darle esto. Es una lista de familias que, por razones de seguridad, no pueden verse incluidas en esa llamada campaña de «controles nutricionales». No son más que unos diez nombres; si es un problema, hable conmigo.

—¿Por razones de seguridad? —A Müller le molestó ver que le ponían limitaciones a la operación antes casi de empezar.

—En efecto. Son órdenes del Ministerio para la Seguridad del Estado. Pero puede estar segura de que los que aparecen en esa breve lista no tienen retenida a la persona que buscamos, a Maddelena.

—¿Y cómo sé yo eso?

—Porque se lo garantiza el Ministerio para la Seguridad del Estado, camarada Müller. Y con eso debería bastarle.

No le bastaba, y Malkus lo sabía; mas Müller bien poco podía hacer al respecto.

Aquella tarde se instaló en Müller la certeza de que no iban a ninguna parte. Después del interrogatorio a Hildebrand, cubrieron otras tres visitas entre Vogel y ella; todas a familias que tenían niños recién nacidos. Ninguna de las que habían recibido la visita estaba en la lista de Malkus. De hecho, Müller vio que la mayor parte de las direcciones «prohibidas» pertenecían al *Komplex VIII*: la zona residencial que estaba más cerca del cuartel local de la Stasi, en el extremo noreste de Ha-Neu. Aquello no podía ser una coincidencia. Lo miró detenidamente, y comparó las direcciones con el plano callejero: eran las familias que vivían en los bloques 358, 354, 337 y 334. Todas colindantes, bien lo sabía, con el edificio del Ministerio para la Seguridad del Estado. Aunque en el plano solo aparecía uno de ellos: el cuartel general. El resto no venía en el mapa: era un triángulo vacío, sin nada; y al norte de ese espacio sin marcar, estaba la base soviética. Otro sitio que tendrían que registrar, aunque Müller no creía que les dieran permiso para ello.

La puesta en común de aquella tarde tampoco arrojó ningún resultado concluyente. No tenían lo que se podían considerar pistas reales; nada que hiciera avanzar las investigaciones en una dirección clara. Y cuanto más tardaran en abrir brecha, más fríos estarían los rastros. Más difícil les sería encontrar a Maddelena viva.

Müller pasó revista una vez más a todas las fotografías que tenían en la sala de operaciones. Luego se puso los guantes y fue revisando todas las bolsas de pruebas. Tenía que haber algo allí, pensó; algo que habían pasado por alto. Dio instrucciones a Schmidt para que volviera a repasar lo que habían encontrado los forenses de Ha-Neu, todas y cada una de las cosas halladas; pero no había conseguido dar con nada por el momento.

Afuera, ya se ponía el sol del verano. Fue a dar la luz, y justo entonces se abrió la puerta de la sala de operaciones. Era Schmidt.

—Jonas, ¿qué haces aquí tan tarde?

—Lo mismo podría decir yo, camarada *Oberleutnant*. —Hacía tiempo que había renunciado a convencer a Schmidt de que se dejara de formalidades. Hasta cuando estaban los dos solos, con él todo era camarada esto y camarada lo otro—. Parece usted cansada, si me permite que se lo diga —añadió.

Müller fue hasta el espejo que había en la pared y se miró con detenimiento: el *Kriminaltechniker* tenía razón. Volvía a tener aquellas ojeras que la delataban; unas sombras negras que le enmarcaban los ojos. Todavía no había cumplido los treinta y ya tenía aquellas marcas. Casi como el indigente, Hildebrand. Le sonrió a su imagen en el espejo y dijo:

—Hay mujeres que se ofenderían si les dijeras eso, Jonas. Pero tienes razón. —Dio unos pasos hasta un sillón de piel sintética que había al otro lado de la sala y se dejó caer en él con gesto cansado—. No es que lo parezca, es que estoy cansada. Cansada de este caso.

Schmidt no respondió, sino que se calzó los guantes de protección y abrió una de las bolsas de pruebas.

—¿Qué has encontrado? —preguntó ella.

—Bah, seguro que no es nada.

—Venga, Jonas. Ya hace tiempo que nos conocemos: cuando tú dices que algo no va a ser nada, lo más seguro es que acabe siendo algo.

Schmidt estaba sacando de la bolsa el periódico que envolvía el cuerpo de Karsten y lo que tenía toda la pinta de ser el folleto de propaganda de la carnicería del *Kaufhalle*, donde trabajaba Klara Salzmann.

—Fue algo que vi esta mañana en el periódico, y que me vino otra vez a la cabeza según cenaba. No me lo podía quitar de la cabeza, era una imagen muy nítida.

—¿Y qué era?

El agente de la Científica se puso a alisar las páginas del periódico y dijo:

—Mire esto, fíjese.

Müller se levantó, atravesó la sala y miró por encima del hombro de su ayudante. Schmidt señalaba el crucigrama en la sección central del periódico. ¿Qué tenía aquello de relevante?

—¿Qué tengo que mirar? —apuntó Müller.

—El crucigrama. Está a medio hacer.

Müller concentró en él toda su atención y logró identificar algunas palabras, de las cuales, «*DICIEMBRE*» era la más larga. Arrugó el entrecejo:

—Pues no veo nada raro en ello.

—Fíjese con más detención en las es mayúsculas.

Müller se inclinó sobre el periódico. Todas las palabras que habían rellenado en el crucigrama estaban en mayúsculas, y con bastante buena letra.

—Vale, si estuvieran en minúscula, a lo mejor merecía la pena que las viera un grafólogo. Pero ¿en mayúsculas? Casi todo el mundo las escribe igual.

—Eso es cierto —reconoció Schmidt—. Pero no en este caso.

A Müller empezó a latirle el corazón con fuerza. ¿Qué había visto allí Schmidt que le pasaba a ella desapercibido? Volvió a fijarse en las dos es mayúsculas de «DICIEMBRE», y entonces fue cuando se dio cuenta: habían hecho las es como una ele mayúscula, con el trazo final de la parte inferior ligeramente inclinado hacia arriba. Los otros dos trazos horizontales también estaban sesgados, pero casi nunca quedaban unidos al trazo vertical.

Schmidt cogió un bolígrafo y un pedazo de papel y empezó a escribir es mayúsculas. Le dio el bolígrafo a Müller y le dijo:

—Ahora usted. Hágalas deprisa, sin pensarlo demasiado.

Le salieron como una decena de letras, todas en fila.

—Ahora obsérvelas detenidamente y compárelas con las del crucigrama.

Müller así lo hizo y fue comentando lo que veía:

—Los trazos medios de todas nuestras es, o bien cortan el trazo vertical, o por lo menos lo tocan. Y los de arriba también.

—Exacto, camarada *Oberleutnant*. Es decir, que quienquiera que rellenara el crucigrama tiene una forma bastante peculiar de escribir la letra «e». Y eso nos da una pequeña pista para localizar a esa persona. Y el que hizo el crucigrama…

—… ¿puede que tenga algo que ver con el secuestrador de Maddelena?

—Yo diría que sí, *Oberleutnant*.

19

Nueve años antes: julio de 1966.
Berlín Oriental.

Sigo pensando en ella a todas horas. Pues claro. Y no creo que llegue nunca a superarlo. Siempre me queda la preocupación de pensar que la culpa la tuve yo, aunque me diga Hansi que no fue así. Son cosas que pasan. Y ella siempre fue un bebé un poco triste. A veces, casi como si no hubiera niña. A su papá, a Hansi, sí que lo quería; pero parecía que faltara el vínculo entre Stefi y yo. A lo mejor fue porque le costaba muchísimo mamar. Pero yo sé que tenía razón: un bebé tiene que alimentarse de la leche de su madre. No es que esté contra los nuevos tiempos, pero...

El apartamento que tenemos aquí, en Johannisthal, se parece a aquel tan bonito que teníamos en Halle-Neustadt, pero es menos nuevo y mucho más pequeño. Hansi consiguió que nos dieran uno de dos dormitorios en Ha-Neu, porque su amigo médico creyó que venían mellizos, de lo grande que tenía la tripa. Pero al final, solo fue ella: Stefi. Y ahora solo somos Hansi y yo. Y si en algún momento le molestó tener que dejar el trabajo en las plantas químicas, nunca se le notó ni me dijo nada. Ahora cada vez trabaja más para el Ministerio, en Lichtenberg. La verdad es que no me puede contar a qué se dedica. Se supone que tiene que ser un

131

secreto. Pero sé que es algo importante. Y que además de la larga jornada que echa allí, tiene que traerse trabajo a casa. Se recluye en el dormitorio; me dice que lo que hace es muy importante, y que no lo interrumpa. Una noche, como no echaban nada que mereciera la pena en la televisión, pues fui al dormitorio a ver qué hacía. Había papeles por el suelo, aunque no me dio tiempo a ver de qué eran, porque se enfadó muchísimo en cuanto abrí la puerta; empezó a gritarme que saliera de allí y no volviera a entrar nunca sin llamar antes. Yo creo que es que trabaja demasiado y lo está afectando el estrés.

Tardé en recuperar la figura después de dar a luz, aunque yo lo intentaba con todas mis fuerzas. Ni siquiera ahora estoy como antes. Pero a Hansi le gusto así. Después de que yo entrara en el dormitorio y él me regañara, hicimos las paces, y me compró un bikini nuevo, el primero que tengo. Me lo regaló de premio por cómo me esforcé por volver a estar igual que antes. Y también es un regalo que me he hecho yo a mí misma, pues me he puesto morenita. Llevo todos los días de esta semana cogiendo el cercanías y luego el tranvía para ir a Weissensee, y para eso hay que cruzar casi toda la capital del Estado. Allí hay un *Strandbad* muy agradable, al lado del agua, y un chiringuito y arena de verdad. Al principio me daba un poco de corte eso de dejarme ver en bikini, delante de todas aquellas jóvenes y de los estudiantes, todos con un cuerpo perfecto. Pero al final me atreví y allí que me tendí, en la toalla de playa que llevo. El del chiringuito me comía con los ojos, estoy convencida. A Hansi no le habría sentado muy bien. Aunque, ¿qué iba a haber hecho para evitarlo? Porque el hombre era puro músculo, y lo lucía con aquella camiseta que llevaba; mientras que Hansi... En fin, que Hansi es poquita cosa. Es más de los cerebritos. Pero se ha portado siempre muy bien conmigo, y la otra noche volvió a sentirse atraído por mí. Le dije que no, que todavía no. Que tenía que pasar más tiempo despues de lo de Stefi y eso. Y lo entendió. Pero noto que le gusta mi nueva figura. Lo excitan mis curvas, y el bronceado. Con los hombres lo nota una enseguida,

¿verdad? No lo pueden evitar. No pudo el del chiringuito, que vino hasta donde yo estaba, enfundado en aquellos pantalones cortos, y me dijo que si quería que sacara la sombrilla. Ya veía bien yo lo que quería sacar. Pero en fin, que no hay que pensar en eso. Hace todavía muy poco de lo de Stefi. Aún me siento mal por lo que pasó. Vaya que si me siento mal.

Aunque, por lo general, voy entonándome. Noto la cabeza más despejada. Yo creo que esas pastillas que tomaba para el mareo me sentaban mal y me atolondraban a veces. Y lo que más ilusión me hace contar es que Hansi me ha buscado un trabajo nuevo. Haciendo lo que se me da mejor, aquello en lo que me formé. Trabajo otra vez en un hospital, y —no te lo vas a creer— es un hospital infantil, aquí, en la capital del Estado. Con los recién nacidos. Me encanta cómo les huele el cuerpo a los bebés, lo suave que tienen la piel y esas sonrisitas suyas. Yo creo que nací para esto. Solo que, ojalá hubiera podido hacer más para reanimar a Stefi. Aunque nunca es tarde. Todavía no tengo los treinta y cinco; eso sí, me falta poco. Hansi y yo podemos intentarlo otra vez. Aunque he perdido peso, tengo los pechos todavía llenos. A lo mejor le doy un capricho y me pongo el bikini nuevo esta noche para ir a la cama. Eso le encantaría.

20

Julio de 1975.
Halle-Neustadt.

Hasta ese momento, una semana después de la desaparición de Karsten y Maddelena Salzmann, la investigación no había echado a rodar de verdad. Pero en cuanto Schmidt llamó su atención sobre la forma peculiar de las es mayúsculas en el crucigrama, todo el cansancio que sentía Müller se evaporó en el acto. Como si todo el cuerpo de Policía llevara ese tiempo dando palos de ciego y se les abrieran ahora dos frentes en los que luchar. A Müller le dieron permiso para consultar a uno de los grafólogos más reputados del país, que los ayudaría a ubicar la letra de quien había hecho el crucigrama. Y tampoco había que descartar que la falsa campaña de nutrición diera sus frutos.

Müller convocó a una reunión en su despacho a Vogel, Schmidt y Eschler, la mañana siguiente al descubrimiento que hizo el de la Policía Científica.

—Pensé que podría estar bien que pusiéramos en común lo que se nos pasa por la cabeza en referencia al caso y decidir cómo proceder a partir de ahora. Ya se habrán enterado de lo que Jonas vio en el crucigrama. Hoy mismo, dentro de unas horas, llegará de Berlín el catedrático Karl-Heinz Morgenstern. Es el mayor experto en grafología que tenemos en la República Democrática. Va a analizar el crucigrama y luego hablará con nosotros para decirnos qué tenemos que buscar.

Eschler se rascó la barbilla:

—Para que eso sirva, habrá que reunir muestras de la letra de muchas personas: de prácticamente todos los adultos que viven en Halle-Neustadt, en la propia Halle y en los pueblos de alrededor. Exactamente el mismo problema al que nos enfrentamos con la búsqueda de los bebés, solo que a escala mayor.

—Le he estado dando vueltas a eso esta noche —dijo Müller—. Aunque, por lo general, en las pesquisas hemos procurado dejar claras las lindes entre nosotros, la Policía del Pueblo, y el Ministerio para la Seguridad del Estado, en este caso podríamos pedirles ayuda.

—Pues lo que es Malkus y Janowitz, entusiasmados con nosotros, lo que se dice entusiasmados, por el momento no lo están —dijo Vogel con un mohín en la cara.

Müller alzó los hombros:

—Puede. Pero para montar una operación a gran escala como esa, los recursos los tienen ellos; y con eso me refiero al personal. Nosotros no contamos con tantos medios. Y si les pedimos ayuda, por lo menos no nos acusarán de quebrantar las reglas. —Müller tenía otra cosa en mente mientras pronunciaba esas palabras: aquel otro asunto relativo al caso que la Stasi ya había investigado, si era verdad lo que le dijo Eschler. No había nada malo en ponerse a comprobar muestras de la letra de la gente, y era algo para lo que le encantaría contar con apoyo logístico de la Stasi. Pero no se le iba de la cabeza lo que dijo Eschler: que la Stasi ya había ido preguntando a posibles testigos en los trenes nocturnos que cubrían el trayecto entre Leuna y Buna. Y solo había una manera de quitárselo de la cabeza. Pero, por el momento, prefirió no contar nada a los otros y siguió diciendo—: Aunque eso es solo uno de los frentes. Porque tenemos otra prioridad, y es visitar a todos los bebés de Ha-Neu con esa edad. —Le sonrió a Vogel—: Martin, quiero que te encargues tú solo de eso, porque Jonas y yo estaremos ocupados con el profesor Morgenstern; y con la Stasi, si hay suerte, con lo del análisis de grafías.

Vogel movió afirmativamente la cabeza.

—Bruno, necesito que siga usted con el registro de los túneles y los descampados. ¿Cómo van con eso?

—Pues ya vieron que ayer encontramos a Hildebrand, pero parece ser que tiene coartada. Porque cuando los mellizos desaparecieron, a él lo tenía retenido un guardia de seguridad del *Kaufhalle*, acusado de ratería. Se las apañó para darles esquinazo antes de que llegara una patrulla, por eso no consta en su ficha.

—Pero ¿seguro que era él?

—Casi seguro, porque casa con la descripción que nos dio el personal del *Kaufhalle*. Y él solito nos lo contó cuando le preguntamos qué había estado haciendo el día de autos.

—Y ¿cuánto llevan registrado de la red de túneles?

—Más o menos unos dos tercios hasta la fecha. Cuando acabemos con ello, pasaremos a registrar los parques de Ha-Neu; y luego empezaremos con el brezal de Dölauer, aunque eso llevará tarea, porque son más de setecientas hectáreas.

—¿Registrarán también las orillas del río Saale, o incluso el mismo río? —preguntó Vogel mientras se limpiaba los cristales de las gafas con un pañuelo de papel.

Eschler resopló con fuerza y el aire le hinchó las mejillas:

—¡Uf! Nos podríamos pasar años con eso. ¿Y hasta qué punto río abajo sería conveniente buscar? Los *Vopos* de la ciudad de Halle nos ayudan. Han peinado ya la isla de Peissnitz en mitad del cauce. Y la de Ziegelwiese también.

—¿Sería conveniente mandar buzos para que busquen en el lecho del río? —preguntó Vogel.

Eschler se encogió de hombros.

—Pues depende de lo que diga aquí la *Oberleutnant*.

Müller empezó a ordenar los papeles que tenía encima de la mesa y negó con la cabeza:

—Quiero que partamos de la premisa de que Maddelena sigue con vida, hasta que haya pruebas evidentes de lo contrario. O sea, que prefiero concentrarme en aquellos sitios en los que pueda estar secuestrada, o escondida. La operación con los buzos sería costosa; y a estas alturas lo único que sacarían del agua sería un cadáver.

—De todas formas, yo me temo que ese sea el caso, *Oberleutnant*.

Müller no dijo nada por el momento, se limitó a pautar pausadamente la respiración.

—Puede que tenga usted razón, Bruno. Pero vamos a ser optimistas. Aunque solo sea porque si los hombres creen que están buscando un bebé que sigue vivo, y que puede que sean ellos los héroes que lo encuentren, eso servirá de catalizador en la búsqueda.

La interrumpió el tintineo del teléfono que había encima de la mesa. Extendió un brazo para cogerlo.

—*Oberleutnant* Müller. Por favor, no cuelgue, enseguida estoy con usted. —Tapó el auricular con una mano y se dirigió a los otros tres policías—: Vale, pues ya hay material para seguir con la tarea. Esta tarde, a última hora, nos reunimos otra vez a ver qué tenemos.

Vogel, Schmidt y Eschler vieron en ello una invitación a salir del despacho; y, una vez que estuvieron fuera, Müller retiró la mano y dijo por el auricular:

—Perdone que no contestara, es que estaba terminando una reunión. *Oberleutnant* Müller al habla.

—Hola, Karin —dijo una voz de hombre que ella no conocía.

—Dígame, por favor, ¿con quién hablo?

—Soy Emil. —Müller se devanó los sesos, pero no recordaba a ningún Emil entre sus conocidos, por lo menos en los últimos años, desde que dejó la academia.

—Perdone, pero ¿nos conocemos?

—No, perdóneme usted. Es que a lo mejor mi nombre de pila no le dice nada. Soy Emil Wollenburg. El doctor Wollenburg, del hospital de la Charité en la capital del Estado. Le dije que la llamaría para ver si nos veíamos.

21

Esa noche.

El viejo uniforme de la *Vopo* de Müller era algo que solía echar en la maleta cuando la mandaban a alguna misión fuera de la capital del Estado. También ahora lo había traído para las investigaciones en Halle-Neustadt, y esa noche por fin echaría mano de él.

En el espejo del apartamento que les habían asignado, comprobó que el maquillaje estaba en su sitio y se metió el pelo rubio debajo de la gorra de la Policía del Pueblo. Gracias a que se le había pegado un poco el sol, ahora saltaban menos a la vista las ojeras; pero allí seguían, tal y como Schmidt se había encargado de recordarle, todo un detalle por su parte. Aunque bien sabía ella que aquella cara que le devolvía la mirada desde el espejo —de pómulos salientes, más eslavos que germánicos, como había pensado siempre— estaba mintiendo. Porque en su fuero interno, cuanto más tiempo pasara en Ha-Neu sin dar con el paradero de Maddelena, más se le revolverían las tripas por dentro. Las calles sin nombre, los edificios de hormigón de severo aspecto, la presencia vigilante de Malkus y los suyos, que no le daban tregua: todo hacía que añorase a toda costa volver a Berlín a trabajar con Tilsner; a comandar el barco de su propio destino, si es que eso era posible en la República Democrática Alemana; a vivir en un apartamento cochambroso pero aun así impregnado de un poco de historia, en Schönhauser Allee. Aunque volver allí, sin haber resuelto satisfactoriamente el caso, sería volver de cabeza a la pesada rutina de Keibelstrasse.

Respiró hondo para darse ánimos y estiró el cuello del uniforme. Además, Emil Wollenburg lo complicaba todo mucho más. Claro que le parecía atractivo, pero aquella llamada suya la dejó perpleja. La ruptura emocional con Gottfried estaba todavía muy reciente. Y ahora resultaba que el catedrático de grafología, el profesor Morgenstern, había tenido que retrasar su visita. Pues daba igual, porque ella tenía que hacer que avanzara el caso como fuera. Por eso se le había ocurrido lo del uniforme.

Siguió mirándose al espejo: si salía así a la calle, vestida de policía de patrulla, llamaría menos la atención para lo que tenía que hacer. Tilsner, de haber estado allí con ella, habría dicho que estaba loca: ¿a qué mujer policía se le podía pasar por la cabeza salir sola en una misión, sin refuerzos? Pero es que tenía que hacerlo sola. Porque la vigilarían menos, y así era menos probable que interfiriera la Stasi.

Contuvo el aliento unos instantes, aguzando los sentidos para oír el ruido de la televisión que atravesaba las finas paredes del apartamento. La voz hipnótica, reconocible al instante, de Karl-Eduard von Schnitzler, el presentador de *Der schwarze Kanal*, era todo lo que tenía que oír. Schmidt, que había cocinado para los tres, seguro que no perdía palabra de lo que dijera Schnitzler, en caso de que Wiedemann le preguntase. Y aunque Vogel no era un seguidor tan fiel del Partido, pese a que era miembro como todos los oficiales de la Policía del Pueblo, seguro que tampoco se perdería el primer canal de televisión de la República Democrática y la lectura que hacía de las noticias del otro lado del Muro. Müller era consciente de que también tendría que estar con ellos, pegada a la pantalla, pero no esta noche.

Salió del baño y cogió el abrigo del perchero; luego abrió la puerta, se despidió con un sonoro «Hasta luego», sin esperar respuesta, y cerró de un portazo.

* * *

El tren de cercanías iba lleno en su trayecto hacia el sur, a las plantas químicas. Estaban ocupados casi todos los asientos, aunque reinaba un extraño silencio; como si hubiera más bien poco que celebrar de camino al trabajo, en el turno de noche. Müller vio muchos ojos cansados entre el mar de caras. Normal: era el precio que había que pagar por tener las fábricas a pleno rendimiento las veinticuatro horas del día.

Se puso manos a la obra de manera metódica: empezó en la cabecera del tren, y fue desde ahí hacia atrás sin saltarse a nadie. En los primeros asientos, aguantaron las preguntas con resignación y cara de pocos amigos; y menos interés mostraron todavía por la foto a color que les mostraba de la maleta roja llena de abolladuras, en la que había sido hallado el cadáver de Karsten.

Pero cuando iba por la mitad del pasillo, en la cuarta hilera de asientos, se le encaró un hombre de mediana edad que vestía traje oscuro:

—¿A qué vienen tantas preguntas? —dijo, y le sostuvo la mirada a Müller, como dando a entender que él no le tenía miedo, ni quizá respeto, a la Policía del Pueblo.

—Es que estamos investigando un caso —respondió Müller, y le pasó la foto al siguiente pasajero, una mujer joven—. Solo queremos saber si vieron a algún pasajero con esta maleta en el trayecto a Leuna o Buna. El viernes por la noche, hace dos semanas.

—Hace dos semanas yo no tenía este turno —dijo el hombre, y se apartó el pelo oscuro y grasiento de la frente, con una sonrisita de enterado—. Casi todos los que estamos aquí estaríamos de mañana entonces.

Müller se puso roja con la mirada que le lanzó el hombre. Eso no se le había ocurrido. Había metido la pata como una estúpida.

—Todos no —intercedió la joven—. A algunos nos interesa hacer más noches para que nos den más días libres. Yo misma, tengo que atender a mis abuelos, que están enfermos. O sea que hago dos semanas de noche al mes, y no una. Y seguro que no soy la única en el vagón. Hasta los habrá que hayan pedido hacer solo el turno de noche.

El del pelo grasiento soltó un resoplido y volvió a fijar la vista en el crucigrama del periódico.

—Gracias —le dijo Müller a la mujer—. Y, cuando iba usted en el tren hace dos semanas, ¿vio a alguien con esta maleta?

La mujer sostuvo en alto la fotografía para verla mejor a la débil luz del vagón. Luego negó con la cabeza:

—Pues me temo que no. Por lo menos, que yo recuerde.

Müller mantuvo varias conversaciones parecidas a esta a lo largo de la primera mitad del convoy; y, a veces, tenía que dar explicaciones: decía que la Policía estaba investigando un robo en el que se creía que habían utilizado la maleta. Todo falso, pero era la tapadera ideal para que no saltaran las alarmas en la población y se corriera la voz de que había un secuestrador de bebés. Aunque nadie arrojó nada de luz sobre la maleta; nadie había visto a nadie con ella ni tampoco que la tiraran por la ventanilla del tren.

Cruzó la puerta que separaba el segundo del tercer vagón, y se dio cuenta de que el tren se acercaba al punto cerca de Angersdorf en el que se habían deshecho del cadáver de Karsten. Al final del tercer vagón, en el compartimento que lo separaba del cuarto, abrió la portezuela para poder observarlo mejor: vio acercarse a toda velocidad el sitio en el que Schmidt y ella estuvieron buscando pistas al lado de la vía del tren; allí donde tuvo su primer encuentro con Malkus y Janowitz. Se llevó la mano a la cabeza para que el viento no le volara la gorra de la *Vopo*. El chorro de aire era cálido, casi daba gusto sentirlo en la cara; aunque tenía un regusto a contaminación que se notaba hasta allí, a varios kilómetros de las plantas químicas. Ya era casi de noche, pero todavía se distinguía la silueta de la vegetación que ocupaba el terreno pantanoso en la llanura aluvial del Saale. Tenía todo una belleza lúgubre y melancólica a la luz menguante del ocaso. ¿Qué desalmado había arrojado el cuerpecillo de Karsten en un sitio así?

La golpearon por detrás con una fuerza tremenda y la pillaron por sorpresa. Hizo lo que pudo por darse la vuelta, en un intento desesperado por volver a meter los brazos, el cuello y la cabeza otra vez dentro del vagón. Pero alguien más fuerte que ella ponía todo su empeño en impedírselo. Se le voló la gorra en el acto; luego, notó que le oprimían el pecho y tuvo que emplearse con todas sus fuerzas para resistirse al empujón. Gritó, pero no le salía el aire de los pulmones porque el hombre —aunque no pudo darse la vuelta, supuso en todo momento que sería un hombre— la tenía ya en vilo y hacía todo lo que estaba en su mano por tirarla por el hueco abierto en el costado del tren. Notó que le tenía cogida la nuca con una mano poderosa y que apretaba hacia abajo. Le llegó a la nariz el aliento cálido de su agresor; apestaba a algo que no acababa de reconocer, presa del pánico, pero que le dio arcadas, aunque tuvo que concentrarse a fondo para agarrar el borde de la puerta, y hacer fuerza para no perder el equilibrio y sucumbir a una caída que casi con toda probabilidad le habría ocasionado la muerte.

Müller trató de girar la cabeza a un lado para ver al asaltante. Le fue imposible, pero desde aquel forzado ángulo vio al menos el avance del tren, vía adelante. Y notó cómo el pulso le retumbaba en los oídos al distinguir en la distancia las luces de los coches en la carretera que pasaba por encima de la vía del tren. Iban a cruzar un puente.

Empujó hacia atrás y notó de repente que nada oponía resistencia a sus espaldas; pero cuando quiso revolverse para entrar de nuevo en el vagón, vio que no hacía pie. Se le cortó la respiración, sintió que un ataque de pánico se apoderaba de ella al ser consciente de que se estaba escurriendo despacio por la portezuela. Y entonces vio que la carretera, mucho más cerca ahora, no atravesaba puente alguno, sino que remontaba una pequeña altura de terreno recortada contra la luz última; una mole perforada por un agujero negro: un túnel, un túnel que iba a toda velocidad a su encuentro.

—¡Socorro! ¡Ayúdenme! —gritó a pleno pulmón, con el escaso aire que le quedaba. Pero los gritos se perdieron en la furia del viento; los dedos acabaron por perder su agarre.

Y entonces se le echó encima la boca del túnel.

—¡No, no! —gritaba.

El convoy entró a toda presión, y notó que se le reventaban los oídos; y que caía, y que todo estaba negro.

22

Ocho años antes: julio de 1967.
Berlín Oriental.

Me pregunto si ya será tarde para salirme con la mía. Porque hace tan solo dieciocho meses, me parecía que todo iba sobre ruedas: fue en la Navidad de 1965, de vuelta a Halle-Neustadt. En Nochebuena, Hansi se disgustó un poco conmigo, pero enseguida lo superamos y pasamos unas fiestas estupendas. Hasta le daba a Stefi los biberones que Hansi me preparaba. Lo que pasa es que yo hubiera preferido darle el pecho, como es lógico; pero él estaba en casa casi todo el día, no me quitaba ojo de encima, e insistía en que lo mejor era darle el biberón. Como es científico, pues es difícil llevarle la contraria.

Fueron días maravillosos. Pero entonces Hansi volvió al trabajo y todo fue de mal en peor. Ahora lo que hago es pensar en cosas buenas —Hansi dice que es lo mejor—, pero a veces no puedo evitar remontarme al día en que Stefi…

Pido perdón. Porque la verdad es que no debería echar la vista atrás, pero es que pienso en cómo pudo haber sido todo. Ojalá fuéramos de nuevo una pequeña familia. Hemos vuelto a intentarlo, claro está: desde el verano pasado, cuando recuperé del todo la figura después del parto y volví a sentirme mujer. Y cuando Hansi empezó otra vez a verme como tal… Porque, a decir verdad, no me quitaba las manos de encima.

—Páseme el fórceps, enfermera Traugott.

¡Dios! Otra vez con la cabeza en las nubes. Venga, Franzi, deja de soñar despierta.

—Usted perdone, doctor.

Lo que pasa es que es la última oportunidad que tengo; o eso dice Hansi. Por eso en parte se me fue la cabeza a aquella Navidad tan maravillosa que pasamos en Ha-Neu. Aquí en la capital del Estado, las cosas no han ido nada bien, sobre todo después del «incidente». Así lo llamo yo. Pues eso, que el incidente hizo que perdiera el trabajo que tenía en la planta de pediatría del hospital. Culpa mía no fue; o no me lo pareció a mí, por lo menos. Pero no atendieron a razones. Hansi dijo que tenía que salir a ganarme la vida, que no quería que me quedara en casa con la cara mustia.

Así que me consiguió trabajo aquí: en la clínica del doctor Rothstein. Aunque no es exactamente una clínica en el sentido oficial de la palabra. Ni el trabajo que tengo, que tampoco es oficial. El doctor me paga en metálico y no queda constancia de lo que gano. Y así también tienen que pagar los pacientes. Es todo oficioso, desde luego. Por eso pudo Hansi meterme aquí. Porque el Ministerio quería vigilar la clínica. Casi todo el tiempo hacen la vista gorda, y han dado pasos para legalizarlo todo. Pero todavía no es legal. Así que al Ministerio –vamos, a Hansi– le viene bien saber quién recurre a estos servicios.

—La legra, por favor, enfermera Traugott.

Esta vez no me ha pillado desprevenida el doctor. Lo tenía todo listo y ya aguardaba yo aquí, instrumento en mano. Un artilugio de lo más horrendo. Solo de verlo, ya me echo a temblar. Porque me acuerdo de la definición de cuando estudiaba: «Cuchilla de acero, con el extremo libre y cortante, que sirve para raer la superficie del tejido, por lo general humano».

Lo que sí que creo es que Hansi ha sido un poco cicatero al buscarme trabajo aquí. Porque él sabe lo que quiero, lo que siempre he querido: lo que tuve unos pocos y preciosos meses, luego perdí, o me lo quitaron, o… Imagino que eso fue lo que provocó el incidente, para ser sincera. Porque a lo mejor no fue buena idea aquel trabajo en el ala de pediatría. Era demasiado tentador. Por fortuna, Hansi pudo hacer que se corriera un tupido velo; gracias a que trabaja donde trabaja. Ahora está en el Ministerio a tiempo completo.

Ya estamos casi acabando. Esta parte no me gusta nada. Procuro no mirar con demasiada atención lo que el doctor Rothstein le está haciendo entre las piernas. Ya tengo listas las bandejas metálicas para echar ahí lo que saque. Y sé qué aspecto tiene. Esta parte última de la intervención, a base de dilatación y evacuación si se complica todo, es la peor. Y lo que tienes que procurar no mirar para nada son los ojos. Los ojos y la cara, sobre todo si sonríe. Casi nadie sabe que, aunque sean tan pequeñitos, sonríen, vaya si sonríen. Bien poco sonreirían si supieran lo que estaban a punto de hacerles. Lo que las madres han querido que les hagan. Bien poco sonreirían, los pobres micos.

23

Julio de 1975.
De Halle-Neustadt a Oberhof.

Iba cayendo.

Succionada por la negrura del túnel.

Eso creyó Müller que le estaba pasando, mientras sentía cómo se detenía el tiempo.

Pero no era así.

Porque el guardia tiró de ella con fuerza, la arrancó del hueco de la puerta, justo cuando el tren se precipitaba en la negrura, y cayeron los dos hacia atrás en el suelo del vagón: a salvo.

Desorientada, hecha un manojo de nervios; pero a salvo.

De camino al hospital, pensó que era mejor no decir nada del hombre que la había empujado para tirarla por el hueco de la puerta: no quería que la Stasi se enterara de que había hecho caso omiso de sus prohibiciones y se había puesto a interrogar a los pasajeros del tren por su cuenta y riesgo. El guarda de seguridad, que afortunadamente pasaba por allí en ese preciso momento, al parecer, no vio nada; así que Müller improvisó en el acto una excusa y dijo que se había asomado y perdió el equilibrio. Por supuesto, no la creyó; mas, por fortuna, Müller no era la única en saber lo conveniente que era no hacer demasiadas preguntas.

Los médicos le hicieron unas radiografías y le dijeron que estuviera tranquila, que no tenía nada roto. Le dolía el cuello, y la espalda, y creía que le iba a estallar la cabeza; o sea que no le extrañó que le recomendaran reposo. Lo malo era que ella no quería descansar. No podía, hasta que no encontrara a Maddelena: a ella, y a la persona que la había raptado y le había causado la muerte a su hermano mellizo. Pero Eschler y Vogel pensaban que los médicos tenían razón, y que debía tomarse al menos el fin de semana libre. A Müller no le convencía mucho la idea, sobre todo si tenía que quedarse en Halle-Neustadt. Allí no podría relajarse, sabiendo que los Salzmann estaban desquiciados; y que su hija seguía sin aparecer.

Lo normal en aquellas circunstancias —cuando hacía apenas unas horas que se había llevado un susto de muerte en el tren— era buscar solaz en el seno de la familia. Pero bien sabía Müller, de pasadas experiencias, que allí no habría consuelo para ella. Y dudó: era una visita que sabía que tenía que hacer y se le presentaba la ocasión ideal para quitársela de encima, aunque también era verdad que no le vendría muy bien conducir, por lo que le dolían el cuello y la espalda. Al fin, la balanza se inclinó a un lado porque vio a alguien en el hospital, mientras esperaba a que le hicieran las radiografías. Lo vio o creyó verlo.

Siempre le había parecido que, de niños, trataban mejor a sus hermanos que a ella. Y a lo mejor fue la propia necesidad de demostrar a sus padres que valía lo que la había llevado a emprender carrera en Berlín, en la Policía de la capital del Estado. Creía a veces que eran imaginaciones suyas, o la tendencia natural de toda madre a ocuparse más del único hijo, Roland, y de la más pequeña, Sara. Pero recordaba dos cosas de su infancia que no lograba olvidar y desmentían ese supuesto.

La primera, cuando contaba tan solo cinco años de edad. Una mujer muy elegante, de unos cuarenta y tantos, se presentó en la puerta de la pensión que regentaba su familia y la llamó por el nombre de pila, Karin, cuando ella salió a abrir la puerta. Y su madre se enfadó muchísimo. Se puso a darle voces a la mujer y la echó de allí con cajas destempladas. Y Müller nunca supo por qué. Ni pudo quitarse de la cabeza la imagen de aquella mujer en la puerta. Y ¿quién entró en ese preciso momento en la sala de espera si no era esa misma mujer?, o eso le pareció a Müller.

Por supuesto, no era ella: no podía ser la misma persona; porque había pasado casi un cuarto de siglo, y cuando se fijó con más detenimiento vio que solo se parecía un poco a la mujer que ella recordaba. Mas ver el sosias de aquella mujer fue como rascarse la picadura de un insecto. Le avivó todo el dolor que había sentido; la mirada de anhelo que vio reflejada un instante en los ojos de la mujer. Müller les debía una visita a su madre y a sus hermanos. Pero también se debía algo a sí misma: llevaba demasiado tiempo tragándose aquel sufrimiento; y ya era hora de plantarle cara a su madre de una vez por todas.

Müller enfiló hacia su pueblo, más al sur, sorteando Erfurt y Gotha por la autopista; llevaba el Wartburg por encima del límite de velocidad para que el aire que entraba por la ventanilla refrescara un poco el habitáculo, sometido a los calores veraniegos del mediodía.

Sentada al volante, estiró el cuello y los hombros, a un lado y a otro, por ver si así se le pasaban el dolor y las molestias que tenía desde el incidente del tren. Sabía que había sido muy afortunada: el guardia de seguridad la metió dentro, apartándola del hueco de la puerta, justo en el último segundo. Cayó encima de él, al suelo del vagón, en el momento en que el tren entraba como una bala en la negrura del túnel. Müller no sabía muy bien qué estaba pasando, ni hacia dónde caía, presa de una oleada de pánico. Tardó unos segundos en comprender que la habían salvado: que no era el túnel lo que la había succionado hacia una muerte inevitable.

Pero más que el dolor físico, lo que la preocupaba era saber que alguien había intentado, como mínimo, sabotear la investigación. Porque, incluso si no habían querido matarla, un aviso sí que era. Y no tenía ni idea de quién había querido darle ese susto. Como no pudo darse la vuelta para encararlo, solo le había quedado una especie de intuición, ninguna prueba visual de su agresor. Solo aquel olor en el aliento que le recordaba a algo; mas, por mucho que le diera vueltas y más vueltas, no acertaba a saber a qué. Hacía lo que podía por formarse una imagen del asaltante; y, aunque no lo había visto, la nebulosa de rasgos que se le ofrecía a los ojos, que le hacían burla, acababa cuajando en la cara de Janowitz. No tenía ni idea de por qué, era solo una corazonada.

Menos mal que el guardia de seguridad acepto la historia que le contó: aquello de que se asomó a la portezuela abierta porque le llamó la atención algo fuera del tren y, al acercarse, acabó succionada por la fuerza centrífuga. Esperaba no tener que darle explicaciones a Malkus de por qué había desoído sus órdenes: a santo de qué había tenido que repetir ella misma unas pesquisas que, supuestamente, ya habían llevado a cabo ellos. Pero ahora sabía que la Stasi no había interrogado a ningún pasajero en el tren. De lo contrario, los que estaban siempre de noche, y los que rotaban turnos, se acordarían.

El Wartburg llegó por fin al margen más al norte del bosque de Turingia, a la altura de Ohrdruf. Bajó el pie del acelerador a la entrada de la ciudad y el humo del tubo de escape se coló por la ventanilla abierta y le raspó la garganta. Hans el Pedorro, ese era el mote de aquel modelo de utilitario, y vaya si hacía honor al apodo.

Ohrdruf salía a menudo en el libro de historia cuando estudiaba en el colegio: en aquellas clases, el fascismo era el enemigo, y el campo de concentración que había en esa ciudad fue uno de los primeros que liberaron los aliados. Afortunadamente, o eso les contó el profesor, los estadounidenses cedieron muy pronto el control de la zona al ejército soviético. Y los amigos soviéticos de la República Democrática Alemana ya se encargarían de que no volvieran a sufrir ese tipo de atrocidades.

Ohrdruf era una mota en el espejo retrovisor cuando el trazado de la carretera cambió y todo fueron curvas, pues serpenteaba entre

150

el espeso manto de píceas y pinos, si acaso roto aquí y allá por algún claro en el que crecía el pasto. Müller retiró una mano del volante para quitarse el sudor de la frente.

El viaje al sur para visitar a la familia le había dado también la excusa perfecta para evitar quedar con Emil Wollenburg. No le cogió por sorpresa saber que lo habían trasladado temporalmente a Ha-Neu, porque él ya se lo había insinuado en Berlín. La explicación fue que hacían falta médicos para trabajar en el hospital de Ha-Neu. Ni que lo hubiera hecho aposta; y además quería salir con ella: a Müller le parecía todo un poco sospechoso, y no sabía si estaba preparada todavía. Sí que era cierto que Gottfried, su exmarido, formaba ya parte del pasado; y, que ella supiera, trabajaba de profesor en la República Federal: no tenía noticias de él, salvo por aquella carta escrita a máquina que le mandó al poco de cruzar el Muro. Esa relación estaba muerta. Pero le parecía demasiado pronto para empezar una nueva.

El bosque fue por fin clareando y tuvo un primer atisbo de las aristas picudas, como dos triángulos enfrentados, del Interhotel Panorama, uno de los edificios señeros de su pueblo. El sol del verano arrancaba brillos deslumbrantes al cristal de los ventanales; pero la forma de tobogán de saltos de esquí que tenía el tejado parecía fuera de lugar en aquella época del año. Habría que esperar a que llegaran las nieves, en diciembre, para que el edificio se mimetizara con el resto de Oberhof. Porque ahora parecía la popa y la proa de un transatlántico que naufragaba y se desintegraba entre el oleaje. Aunque, en vez de agua, lo que había allí era fina hierba de montaña y tupidos bosques.

Müller aparcó en el arcén, se bajó del coche y dejó que la colmara la vista tantas veces contemplada antes: de niña, cuando era adolescente y cuando volvía a casa de la academia de policía a las afueras de la capital del Estado; aunque el hotel Panorama era relativamente de nueva construcción y dominó el perfil del pueblo solo a partir de los años sesenta. Aquella vista siempre le traía un triste recuerdo: el segundo recuerdo que la había animado por fin a enfrentarse a su madre. Hacía ya casi veinticinco años: fue cuando vio a su mejor amigo de la niñez por última vez. Notó que se le humedecían los ojos al recordarlo; y se pasó la mano por la cara despacio, como si quisiera apartar aquellas imágenes que le venían a la cabeza.

24

Noviembre de 1951.
Oberhof, Turingia.

—*No lo haces bien, tienes que echarte hacia atrás. Fíjate en mí.*
El chico desgarbado, de una estatura que no guardaba proporción con el resto de su persona, se tumbó boca arriba en la artesa metálica; y, con las manos y los talones de las botas, se impulsó por la ladera de hierba, salpicada de gotas de lluvia. La chica, extraña compañera de juegos, pues era varios años más joven que él, se llevó una mano a la frente para hacer visera, se apartó el flequillo rubio y buscó con la mirada aquel punto entre la niebla en el que el bulto había desaparecido.
—*Johannes, ¿dónde te has metido? No te veo, ¡y me da miedo!*
—*No te va a pasar nada* —*gritó el chico desde la neblina*—. *Aquí abajo la pendiente se nivela. O sea que no te vas a chocar: lo único que tienes que hacer es sujetar bien fuerte los bordes y después impulsarte.*
La chica ajustó su cuerpecillo de cinco años en la superficie metálica y sintió cómo le temblaban los labios, por el contacto frío con el metal; pero también porque no estaba segura de que fuera buena idea tirarse, ni de si tendría el valor para hacerlo.
—*Venga, doña Tortuga, que es para hoy.* —*Aquel grito resonó por la ladera y atravesó el valle, como si todas las jóvenes legiones del*

153

Movimiento de los Pioneros la impulsaran a hacerlo. Era la ocasión que había estado esperando: el campeonato del mundo de trineo. Porque aquella niña de cinco años soñaba con ser la mejor atleta en deportes de invierno de la República Democrática Alemana, y estaba a punto de arrebatarle el título a los mejores atletas del mundo.

La chica flexionó las piernas y tomó impulso ladera abajo.

El aire de finales del otoño pasaba zumbándole los oídos. El tiempo se detuvo, y sintió el golpe en la espalda de todas y cada una de las jorobas de césped que rebasó en su descenso por el prado, y el traqueteo de la cabeza contra la superficie metálica. Hasta llegó a pensar que aquella pendiente no tendría fin. Como en un sueño. O en una pesadilla.

Y luego, nada: una quietud y una paz absolutas, solo rotas por el jadeo de un chico que corría hacia ella.

—¡Hala! Ha sido impresionante: yo creo que has bajado casi cincuenta metros más que yo. Llegué a preocuparme, porque pensé que ibas a seguir cayendo por la próxima rampa.

La chica se puso en pie con sumo cuidado: le temblaban las piernas, como si fueran de gelatina. Y sintió que se ponía roja de orgullo al oír los cumplidos del chico.

Él la abrazó muy fuerte entonces.

Y la chica decidió en ese momento que Johannes era su chico. Que se casarían cuando fuera mayor. Se lo quedó mirando: era varias cabezas más alto que ella y tenía gafas de montura de alambre. Aunque era muy pequeña, ya sabía que Johannes no era un chico guapo; y que se metían con él sus compañeros, quienes a veces lo hacían llorar de lo malos que eran. Por eso se hizo amiga suya, aunque la sacara cinco años. Fue un día que lo encontró llorando en una esquina, en la puerta de la tienda de golosinas del pueblo, y se acercó a él para consolarlo.

Los dos giraron la cabeza al unísono hacia el pueblo, en cuanto oyeron los ruidos: motores, grandes voces y gritos. La chica vio que el chico se ponía tenso. La neblina de noviembre se había disipado; y se veía toda la falda de la montaña, hasta el pueblo de Oberhof, el enclave más importante del país para la práctica de deportes de invierno.

La chica le cogió la mano al chico, al ver lo asustado que estaba.

—¿Qué pasa, Johannes?

—Son soldados.

—¿Soldados? ¿Soldados fascistas?

El chico negó con la cabeza:

—No, de los nuestros.

Pero lo decía muy asustado, y la chica hizo un esfuerzo para intentar comprender la situación.

—Pero entonces, ¿no pasa nada, no?

Con la cabeza, él dijo que sí pasaba; luego entrecerró los ojos para poder concentrarse.

—Tengo que volver con ellos.

—¿Por qué? —preguntó ella.

Por toda respuesta, Johannes echó a correr ladera abajo. Al principio, la chica intentó seguirle el ritmo, pero no podía porque tenía las piernas mucho más cortas. Cuando metió el pie en la pisada seca de una vaca y cayó al suelo, no se echó a llorar porque le doliera la pierna, sino por pura confusión: su amigo la había abandonado. Y por miedo a que el granjero Bonz la regañara y les dijera a sus padres que había entrado a jugar sin permiso en su propiedad y le había destrozado el prado.

Los soldados formaban una fila de gigantes que le bloqueaban el paso y le impedían volver con Mutti, papá y la hermanita recién nacida, Sara. Aunque a esta última no le habría importado no verla nunca más. Porque Mutti y papá no hablaban de otra cosa desde que nació. Por eso pasaba la niña tanto tiempo con Johannes en los prados, jugando a que eran campeones del mundo de trineo. Pero tenía hambre y tenía miedo; y un soldado le estaba gritando:

—¡Alto ahí, niña! —Tenía aspecto de persona importante y llevaba más estrellas en los hombros que los otros. Iba tachando nombres de una lista—. ¿Cómo te llamas?

Pero en vez de responder, la niña vio un hueco entre las piernas de la hilera de gigantes grises. Echó a correr y se metió por él antes de que los soldados pudieran percatarse de qué estaba pasando. Rauda a casa:

allí tenía que llegar. Oyó más gritos, pero hizo caso omiso, y siguió corriendo sin parar, pisando todos los charcos de la calle, aunque sabía que Mutti se enfadaría al verla llegar empapada y llena de todo el barro que se le había pegado en el prado.

Allí estaba su madre, a la puerta del hotelito de montaña Hanneli, blandiendo una cuchara de madera, hecha un basilisco.

—¿Dónde demonios se ha metido usted, señorita? Fíjate cómo vienes. El vestido está para tirarlo a la basura; y los zapatos. Pero ¿qué has estado haciendo?

La niña quiso entrar en la pensión sin detenerse, pero la madre la cogió del brazo.

—Ah, no, de eso nada. No pienso dejar que me manches toda la casa. Ese chico te ha vuelto a llevar por el mal camino, ¿a que sí?

—Es amigo mío.

—Buscarse un amigo de su edad, eso es lo que tenía usted que hacer, señorita. No está bien que vayas por ahí jugando con un chico que te dobla en años. De todas formas, no creo que dé mucha más guerra. Y tú quédate aquí y espera a que te limpie.

—¿Por qué han venido los soldados? Me querían atrapar.

—Eso no es asunto tuyo —dijo la madre, y la agárró del brazo todavía más fuerte.

La niña intentaba zafarse y, con tanto jaleo, Sara, el bebé, empezó a llorar. ¿A qué se refería su madre con aquello de que Johannes no iba a dar más guerra?

—¡Mannfred! —gritó la madre—. Ven y ocúpate de esta marimandona, que voy a dar de mamar a la niña. Nos viene llena de barro hasta las cejas, y ha echado a perder la ropa. —Entonces se agachó y le dijo al oído a su hija—: Tu padre te dará ahora una buena tunda, sí, señora, prepárate. Y tendrás que…

Pero la niña no esperó a que acabara la amenaza. Se soltó del brazo de su madre y echó a correr todo lo que pudo. Iba derecha a las voces que se oían; a la hilera de soldados grises: a casa de Johannes.

Llegó justo a tiempo para ver cómo metían a los padres de Johannes a empujones en un camión del ejército con la caja al descubierto. La madre tenía los ojos rojos de tanto llorar. Y entonces sacaron a Johannes de la pensión Edelweiss, el hotel familiar: no comprendía muy bien lo que estaba pasando y en la boca se le dibujaba un gesto de disgusto. Había perdido las gafas, tan características, y no paraba de girar la cabeza de un lado a otro: mirando a todas partes pero sin poder ver nada. El mundo para él era un objeto continuo y desenfocado.

—¡Johannes! ¡Johannes! —gritó la niña—. ¿Qué pasa? ¿Por qué te llevan? Yo quiero ir contigo.

Él giró la cabeza hacia ella. Y estuvo a punto de decir algo, al parecer; pero no lograba enfocar la mirada miope y se lo veía desesperado, todo era niebla delante de sus ojos. Cuando abrió la boca, un soldado se la cerró de golpe con una mano, le retorció el brazo a la espalda y lo empujó para que subiera al camión y se uniera a sus padres.

Entonces, el gigante en jefe, el que tenía tantas estrellas en los hombros, apareció de pronto y volvió a dirigirse a ella, después de meterle la enorme cara encima:

—¿Tú cómo te llamas, niña? —bramó, y soltó una bocanada de aliento cálido y maloliente que le llenó la cara de escupitajos.

La niña no cedió ni un milímetro, no se arredró. Tampoco respondió, sino que preguntó a su vez:

—¿Adónde se llevan a mi amigo?

—Esos no son amigos tuyos, nenita. Son especuladores, estafadores, gente que mina los cimientos de nuestra república socialista. —A la chica, aquellas palabras tan altisonantes no le decían nada, pero cogió el mensaje: a Johannes se lo llevaban de allí, y ella no podría ir con él—. Te lo preguntaré solo una vez más. —La niña se limpió la saliva de los ojos—. ¿Cómo te llamas?

Habló alto y claro, con todo el valor y nada de miedo, mirando directamente a los ojos al jefe de los soldados, desafiándolo, respondiendo con una actitud todavía más severa que la que había adoptado él:

—Me llamo Karin Müller, y es usted un hombre muy malo. No pienso perdonarlo nunca por llevarse a mi mejor amigo.

25

Julio de 1975.
Oberhof, Bezirk de Suhl.

El hotelito de montaña Hanneli, regentado por la familia de Müller, no había cambiado mucho en todo aquel tiempo; y parecía construido con bloques de plástico Pebel: las piezas de juguete que, como Müller se enteraría después de salir de allí, estaban copiadas de las originales danesas. El grueso entramado de troncos que cubría las paredes exteriores de la planta baja seguía pintado de un color rojo sangre, y brillaba tanto que tuvo que llevarse la mano a los ojos a modo de visera para que no la deslumbrara el sol de alta montaña reflejado en él. Chocaba aquel color tan chillón con la gris monotonía predominante en el hormigón que cubría Ha-Neu. En la primera planta estaban las habitaciones de los huéspedes; coronadas por un tejado de pizarra gris oscuro muy empinado, al estilo de las casas solariegas del siglo XIX, con una picuda mansarda central que remataba la *suite* principal y le daba al conjunto el aspecto de una casita de brujas de un cuento de hadas.

Müller fue a entrar por la puerta de atrás y se limpió los zapatos en el felpudo antes, admirada al ver los tiestos en las ventanas, llenos de jacintos amarillos. Vio el despliegue de colores en las distintas partes de la casa: dorado, rojo y casi negro en el tejado; y se dio cuenta del sorprendente parecido con la bandera alemana, tanto la de la República Democrática como la Federal. Abrió despacio la puerta de la cocina y carraspeó para que Sara se percatara de su presencia.

Ensayó un esbozo de sonrisa al ver que su hermana alzaba la vista del montón de patatas que estaba pelando. Vio sorpresa, mas no afecto, en la cara de Sara; quien siguió con las manos ocupadas en pelar los tubérculos.

—Vaya, Karin, por fin has dado con el camino de vuelta desde Berlín. Te ha llevado lo tuyo. Mamá se acuerda mucho de ti.

Müller se quedó parada en el vano de la cocina y miró a su hermana de arriba abajo. Tuvo intención de acercarse y abrazar a Sara; pero la expresión en la cara de esta, el tono de voz y las manos que no paraban la convencieron de que su hermana prefería guardar las distancias. Eran hermanas, pero muy distintas, y las dos lo sabían. Karin siempre llamaba la atención de los chicos por lo guapa que era, y había tenido la suficiente fe en sí misma como para abrirse camino y quedar al mando de toda una brigada de homicidios en la Policía del Pueblo. Sara, de rostro rubicundo, pasaba más desapercibida: parecía la típica ama de casa montañesa, con aquella mata de rizos castaños tirando a cobrizos que le caía sobre los hombros, y los ojos del color del agua del estanque; en claro contraste con los rasgos de Müller, que parecía escandinava, o eslava, y tenía el pelo rubio y los ojos azules.

—Es por el trabajo, Sara, lo sabes.

Por fin, su hermana pequeña dejó encima de la mesa el pelador de patatas y se acercó a Müller para darle un tibio abrazo.

—¿Es por eso? Ni siquiera en Navidades te dignaste a venir. Y es mucho trabajo para mamá y para mí solas.

Müller sintió un ataque de culpa, aunque sabía que con eso no bastaba para animarla a alejarse con más frecuencia de Berlín y llegarse hasta aquel poblachón. Soltó una mueca de dolor porque Sara, al abrazarla, reavivó una vez más los pinchazos en el cuello y la espalda. Pero no cejó y apretujó más fuerte entre sus brazos a su hermana pequeña.

Sara se separó y la miró directamente a los ojos, frunciendo el ceño:

—Estás más mayor, Karin. Y tienes cara de cansada.

Müller soltó una risa apagada:

—Es que soy más mayor. Y cansada sí que estoy.

—Y ¿seguro que no hay algo más? ¿A qué viene presentarse así, sin avisarnos? ¿Seguro que no te preocupa algo? ¿Tiene que ver con Gottfried?

Con esta última pregunta, Müller sintió que se le encogía el estómago. Oír el nombre de su exmarido todavía la ponía nerviosa, aunque llevara ya meses divorciada. Gottfried y ella ya compartían apellido aun antes de casarse; y él siempre estaba haciendo de ello un chiste: aquello de los dos Müllers, los dos «molineros», unidos frente al mundo. Pero la verdadera tribulación era sentirse ajena a su propia familia.

—Eso ya se acabó.

—¿Qué se acabó? —preguntó Sara con un hilo de voz.

—Ese matrimonio. Mi matrimonio. A Gottfried le dieron permiso para pasar al otro lado del Muro. Lo último que supe de él era que buscaba trabajo de profesor en la República Federal, por la zona de Heidelberg.

—Vaya, Karin, cuánto lo siento. —A Sara se le suavizaron los rasgos; al ceño fruncido lo sustituyó una mirada de preocupación—. Si hay algo que podamos hacer, mamá, Roland o yo misma… Sabes que puedes contar siempre con nosotros. —A Müller la conmovió la sinceridad de aquellas palabras. Aunque no creía que su madre las suscribiera al pie de la letra.

Müller llevó a su hermana hasta el pasillo que comunicaba con la recepción del pequeño hotel y se puso a su lado: de pie derecho las dos, delante de un espejo de cuerpo entero con marco dorado.

—Míranos, Sara, ¿no ves lo distintas que somos?

Sara soltó un resoplido y se echó a reír:

—Pues claro, yo soy mucho más guapa.

—Desde luego —dijo Müller con una sonrisa.

Pero su hermana se puso detrás de ella y miró al espejo por encima del hombro de Müller.

—Vale: me rindo. Tú eres la guapa. Y siempre lo has sido. —Luego recorrió las ojeras de la detective con la punta del dedo—. Pero estás más mayor, Karin. —Müller sabía que tendría que sentirse ofendida por aquel comentario, pero Sara parecía de verdad preocupada por ella—. Yo creo que ese trabajo no te sienta nada bien. Y ¿cómo te iba a sentar? Ahí, todo el día con cadáveres y asesinatos horripilantes. No sé ni cómo lo aguantas.

Müller desvió la mirada de la imagen de su hermana reflejada en el espejo y la posó en la suya propia. Estas dos últimas semanas había tenido mejor aspecto, pero habían vuelto las huellas del cansancio y la preocupación. Todo fruto, sin duda, del ataque que había sufrido en el tren; pero no iba a agobiar más a su hermana hablándole de eso.

Müller se alejó del espejo y preguntó:

—¿Mamá dónde está? Yo que quería darle una sorpresa.

—Está en clase: se ha apuntado a un taller de arreglos florales. Eso tendrías que saberlo. —La puya quedaba bien clara en el tono y las palabras de Sara: «Eso tendrías que saberlo, si te preocuparas más por tu propia familia». Aunque su hermana no había llegado a pronunciar la segunda de estas frases, estaba implícita, y Müller lo sabía—. Pero tiene que estar al volver.

—¿Y Roland?

—Jugando al fútbol. De eso también deberías estar al tanto. Sea lo que sea lo que te ocupe el tiempo allá en Berlín, Karin, aquí la vida sigue igual. Un día y otro, y otro. —Estaban de vuelta en la cocina, y Sara cogió otra vez el pelador de patatas: trabajaba con rapidez, le quitaba la piel a un tubérculo y cogía otro. Casi como una máquina en una cadena de producción.

Müller salió de la cocina y fue a la recepción, a sabiendas de que la fiesta de bienvenida podía darse por concluida. Subió un tramo de escaleras, el que llevaba a la primera planta, donde estaban las habitaciones de los huéspedes. Y luego otro tramo, más estrecho, que conducía directamente al tejado. A su habitación. La que su madre le tenía guardada siempre, y en la que no había cambiado prácticamente nada desde sus años de adolescente.

Era un cuarto muy pequeño, con espacio para una única ventana abuhardillada. Y ahora que ya era adulta, no cabía de pie sin agacharse en dos terceras partes de la habitación. Allí había quedado su refugio, congelado en el tiempo, casi como encapsulado en el devenir de los años, desde que salió de Oberhof para ir a la academia de policía de Potsdam, hacía ya más de una década. Seguía siendo la habitación de una adolescente en la primera mitad de los años sesenta, sin que le faltara el póster de unos jovencísimos Beatles que se diría acababan de clavar en la pared, con una esquina doblada. Los cuatro chicos de Liverpool eran uno de los pocos grupos de pop occidentales que habían escapado, al principio, a la mirada inquisidora de los gerifaltes del Partido. Müller se rio para sí. Porque aquello no duró mucho: tan solo dos años más tarde, Walter Ulbricht, el secretario general, se había preguntado en alto —aunque en realidad no era una pregunta— por qué la República Democrática Alemana tenía que copiar todos los gritritos yeyés que venían del otro lado del Muro.

Palpó encima del armario y pasó la mano por el polvo en busca de la llave «secreta»: era un sistema que pondría en práctica luego, años más tarde, en el apartamento de Schönhauser Allee. Cuando por fin la halló, abrió con ella el cajón de arriba del escritorio y sacó el diario. Allí apuntó sus cuitas desde los cinco años con un fervor casi religioso. No lo llevaba al día, ni siquiera escribía una vez al mes, pero sí que había varias notas todos los años. Y la primera de ellas ocupaba casi dos tercios del cuaderno: movida primero por el entusiasmo que le había provocado el mero hecho de aprender a escribir; y luego, cuando se dio cuenta de que, en cierto modo, no encajaba en el hotelito de montaña Hanneli.

Müller repasó las páginas, y el olor del papel mohoso se mezclaba con el de la colonia que se ponía de niña. Era una fragancia que perduraba en el recuerdo: en la República Democrática las marcas de colonia no cambiaban todos los años, ni mucho menos. Aquella olía a Casino de Luxe, y llevaba impregnado un aroma de rosas demasiado floral que escondía algo vagamente acre y dulzón debajo.

Le costó más bien poco dar con la nota que estaba buscando: el 2 de noviembre de 1951. La leyó mentalmente: «¿Por qué se han llevado los soldiados a Johanas? Muti no quiere decirme por qué. Ella solo abla y abla de Sara. Menuda bruja». Müller no sabía muy bien si reír al ver tantas faltas de ortografía y la pelusa por su hermana que se podía leer entre líneas, o llorar por haber perdido sin remedio a su mejor amigo y sentirse ajena a su propia familia. Pero oyó un leve crujido en la escalera y tuvo que guardar el diario en el cajón y cerrarlo con llave.

Cara a cara con su madre, Müller adivinó el aspecto que tendría su hermana Sara pasados treinta años. Porque, al igual que Sara, la sonrisa de bienvenida que le dedicó Rosamund Müller a su hija mayor casi no llegaba a sonrisa y era más bien poco sincera. Müller se adelantó con intención de darle un abrazo, pero aquella mujer de mediana edad, que tenía el mismo pelo castaño y crespo que su hija pequeña –sin duda, obra de la labor de la peluquera, o del tinte que se aplicara ella misma–, dio un paso atrás y cruzó los brazos sobre el pecho.

—Karin, podías haber avisado que venías.

—Te pido perdón, pero es que no quería dejaros en la estacada otra vez. Se trata de otro asesinato… Bueno, un caso de desaparecidos. Pensé que sería peor deciros que venía y luego dejaros tirados si tenía que cancelar la visita.

Rosamund alzó los hombros con indiferencia; luego olisqueó el aire y puso cara de desconfianza.

—¿Eso que huele qué es? Me recuerda a algo ese olor.

—La colonia que me ponía de pequeña, cuando todavía vivía aquí. Estaba oliendo un frasco que he encontrado. —Qué bien poco costaba soltar aquella pequeña mentira.

Su madre entornó los ojos y dijo:

—En fin, imagino que querrás comer. Ya podías ayudar a Sara a hacer la comida, ¿no?

Müller dijo que sí con la cabeza:

—Enseguida bajo.

Rosamund fue a volverse, con el ánimo de bajar por la escalera.

—Mutti. No te vayas todavía. Ven y siéntate en la cama conmigo. Quería hablarte.

Su madre la miró con desconfianza; pero acabaron sentadas una al lado de la otra, en una cama que no parecía muy conforme con que la molestaran después de tantos años, pues soltó por el aire de la habitación una nube de partículas de polvo que invadió, como una nevada en miniatura, los haces de la luz del sol, tamizados por los cristales de la ventana.

—Mientras venía de camino, pensaba en cuando era pequeña.

—Y ¿qué pensabas de cuando eras pequeña? Eras una niña complicada, nunca tenías amigas; y no te gustaba nada de comer. Siempre con pelusa de tu hermana.

—Por cómo lo dices, parece que me tuvieras manía.

—Una recoge lo que siembra, Karin. Recoge lo que siembra. —Luego puso una expresión más amable y dejó caer la mano arrugada, llena de manchas violáceas, en el antebrazo desnudo de Müller—. Perdóname. Eso no ha estado nada bien. Es que estaba enfadada porque ni siquiera me diste las gracias cuando te mandé una postal y un regalo por tu cumpleaños. Ni viniste por Navidad. Tampoco escribiste.

Müller posó la mano en la de su madre, acarició la protuberancias de las venas que la surcaban. Ella hizo lo que pudo para pasar por alto su cumpleaños; pero aun así, tenía que haberle dado a su madre las gracias.

—Perdóname. Ya sé que tenía que haberte escrito. Pero es que se me complicó mucho el trabajo, y tuve problemas con Gottfried.

—Ay, espero que no sea nada grave.

Müller no dijo nada, pero su silencio ya la delataba a ojos de su madre.

—Espero que sigáis juntos.

La detective negó con la cabeza y, sorprendida, tuvo que aguantarse las ganas de llorar. Pensaba que lo tenía superado. Y mentalmente así era. Pero había una parte más honda de ella de la que todavía tiraba su exmarido. Fue a secarse las lágrimas. La madre sacó un pañuelo y se lo dio. No hubo más cartas después de aquella primera que le envió desde la República Federal, y lo único escrito a mano fue su firma. Eso la preocupaba. Puede que hubieran interceptado otras cartas que mandó. Pero, a fin de cuentas, estaban divorciados; o sea que ¿para qué iba a escribir?

—¿Era de eso de lo que querías hablar conmigo?

Müller negó otra vez con la cabeza, porque todavía no se sentía con fuerzas para hablar.

—Y entonces, ¿de qué era, Katzi?

Müller apretó más fuerte la mano de su madre.

—Me gusta que me llames así, Katzi. Era lo que me llamabas cuando era pequeña, antes de que…

—… antes de que tu hermana naciera.

Müller asintió y tomó aire muy despacio.

—Había dos cosas que no me podía quitar de la cabeza cuando bajaba en coche hacia aquí, y quería hablarlo contigo. —Vio que la preocupación le ensombrecía la cara a su madre—. La primera tenía que ver con Johannes.

—¿Johannes? —preguntó la madre con gesto perplejo. Y a la vez, relajó la cara un poco, como si hubiese temido que su hija sacara un tema más peliagudo.

—El hijo de aquella familia que regentaba la pensión Edelweiss. Los dueños de antes. —Müller no fue capaz de limarle la aspereza a sus palabras.

A Rosamund le cambió la expresión del rostro: ya se acordaba.

—Era un chico muy raro. Jamás logré entender por qué se hizo amigo de una niña de cinco años cuando él tenía por lo menos seis más que tú.

—Era un chico muy majo. Hacíamos buenas migas. Pero nunca supe por qué el Gobierno les arrebató la Edelweiss, a ellos y a los dueños de muchos otros hoteles del pueblo; y todo para entregárselos a la autoridad del Estado que llevaba el turismo. Ni por qué nuestro pequeño hotel sobrevivió a la criba.

—Pues eso fue gracias a tu padre. Porque con los nazis lo pasó muy mal en la guerra. No era un camino de rosas eso de ser comunista entonces. Sin embargo, él fue leal al Partido, a la causa socialista, aunque eso le causó muchos problemas. —Rosamund Müller hizo una pausa y dejó la mirada perdida en algún punto por encima de la cabeza de su hija.

—¿Y qué más?

La madre sufrió un ligero temblor, aunque hacía un calor sofocante en aquel cuarto en el que casi no cabían.

—Pues que se hizo amigo de gente muy importante en el Partido. Él los ayudó a ellos, y ellos lo ayudaron a él. Pero es que los padres de Johannes...

—¿No eran del Partido?

Rosamund hizo un gesto con los hombros:

—No tengo ni idea. Puede que no, jamás los vi en las reuniones. Pero peor que eso fue que eran estafadores, especuladores; y se guardaban un dinero que tenían que haber compartido con el Estado. Porque nunca hemos sido un país rico, Karin, y entonces lo éramos menos, te lo seguro. No hacía mucho que había acabado la guerra. Y muchos en el pueblo siguieron viviendo como fascistas, eran unos imperialistas. —Retiró la mano de entre las de su hija y tensó la espalda: le salió la comunista tiesa que estaba convencida de su integridad.

—Pero por eso no hacía falta echarlos de aquí, ¿no?

La madre soltó un suspiro de hastío:

—A veces hay que tomar decisiones difíciles por el bien de todos. Tú sabrás, que trabajas en la Policía del Pueblo.

Se sumieron en un profundo silencio. Seguían sentadas una al lado de la otra, pero se las veía incómodas, olvidado ya el breve vínculo de complicidad y afecto que las había unido por un instante.

—De todas formas, fue injusto —dijo Müller pasados unos minutos—. Era mi mejor amigo. Y se lo llevaron. Tú jamás hiciste por entenderlo, aunque sabías el disgusto tan grande que yo tenía. Y si dices que no era normal que me hiciera amigo de un chico raro varios años mayor que yo, ¿no sería por algo? —Le aguantó la mirada a su madre un instante—. ¿No sería porque nunca me sentí a gusto aquí? —Hizo un gesto que abarcaba toda la habitación—. Podíais haber hecho mucho más para que me sintiera querida.

La madre de Müller ya había quitado la mano de entre las de su hija y la miró a su vez con gesto severo:

—Tampoco es justo que digas eso, Karin. Y además no es verdad. Lo hicimos lo mejor que supimos; bien lo sabes. Lo que pasa es que no siempre era fácil. Ya te lo he dicho: eras una niña muy complicada.

Rosamund Müller tenía ahora las manos cerradas en sendos puños, muy apretados encima del regazo. Müller la miró a los ojos y vio en ellos algo parecido al miedo, a la cobardía casi. No era la imagen de su madre que se había hecho en todos aquellos años: una matriarca testaruda, con voluntad de hierro. Rosamund Müller bajó los ojos y su voz quedó reducida casi a un susurro:

—Decías que querías hablar conmigo de dos cosas. ¿La otra cuál es?

Müller se había mostrada decidida en el trayecto en coche; y en la sala de rayos X del hospital de Ha-Neu: se enfrentaría a su madre. Le echaría en cara el distinto trato que, sentía, había recibido en comparación con sus hermanos. También quería sacar el tema de la visita de la mujer elegante con suaves rasgos faciales: aquella cuyo doble le había parecido ver en el hospital. La misma que la miró a los ojos sin pestañear cuando ella abrió la puerta con tan solo cinco años de edad, pensando solo en ayudar a su madre y dar la bienvenida a un huésped que dejaría algo de dinero en la pensión. Pero su madre se lo pagó a base de alaridos, gritándole a la mujer cuando oyó que llamaba a su hija por su nombre; para luego meter a la niña dentro sin contemplaciones y darle con la puerta en las narices a aquella visita.

Pero es que tenía que hacerlo, pensó. Dejó escapar un largo y demorado suspiro, carraspeó y luego volvió a coger la mano de su madre entre las suyas.

—También quería hablarte de lo que pasó al poco de que se llevaran a Johannes. Cuando vino aquella mujer de visita.

Rosamund Müller respondió primero con un frunce de los labios, entrecerrando los ojos.

—¿Qué mujer? No sé a qué te refieres. —Se soltó de las manos de su hija e hizo amago de levantarse, pero Müller posó las suyas en los hombros de su madre.

—Todos estos años he intentado hablar de ello varias veces —dijo Müller, a quien le sorprendió su propia voz, fría y enojada—. De cómo reaccionaste, metiéndome en casa a empellones. A Sara y a Roland jamás los tratabas así. Yo sentí siempre que tenías un trato diferente conmigo. Y quiero que me expliques por qué. Necesito entenderlo.

Rosamund se sacudió de encima las manos de su hija, se puso en pie y fue a salir por la puerta.

—Ya te dije que no quería hablar nunca de eso, Karin. Y cuando digo nunca, es nunca.

Müller la adelantó y se puso delante de la puerta, bloqueándole el paso. Cuando habló, tenía un tono de frustración en la voz:

—Pues yo quiero saber, necesito saber. —Agarró con fuerza a su madre por el hombro y vio una mueca de dolor en su cara. La apretaba tan fuerte que le notaba el pulso latir—. Y tengo derecho a saber.

Rosamund echó un poco la cabeza hacia atrás, conmocionada al oír las ponzoñosas palabras de su hija, fruto de la desesperación. Y entonces, Müller notó que la postura rígida, erecta, de su madre cedía, y que se le hundía el cuerpo asumiendo la derrota.

La madre fue soltando la férrea mano con la que la oprimía la hija, dedo a dedo; luego la tomó entre las suyas.

—Yo nunca quise que llegáramos a esto. Por mucho que creas que te traté mal, siempre he intentado darte muestras del amor que te tengo, Karin. Siempre. —Echó el aire de los pulmones tan despacio que parecía que los estaba vaciando con una especie de silbido, como con un resuello—. Pero puede que sea hora de que te enseñe algo que nunca quise que vieras. Ven conmigo.

Al igual que su habitación, la de sus padres había cambiado poco desde que ella era niña. Aunque su padre ya no vivía, su lado de la cama estaba flanqueado por la pared llena de medallas y certificados que acreditaban las hazañas de un buen comunista; su lealtad al Comité Ciudadano, y lo que había hecho por ellos.

Saltaba a la vista que Rosamund Müller no había cambiado nada en el mobiliario del dormitorio desde que su marido murió, hacía ya cinco años; ni el sitio que ocupaba en la cama de matrimonio: seguía durmiendo pegada a la pared del fondo, pues su padre tenía que acostarse en el lado de la puerta cuando, en sus últimos años, el cáncer de próstata se le extendió por todo el cuerpo. Y hacia aquel lado de la cama iba ahora Rosamund, seguida por la mirada atenta de su hija. Una vez allí, tomó una llave escondida debajo de la mesilla, abrió con ella el cajón de arriba y sacó una cajita de metal oxidado. Se la dio a Müller con gesto brusco y los ojos llenos de lágrimas.

—Ahí tienes —dijo, con la voz quebrada, embargada por la emoción—. Yo nunca quise darte un trato diferente; procuré siempre trataros por igual a ti y a tus hermanos. Pero si sientes que no fue así, te pido perdón. En esa caja está la razón. Es para ti, llévatela.

Al ver aquel objeto que le tendían, Müller lo cogió con las dos manos. Luego soltó una de ellas y vio que tenía las yemas de los dedos manchadas de óxido.

—¿Es que no lo vas a abrir? ¿No era eso lo que querías: saberlo todo? —A su madre se le había teñido la voz con un poso de amargura. Y era precisamente aquella nota desabrida lo que Sara nunca había tenido que soportar, pensó Müller.

Sostuvo la caja en una mano y fue a abrir la tapa con la otra con un temblor de dedos: en parte por lo que costaba separar las dos piezas de metal que casi se habían fundido una con otra; pero también porque tenía miedo de qué podía encontrar allí dentro.

De repente, la tapa se despegó de la caja, y una nubecilla de partículas de óxido quedó flotando en el aire. Müller aspiró con fruición el olor ácido y metálico; y notó que un temblor le recorría el espinazo al sentir aquel ruido: como cuando chirriaba una tiza contra la pizarra en el colegio.

—Hace años que no la abro —reconoció la madre—. No quería abrirla: la guardé para ti. Para el día de hoy. Un día que tenía esperanzas de que no llegara nunca.

Müller seguía sin decir nada, tenía la mirada perdida en el contenido de la caja: una foto ajada en blanco y negro, con una esquina doblada, y una hoja de papel amarillento plegada en dos. Primero cogió la foto. Vio a una chica muy joven, apenas una adolescente, vestida con un mono blanco muy sucio que le estaba grande. Llevaba un bebé en brazos, envuelto en una toquilla. La chica no apartaba los ojos del bebé, con una expresión de puro amor en el rostro.

—¿Quién es? —preguntó Müller, consciente de que la emoción le quebraba la voz. Aunque en su fuero interno, bien sabía la respuesta.

—Esa es tu madre biológica —dijo Rosamund sin poder acallar los sollozos—. No tengo más fotos suyas que esa. Y la niña eres tú, recién nacida, en sus brazos.

26

Julio de 1975.
Halle-Neustadt.

Las revelaciones que le hicieron en Oberhof tuvieron un efecto sobre Müller que le duró el resto del fin de semana. Poco después de descubrir lo que contenía la caja de latón de su madre, la detective salió a toda prisa del hotelito: sin fuerzas o sin ganas de apuntalar el puente que se desmoronaba; el punto de unión con aquellas dos mujeres a las que se había acostumbrado a llamar madre y hermana a lo largo de casi tres décadas.

En el viaje de vuelta, no paraba su cabeza: ¿quién era, y dónde estaba, su madre verdadera? ¿Era aquella mujer que acudió al hotel hacía ya muchos años y que quiso hablar con ella? Porque aunque Rosamund Müller le había desvelado algunos de sus secretos, no quiso, o bien no pudo arrojar nada de luz sobre ese punto. ¿Y quién era y dónde estaba su verdadero padre? ¿Adónde habían llevado al amigo de su infancia, a Johannes, y a su familia? ¿Vivían acaso todavía?

Tenía la sensación de que la habían utilizado. Se sentía sucia; traicionada y perdida. Pero lo que más acusaba era aquella andanada a la línea de flotación de su identidad: la idea que tenía ella de sí misma. Tantas y tan encontradas emociones se le agolpaban en la garganta y le costaba tragar. Un comentario desencaminado por parte de quien fuera y se echaría a llorar; o, peor aún, tendría una crisis nerviosa.

Aun así, nada más tomar un giro a la izquierda en el Wartburg y entrar en otra de aquellas calles sin nombre de Ha-Neu, notó que la invadían también unas tremendas ganas de seguir adelante. La habían separado de su madre biológica nada más nacer; y no la había visto desde entonces, hasta aquella fotografía que le habían mostrado en Oberhof. Y era ahora, más que nunca antes, cuando la *Oberleutnant* Karin Müller estaba decidida a cumplir con su labor de detective: a resolver el caso de Maddelena Salzmann y de su pobre hermano mellizo muerto, Karsten; y devolverle la niña a sus padres, viva o muerta. Tenían que saber qué suerte había corrido su bebé. Porque no saber la minaba a una por dentro, y era tremendamente injusto.

Pero fue más allá en su empeño. Porque había decidido que también hallaría el paradero de su madre verdadera, cayera quien tuviera que caer. Y estaba convencida, además, de que haría lo que estuviera en su mano para dar con su padre biológico. Quizá tenía que haber presionado más a Rosamund Müller. Pero lo desaconsejaba el disgusto que tenía la mujer, entrada en años ya; y la rabia que había sentido al tener que hacer aquella revelación. Un disgusto y una rabia muy parecidos a los que había sentido Müller al dejar atrás cuanto antes lo que había creído que era su familia.

Müller entró en el apartamento que compartía con los otros dos detectives, y notó en el acto un cambio en el aire. Algo no iba bien: parecía más vacío que antes. Lo percibió en cuanto pasó por delante del cuarto de baño. Porque solo había un neceser. O sea, que uno de sus dos ayudantes se había ido. Fue a echar un vistazo a la habitación que compartían los dos, Schmidt y Vogel. Como siempre, la cama de Schmidt estaba sin hacer, y toda revuelta; y había envoltorios de chocolatinas y bolsas vacías de patatas fritas en la mesilla. Pero la cama de Vogel no tenía sábanas ni mantas; y no vio por ninguna parte la maleta. Debía de ser lo que ella se temía: toda vez que el componente de asesinato desapareció del caso, los jefes de la Policía del Pueblo habían aprovechado la oportunidad para recortar la plantilla, y habían dejado a su flamante brigada de homicidios en cuadro. Y quizá tuviera algo que ver tanta insistencia por parte del oficial de enlace de la Stasi: el tal Janowitz, cuyo máximo empeño era, al parecer, poner palos en las ruedas de la investigación y hacer que el caso embarrancara definitivamente. Pues si había sido cosa de Janowitz, bien que le había salido la jugada. Porque al *Unterleutnant* Vogel, aquel detective amable con pinta de estudiante, fichado en las montañas Harz, lo habían trasladado a otro puesto. Solo quedaba ahora un oficial de la *Kripo* hecho y derecho: ella misma. Y con eso no valdría.

Se confirmaron sus temores en cuanto llegó a la sala de operaciones. Eschler le dio una nota que le había dejado Vogel. Müller abrió el sobre, sin poder ocultar el cabreo, y empezó a leer:

Querida Karin / Camarada Oberleutnant *Müller:*
Le pido mil perdones por dejarla tirada tan de mala manera, sin tener ocasión siquiera de hablarlo con usted cara a cara. Lamento mucho haber tenido que dejar una investigación antes de que esté concluida; y de verdad espero que, incluso sin mí, tanto usted como Schmidt y Eschler y sus hombres le den su debido cauce a las cosas y acaben encontrando a la pequeña Maddelena sana y salva. Para mí, ha sido una de las investigaciones más angustiosas en las que he participado nunca, aunque fue un placer trabajar de nuevo con usted.
Lo que pasa es que me han ofrecido el puesto de Hauptmann *Baumann en Wernigerode. La persona que pusieron al frente en su lugar no acabó de encajar; y al ofrecérmelo ahora a mí, como se podrá imaginar, he visto el cielo abierto. Vamos, que no he podido decir que*

no. También es verdad que no me lo habría perdonado; ¡y que no me han dado alternativa!

En cualquier caso, le pido otra vez perdón. Y le agradezco que me tuviera usted en su equipo; y espero que, algún día, se vuelvan a cruzar nuestros caminos.

Hasta entonces, se despide con un abrazo
Martin (Unterleutnant *Vogel*)

Müller se metió la nota en un bolsillo y miró a Eschler intentando que no se le notara en la cara la sensación de derrota.

—Y ¿ahora qué hacemos?

—Seguro que nos apañamos —dijo Eschler con una sonrisa, al parecer, imperturbable—. Y ya tenemos una sala específica para indagar en la pista de la letra. Está en la planta baja: hemos acondicionado una parte de la estación de bomberos que no se utilizaba. La Stasi nos ha cedido algunos efectivos para cribarlo todo; y, además, hay alguien ahí abajo que quiere verla.

—¿Quién? —preguntó Müller. Luego bajó la voz—. No me diga que es otra vez Janowitz. O, peor todavía, Wiedemann. No estoy yo de humor precisamente hoy, sobre todo para tenérmelas que ver con cualquiera de ellos.

—No —dijo Eschler, y se echó a reír—. No se apure. Creo que estará usted encantada de verlo.

No lo reconoció al principio. Estaba sentado a una larga mesa y le daba la espalda. Tenía enfrente a tres oficiales más. Müller imaginó que serían los efectivos de la Stasi de los que había hablado Eschler, quienes no levantaban la cabeza de la pila de periódicos que tenían delante.

Pero entonces uno de ellos alzó la vista hacia ella con mirada interrogante, y él se dio la vuelta al verlo. Puede que reconociera en el acto lo alterada que estaba; o que viera las lágrimas que empezaban a aflorar en los ojos de Müller. El caso es que se levantó de golpe, casi con un tambaleo; y cuando ella le echó los brazos encima, él tuvo que reprimir una mueca de dolor.

Entonces ella ya no pudo contener el llanto y escondió la cara en la solapa de su traje.

Él la llevó detrás de una columna, lejos de las miradas de los de la Stasi.

—¿Qué te pasa? —le preguntó, mientras se limpiaba a su vez una furtiva lágrima, y mostraba todavía algún problema que otro para articular las palabras. Aunque hablaba con mucha más claridad que la última vez que lo vio—. ¿Es que no te alegras de verme?

Müller lo agarró del brazo bueno y clavó su mirada en aquellos ojos, de un azul tan frío, que tenía él. Allí estaba el hombre al que creyó muerto en un bosque de las montañas Harz; al que había visto por última vez leyendo una novela pornográfica en una cama del hospital, lleno de vías que lo mantenían conectado a la vida y con aquel aspecto convaleciente que, nadie dudaba, podría tenerlo fuera de combate meses y meses. Aunque había desmentido ese pronóstico, y allí lo tenía: su ayudante; que había perdido aquella gracia al hablar, pero que hablaba.

—Ay, Werner —dijo ella—. Estoy tan contenta de verte. He tenido un fin de semana de mierda, uno de los peores de mi vida. Tan de puta pena que no sé ni quién soy. Y es que no me puedo creer que estés aquí. Reiniger dijo que tardarías meses en recuperarte, un año quizá, y que quizá…

—Que quizá no me recuperaría nunca. Eso creía él. Pero le insistí tanto que al final me dejó venir. Aunque no soy lo que se dice tu ayudante: no me está permitido ir por ahí contigo jugándome el cuello en misiones suicida, sin refuerzos que valgan, como la última vez. Han sido muy estrictos: tengo órdenes de quedarme aquí, a cargo de estos hombres de la Stasi. —Hizo un gesto que abarcaba toda la sala, pelada y cavernosa—. Y ni siquiera hay ventanas: me voy a poner de los nervios. Pero es que ya me estaba

175

poniendo de los nervios en el hospital. Menos mal que estaban las enfermeras. —Y acompañó aquellas últimas palabras con un guiño.

Müller entornó los ojos llorosos:

—El mismo Werner Tilsner de siempre. Pero qué bueno que hayas venido. Y empieza desde ya a contarme qué está pasando aquí. —Nada más decirlo, se le fue la vista al reloj caro que él lucía en la muñeca, como tantas veces le pasaba cuando trabajó codo con codo con él en el asesinato de aquella chica del *Jugendwerkhof*: el reloj que había podido permitirse gracias a sus trabajos bien pagados para alguna otra agencia de la República Democrática. Y si al *Unterleutnant* Werner Tilsner, de la Policía del Pueblo, tan débil como estaba, lo habían puesto al frente de un equipo de la Stasi, por alguna razón sería. Porque, aunque jamás lo admitiría, era uno de ellos. Uno de la Casa. Portador de «la espada y el escudo» que protegía al Partido. Un hombre de la Stasi, tanto como lo eran los otros miembros del operativo que él supervisaba; por mucho que oficialmente fuera un detective de la Policía.

Si Tilsner tenía alguna forma de saber qué estaba pensando ella, al parecer, no lo inquietaba lo más mínimo. Lo que sí percibió en él fue aquel destello en la mirada, marca de la casa.

—Vamos a acelerar el ritmo en las investigaciones sobre ese tipo de letra. Se me ha ocurrido un plan que no tiene por qué ir contra las órdenes de la Stasi, pero que nos brindará muchas más muestras de escritura. Y nunca se sabe: a lo mejor hasta damos con la que andamos buscando, hacemos casar una cosa con otra.

27

Aquello de organizar las cuadrillas de Pioneros hizo que Müller se sintiera más como una profesora, al estilo de su exmarido Gottfried, que como detective de homicidios. Le subía el ánimo el rumor constante de las risitas tontas que soltaban los niños. Para ellos era como un juego muy divertido: la idea fue de Tilsner, y consistía en ir recogiendo periódicos y revistas viejos, con el pretexto inicial de reciclar el papel que la gente dejaría en la puerta de los distintos bloques de apartamentos en los *Wohnkomplexe* de Ha-Neu. Pero el caso era que, tanto unos como otros, los Jóvenes Pioneros, de corbata azul, y los Pioneros Thälmann, así nombrados en honor al héroe comunista alemán, ataviados con sus correspondientes pañuelos rojos al cuello, podían ganarse un dinerillo; y pagaba el presupuesto de la Policía del Pueblo. Los niños no estaban al tanto de la operación. Müller y Tilsner iban de paisano, y los Pioneros pensarían que los dos detectives eran gente al cargo, con la atribución que fuera.

—Callaos, por favor —gritó para hacerse oír, por encima del barullo que se había adueñado del restaurante Baltic, donde habían reunido a los niños para explicarles qué tenían que hacer. La gran mayoría de los Pioneros hicieron caso omiso de sus palabras.

—¡Que os calléis! —bramó Tilsner, poniendo cara de fastidio, y haciendo un esfuerzo para levantarse de la silla en la que había estado descansando, al parecer curándose a ritmo vertiginoso de las heridas recibidas en el tiroteo de las montañas Harz en marzo. Eso sí funcionó, y todo el restaurante quedó sumido en un profundo silencio. Tilsner le guiñó un ojo a su *Oberleutnant*—. Es que te falta mi toque mágico —le susurró al oído.

Se pusieron a separar a los niños en ocho equipos: uno por cada zona residencial en las que estaba dividida la ciudad. Habían acordado entre ellos que procurarían que uno de los equipos estuviera formado íntegramente por los Jóvenes Pioneros, más manejables. Y Müller quería asignarle a este equipo el *Komplex VIII*; o lo que era lo mismo: la zona de la Stasi. Por lo menos, la zona más cercana al cuartel general del Ministerio para la Seguridad del Estado en la región, al noreste de Ha-Neu, donde vivía la mayor parte de los miembros de la Stasi. Müller tenía esperanzas de que Tilsner no se hubiera aclarado todavía con el críptico diseño urbano de la ciudad; y que no se percatara, por tanto, de lo que ella tenía en mente. Era una forma de saltarse la prohibición expresa de Malkus: aquella lista de familias pertenecientes a miembros de la Stasi que habían quedado fuera de las visitas médicas a los recién nacidos. En ese plan de Müller, era importante que los Pioneros Thälmann, con más conciencia política, pues eran mayores y engrosarían muy pronto las filas de las Juventudes Libres Alemanas, quedaran lejos del Complejo número 8. Seguro que la recogida de papeles en esa zona levantaría en ellos más sospechas; y había más posibilidades de que acabaran hablando del asunto con sus padres. Y de que sus padres tuvieran más relación, de una u otra forma, con el Ministerio para la Seguridad del Estado.

Cuando estuvieron formados los equipos, de unos veinte niños cada uno, Müller y Tilsner nombraron un líder, y llevaron a estos ocho cabecillas aparte para instruirlos, sentándolos alrededor de una de las mesas de resina artificial que tenía el restaurante.

Müller desplegó encima de la mesa el plano de Halle y Halle-Neustadt, lleno de marcas en rojo; y puso a cada una de las zonas residenciales del plano el nombre del equipo de Pioneros al que se la habían asignado. Quiso darles nombre de flores; pero

Tilsner se negó y propuso nombres de animales mejor. Desgraciadamente, el equipo al que le había tocado el Complejo número 8 era el de los Burros. De resultas de lo cual, los niños empezaron a insultarse y a meterse unos con otros: los miembros de los Tigres, los Leones y los Conejos rebuznaban para provocar a los Jóvenes Pioneros.

Tilsner no fingió el fastidio en esta ocasión:

—¡Que os calléis todos! Este proyecto es muy importante, una cosa muy seria. Como sigáis portándoos mal, avisaremos a vuestros padres.

Por fin se hizo el silencio en el grupo de niños, y Müller pudo ponerse a explicar lo que tenían que hacer.

Aunque no era lo que se dice trabajo de campo para un detective; y, sobre todo, nada que tuviera que ver con las atribuciones propias de su rango, Müller quería información de primera mano de la operación de recogida de periódicos y revistas. Y era una excusa para dejarse caer por el *Komplex VIII*.

El niño al frente del equipo de pequeños Pioneros, un mozalbete rubio de nombre Andreas, reunió a sus colegas junto al carrito que les serviría para recoger todo el papel. Los niños del equipo de los Burros se pusieron firmes y Andreas pronunció en alto el lema de los Jóvenes Pioneros: «A la llamada de la paz y el socialismo, siempre dispuestos». Muy pocos repitieron la primera frase del lema; pero al llegar a lo de «siempre dispuestos», no hubo una voz que no lo coreara en alto. Müller se sintió muy orgullosa: el espíritu de comunidad, de camaradería, gozaba de buena salud en la República Democrática. Aunque fuera cierto que detrás brillara, como motivación, aquel dinerillo que se iban a llevar.

El restaurante no quedaba muy lejos del bloque número 321, el más cercano a la zona residencial del *Komplex VIII*. Estaba, en concreto, en la parte más al sur del complejo, cerca de la Magistrale y de las lindes de la ciudad de Ha-Neu; justo antes del paso elevado que cruzaba el río Saale y se adentraba en la misma Halle. Iban los Pioneros en formación de a dos detrás de Andreas; un pequeño regimiento de subidos colores, azul y blanco, tras el cabecilla, que empujaba el carrito, con los pañuelos al viento mecidos por la brisa veraniega.

Y en unos instantes, ya estaban dentro del bloque: llamando a todas las puertas, preguntando a los vecinos si habían visto los avisos de recogida de papel por el barrio. Aceptaban muy gentiles los tacos de periódicos y revistas que les entregaban, daban siempre las gracias; y Müller los miraba muy orgullosa: veía a Andreas y sus hombrecillos en plena tarea, bien ajenos a la operación policial secreta que sin saberlo estaban desplegando. Una operación que tenía como fin la recuperación de una sola letra mayúscula escrita en un crucigrama. Una «e» mayúscula de rasgos horizontales que no llegaban al trazo vertical. La «E» que pudiera haber plasmado en el papel la persona que secuestró a dos bebés mellizos en el hospital de Ha-Neu. Y en ningún momento dejó Müller de estar ojo avizor: quería ver si había alguien que abriera la puerta con un bebé en brazos, un bebé muy pequeñito y prematuro.

Un bebé que casara con la descripción y la fotografía de la desaparecida Maddelena Salzmann.

28

La recogida de papel usado iba viento en popa, y Müller dejó que Andreas y el resto de los niños se las apañaran ellos solos y volvió a la sala de operaciones. Sí que era cierto que apenas había avances en la investigación, pero por lo menos no la habían echado en saco roto. Y por mucho que la Stasi impidiera que ella y sus hombres fueran buscando a Maddelena puerta por puerta, Müller hacía cuanto podía por sortear esas restricciones: mediante las visitas médicas a los recién nacidos, la recogida de papel usado y las próximas reuniones con el grafólogo, el profesor Morgenstern. Gracias a todas esas iniciativas, alcanzaban quizá a vislumbrar algo de luz al final del túnel. Pero con el paso de los minutos, las horas, los días y las semanas sin que apareciese Maddelena, disminuía la posibilidad de que la niña sobreviviera. Si es que todavía estaba viva.

Al final, el retraso del profesor Morgenstern fue solo de unos días. Mientras iba a su encuentro, Müller cayó en la cuenta de que, gracias a eso, ella tuvo ocasión de visitar a su familia en Oberhof. Una visita que casi prefería no haber hecho. Aunque al menos le había permitido asomarse a la verdad sobre su ascendencia biológica, velada tantos años.

Morgenstern no era como ella se lo había imaginado. Tenía un enorme corpachón de oso, el pelo rizado e indomable, la sonrisa malvada y unas manos gigantescas; con una de ellas le aplastó a Müller los dedos con una efusividad que rayaba en ensañamiento. Cuando por fin le soltó la mano, Müller se la llevó a la espalda y movió los dedos uno a uno para que se le pasara el dolor.

—Estoy encantado de que me haya llamado a Berlín para que me una a ustedes —le dijo con una sonrisa de oreja a oreja que le hacía resaltar todavía más la descuidada barba—. Le pido perdón por no haber podido venir la semana pasada, como era mi intención. —Echó un vistazo por toda la sala para abarcar a Müller y a su equipo: el núcleo duro del mismo, formado por la propia *Oberleutnant*, Tilsner y Schmidt, los tres fichados en Berlín; al igual que Morgenstern, de tal manera que se encontraban los cuatro trabajando en tierra extraña—. Y, según creo, tienen por ahí muestras de la letra de alguien y quieren que yo les ayude a resolver el caso que les ocupa.

—En efecto —dijo Müller, y movió afirmativamente la cabeza—. El camarada *Kriminaltechniker* Jonas Schmidt le pondrá al día de los detalles.

Schmidt se agachó para alcanzar unos sobres que tenía en el maletín y sacó de ellos unas cuantas fotografías.

—A mí lo que me llamó la atención concretamente fue esto. —El forense señaló una fotografía en blanco y negro: era el crucigrama hallado dentro del periódico con el que habían envuelto el diminuto cuerpo de Karsten Salzmann—. ¿Ve aquí? —Schmidt señalaba las es mayúsculas en la palabra «*DICIEMBRE*» que completaba uno de los huecos.

Morgenstern asentía despacio con la cabeza mientras observaba cuidadosamente las letras. Había algo en aquella escena que recordaba esos osos *grizzli* que se apostan a la orilla de los rápidos en Alaska al acecho del salmón: movía igual de mecánicamente la cabeza, a la espera de caer sobre una de sus presas. Müller lo había visto miles de veces en los documentales de los canales del otro lado del Muro. Schmidt señaló el peculiar trazo de las es: aquellos rabitos horizontales que no acababan de llegar al palito vertical.

182

—Ajá... sí, sí. Ya veo lo que dice. Muy interesante y, como afirma usted, nada común.

—¿Lo suficiente como para dar con quien haya hecho esos trazos? —preguntó Müller.

Morgenstern se echó hacia atrás en el asiento, puso los codos en la mesa y apuntó los dedos de ambas manos formando un picudo tejado. Luego arrugó la frente y dijo:

—Pues eso depende. Para trabajar como es debido, hace falta un tramo de escritura más largo. Y la combinación de mayúsculas y minúsculas nos sería muy útil. Pero... algo es. Mejor que nada. —Agachó la cabeza para acercarse a la fotografía—. ¿Solo hay esta foto, o tienen también el original?

—Tenemos el original, en efecto —dijo Schmidt.

Morgenstern soltó un suspiro:

—¿Me permite verlo? ¿Lo tienen a mano?

Schmidt se puso rojo:

—Sí, sí, claro, usted perdone —dijo atropelladamente—. Faltaría más.

Volvió a echar mano del maletín, y en esta ocasión sacó un periódico con las páginas manchadas y amarillentas, metido en una bolsa de pruebas de plástico. Morgenstern fue a tocarlo, pero Müller se lo impidió sujetándole el brazo.

—Un momento. Espere a que el camarada Schmidt se ponga unos guantes y lo abra.

Ahora el que se ponía rojo era Morgenstern:

—Por supuesto, *Oberleutnant*. Le pido disculpas.

Schmidt, con las manos enfundadas en sendos guantes, desdobló el periódico por la página del crucigrama.

Morgenstern se metió las manos debajo de los muslos, puede que para evitar la tentación de tocar la prueba, y examinó la página en cuestión.

—Interesante. Solo quería hacerme una idea de la presión que hacía con el bolígrafo; algo difícil de ver en una foto. Parece un trazo bastante fiero, como hecho con fastidio. Aunque es peligroso

183

atribuirle a alguien rasgos emocionales solo viendo la letra que tiene. ¿Sabemos si esto lo escribió el sospechoso?

Tilsner soltó un resoplido y Müller lo fusiló con la mirada. Le parecía fantástico que su ayudante fuera volviendo poco a poco a ser el de antes después de haberse pasado una temporada en el hospital. Pero para nada quería que el Tilsner más desagradable y más cínico resucitara precisamente delante de un experto traído de la capital del Estado.

—Pues no, no lo sabemos —respondió Müller—. El crucigrama podría haberlo rellenado otra persona para darnos una pista falsa. Pero es algo que nos permite elaborar una hipótesis de trabajo. Lo más probable es que quien escribiera esto... —Imitó el trazo con un dedo en el aire por encima de las letras—, tenga algo que ver con el hombre, o con la mujer, que estamos buscando.

Morgenstern volvió a mover afirmativamente la ursina cabeza:

—Será difícil si no tenemos más que estas letras mayúsculas, pero las es nos pueden ofrecer algo de ayuda. ¿Qué han hecho hasta ahora para recoger muestras de la letra de posibles sospechosos?

—Tenemos un equipo de voluntarios que está juntando periódicos viejos —dijo Tilsner.

—Y ¿les han dicho para qué los quieren?

Müller negó con la rubia cabeza:

—No, porque tenemos instrucciones de que la investigación se mantenga en secreto. El Ministerio para la Seguridad del Estado... —Müller lo dejó ahí, como si con eso bastara para que el grafólogo se hiciera una idea.

—Ah, vale, comprendo. Si le soy sincero, es mejor que la investigación sea secreta. Porque si la persona que tiró el cadáver se enterara de esto, podría poner en serio aprieto sus pesquisas. Buscaría falsificar la letra, cosas por el estilo. Lo que voy a hacer es ver si puedo estudiar cómo se han formado estas letras; el tipo de sutilísimas fuerzas motrices que les han dado vida. Todos tenemos una forma de escribir que es personal e intransferible. Aunque esto

—Morgenstern fijó la vista nuevamente en el crucigrama— es escribir a la antigua. Yo diría que lo ha escrito una persona mayor, quizá un pensionista.

Tilsner frunció el ceño:

—¿Un pensionista? Pero ese no es el típico perfil del secuestrador de niños.

El gigante experto en grafología alzó los hombros:

—Desde luego no es cien por cien seguro. A lo mejor le enseñó a escribir una persona mayor. Un abuelo, quizá. Puede que no fuera a la escuela por algún motivo y recibiera instrucción en casa.

—Pero todo el mundo está escolarizado en la República Democrática Alemana —apuntó Müller.

—Claro, claro —dijo Morgenstern—. Pero nuestra República Democrática tiene… ¿cuánto: un cuarto de siglo o así? Cuando las cosas se pusieron bien feas, al final de la guerra, era muy común que a uno le dieran clase en casa. Y si los padres habían muerto…

—Pues tendría que ser uno de los abuelos el que se pusiera a enseñarle —terminó la frase Schmidt.

—Exacto. —Morgenstern se repantingó en la silla y la madera crujió por el peso—. Pero solo son especulaciones. Lo que sí nos será útil es esto —dijo, señalando con el dedo el crucigrama a medio hacer—. A ver si puedo darles una lista de rasgos de estilo después de examinarlo con más detalle. Como, por ejemplo, el sistema de escritura que la persona siguió para aprender a escribir de pequeño. Y de ahí pasar a los rasgos individuales: en qué se diferencia su letra del sistema aprendido. Aunque tiene toda la pinta de que las es mayúsculas sean un primer paso para nosotros, puede que la solución del enigma esté en otra letra… si es que avanzamos tanto en las investigaciones. Imagino que se hacen cargo de que esto es una labor hercúlea. Sobre todo si, como usted dice, el Ministerio para la Seguridad del Estado les tiene tasadas las líneas de investigación.

Müller suspiró hondo:

—Ya sabemos que no va a ser fácil.

—Está bien eso de recoger periódicos viejos y demás. Pero creo que deberían ir un poco más allá. Investigar en oficinas del Gobierno, hospitales, sitios así. En todos hay registro de documentos escritos. Hasta ustedes, la Policía del Pueblo, tienen que tener muestras de escritura de la gente: quejas, declaraciones, ese tipo de cosas. Lo ideal sería que pudieran obtener una muestra de cómo escribe cada habitante de Halle-Neustadt. Y, claro, cabe la posibilidad de que el secuestrador que están buscando no sea de aquí.

—Y ¿qué sugiere que hagamos en ese caso?

Morgenstern soltó una risa franca que parecía que le salía de algún punto en el voluminoso estómago:

—Pues, mire, no es algo que tenga muy buena prensa en la República Democrática Alemana, *Oberleutnant*, pero la animo a que rece. Es lo mejor, que rece lo que sepa.

29

Después de aquel encuentro con el profesor Morgenstern, Müller tuvo otro, pero este era puramente de recreo: una cita vespertina por fin con el médico del hospital de la Charité de Berlín, Emil Wollenburg. Era la tercera vez que él la había llamado para quedar. Müller dijo que no, alegando motivos de trabajo: rechazó primero una copa con el pretexto de que tenía que ir a Oberhof; y después, la comida que él le propuso como nuevo plan. Si lo dejaba plantado una tercera vez, no creía que le diera una cuarta oportunidad. Dicho lo cual, seguía pareciéndole demasiado pronto. Ni siquiera estaba segura de querer más oportunidades para empezar de cero otra relación.

En vez del restaurante o la copa en un bar, Emil Wollenburg sugirió que fueran al Heidesee, el lago natural, a darse un baño. De camino, Müller pasó por el apartamento en el Complejo Residencial número 6 para coger el bañador. De allí al lago, situado a las afueras de Halle Nietleben, se llegaba enseguida en coche.

Aquella cita le provocaba sentimientos encontrados. Después del turno en el hospital, Emil pasaría por el *Kaufhalle* para comprar el pícnic; y Müller tenía bastante hambre porque se había saltado la comida y desde el desayuno no había ingerido nada, aparte de un par de galletas con el café de media mañana. Y la idea de darse un baño al atardecer —si todavía hacía calor para ello— le parecía sumamente atractiva. De lo que no estaba tan segura era de lo que sentía por Emil Wollenburg. Todo era como demasiado oportuno, había demasiada coincidencia: no la acababa de convencer aquello de que a él lo hubieran trasladado temporalmente al hospital de Halle, justo cuando a ella la mandaron a ocuparse de un caso en Halle-Neustadt. Las sospechas de Müller iban por dos caminos: uno, que el entusiasmo de él le parecía excesivo; y dos, que no se fiaba, igual que no se había fiado nunca de Tilsner. ¿No sería que la estaban vigilando? Y ¿quién, la Stasi? ¿Trabajaría Emil Wollenburg, tal y como había llegado a pensar de Tilsner, para la Stasi, ya fuera oficial o extraoficialmente?

Lo vio antes de que él la viera a ella: estaba apoyado en un lateral del coche, llevaba la camisa desabrochada y le marcaba los músculos. Había algo que Emil Wollenburg despertaba en ella; motivo por el cual, bien sabía, tendría que ir todavía con más cuidado. La recibió con una afectuosa sonrisa de oreja a oreja. Pero ella no sabía si estaría bien tomar la iniciativa y darle un beso, aunque fuera en la mejilla. Al final, optaron los dos por otro apretón de manos; menos mal que no le trituró los huesos, como había hecho el catedrático de grafología unas horas antes.

—No sabía si me ibas a dar plantón —dijo él, echándose a reír.

Müller se puso colorada, como una adolescente; y eso que solo había llegado un cuarto de hora tarde, lo que llegó a recriminarse a sí misma.

—Lo siento, es que ha sido un día muy duro. Y se me ocurrió además pasar por casa para coger el bañador... por si acaso.

—Vaya, pues ahora el que lo siente soy yo, porque había pensado solo en el pícnic —dijo Emil, y señaló con la mirada la cesta que llevaba en una mano—. O sea que no tengo bañador, y no podré ir a nadar contigo.

Müller se limitó a sonreír y alzar los hombros. Tampoco le hubiera importado que fuera del movimiento *Freikörperkultur* y se bañara desnudo. Pero nada más pensarlo, se lo recriminó a sí misma, y dijo simplemente:

—No pasa nada.

—Eso sí, podemos salir a remar. Sigue abierto el embarcadero.

La última vez que un hombre la había llevado en barca fue en el Weisser See, a las afueras de la capital del Estado por su lado norte. Estaban en pleno invierno entonces. Y el que remaba era el coronel de la Stasi Klaus Jäger. Aquello fue una experiencia surrealista, como casi todos los encuentros que tuvo con Jäger. Volver a repetirlo ahora, con ánimo únicamente de pasárselo bien y en un día radiante de verano, tenía su aquel.

Ya fuera por el vino, o por el calor soporífero del verano, Müller dejó que fuera Emil Wollenburg el que hablara por los dos. Le interesaban mucho menos sus palabras que la manera que tenía aquella mandíbula atractiva y bien perfilada de darles forma.

Al parecer, estaba en Halle por pura y simple coincidencia. Fue solo cuestión de suerte que se cruzaran en los pasillos de la Charité. Esa era al menos la versión que sostenía el médico; y Müller vio que le había bajado la guardia. Entonces Emil se inclinó para darle un beso y Müller lo detuvo un instante. ¿Acaso le hacía falta a ella un hombre en su vida? ¿No sería demasiada complicación, sobre todo teniendo en cuenta que el caso en el que estaba trabajando, en una ciudad ajena, llena de bloques de apartamentos fabricados en serie, ya de por sí la deprimía bastante? Aunque, por otra parte, no quería llegar a cumplir los treinta sola y amargada. Gottfried ya era cosa del pasado. Ojalá le fuera muy bien y fuera feliz con su nueva vida al otro lado del Muro. Pero es que ella se merecía también su poco de felicidad. Y Emil Wollenburg parecía el tipo de hombre que podría ofrecérsela.

El piso de Emil estaba en pleno centro de la ciudad de Halle: tenía vistas al monumento a Händel y la plaza del mercado. Allí no habían llegado los bloques de apartamentos, con su reluciente acabado en hormigón. Müller estaba dispuesta a admitir que constituían una forma de progreso, que ofrecían una vida nueva llena de oportunidades a la ciudadanía, pero es que aquellas ciudades alemanas con solera e historia estaban tan bien hechas.

Lo miraba todo llena de admiración desde la ventana de Emil, y entonces sintió que él se le acercaba por detrás: le rozó el cuello su cálido aliento, impregnado más del vino que habían bebido que de la especiada comida. Se acabaron entre los dos una botella de Sekt, luego abrieron otra; y ella ya sentía los efectos de una plácida embriaguez. La rodeó con aquellos brazos poderosos y Müller se dejó caer en ellos, y notó el deseo y las ganas que tenía de ella.

Aunque era su primera cita, parecía lo más normal del mundo irse a la cama juntos. Y no tenía nada que ver con los sórdidos revolcones que se había dado con Tilsner hacía unos meses, de los que se arrepintió al poco tiempo. Bien sabía que de aquello no se arrepentiría. Al principio, solo fueron los besos. Los besos y las cosas que se decían. Sin sentido, la mayoría de las veces; aunque él escuchó con atención lo que ella le contó de su visita a Oberhof, lo mal que había encajado siempre en su familia y la verdad que acababa de descubrir en su último viaje a casa, al bosque de Turingia.

—Ha tenido que ser muy duro —dijo él con un susurro, y la abrazó allí, tal y como estaban, tendidos encima de la colcha.

—¿El qué? —respondió Müller, un poco aturdida por el efecto del alcohol.

—Enterarte de que eres huérfana. Porque eso es, a fin de cuentas, lo que ha pasado. Se muere tu padre y luego descubres que en realidad no era tu padre. Eso, y comprobar que todos los temores que tenías a no encajar con el resto, a ser diferente a los demás, eran ciertos.

Müller guardó silencio unos instantes. Pensó en la joven de la fotografía y en el bebé envuelto con una toquilla. Aquella joven era su madre. Y el bebé era ella. ¿Vivía la joven todavía en alguna parte? Y en caso afirmativo, ¿dónde? Y ¿quién era el padre? Por la época en la que fue concebida, justo al final de la guerra, pudo tratarse de algún miembro de las fuerzas de liberación: o sea, que puede que ni siquiera fuese alemán.

—Te has quedado muy callada —dijo Emil, y le acarició la mejilla. Ella entonces le cogió la mano un instante y se la besó.

Cuando estaban a punto de hacerlo, él se detuvo y le preguntó si tenía que ponerse un condón.

Ella negó con la cabeza; porque no creía que pudiera hablar, explicárselo con palabras. El mero hecho de que se lo preguntara le traspasó el corazón: le trajo a la memoria recuerdos de Pawlitzki, del aborto de mellizos que tuvo; recuerdos del paquete de condones que no les hacía ninguna falta pero que Gottfried guardaba en lo alto del armario. No le hacían falta para hacerlo con ella, claro; porque todos los ginecólogos a los que acudió a lo largo de los años, todas las segundas opiniones que pidió, le decían lo mismo: que no podría concebir un hijo después de lo sucedido en la academia de policía. O sea que nunca supo para qué quería Gottfried los condones; y ahora, jamás lo sabría. Aunque en realidad bien poco importaba ya.

Lo único que sabía era que estaba preparada. Preparada para que Emil Wollenburg entrara dentro de ella. Preparada de nuevo para el amor.

30

Dos meses más tarde.
Septiembre de 1975.

Aquello le recordaba los viejos tiempos; cuando Tilsner y ella se olían una pista nueva. Aunque ahora esa pista los llevaba derechos al sitio que ella consideraba su hogar. Sobre todo después de enterarse de que el de Oberhof había sido solo un hogar de adopción. Los viejos tiempos: Tilsner y ella, los dos en un Wartburg sin distintivo policial, enfilando hacia Berlín por la autopista mientras llovía con fuerza y las rachas de gotas golpeaban contra el parabrisas. Casi no se veía nada con el agua que salpicaba de las ruedas de todos los camiones que llevaban y traían mercancías a la capital del Estado.

Como en los viejos tiempos. Aunque la vida le había cambiado a Müller. Las investigaciones en Halle-Neustadt estaban prácticamente en punto muerto; motivo por el cual tener acceso a aquella información que los llevaba de vuelta al norte les daba una nueva esperanza. En nada había quedado el descubrimiento del crucigrama por parte de Schmidt; y lo que aportó el catedrático de grafología también se lo llevó el aire. Todo fue flor de un día que dejó en la atmósfera cargada de la sala de operaciones una nube de pesimismo y desaliento. Maddelena seguía sin aparecer; su captor

192

todavía andaba por ahí. El único rayo de esperanza apareció entre las manos del equipo de la Stasi que trabajaba bajo la supervisión de Tilsner: los hombres que comprobaban una a una las muestras de letra recogidas por los distintos grupos de Pioneros y demás voluntarios. El puñado de gente que escribía la «e» mayúscula como las que aparecían en el periódico utilizado para envolver el cuerpo de Karsten les condujo a un callejón sin salida: eran todos ciudadanos con una coartada a prueba de fuego; o pensionistas que no tenían relación alguna con bebés ni motivos para quedarse con dos de ellos.

Sentada en el asiento del copiloto, Müller miró a Tilsner, quien le devolvió la mirada un instante, le sonrió y pasó a centrar de nuevo toda su atención en la carretera. Ella supo, desde aquella noche que pasaron juntos en el Harz, que no tenían futuro como pareja. Aunque él llegara a plantearse poner en serio aprieto su propio matrimonio, pasar por alto los sentimientos de su mujer y sus hijos, ella no estaba dispuesta a seguirlo en eso. Además, Müller había empezado algo con otra persona. Y era una relación que la alimentaba por dentro, la hacía sentir un calor nuevo naciéndole en las entrañas. Tan solo con evocar la cara de Emil allí mismo, la mandíbula perfecta, que se parecía un poco a la de Tilsner, solo que tenía por lo poco diez años menos, sentía escalofríos por todo el cuerpo. En eso le había cambiado la vida. Y aunque las pesquisas policiales no fueran a ninguna parte, al menos habían servido para que Emil y ella coincidieran en la zona de Halle, al haber sido enviados simultáneamente allí por un tiempo, gracias a una feliz coincidencia.

—¿En qué piensas? —preguntó Tilsner.

—En nada en particular —mintió Müller—. Solo me preguntaba cómo es que nos han dejado venir a Berlín a ti y a mí, así, como si tal cosa, para seguirle el rastro a esta nueva pista. Yo pensaba que Reiniger te había dejado salir de la capital del Estado con la prohibición expresa de que te limitaras a trabajar desde el despacho, para cotejar muestras de letras.

—Pues para eso no hacía falta un detective. Además, se me hace raro trabajar con los de la Stasi. —Le sonrió y tiró un poco de la manga de la chaqueta, sin apartar esa mano del volante. Aunque les llegaba una escasa luz de fuera del habitáculo, el reloj caro que llevaba en la muñeca seguía brillando.

—No tienes que convencerme de nada, Werner. Me gusta trabajar contigo, no me importa tu filiación política. —Mientras lo decía, lo miró fijamente, a los ojos; pero él le dedicó una sonrisa de satisfacción y volvió a encarar la carretera.

Müller intentó convencer a Reiniger y a la Policía del Pueblo de Halle para que dejaran que Schmidt los acompañara. Algo preocupaba al forense, y pensó que un viaje de vuelta a Berlín serviría para animarlo. Mas, cuando le preguntó qué era, Schmidt le quitó importancia y dijo que no era más que un asunto familiar: los problemas que tienen siempre los chicos cuando llega la adolescencia. Eso le recordó a Müller el tipo de problemas que suelen tener las familias en el día a día. Y ese recuerdo funcionó, a su vez, como un golpe recibido en el estómago: porque si Emil y ella tenían futuro como pareja, lo que no tendrían serían niños.

—*Scheisse!* —exclamó Tilsner para hacerse oír por encima del motor del Wartburg, mientras pasaba la mano por el interior del parabrisas para quitar el vaho—. ¿No se supone que en septiembre estamos todavía en verano? Esto me recuerda el día aquel que salimos en coche rumbo al Harz. —Müller sacó un paño de la guantera y empezó a limpiar la condensación del cristal que producía un tiempo fuera de lugar, frío y húmedo.

Lo que llevaba a los dos detectives de vuelta a la capital del Estado eran unas obras en el entorno del nuevo Palacio de la República, la flamante nueva sede de Gobierno para los grandes dignatarios del país: un edificio que tenía que ser inaugurado en apenas unos meses. Entre otras cosas, los obreros hallaron un billete de autobús de Halle-Neustadt que databa de 1967. Nada fuera de lo normal si solo hubiera sido eso; nimio detalle para tener que molestar a una brigada de la Policía del Pueblo. Pero la razón por la que la detective de la *Kripo Oberleutnant* Karin Müller y su segundo, *Unterleutnant* Werner Tilsner, fueron llamados a escena fue lo que encontraron con el billete de autobús, en la bodega de uno de los edificios dañados por la guerra que estaban demoliendo como parte del proyecto de construcción del Palacio de la República: uno al lado del otro, con los dedos entrelazados para dar la impresión de que se cogían de la manita, hallaron los esqueletos completos de dos bebés.

31

Ocho años antes.
Septiembre de 1967, Berlín Oriental.

No hago más que darle la lista de nombres a Hansi y ya me siento una traidora. Traidora a mi propio género; a las mujeres que estaban en condiciones de ser madres: ese estado dichoso en el que yo siempre quise estar. Y en el que estuve, en una ocasión; pero que fue interrumpido. De hecho, no una, sino dos veces. Y es eso precisamente lo que no entiendo: cuando mujeres como yo tienen tantas ganas de tenerlo, hasta el punto casi del dolor físico, de la renuncia al propio cuerpo casi, ¿cómo puede haber otras que se deshagan de esa vida? Pues, por eso mismo, me siento una traidora.

Hansi me sonríe, mira casi con ojos amorosos la lista que le entrego. Ojalá me mirara así más a menudo.

—Bien hecho, Franzi. —Me acaricia el pelo, como quien acaricia a un chucho—. Qué bien estás en esa clínica. Parece que vuelves a ser la misma de antes.

Le sonrío. Pero, por dentro, me dan ganas de llorar. Odio con toda mi alma cada día que paso allí. Es como una fábrica: una fábrica de muerte. Los instrumentos de la muerte son los fórceps y la legra que le alcanzo día a día al doctor Rothstein, y a los que él da buen uso, con una precisión y una devastación sin límites.

32

Ocho años después.
Septiembre de 1975.

Así los hallaron Müller y Tilsner: con los huesos de los dedos entrelazados. Y eso no podía haber sido un accidente, pensó Müller. Y sintió que un temblor le recorría la columna vertebral. Porque había algo en aquel sitio; algo que, a pesar de las obras de demolición y los nuevos cimientos, le resultaba conocido. Y allí, cubiertos por una tienda de lona en la zona acordonada, estaban los dos esqueletos idénticos de bebé, uno al lado del otro. Los habían dejado tal y como los encontraron, para que Müller los pudiera ver *in situ*: y todo porque habían aparecido con un billete de autobús de Halle-Neustadt, y eso podía vincularlos al caso.

Aunque había otra cosa que le resultaba conocida allí, cerca de Marx-Engels-Platz, al lado de la sede de la *Kripo* en la que trabajó. Tuvo la sensación de haberlo vivido todo antes; y fue como una súbita revelación que le dio un ataque de náuseas, algo que le comprimía el estómago. No, más hondo aún: el útero. Le vinieron todas aquellas imágenes a la mente. Vio a Pawlitzki, con la cara destrozada, y la fetidez de su aliento, cómo la penetraba y a qué acabó llevando todo: a allí mismo. A la clínica de abortos ilegal que regentaba aquel curandero, Rothstein. Müller no había tenido más

197

opciones desde el momento en el que decidió que no iba a dar a luz a los hijos de un violador. Los abortos habían sido legalizados en la República Democrática Alemana hacía apenas tres años; y solo hasta las doce semanas de gestación. O sea que tampoco habría podido ser legal el suyo, pues lo decidió cuando ya llevaba más semanas embarazada. No le había quedado otra alternativa que la susodicha clínica de Rothstein, que no era más que aquel sótano, en realidad: en los bajos de un edificio bombardeado, demolido ahora para dar cabida al flamante Palacio de la República.

—¿Te encuentras bien, Karin? —le susurró Tilsner. Y vio por una vez que la preocupación que le embargaba la voz no era fingida. Müller se dio cuenta de que llevaba un rato allí parada, mirando al suelo; haciendo todo lo posible por no vomitar. Era la segunda vez en tan solo una semana que sentía náuseas. La primera, pensó que tenía algún virus. Y ahora…

Movió la cabeza de un lado a otro, y el cuello y la espalda, para espantar lejos de sí aquellas imágenes.

—Sí, sí, estoy bien. Perdóname, tenía la cabeza en otra parte. Es que impresiona ver esto, ¿no? —Buscó con la mirada al forense al que le habían asignado el caso. Era joven, tenía cierta frescura en la cara, como si acabara de salir de la facultad—. ¿Sabemos cuánto tiempo tienen? ¿Y cuánto llevan aquí?

—Pues la verdad es que no queríamos tocar nada hasta que no llegara usted, camarada *Oberleutnant*. Lo que sí hemos hecho es tomar muestras para analizarlas. Calculo que datan aproximadamente de la misma fecha que aparece en el billete de autobús hallado al lado.

—¿Hablamos de 1967? ¿Hace ocho años?

—En efecto, aproximadamente, esa sería la fecha. —El de la Policía Científica movió afirmativamente la cabeza, coronada por una mata de pelo castaño y crespo.

Müller sintió cierto alivio. Porque por un momento pensó que podrían ser sus bebés. Los mellizos que ella había abortado. Allí tirados; o, más bien, allí dispuestos en una postura extraña. Sabía que no podía darse el caso. Habría sido demasiada coincidencia. Además, la última vez que acudió allí fue por lo menos dos años antes de que abandonaran los cuerpos de aquellas dos criaturas. Pero solo pensar que Rothstein y su equipo habían seguido en activo le ponía la piel de gallina.

—¿Sabe lo que era este sitio, camarada *Kriminaltechniker*?

—Pues… más o menos —dijo el joven forense—. Era parte de un edificio semiderruido, destrozado por las bombas en la guerra.

—Sí, pero hay más —dijo Müller—. Era una clínica clandestina de abortos.

—*Scheisse* —dijo Tilsner—. ¿Estás segura de eso?

Su ayudante la miró a los ojos, empañados en lágrimas, pues Müller se estaba tragando las ganas de echarse a llorar. Tilsner comprendió solo entonces que aquello la afectaba especialmente, y se excusó con un susurro por el exabrupto. Acto seguido, le hizo al de la Científica la pregunta que sabía que Müller no lograría formular:

—¿O sea que son bebés abortados? Y por lo tanto no tendrán nada que ver con la investigación de Halle-Neustadt. Más que eso: ni siquiera es asunto de la *Kriminalpolizei*, ¿no?

Pero antes incluso de que Tilsner acabara de hablar, ya vio Müller que el forense negaba con la cabeza.

—No, no —dijo—. El patólogo ya lo ha confirmado. Por eso los llamamos a ustedes a Ha-Neu. —Se agachó y señaló con el dedo el cráneo de uno de los bebés—. ¿No ven ahí, en lo alto de la cabeza, la fontanela? Es la parte blanda, una membrana que se osifica con el tiempo; aunque en este caso se ha descompuesto con el resto, y ha dejado ese orificio. Y eso quiere decir que no fue un aborto: que cuando murieron, o cuando los mataron, tenían ya tres meses de edad.

Müller querría haber discutido los detalles del caso con Tilsner delante de una copa, al acabar el trabajo; pero después de pasar aquella temporada en el hospital, parecía que se había vuelto un hombre formal y familiar, y había vuelto con su mujer y sus hijos al apartamento de Prenzlauer Berg. Así que departieron brevemente en el despacho de Müller en Keibelstrasse, y luego se fue cada uno a su casa. En el caso de la *Oberleutnant*, al piso de Schönhauser Allee.

El agente de la Policía Científica analizaría el billete de autobús y hasta los esqueletos de los bebés, para ver si quedaba alguna huella digital de quienquiera que dejara allí los cuerpos; pero Müller estaba convencida de que nada sacarían en claro de esto último. Tenía puestas todas sus esperanzas en el billete de autobús: de sus tiempos de estudiante en la academia de policía, sabía que las huellas podían durar décadas en el papel, siempre y cuando no hubiera humedad. Desgraciadamente, un sótano en un edificio en ruinas no era precisamente el mejor lugar para preservarlas. Aunque sí podían tirar del hilo de la fecha y los esqueletos. Müller ya había llamado a Wiedemann —quien se mostró con ganas de ayudar, para su sorpresa, pues ella lo creía próximo a Malkus y Janowitz—, dándole instrucciones para que mirara, uno a uno si hacía falta, los registros que tenía de Halle-Neustadt y de la ciudad de Halle, buscando denuncias de bebés desaparecidos en el periodo en cuestión. También había que buscar lo que tuvieran del doctor Rothstein. Cabía la posibilidad de que, además de hacer que desaparecieran los fetos de las madres que no querían serlo, Rothstein estuviera implicado en algo mucho más siniestro: la desaparición de bebés no deseados. No le apetecía mucho a Müller llevar muy a fondo las investigaciones en ese frente; ya intentaría que cualquier interrogatorio corriera a cargo de Tilsner, o de otro agente. No quería tener que pasar otra vez por aquella visita suya a la «clínica».

Lo que hizo a continuación era en realidad secuela de aquella primera visita de hacía ya muchos años: un acto casi involuntario. Nada más llegar al apartamento, fue al dormitorio y abrió la puerta. Un olor a moho y humedad la golpeó en pleno rostro. Hacía semanas que nadie vivía allí, y todos los defectos del viejo edificio habían salido a la luz con renovada fuerza. Müller hizo por olvidarse del olor y, respondiendo a un impulso mecánico, se vio a sí misma cruzar derecha hacia el armario, como un robot. Una vez allí, arrimó una silla, se subió, y estuvo palpando en la parte superior del armario hasta que encontró la llave; aunque no hiciera ya falta esconderla, pues Gottfried hacía tiempo que no vivía allí.

Llave en mano, abrió el cajón y tiró de él. Allí seguían los dos conjuntitos de ropa de bebé. La misma ropita que tenía preparada para ellos, en caso de que su vida no hubiera quedado interrumpida en la clínica Rothstein. Por esta vez, Müller se conformó con mirar la ropa unos instantes y enseguida volvió a cerrar el cajón. Como si no se atreviera a tocarla después de tanto tiempo.

Se dejó caer a los pies de la cama y sintió que la invadía todo el cansancio de las últimas semanas. Metió la mano en el bolsillo de la chaqueta y sacó la caja de metal que le había dado Rosamund Müller: aquella caja que constituía el único vínculo con su linaje verdadero. Abrió la tapa y sacó la fotografía. ¿Y si aquella joven, la chica sin nombre que ella suponía que era su madre biológica, se hubiera querido deshacer del bebé que acunaba en brazos? No tenía pinta de ser capaz de ello. Solo había que ver la mirada amorosa que dirigía a la niña.

Y cuando se paró a pensar que quizá aquella chica de la foto había luchado para quedarse con ella, mientras que Müller se había deshecho de sus propios hijos, eso le produjo un ataque de náuseas. Se llevó la mano a la boca y salió corriendo al cuarto de baño, mientras le escocían los ojos llenos de lágrimas.

Apenas había pasado media hora y Müller ya estaba sentada en el sofá del salón, café en mano, haciendo lo posible por calmarse, cuando el timbre chirriante del teléfono la arrancó de sus pensamientos.

Se llevó el auricular al oído y reconoció en el acto la voz de Eschler:

—Tienen que volver los dos a Ha-Neu inmediatamente, Karin. Hemos encontrado a Maddelena.

A Müller se le formaron en la cabeza las imágenes de la cara de la niña, de repente, como si las viera superpuestas sobre el torso sin vida y magullado de su hermano mellizo. No sabía si sería capaz de darles la noticia a los padres.

—¿Dónde hallaron el cadáver? —preguntó.

—¡No, no: no me ha entendido bien! —gritó Eschler desde el otro lado de la línea, y le llegó la voz del capitán entre chisporroteos—. Que está viva… y a salvo… y se encuentra bien.

33

Seis meses antes: marzo de 1975.
Komplex VIII, Halle-Neustadt.

He de decir que me ha quedado una sensación agridulce al verme de vuelta en Halle-Neustadt. No puedo dejar de pensar en Stefi. Supongo que yo ya lo intuía, que si volvía aquí me pondría muy triste. Quise convencer a Hansi de que a lo mejor no era buena idea. Porque me revolvería toda por dentro. Pero Hansi dice que el Ministerio lo quiere aquí; que tendrá que volver a su antiguo puesto en la planta química de Leuna. Y, además de eso, está metido de lleno en los preparativos de algo grande que se prepara en Ha-Neu. Pero no me quiere decir qué es.

Claro, que no han podido darnos el mismo piso que teníamos antes; porque se lo habían asignado ya a otra familia más joven. Pero Hansi consiguió uno de dos habitaciones muy bonito, apartado del centro de Ha-Neu, cerca del Ministerio, para cuando tenga que ir por allí. Es un último piso y da al norte, o sea que no es tan soleado como a mí me gustaría. Aunque me encanta asomarme a la ventana y ver las vistas. A la izquierda tenemos el brezal de Dölauer, y se ve un trozo del Heidesee. Me hubiera encantado llevar allí a Stefi; pero no estaba de Dios. Y por el otro lado, la vista llega hasta el Saale y la isla Peissnitz. El otro día vi el trenecito, que pasó resoplando por la ribera del río. A Stefi le habría encantado. La llevaba allí en el carrito a veces, ya sabes, cuando no paraba de llorar.

Hansi me nota triste. Él sabe lo que quiero; pero es que no nos ha ido muy bien que digamos sobre ese particular. No sé si tendrá que ver con la edad; el caso es que, a veces, ¿cómo es esa frase que dicen?, se le acaba el carrete. Yo lo trato con ternura; hago todo lo posible para no presionarle más. Pero no son solo los hombres los que tienen necesidades que satisfacer, ¿sabes? A las mujeres también nos entran las ganas.

Llevamos un tiempo intentándolo: queremos encargar otro pequeñín. Pero hemos de ir con cuidado. La última vez que habló con el médico le dijo que yo no tenía bien la circulación. Y que si me quedase embarazada otra vez, me tendría que mandar pastillas. Porque, si no, la presión del vientre, al hincharse, podría obstaculizar las venas y no me llegaría la sangre al cerebro, y sufriría desmayos. Le pregunté a Hansi si creía que era demasiado mayor, porque los cuarenta ya no los cumplo. Si creía que sería arriesgado. Pero él dice que todo va a salir bien, aunque tardemos, y que tampoco me haga demasiadas ilusiones. Aunque, ahora que lo pienso, no me ha vuelto a venir la salsa de fresa. Será por la edad.

¡Madre del amor hermoso! No te lo vas a creer. Es que no te lo vas a creer. ¿Te acuerdas de que te dije que no me había vuelto a venir la salsa de fresa? Yo pensaba que sería la edad; o sea, que no me hacía demasiadas ilusiones cuando Hansi dijo que fuéramos a por otro niño. Llegué a pensar que me había venido la menopausia antes de tiempo. Pues el caso es que Hansi dijo que teníamos que ir a ver a ese médico amigo suyo para que me hiciera un chequeo.

Es el mismo médico de antes, el que me trató cuando me llevé aquel disgusto con lo de Stefi. Es muy bueno, muy amable, y Hansi y él son uña y carne; y no te creas, que me alegro un montón, porque a veces Hansi no tiene muchos amigos. Yo tampoco, claro. Pero bueno, el caso es que el notición que nos ha dado el médico es… ¡que ya estoy embarazada! Es igual que la otra vez, no se me nota mucho porque, bueno, pues como ya te dije, soy grandota. El caso es que me he hecho un lío con las pérdidas, porque, como dije también, Hansi tenía problemas sobre ese particular los últimos meses que pasamos en Berlín. Yo creo que por todas las cosas que tenía en la cabeza. Y a mí, claro, eso me afectaba. Y como estoy menos gordita, pues todavía tengo mis admiradores. Entre ellos, ese camarero nuevo que había este año en el chiringuito de la playa del Weisser See. Un joven así como exótico, y muy guapo. Y todo un seductor, te lo digo yo. Me parece que era un estudiante extranjero, uno de esos llegados de los países socialistas de Asia que tienen buenas relaciones con nosotros; y que echaba una mano en el bar para sacarse un dinerillo. Desde luego, yo me resistí al principio cuando empezó a interesarse por mí. Pero es que insistía mucho. Y, además, te voy a contar un secreto, besaba de maravilla. Pues, hala, ya lo he dicho todo. Y me siento mejor, más aliviada, al contarlo. Pero eso no será, ¿no? ¿Cómo te vas a quedar embarazada por unos besos y unos arrumacos? Si lo hicimos una sola vez, a finales de septiembre, y yo me sentí fatal después. Por serle infiel al pobre Hansi. Tendré que tener mucho cuidado para que no se entere nunca.

34

Seis meses más tarde: septiembre de 1975.
Halle-Neustadt.

En vez de volver derechos a la sala de operaciones, Müller y Tilsner aparcaron el Wartburg en la parte de atrás del bloque de los Salzmann y entraron en el portal del *Ypsilon Hochhaus*, aquel edificio que parecía una toalla de baño a rayas. Tilsner llamó al ascensor. Se habían dicho más bien poco en el camino de vuelta desde Berlín; y bien poco se decían ahora, mientras el ascensor los llevaba como en volandas hasta la décima planta, donde vivían los Salzmann. Müller sabía que no hacía falta hablar con Tilsner para que este se percatara de sus temores: tenía miedo a que el giro repentino de los acontecimientos acabara siendo más un obstáculo para las investigaciones que un avance significativo en el caso asignado a la *Kriminalpolizei*.

Müller pulsó el timbre del apartamento 1024 y el sonido quedó prácticamente apagado por el llanto de un bebé; ruido que incrementó su volumen cuando Reinhard Salzmann abrió la cadena para dejarlos pasar. El hombre había perdido aquella crispación del rostro que lucía siempre antes; y, en su lugar, tenía estampada en la cara una sonrisa que no se borraba casi nunca.

—Sabía que vendría usted por aquí en cualquier momento —dijo el padre de Maddelena—. El que lo ha llevado todo ha sido su colega, *Hauptmann* Eschler. Pero mejor pasen, que los llevo a ver a la pequeña.

Müller y Tilsner siguieron a Salzmann hasta el punto del que provenía el llanto del bebé: la sala de estar del apartamento.

Klara Salzmann estaba sentada en el sofá de pana verde, con la cabeza gacha y una expresión de orgullo materno dibujada en el rostro. Alzó la vista hacia los dos detectives, y a Müller la sorprendió nada más verla el cambio que había experimentado aquella mujer a la que recogió del jardín de infancia del *Komplex VIII*, presa de la desesperación. Ahí estaba el gozo de ser madre, los cambios que operaba en una. Müller quería hacerse partícipe de la euforia de la mujer; y sabía que debería alegrarse por ella. Mas, en vez de eso, lo que sintió fue vacío, desesperación, un ataque agudo de celos que llegó a embargarla por completo, de forma tremendamente física, ocupando por entero lo poco que le quedaba de útero después de haber abortado; hasta tal punto, que le entraron ganas de vomitar. Fue idéntica sensación de mareo a la que sintió en el sótano derruido de la clínica clandestina en Berlín. Aquella mujer tenía en brazos lo que Müller tanto había querido; algo que ya siempre le sería negado. Hizo lo que pudo por quitarse esa idea de la cabeza, mas todo intento fue en vano.

Porque allí, acunada en brazos de la madre, ejercitando las cuerdas vocales a todo pulmón hasta casi dejarlos sordos, estaba la niña que con tanto ahínco habían estado buscando: con los picudos rasgos bien perfilados, desmintiendo las tesis de *Wachtmeister* Fernbach hacía unos meses, aquello de que todos los bebés eran iguales.

—Es preciosa, ¿verdad? —dijo Klara.

—Por lo menos buenos pulmones sí que tiene —respondió Tilsner.

La propia Müller no dijo nada al principio; intentaba encajar aquel giro tan inesperado de los acontecimientos. Tanto Tilsner como ella tuvieron todo el viaje de vuelta desde Berlín para formularse una teoría detrás de otra. Pero nada de lo que se les había pasado por la cabeza acababa de encajar con aquello. Müller hizo lo que pudo por esbozar una sonrisa, por hacer suya la alegría ajena. Gottfried había hablado de eso cuando empezó a ir a reuniones en la iglesia; unas reuniones que, vistas desde la distancia, no tenían nada que ver con la religión. Pero esa frase, «hacer nuestra la alegría ajena», se le había quedado grabada a Müller desde entonces. Según su exmarido, tenía origen en el budismo. Y era lo opuesto a la *Schadenfreude*, el alegrarse del mal ajeno. Pero, por mucho que lo intentaba, Müller no lograba contagiarse de ella. Porque había algo que parecía forzado en aquella escena de familia feliz. Aunque lo mismo pasaba con todas las pesquisas sobre el caso: que no hacían más que dar vueltas, al parecer, en torno a un secreto de dimensiones colosales que alguien estaba guardando. Así había que entender el celo de la Stasi por impedir una investigación como Dios manda. La insistencia de Janowitz en ponerles palos en las ruedas. Y ahora eso: la aparición milagrosa del bebé desaparecido.

Sacó la libreta y le dio al botón del bolígrafo para sacar la punta.

—¿Puede contarme otra vez, Frau Salzmann, exactamente cómo y dónde fue encontrada Maddelena?

—Pues, es que ya me han tomado declaración —respondió la mujer. Maddelena dejó de llorar: Klara le estaba dando el biberón.

—Fue *Hauptmann* Eschler —añadió el marido—. Se mostró muy comprensivo con nosotros, y nos prestó una gran ayuda. —Lo que venía a decir, si una leía entre líneas aquellas palabras de Reinhard Salzmann, que Müller, con tanta insistencia en que le repitieran todo, estaba siendo de bien poca ayuda.

Müller sonrió de nuevo; intentando parecer sincera, aunque no lo era. Y notó que los Salzmann se dieron cuenta.

—Lo que pasa es que la oficial al mando del caso soy yo, y me gustaría volver a oír de su boca todos los detalles. Además… —Alzó la vista y la fijó en el aparador, en las fotografías de los mellizos cuando estaban en el hospital: Maddelena en brazos de Klara; y Karsten, en los de Reinhard. Entonces volvió a mirar a Frau Salzmann, con toda la intención—. Todavía queda por dilucidar quién mató a su hijo. Y estamos dispuestos a averiguarlo, y a llevar a quien sea delante de la justicia.

Una sombra enturbió la mirada de Klara.

—También nosotros queremos que se aclare eso —insistió la mujer, con la voz quebrada—. Faltaría más. Pero es que haber recuperado a Maddelena es algo... Es algo a lo que aferrarnos.

—Es maravilloso que pueda estrecharla otra vez entre sus brazos, sana y salva —dijo Müller. «Maravilloso, pero bastante sospechoso», añadió para sus adentros.

—No obstante —dijo Tilsner—. Tienen que responder a nuestras preguntas. Aunque les parezca que ya han pasado por esto. Así que vuelvan a contarnos a la *Oberleutnant* Müller y a mí lo que le dijeron al *Hauptmann*. Y si pudieran recordar algún detalle que se les pasó antes, sería fantástico. Porque a lo mejor es ese pequeño detalle, un paso en falso que haya dado el captor de Maddelena y Karsten, lo que nos ayuda a atraparlo... a él o a ella... O a ellos, si fue una pareja.

Según decía eso Tilsner, Müller se dio cuenta de que Reinhard Salzmann y su mujer intercambiaban una mirada de cautela. Y, mientras, el bebé recién hallado seguía chupa que te chupa del biberón que le daba la madre.

A Maddelena la habían dejado a la puerta de los Salzmann el día anterior, entrada ya la noche. Le habían puesto el chupete para que no llorara.

—¿Vieron a la persona o personas que la dejaron allí? —preguntó Müller.

—No. Solo nos enteramos porque los vecinos la vieron al volver del teatro y llamaron a la puerta —respondió Klara. O sea que tenían testigos, pensó Müller. Pero ¿y si los culpables fueran en realidad los Salzmann? ¿Y si, por la razón que fuera, al volver a casa en julio con Maddelena y Karsten, algo malo le pasó a Karsten y, con el fin de desviar la atención, fingieron la desaparición de Maddelena, dando a entender que los dos mellizos habían sido secuestrados? A lo mejor lo de tirar el cuerpo de Karsten dentro de la maleta había sido cosa suya: puede que fuera un montaje para apuntar a algún motivo más siniestro. A Müller se le agolpaban en la mente todas aquellas ideas y hacía por poner cara de normalidad, como si tal cosa.

—Y, al parecer, ¿habían cuidado bien de ella? —preguntó Tilsner—. Porque no se la veía angustiada ni nada parecido, ¿no?

Reinhard Salzmann se rio con ganas:

—Mírela cómo come. ¿Le parece a usted angustiada? Yo diría que la cuidaron muy bien. ¿No te parece, *Liebling*?

Su mujer asintió rápidamente con la cabeza:

—Llamamos a la Policía del Pueblo en el acto; y al hospital. Mandaron a alguien en cuestión de minutos para que le hiciera un chequeo. Su *Hauptmann* Eschler se llevó la toquilla con la que la dejaron envuelta, y el moisés. También le di la ropa que traía puesta, y el chupete.

—¿Oyeron los vecinos algo fuera de lo común, vieron algo? —preguntó Müller.

Frau Salzmann alzó los hombros, haciendo todo lo posible por que el leve gesto no alterara a Maddelena.

—Es que no hemos tenido ocasión de preguntar a nadie. Suponíamos que eso era cosa de la Policía.

Tilsner se pasó la mano por la barba de tres días que le orlaba el mentón:

—Y cuando los vecinos llamaron a la puerta, ¿estaban ustedes dos en casa?

Hubo una breve pausa antes de que Frau Salzmann dijera nada. Müller creyó ver que la pareja intercambiaba una mirada significativa. «¿Acaso todo esto no es más que una historia inventada? ¿Están los dos en el ajo?», pensó.

—Sí, sí, estábamos los dos en casa. Si le soy sincera, llevamos tanto tiempo pegados al teléfono noche tras noche, con la esperanza de que llamase alguien.

—Entonces —dijo Müller, soltando un suspiro—. ¿Tienen idea de quién puede estar detrás de esto? ¿Tienen ustedes enemigos? ¿Alguien se mostró celoso de usted mientras estuvo embarazada, Frau Salzmann, o cuando se enteraron de que había tenido mellizos?

La mujer dirigió a Müller una mirada inexpresiva, casi como si le costara concentrarse para dar con la respuesta. Luego Müller comprendió que Frau Salzmann no la miraba a ella, sino que tenía la vista puesta en el aparador que había detrás. Le siguió la mirada, vio que la tenía fija en la foto de su marido, con Karsten en brazos, en el hospital. A estas alturas, ya sabían que Karsten fue el que nació más débil; el que más preocupaba al personal médico del hospital. Casi con toda seguridad, esa fue la razón de que no sobreviviera al secuestro, a diferencia de Maddelena.

Frau Salzmann miró a Müller a los ojos. Y la detective vio claramente que, por primera vez desde que entraron por la puerta –quién sabe si desde que dejaron a Maddelena en esa misma puerta–, la madre pensaba en el bebé muerto, no en la hija que tenía viva entre los brazos.

La mujer sofocó un pequeño sollozo y, cuando habló, entonó las palabras con un poso de indignación:

—Ustedes pongan buen cuidado en encontrar al que haya hecho esto, *Oberleutnant*, se lo ruego. Quienquiera que causara la muerte de mi hijo merece su castigo, por mucho que intentaran salvarlo en vano, según la autopsia. Eso no nos devolverá a nuestro hijo, pero nos servirá al menos de consuelo.

35

Müller no pudo evitar llevarse un pequeño chasco con la reaparición de Maddelena. Era una sensación perversa, lo sabía. Porque, para los padres, había sucedido algo parecido a un pequeño milagro: casi no había precedentes de un bebé prematuro raptado que apareciera sano y salvo. Sobre todo, teniendo en cuenta la suerte que había corrido Karsten. Müller quería participar de ese júbilo, pero sospechaba que esa imagen de familia reunida era poco más que pura fachada. Por mucho que hubieran recuperado a uno de sus bebés, había algo que no encajaba en el matrimonio Salzmann. Algo que no pegaba ni con cola.

Además, le preocupaba que sus jefes de la Policía del Pueblo dijeran que ya no había caso alguno que investigar, y punto. O ellos, o los gerifaltes del Ministerio para la Seguridad del Estado, ante los que se doblegaban. Y eso no era cierto, bien lo sabía. Alguien se había llevado a los dos mellizos; y, como consecuencia, uno de ellos había muerto. Quien fuera ese alguien debía responder por ello ante la justicia. Pero allí sentados, en la sala de operaciones, mientras esperaban a que empezara una reunión convocada por la Policía del Pueblo de Halle, tanto Müller como Tilsner sabían que lo más probable era que los mandaran de vuelta a la capital del Estado, y que archivaran el caso. Que Janowitz acabara saliéndose con la suya. Para Müller, todo se complicaba más, porque ¿qué pasaría con la relación que mantenía con Emil? No quería separarse de él; y la casualidad que los había unido en la zona de Halle puede que no volviera a repetirse en la capital del Estado. Si la mandaban de vuelta a Berlín, estaría sola. Y tendría que hacer aquellos trabajillos de mierda en Keibelstrasse de los que había salido huyendo hacía bien poco.

Se quedó mirando a Tilsner, que hacía garabatos en la libreta y miraba al vacío. Él notó que detenía la vista en él y entornó los ojos; luego señaló la puerta abierta de la sala.

—Ojo —dijo con un susurro—, que se avecinan problemas.

Vestido de uniforme, vieron venir por el pasillo al coronel de la Policía del Pueblo de Halle, *Oberst* Dieter Frenzel, que le decía algo muy gracioso al comandante Malkus, de la Stasi, mientras se reían los dos. Müller todavía no conocía al primero de ellos, pues, por el momento, su superior en la zona se había contentado con dejar que se las apañara ella sola; muy posiblemente, molesto porque las altas instancias no habían permitido que fueran sus hombres de la *Kripo* los que investigaran el caso de los mellizos Salzmann. Eschler hablaba muy bien de él, pero hasta ahí llegaba todo el conocimiento que Müller tenía de Frenzel.

—Ah, camaradas —dijo con un vozarrón, nada más entrar en la sala y hacer un gesto que lo llevó a juntar ambas manos en un sonoro palmetazo—. Lo de la niña son magníficas noticias, imagino que estarán de acuerdo conmigo. —Paseó la mirada en derredor y pasó revista a todos los presentes: además de Müller y Tilsner, estaban allí Eschler y sus hombres, Wiedemann, el encargado del archivo, y, como no podía ser menos, Malkus y su ubicuo adlátere, Janowitz—. Aunque es posible que encontrarla fuera un hecho fortuito, me gustaría, no obstante, darles las gracias por persistir en el empeño. Sé que tenían ustedes, en cierto sentido, las manos atadas; solo espero que entiendan por qué. —Le dirigió una severa mirada a Müller; mientras, a su lado, Malkus sonreía con cara de satisfacción—. De lo que más satisfecho estoy es de cómo hemos trabajado codo con codo con el Ministerio para la Seguridad del Estado: el comandante Malkus y su equipo. Y ahora será él quien explique los pasos a seguir a partir de ahora.

—Sí, muchas gracias, camarada *Oberst*. Hasta ahora no he podido contarles el porqué de tanta discreción en las operaciones policiales al abordar el caso Salzmann, con lo que ello implicaba. —Müller notó que se ponía roja sin razón aparente al percibir encima la mirada ambarina del oficial de la Stasi. Puede que se sintiera culpable de haber tensado al máximo todas las líneas rojas que le marcaron en la investigación. Malkus hizo una pausa, sin apartar los ojos de ella. ¿Acaso le leía el pensamiento?—. En efecto, era importante mantener intacta la reputación de Halle-Neustadt. Pero, en realidad, eso no era más que una cortina de humo. El verdadero motivo, y la razón por la que a partir de ahora tendremos que ser todavía más discretos en nuestras pesquisas, es que Ha-Neu será la ciudad anfitriona que acoja en su seno a un visitante extranjero de la máxima relevancia a nivel internacional. Y nada puede empañar esa visita: eso quiero dejarlo bien claro. —Miró el reloj—. Nos acompañará en unos minutos un oficial de alto rango del Ministerio para la Seguridad del Estado y él les dará todos los detalles. —La sonrisa de satisfacción no se le había borrado de la cara a Malkus; y Müller se percató de que era a ella a quien iba dirigida casi todo el tiempo—. La personalidad que nos visitará será nuestro estimado camarada socialista, el primer ministro de Cuba, Fidel Castro.

Al oír el nombre de Castro, seguido de una llamada a la puerta de la sala de operaciones, Müller supo, antes de que *Oberst* Frenzel dijera con su vozarrón «¡Adelante!», quién estaba al otro lado de esa puerta.

Y el rostro bronceado del oficial de la Stasi que entró como Pedro por su casa le confirmó lo que ya sabía: que era Jäger. El coronel del Ministerio para la Seguridad del Estado Klaus Jäger. El hombre que le había marcado el paso prácticamente en todo momento cuando investigaba el caso anterior en Berlín. Casi no lo reconoció. Porque ya no parecía un presentador de televisión de la República Federal, el porte que lucía antes; ahora, con aquel moreno caribeño y un corte de pelo distinto, había ascendido varios peldaños y se daba un aire a algún galán de Hollywood.

214

En la breve visita que hicieron a la capital del Estado Tilsner y ella, cuando fueron a reconocer los esqueletos de los dos bebés hallados en la antigua clínica clandestina de abortos de Rothstein, Müller había intentado ponerse en contacto con Jäger, por ver si podía ayudarla a dar con su madre biológica. Nadie respondió a sus llamadas y supuso que seguiría destinado en Cuba; en aquella misión para la que había querido reclutarla una vez resuelto el caso anterior. Pero allí estaba, en carne y hueso delante de ella; para preparar la visita de Estado de Fidel Castro, y lo que eso conllevaba.

Sentada en la sala de operaciones, Müller no paraba de rechinar los dientes; hasta se había metido las manos debajo de los muslos, como para evitar decir o hacer alguna sandez. Tilsner seguía sentado a su lado, con los hombros caídos y el aspecto de estar harto de todo aquello. Ella lo que estaba era enfadada. Jäger y Frenzel siguieron desgranando detalles, y les dejaron claro que la brigada que investigaba el caso de los mellizos Salzmann quedaría reducida al mínimo: los propios Müller y Tilsner, más un par de hombres de la Stasi que habían estado trabajando a órdenes de Tilsner y habían revisado una por una las muestras de letra en periódicos y formularios viejos. A Schmidt lo mandarían de vuelta a la capital del Estado. Eschler y su equipo se emplearían a fondo con la visita de Castro. Hasta Müller y Tilsner tendrían que echarles una mano cuando hiciera falta. Jäger la miró un instante a los ojos con una sonrisa de satisfacción esbozada en el bronceado rostro. Le daban al caso la mínima prioridad posible; justo entonces, cuando el hallazgo de los esqueletos de los dos bebés en Berlín podría abrir nuevas perspectivas en las investigaciones. Por fin Janowitz había obtenido su satisfacción, después de poner en ello todo el empeño. Un afán que Müller no acababa de entender del todo. La visita de Castro le ponía en bandeja al *Hauptmann* lo que siempre había querido. Y a Maddelena la habían «encontrado» justo cuando esa visita estaba en ciernes. Mucha coordinación era esa; por no decir otra cosa.

* * *

Cuando acabó la reunión, Eschler miró a Müller como pidiéndole disculpas. Ella le respondió con una sonrisa forzada y enfiló por el pasillo hacia el escaso refugio que ofrecía su pequeño despacho, seguida de Tilsner y Schmidt.

—¿Y ahora qué hacemos? —preguntó Tilsner, quien cogió una silla y se derrumbó en ella de tal manera que los brazos le caían como muertos encima de los muslos.

—Pues seguir —respondió Müller, aunque era bien consciente de la falta de entusiasmo que transmitían sus palabras—. Acabamos de dar con una pista nueva, y parece importante.

—¿Qué dices? ¿Los esqueletos de bebé junto al nuevo Palacio de la República? Menuda pista es esa. Lo único que tiene algo de relación es el billete de autobús; y un poco traída por los pelos, en el mejor de los casos. Y en el peor... —Tilsner abrió los brazos con gesto de impotencia.

—En el peor, ¿qué? —lo cortó Müller.

—Pues en el peor de los casos es ridículo. Como agarrarse a un clavo ardiendo. Y lo sabes. Y yo también lo sé.

A Müller se le dibujó en la boca un gesto de fastidio. Si habían de llegar a buen puerto, con los recortes que había sufrido el equipo, tenían que remar todos en la misma dirección. Y Tilsner ya había perdido fuelle. Ella sintió que otro ataque de náuseas le subía del estómago. ¿Qué le pasaba? No se sentía muy fina estas últimas semanas. Desde antes del viaje a Berlín.

—¿Tú qué dices, Jonas? —preguntó Tilsner—. Estás muy callado... y eso no es normal en ti. Seguro que estás encantado de volver a Berlín.

—Pues sí y no, no sé —respondió Schmidt—. Porque no me seduce nada la idea de dejar un caso sin resolver. Aunque me vendrá bien volver con la familia, eso sí. Me parece que no le he puesto las cosas muy fáciles a mi mujer últimamente.

—Nada serio, espero, ¿no Jonas? —preguntó Müller.

216

El de la Policía Científica dijo que no con la cabeza:

—Espero que no. Ya le conté que habíamos tenido algún problema que otro con Markus. Cosas de adolescentes... lo normal, creo yo.

—Lo que pasa es que tienes que ser más duro con él —dijo Tilsner.

Schmidt le respondió con un gesto de indiferencia, luego se levantó de la silla.

—Sea como sea, me voy al piso, que tendré que hacer la maleta. El tren a la capital del Estado sale a primera hora de la mañana. Ah, y una cosa, camarada *Oberleutnant*.

—¿Qué, Jonas?

—Pues que a lo mejor le conviene tener unas palabras con *Leutnant* Wiedemann. Según íbamos a la reunión, me pareció como si hubiera encontrado algo que pudiera ser de interés.

—¿Algo en relación con qué? —preguntó Müller.

—Con los esqueletos de esos bebés de Berlín.

El *Leutnant* Dieter Wiedemann respondió con un «¡Adelante!» a la llamada de Müller a la puerta de su despacho, y siguió con la mirada clavada en los documentos que tenía encima de la mesa. Cuando por fin alzó la vista, en su cara rubicunda se dibujó una amplia sonrisa, como si a un tomate le hacen una raja con un cuchillo.

—Camarada *Oberleutnant*. Qué casualidad. Precisamente iba yo a verla ahora mismo. —Se levantó de la silla y le tendió la mano a Müller. En la reunión del Partido del mes de julio había estado muy estirado, pero eso era agua pasada. Además, ya se había encargado Müller de llegar a tiempo a todas las reuniones del Partido que hubo después: la advertencia de Malkus no había caído en saco roto—. ¿No le ha comentado nada el camarada Schmidt?

—Sí —dijo Müller con una sonrisa—. Por eso he venido. ¿Qué ha encontrado, Dieter? —Lo llamaba por su nombre de pila con

217

toda la intención. Porque, a los que estaban todo el día con el «camarada esto, camarada lo otro», esa era la mejor manera de pillarlos con la guardia baja y hacer que revelaran más información.

—Pues es muy interesante. Porque acabo de repasar el archivo una vez más. Se trata de un incidente que ocurrió en 1967, antes de que yo llegara aquí, me temo. Por aquel entonces, estaba de *Unterleutnant* en Leipzig.

—¿Un incidente?

—Pues sí. —Wiedemann le dio la vuelta a la carpeta que tenía encima de la mesa y se la puso a Müller delante. Luego buscó con el dedo una de las anotaciones—. Mire, ¿no ve aquí? Hay una denuncia de dos bebés desaparecidos.

—¿Mellizos? —¡Cuántos mellizos salían por todas partes en aquel caso! No podía ser una coincidencia. Tenía que haber alguna razón.

Wiedemann dijo que sí con la cabeza:

—Lo que pasa —el teniente bajó la voz— es que, al igual que en la investigación que la ocupa a usted ahora, en esta otra el Ministerio para la Seguridad del Estado también tomó cartas en el asunto desde el principio. —A Müller le sorprendió ver que Wiedemann, que era el representante de la Policía del Pueblo en el Partido, le hacía esa confidencia como si tal cosa—. A los bebés no los encontraron; pero es raro que no saltaran las alarmas. De la lectura de los informes se deduce que lo llevaron todo bastante en secreto.

—Igual que ahora.

—En efecto. Solo se me ocurre pensar que eran los albores de Halle-Neustadt, cuando todavía ni siquiera tenía nombre. En la época en la que era una ciudad en construcción para los trabajadores de las plantas químicas y todo el mundo tenía su piso: el sueño socialista. ¿Comprende adónde quiero ir a parar?

—Las autoridades no querían que nada empañara esa imagen.

—A eso me refiero.

Müller tomó asiento, se puso la carpeta encima del regazo y la fue hojeando.

—Ahí no viene nada de lo que pasó, camarada *Ober*...

—Mejor nos dejamos de formalidades, Dieter. Me ponen nerviosa. Con Karin está bien.

—Vale, Karin. El caso sigue en esta carpeta. —Wiedemann pasó las páginas de otra que tenía encima de la mesa y la abrió por la mitad. Luego volvió a darle la vuelta para que la viera Müller—. Fíjese aquí: a la propia pareja que denunció la desaparición de los bebés la condenaron por desatención de menores. Los metieron a los dos en la cárcel: un año en el caso del marido; seis meses a la mujer.

—¿Por no ocuparse de los bebés desaparecidos? —Müller torció el gesto, como quien no entiende nada.

Y, nuevamente, Wiedemann se inclinó sobre la mesa para señalar en qué parte del informe estaban los datos relevantes:

—Sí. Los acusaron de dejar que los hijos se les murieran de hambre. Y, sin embargo, si se sigue el informe de la Policía del Pueblo, nunca encontraron los cadáveres.

Müller no lograba entenderlo.

—Pero, si no encontraron los cuerpos, no tendrían pruebas suficientes para incriminarlos, ¿no?

Wiedemann se sentó de nuevo en la silla y se encogió de hombros:

—Pues... el padre ya estaba fichado antes. Por lo visto, por cometer acciones antirrevolucionarias. Pero pruebas, lo que se dice pruebas, me temo que no constan en el registro.

—¿Y eso por qué?

—Pues porque relevaron a la *Kripo* de Halle al frente de las investigaciones. Se hizo cargo del caso el...

—El Ministerio para la Seguridad del Estado.

—Exacto, Karin. Exacto.

36

Wiedemann también se las había ingeniado para averiguar dónde vivía ahora, casi ocho años más tarde, la pareja en cuestión: Hannelore y Kaspar Anderegg. Después de cumplir condena se les permitió volver a Ha-Neu y los habían realojado en el Bloque Diez, recién construido. Müller pensó que era un número muy bajo, teniendo en cuenta el sistema de numeración que seguían los bloques recién construidos en la ciudad; así que le consultó a Wiedemann antes de salir para allá con Tilsner y ver si podía localizarlos. El bloque en concreto era considerado el más grande y también el más largo de la República Democrática. Formaba parte del *Komplex I*, y los números se los dieron con posterioridad a la expansión de Ha-Neu. Estaba dividido en cuatro, y cada una de estas subdivisiones quedaba separada por un pasaje peatonal, con el fin de que los vecinos no tuvieran que dar toda la vuelta para ir a la farmacia o a la oficina de Correos, en la parte central del edificio. Y aunque los bloques en los que se dividía el complejo iban ya por el seiscientos y pico, todo el mundo hablaba todavía del conjunto como del «Bloque Diez». Los Anderegg vivían en pleno centro, en el ala sur de lo que se denominaba «Bloque 619».

Subieron por la escalera al tercer piso y Tilsner llamó con unos golpetazos en la puerta. Como nadie salía a abrir, esperó unos segundos más y volvió a llamar, más fuerte esta vez. Ya iba a tirarla abajo, cuando Müller lo detuvo agarrándolo por el hombro y diciendo que no con la cabeza. La investigación tenía prácticamente los días contados, así que no quería desaprovechar el escaso tiempo que les quedaba dando explicaciones por una puerta rota, en relación con una pareja cuyo caso había llevado directamente la Stasi.

Ya habían vuelto grupas y enfilaban el pasillo, cuando la puerta de enfrente a la de los Anderegg se abrió con un chasquido metálico.

—¿A qué viene tanto alboroto? —preguntó una mujer mayor—. Los voy a denunciar al Comité Ciudadano. O si no, a la Policía del Pueblo.

Müller y Tilsner se dieron la vuelta y la *Oberleutnant* le enseño la placa de la *Kripo*.

—No hace falta que se moleste, ciudadana. Nosotros somos la Policía. *Kriminalpolizei*.

La mujer se llevó la mano al cuello de la bata y jugueteó con el pelo que se le montaba en la oreja mientras estudiaba la identificación que le ofrecían.

—Pues el caso es que no están; y tardarán en volver, porque trabajan los dos en la planta química.

—¿En cuál de ellas? —preguntó Tilsner.

—Esa tan grande que hay cerca de Merseburg.

—Bien poca ayuda es esa, ¿no? —dijo con brusquedad Tilsner. La anciana dio un paso atrás, cohibida, y Müller fulminó a su ayudante con la mirada.

—El *Unterleutnant* se refiere a si sabe usted cuál de las dos plantas es. Porque hay dos cerca de Merseburg: ¿lo sabe, por favor, ciudadana?

—Me parece que Leuna. Leuna, no Buna.

A Müller se le cayó el alma a los pies. Encontrarlos en la planta de Buna, al norte de Merseburg, ya hubiera sido tarea difícil. Pero es que Leuna estaba todavía más lejos; y, además, era la planta química más grande de la República Democrática Alemana.

—¿Sabe usted en qué parte del complejo trabajan, ciudadana? —le preguntó.

La mujer dijo que no con la cabeza y le tembló el pelo ralo teñido de azul.

—Pues lo siento, pero no lo sé. Lo que sí les puedo decir es que trabajan juntos. Desde aquel incidente con sus hijos, él no la pierde de vista a ella. Yo creo que porque tiene miedo.

—¿Cómo que tiene miedo? —preguntó Tilsner—. ¿Miedo de qué?

—De que se vengue, supongo, camarada. Todo el mundo sabe lo que pasó, aunque ellos nunca hablen de ello. No tienen relación con nadie.

—¿Alguna vez los vio con los niños, antes de...? —Müller lo dejó ahí, pero la mujer sabía bien a qué se refería.

—Pues no. —De dentro del apartamento llegó una especie de gemido—. Discúlpenme, es mi marido, que lo tengo encamado. He de volver con él. Pero no, cuando se vinieron a vivir aquí, ya había pasado todo. Cumplieron su condena. Primero llegó ella; él tardó más en salir. Aunque tampoco supe nunca por qué. Desatender a un menor, a dos menores en este caso, pobres criaturitas. Eso tiene que ser culpa de la madre, ¿no les parece, camaradas? —Les llegó otro gemido desde dentro, seguido esta vez de algo parecido a un gritito—. Si no me necesitan ya, mejor los dejo. —Y dicho esto, la mujer entró dentro y cerró la puerta sin darles ocasión a Müller ni a Tilsner de poner reparos.

Dada la vinculación que existía entre la planta de Leuna y la ciudad de Halle-Neustadt, Müller comprendió que quizá tenían que haber ido a hacer una visita a la fábrica antes. Pero es que aquel complejo industrial de tamaño gigantesco les fue vedado por la Stasi desde el primer momento: estaba claro que no querían disparar las alarmas entre los muchos trabajadores.

Les llevó unos treinta minutos llegar allí en el Wartburg: treinta kilómetros, más o menos; pero, no habían llegado ni a la mitad del trayecto, cuando el olor acre de las plantas químicas se le metió a

Müller por la nariz y por la boca, y le provocó un ataque de tos. Hasta desde allí se veían las chimeneas en la distancia, el humo blanco que escupían y que dejaba en el cielo una bruma pálida.

—Esto es peor que la contaminación que se forma a veces en la capital del Estado —dijo Tilsner a modo de queja. Retiró una mano del volante y sacó el pañuelo del bolsillo—. ¿Lo quieres, para taparte la nariz?

Müller lo miró con cara de asco, sin tocarlo: estaba usado. Dijo que no con la cabeza:

—Pasaré el trago. —Pero nada más decirlo, le dieron otra vez ganas de vomitar, un ataque de náusea que le salía de lo más hondo; algo que se había repetido de forma preocupante en las últimas semanas.

Mientras se metía otra vez la tela pringosa en el bolsillo, Tilsner miró por el espejo retrovisor y arrugó la frente.

—¿Qué pasa? —preguntó Müller.

Tilsner se encogió de hombros:

—Puede que no sea nada.

Müller notó que el cuerpo le daba un vuelco en el momento en el que Tilsner viraba con un volantazo y cogía un desvío a la derecha sin previo aviso, y casi sin aminorar la marcha, por lo que las ruedas del Wartburg chirriaron con el giro brusco y dejaron en el asfalto una marca de goma quemada. Entonces pisó el freno y Müller salió disparada contra el salpicadero.

—Pero ¿qué...?

Tilsner le cogió la cabeza e hizo que mirara hacia la carretera que acababan de dejar a un lado; y, justo en ese momento, Müller vio pasar un Skoda negro conducido por un hombre que no apartaba los ojos de ellos.

—Nos estaba siguiendo —dijo Tilsner a modo de explicación.

Müller lo miró con cara de pocos amigos.

—¿Y a mí qué me importa? La próxima vez que quieras jugar a las carreras, me avisas. Casi me trago el parabrisas.

Tilsner sonrió y no dijo nada.

* * *

Por fin llegaron, después de que el conductor del Skoda se aburriera y renunciara a seguirlos; o, simplemente, satisfecho de haber dejado claro que no estaban solos. Una vez allí, era cuestión de probar suerte a ver cuál de las muchas entradas de la planta de Leuna los acercaba a su objetivo. Finalmente, optaron por la entrada número uno, rematada en estilo neoclásico; un derroche arquitectónico con el que, sin duda, los nazis habían querido darle poder y empaque a la fábrica. Por lo menos, esa fue la impresión que tuvo Müller mientras un operario los escoltaba para flanquear la entrada por debajo del pórtico y las columnas dóricas.

Al final resultó que dar con los Anderegg fue tremendamente fácil: les dijeron que estaban comiendo en la cantina.

A Müller no le habría costado mucho saber quién era la pareja sin tener que recurrir a las fotografías: porque comían los dos solos, uno enfrente del otro, al final de una mesa con dos bancos a cada lado, en el gigantesco hangar en el que se ubicaba el restaurante. Un encargado de la planta VEB de Leuna escoltó a los dos detectives hasta la mesa misma que ocupaban los Anderegg.

Kaspar Anderegg no le quitaba ojo al guiso de carne con patatas, y ni siquiera se dignó a alzar la vista cuando llegaron Müller, Tilsner y el encargado. Pero Hannelore sí que levantó los ojos del plato, con expresión timorata, según le pareció a Müller; como si entablar conversaciones sobre temas espinosos con la autoridad fuera algo a lo que se había tenido que acostumbrar a lo largo de los años.

Müller sacó la placa y entonces Kaspar estampó los cubiertos contra la mesa y la fulminó con la mirada.

—No nos gusta hablar con la Policía —dijo—. No tenemos nada que tratar con ustedes.

El encargado entornó los ojos para que lo vieran los dos detectives y los dejó solos, en puertas de lo que parecía que iba a ser una espinosa conversación.

—Puedo entenderlo, Herr Anderegg, visto lo visto.

—¿Que lo entiende? Son unos gilipollas y no tienen ni idea; ni puta idea tienen de lo que es que te quiten a tus hijos, a tus dos únicos hijos, y que luego te enchironen sin más las mismas autoridades que se supone que están haciendo todo lo posible por encontrarlos. Es decir: gente como ustedes.

Tilsner estaba a punto de responder al hombre con invectivas de su propia cosecha, pero Müller lo disuadió con un gesto negativo de la cabeza. Era ella la que tenía que llevar allí la voz cantante. Y lo que Kaspar Anderegg no sabía era que, en efecto, ella sí había experimentado en carne propia lo que era perder a dos hijos. Quedarse sin sus mellizos. Se llevó la mano al estómago y respiró hondo un instante, como si así pudiera quitarse aquel recuerdo de la mente.

—Me hago cargo de la amargura que debe sentir usted por dentro con lo que ha pasado, Herr Anderegg.

—¿Amargura? Me río yo de la amargura, eso no le llega ni a la suela de los zapatas a lo que sentimos.

Müller hizo un esfuerzo por sonreír, por dedicarles una sonrisa afectuosa. Pero se dio cuenta de que no valía la pena con Herr Anderegg. Así que se giró para mirar a su mujer:

—Frau Anderegg: estamos interesados en volver a estudiar su caso.

La mujer miró a Müller a los ojos. Tenía la mirada triste, pero era obvio que lo que había dicho Müller le había hecho concebir esperanzas.

—Ay, sí. Eso sería un detalle por su parte, ¿a que sí, Kaspar?

—¡Bah! —exclamó su marido; cogió el tenedor de donde lo había dejado y pinchó con él un trozo de patata. El olor a carne del guiso hizo que Müller rompiera a salivar.

—¿Alguna vez han tenido el más mínimo indicio del paradero de sus hijos, Frau Anderegg? —Müller no hizo más que decirlo, y ya se había arrepentido. Una sonrisa iluminó la cara de Hannelore Anderegg; y comprendió que no podía revelar que habían encontrado los

225

dos esqueletos en Berlín. Tenían que identificarlos antes; de lo contrario, sería muy cruel. Sobre todo, porque puede que no fuera posible identificarlos nunca. Y, por eso mismo, no tenía que haberle dado esperanzas a la mujer.

—¿Por qué? ¿No los habrán encontrado, no?

El hecho de que Müller no contestara, su silencio henchido de sentido, acabó por apagar el rayo de esperanza que había iluminado la cara de la mujer. Cuántas veces habría tenido que pasar por el mismo proceso de desengaño, pensó Müller.

Por fin, la *Oberleutnant* respondió:

—Todavía es demasiado pronto; y no queremos darle falsas esperanzas, Frau Anderegg. Porque lo que hemos encontrado puede que no...

—Están muertos, ¿verdad? —sollozó la mujer.

El marido dejó el cuchillo clavado en el contenido del plato, se puso en pie y parecía que se iba a lanzar sobre Tilsner.

—Tenga cuidado con lo que hace —lo previno Müller, mientras su ayudante sujetaba el brazo del hombre—. Si no quiere volver a verse entre rejas.

—¡Kaspar! —dijo la mujer forzando la voz—. No hagas el ridículo más de lo que ya lo has hecho.

El hombre bajó la vista, avergonzado; luego se soltó de la férrea sujeción de Tilsner y volvió a sentarse.

—A ver, ¿qué han encontrado?

Müller miró a Tilsner con cara de súplica. No habían planeado que las cosas tomaran ese cariz: estaban allí para obtener información, no para soltarla a los cuatro vientos. Tilsner alzo los hombros con gesto de desgana:

—No pasa nada porque se lo digas. Tienen derecho a saberlo.

Müller suspiró hondo y cruzó los dedos, con las manos en vilo delante del pecho; apretó tanto que se le pusieron los nudillos blancos. ¿Por qué tenían que ponérselo todo tan difícil?

—Hemos encontrado los cuerpos... —Oyó que Hannelore contenía el aliento al oír aquello, mas la mujer no alzó la vista para mirarla a los ojos, sino que siguió mirando fijamente las manos de Müller—… de dos bebés. En realidad, a estas alturas, son dos esqueletos; y podrían ser mellizos.

Hannelore Anderegg ya no pudo contener el llanto, y ocultó la cara entre las manos. Pero su marido alzó hasta Müller una mirada lúgubre.

—¿Dónde?

—En la capital del Estado —dijo Tilsner.

—¿En la capital del Estado? —preguntó Herr Anderegg—. ¿Y por qué piensa que…?

—Hay pruebas que los vinculan con Halle-Neustadt —dijo Müller.

—¿Qué pruebas?

Müller miró a Tilsner, quien negó ligeramente con la cabeza. Ella soltó un suspiro y dijo:

—Por ahora no podemos revelar esa información. Puede que no sea nada. Pero queríamos hablar con ustedes de las circunstancias que rodearon la desaparición de sus mellizos. Queremos hacer lo posible por ayudarlos. Imagino que, después de todo lo pasado, no querrán creerlo, pero es la verdad.

Kaspar Anderegg soltó un resoplido. Mas luego, al ver la cara de pena que ponía su mujer, se dio por vencido, dejó a un lado los cubiertos y le puso la mano encima del brazo a Frau Anderegg, que seguía llorando.

—Está bien —dijo—. Hablemos.

37

Cuando los Anderegg superaron su escepticismo inicial, y vieron que era sincero el interés de Müller y Tilsner por descubrir la verdadera historia de la desaparición de sus bebés, se mostraron mucho más deseosos de ayudar. Por lo que respectaba a Müller, enseguida los descartó como posibles sospechosos del caso que los había llevado allí. Le dio la sensación de que estaban los dos destrozados, que habían sufrido demasiado con la pérdida de sus hijos; y que, al parecer, las autoridades los habían tratado de forma demasiado cruel como para querer infligir ese daño a otros. Müller estaba convencida de ello. Aunque fuera arriesgado creerlo, lo creía a pies juntillas.

Lo que contaron fue una auténtica desgracia. Frau Anderegg había dejado el carrito con los dos bebés en la puerta de una tienda, a cargo de otra madre, mientras ella entraba a comprar. Pero la mujer se distrajo hablando con otra. Sucedió todo en una ciudad que estaba siendo levantada de la nada: entre el ajetreo de las obras, el ruido de la construcción y la confusión general que acompañó el nacimiento de Ha-Neu, con aquellos apartamentos de hormigón que se alzaban en las orillas cenagosas del Saale prácticamente de un día para otro. Cuando la mujer se quiso dar cuenta, el carrito, con los dos bebés, había desaparecido. Eso desencadenó una pesadilla detrás de otra en la vida de los Anderegg: primero, la búsqueda de sus bebés, frenética e infructuosa a la vez; luego, tener que aguantar que la otra madre negara que Hannelore le hubiera dejado a cargo de ellos, o que hubiera llegado a estar allí siquiera. Müller se hacía una idea bastante aproximada de la situación: el miedo era algo invasivo, contagioso, y las mentiras le salvaban la cara al incompetente.

Sin testigos que corroboraran su versión de los hechos, y con Kaspar estigmatizado como agitador y contrarrevolucionario en potencia, la pantomima que siguió era algo que se veía venir.

Müller solo se comprometió a hacer todo lo posible por que la Policía del Pueblo identificase los esqueletos de los bebés mellizos hallados entre los escombros de la clínica clandestina de abortos del doctor Rothstein. Si eran los hijos de los Anderegg, eso acabaría con sus últimas esperanzas; pero al menos podrían poner punto y final a aquel calvario. Aunque sabía que era poco probable que lograran identificarlos.

—¿Te lo has tragado? —preguntó Tilsner en el viaje en coche de vuelta a Ha-Neu.

—Pues yo creo que sí —dijo Müller, feliz de poner tierra de por medio con la atmósfera contaminada de Leuna. Bajó la ventanilla del Wartburg y respiró hondo un par de veces para llenarse los pulmones de aquel aire más limpio, por ver si así se le pasaban las ganas de vomitar que todavía tenía. Pero ni con esas—. Los he visto enfadados, pero honestos. Yo también estaría enfadada si hubiera tenido que pasar por lo que han pasado ellos. Tenía sentimientos encontrados hacia la Stasi: por un lado, quería ponerse en contacto con Jäger para convencerlo de que tirara de contactos y la ayudaran a encontrar a sus padres biológicos. Y estaba claro que hacía falta algo de disciplina interna, y de seguridad, para salvaguardar la República Democrática de los muchos enemigos que tenían al otro lado del Muro. De la guerra no se acordaba, pero de la infinita labor de reconstrucción que siguió a la guerra, sí. Había visto las cicatrices que dejó en multitud de edificios en Berlín; también en el solar que alojaría el nuevo Palacio de la República. No quería que volvieran los fascistas, los nazis. Quería ayudar a construir un futuro mejor para todos y cada uno de los ciudadanos de la República. Pero no se podía quitar de la cabeza el reloj occidental de Tilsner, y un temblor le recorría la columna vertebral cuando pensaba en algunos de los métodos que empleaba el Ministerio para la Seguridad del Estado. Por su parte, su ayudante no dejaba de mirar por el espejo retrovisor para ver si tenían detrás al del Skoda; y Müller se preguntó si en la delegación de la Stasi de la zona sabrían que estaban siguiendo a uno de los suyos.

Müller estaba harta de los de la Stasi; pero, al parecer, ellos no se habían cansado en absoluto de ella: porque cuando volvió a la sala de operaciones –convertida a marchas forzadas en torre de control para la visita inminente de Fidel Castro–, Eschler le dio una nota.

En el momento de entregársela en mano, alzó un párpado, y se le fueron los ojos al emblema de la Stasi, la bandera de la República Democrática ondeando atada a un rifle. Müller la ocultó mientras la abría; pero se relajó al ver que era una «invitación» de Jäger para asistir a una reunión: respuesta, a su vez, a una carta que ella le había mandado al cuartel regional de la Stasi en Ha-Neu, y en la que le pedía ayuda para encontrar información relativa a su madre verdadera. A lo mejor tenía alguna noticia.

El coronel de la Stasi eligió para verse un sitio que tenía reminiscencias de aquellos encuentros en la capital del Estado: el parque temático que había en la isla de Peissnitz, entre los dos brazos del Saale a aquella altura del cauce; uno navegable y el otro en estado semisalvaje.

Para llegar allí, había que ir en coche hasta el extremo noreste de la ciudad nueva, cerca del cuartel regional de la Stasi. Puede que

Jäger lo hubiera elegido por eso: le venía bien y punto. Quería que se vieran cerca del puente del Cisne, un paso elevado para peatones que conectaba la isla con la parte occidental de Halle, cerca de la universidad, al otro lado de Heide Allee, la enorme guarnición que tenía allí el ejército soviético. Aparcó el Wartburg y se adentró en el bosque, dejando a un lado la cabaña en la que tenía su sede el club de Jóvenes Pioneros. Y entonces lo vio, vestido de paisano, sentado en uno de los vagones sin techo del minitren de vía estrecha.

—Ya sabe usted lo que me gustan los parques temáticos —dijo cuando la vio, y se echó a reír. Luego le dedicó una sonrisa afectuosa que parecía sincera—. Tiene buen aspecto. Y estará encantada de llevar de nuevo una investigación como es debido, ¿no? —A Müller, todo el mundo le decía que parecía cansada, así que aquel halago era bienvenido.

Plegó el vuelo de la falda al sentarse al lado del oficial de la Stasi en el trenecito.

—Pues sí, aunque es un caso muy frustrante, como imagino que ya sabrá.

Jäger dijo que sí con la cabeza:

—Estoy un poco al corriente; aunque, supongo que se ha enterado de que llevo un tiempo trabajando lejos de Berlín.

—Lo delata el bronceado. —Era sorprendente ver con cuánta facilidad volvían a hablar distendidamente; sobre todo, teniendo en cuenta que al final del caso del *Jugendwerkhof* había llegado casi a odiar a aquel hombre. Lo despiadado de sus métodos era lo que odiaba. Aunque quizá ahora Müller pudiera sacar ventaja de ello.

Se vio mirando, por encima del hombro, a las vías de detrás de ellos, y ella misma quedó sorprendida de su propia cautela. ¿Qué esperaba hallar allí? ¿El Skoda negro aparcado en mitad de las vías del tren? En cualquier caso, lo que estaba a punto de mostrarle a Jäger no tenía nada de confidencial. Sacó del bolsillo la cajita oxidada de metal, la abrió, cogió la fotografía y se la dio a Jäger. Y, al hacerlo, le llegó un ligero efluvio de Casino de Luxe; la colonia que quizá su madre adoptiva llevara también.

—¿Quién es? —preguntó Jäger.

—Mi madre.

—Pero si parece una niña. Y el bebé es…

—… soy yo, o eso creo. Y además tengo esto.

Müller sacó el certificado de adopción: un documento legal que había autorizado a sus padres adoptivos a criarla en Oberhof como si fuera su verdadera hija.

—Lo he puesto todo por escrito para que lo lea usted. Todos los detalles: las cosas que mi madre adoptiva me contó sobre mi madre biológica, que no es mucho. —Le dio al coronel de la Stasi una hoja manuscrita en la que había redactado unas notas.

Él lo miró sin comprender:

—¿Qué espera que haga yo con esto? Sabe bien que paso la mayor parte del tiempo destinado en el extranjero. Si he venido ahora, es solo por unos días, lo que dure la visita de Fidel Castro.

—Usted es mi mejor baza. —Lo miró a los ojos—. Yo lo ayudé en el caso del *Jugendwerkhof*…

—Porque así se lo ordenaron sus superiores de la Policía del Pueblo, Karin. Era su trabajo. Y en el Harz, tampoco es que se cubriera usted de gloria.

Müller guardó silencio. Había algo que le oprimía la garganta. Notó que se le empañaban los ojos. Jäger se dio cuenta y le cogió la mano.

—A ver, perdóneme, Karin. No quería decirlo con esas palabras. Pero es que no sé cómo puedo ayudarla… ni aunque quisiera.

Müller metió la caja de metal en el bolsillo y se aferró a ella, haciendo todo lo posible por tragarse las lágrimas; y por que lo que quería decir a continuación sonara de manera sosegada, profesional casi:

—Tiene usted muchos contactos en el ministerio, Klaus; perdone, camarada *Oberst*.

—No pasa nada porque me llame así —dijo Jäger—. No es una reunión de trabajo.

—Estaba usted al tanto de la violación que sufrí en la academia de policía.

—La violación que dice que sufrió.

Müller soltó un suspiro de impotencia. No estaba de humor para ponerse a discutir sobre eso.

—A lo que voy es a que usted tiene métodos que yo no tengo para averiguar cosas. Y le pido que me ayude. Para ver si logro identificar a mi madre biológica... y a mi padre biológico también, si es que se sabe quién es. No puedo obligarlo a hacerlo. —Jäger sonrió levemente al oír esto último—. Solo le pido que haga lo que esté en su mano.

El coronel de la Stasi dobló la hoja y se la llevó al bolsillo del pantalón.

—Está bien, Karin; veré qué puedo hacer. Pero si yo le hago un favor, muy posiblemente se vea usted en la necesidad de devolvérmelo algún día. Así funciona esto.

Vieron venir a un hombre vestido con mono de ferroviario que le hizo a Jäger una leve señal con la cabeza y se montó en el asiento del conductor.

El coronel miró el cielo cubierto de nubes.

—Esperemos que no llueva. —Le hizo una seña al conductor, único ocupante, además de ellos, del convoy; y el hombre soltó los frenos. El trenecito echó a andar con un traqueteo, acompañado de un soniquete metálico.

La locomotora los llevaba hacia el norte; y, por unos instantes, no dijeron nada. Oír, cada pocos metros, el ruido que hacía el tren cuando pasaba por encima de las junturas de los raíles le daba sueño a Müller, y cuando Jäger habló de nuevo, se llevó un pequeño susto.

—A lo mejor se pregunta usted por qué le pedí que viniera.

Müller lo miró a los ojos, intentando leerle la expresión de la cara. Era de nuevo el presentador del telediario de la Alemania Federal.

—Yo pensaba que era por la carta que le mandé. Donde le pedía información sobre mi madre.

Jäger negó con la cabeza:

—No, no fue por eso. Aunque, como le he dicho, haré lo que pueda. Y, a cambio, espero que usted colabore conmigo. Sin embargo, yo quería hablarle de esta visita de Estado que tenemos ya encima.

—¿La del camarada Castro?

El coronel de la Stasi movió afirmativamente la cabeza una sola vez.

—Tenemos información que apunta a que puede haber intentos de malograr esa visita.

El tren bordeó el punto más al norte de Peissnitz, allí donde la isla hendía el cauce, y Müller se subió las solapas de la chaqueta. No es que hiciera frío, pero la brisa del este le ponía la carne de gallina en la piel de los antebrazos.

—Y ¿en qué medida puede eso afectar a mi equipo?

Jäger se frotó la barbilla.

—Pues en que el día mismo de la visita nos harán falta tantos efectivos como podamos reunir. O sea que Tilsner y usted tendrán que estar de servicio, y dejar a un lado la otra investigación. Necesitaremos su colaboración para vigilar que no haya contratiempos.

Según lo dijo, parecía bastante razonable. Pero ¿por qué tuvo que convocarla para ello Jäger a uno de aquellos encuentros casi clandestinos?

Él notó su zozobra y siguió diciendo:

—Y de ahora en adelante, me gustaría que estuviera usted ojo avizor. Y que les preguntase a los equipos de Pioneros que les recogen los periódicos. —Así que el coronel de la Stasi, tal y como se temía Müller, sí que estaba al tanto de su investigación, hasta de los detalles más nimios—. Y si vuelve a visitar a más madres, como parte de esa campaña de salud, sáqueles lo que pueda. Mire a ver si averigua algo. ¿Es usted de Turingia, no? Bueno, su familia adoptiva.

Müller entornó los ojos

—Usted sabe de sobra de dónde soy. Sabe todo lo que quiere saber de mí, camarada *Oberst*.

Jäger sonrió.

—Le va cogiendo usted el tranquillo a nuestros métodos, Karin. —Luego se giró hacia ella y le sostuvo la mirada—. Al parecer, los que están detrás de la protesta se hacen llamar el Comité de los Desahuciados. ¿Ha oído hablar de ellos?

La sobresaltó el pitido del tren, un chirrido agudo que anunciaba la próxima parada en la estación del puente Peissnitz. Sintió que se le aceleraba el pulso; como si la hubieran pillado en un renuncio.

—Pues no, no me suena de nada.

—Por el contenido de sus cartas, creemos que los implicados tienen algún tipo de relación con la campaña de erradicación de estafadores que llevamos a cabo en zonas turísticas; y con nuestros esfuerzos por que el Sindicato Libre Alemán del sector Turismo no se quede sin inmuebles. La llevamos a cabo en Rügen, que es donde trabajó usted en el caso previo, y en…

—… en Oberhof, mi pueblo —lo interrumpió Müller, quien en ese momento giró la cabeza para mirar al andén de la estación en el que el trenecito ya se adentraba con un pequeño estruendo. Los posibles pasajeros que allí había no entendían por qué no paraba. Pero es que era el expreso privado del *Oberst* Klaus Jäger.

—¿O sea que está usted al tanto?

Müller arrugó el entrecejo:

—¿El Comité de los Desahuciados? Pues no, nunca he oído hablar de ellos, ya le he dicho. Sí que soy consciente de que hay gente que sigue sin perdonarle al Estado que haya tomado el control de los alojamientos turísticos. Pero decenas de miles de ciudadanos se han beneficiado de la medida, y han podido permitirse ir de vacaciones. Me refiero a trabajadores que, de lo contrario, jamás se lo habrían podido pagar. —Sabía que alguien de la autoridad de Jäger esperaría ese tipo de respuesta. Él asintió con la cabeza, como si intuyera que Müller se estaba limitando a repetir lo que decía la propaganda oficial.

—Lo que voy a pedirle es que pregunte a su familia, con sutileza, por favor, Karin, si ha oído hablar de ese grupo de agitadores;

si tienen noticia de alguna queja en el sector. —Müller sabía, aun antes de que Jäger acabara de pedírselo, que no iba a hacerlo. Las cosas estaban todavía muy tirantes con su recién estrenada familia adoptiva.

—Pero las familias de los... —Müller no siguió hablando. Johannes y sus padres se habían portado bien con ella. La madre del chico le consentía todo a su amiguita; en parte suplía así el amor que no le daba su propia madre. No quería catalogarlos de ninguna manera, pero sabía lo que Jäger quería oír—. Las familias de los estafadores fueron purgadas. Se los «realojó». Yo fui testigo de ello de pequeña.

Lo que Jäger dijo a continuación la dejó helada; la hundió en el asiento del tren, sin saber dónde meterse.

—Ya lo sé, Karin. Su nombre figura en el informe: consta que se quejó usted de ese realojo.

38

Dos meses antes: julio de 1975.
Wohnkomplex VIII, Halle-Neustadt.

¡Oh, gloria de todas las glorias! ¡Es tan bonita! ¡Es tan mona!

Es que no me lo creo todavía, por mucho que me dijera Hansi que iba a ser así. La afección que padecía, combinada con la presión de la tripa, hizo que no me llegara la sangre. Y de hecho me desmayé, o sea que tuvieron que sedarme. Por lo visto fue todo un caso de mírame y no me toques en el hospital. Como la última vez, cuando perdí el conocimiento nada más caerme entre los materiales de construcción, yo creo que eran tubos de hormigón: pues así di a luz, completamente noqueada. Y claro, la sacaron con cesárea.

Me paso la mano por la tripita mientras Heike toma el biberón. Esta vez, que se lo dé Hansi. Yo hubiera preferido darle el pecho, claro. Pero reconozco que algo fue mal antes, con Stefi. O sea que ahora, Hansi ha insistido en que se haga lo que él dice. Y todavía me dura. La culpa, por lo de Stefi. Y por los besos que le di al camarero en Weissensee.

Lo que sucede también es que Heike es muy pequeñita. Una cosita así, diminuta. Y tan bonita. Bueno, por lo menos, a mí me lo parece. Y con la cara como muy demacrada. Parece un polluelo de águila. Y es tan pequeña, pero tan pequeña. Dice el médico que es porque se adelantó varias semanas.

Esta vez no la tuve en un paritorio normal y corriente. Hansi lo apañó para que fuera a la clínica que está al otro lado de la valla, en la zona restringida del Ministerio: es que ahora tiene un puesto muy importante y puede permitírselo. Dice también que Heike irá a la guardería del Ministerio, cuando sea un poco más mayor. Hansi es tan bueno conmigo. Él lo trae todo, la compra, lo que le pido. Como Heike fue prematura, pues dice que no está bien que me la lleve de compras al centro de Ha-Neu. Que hay que evitar como sea el contacto con el resto de la gente, no vayan a pegarle cualquier cosa.

—Ea, ea, cosita —le digo muy bajito a Heike cuando rompe a llorar. Yo creo que tiene gases, de chupar del biberón con tanta ansia. Menuda glotona está hecha. Le doy así unos golpecitos en la espalda, con mucho cuidado. Y, hale, un buen eructo que me suelta—. Mucho mejor ahora, cariño, ¿a que sí?

39

Tres meses más tarde: octubre de 1975.
Halle-Neustadt.

Lo que Jäger le había revelado no la dejó parar en todo el día, hasta tal punto que le costaba concentrarse. Ya era bastante preocupante que el ejército se tomara la molestia de apuntar el comentario airado de una niña de cinco años cuando se llevaban a su amigo y a su familia. Ahora bien, lo que era difícil de creer era que quedara constancia del arrebato, y que veinte años más tarde todavía se lo recordaran.

Mientras volvía esa noche al apartamento que Emil tenía en la plaza del mercado de Halle, pensó en hablarlo con él. Pero lo descartó enseguida. Enamorarse, vale; pero bajar la guardia, eso nunca. No dejaba de darle vueltas a lo oportuno que había sido el traslado de Emil a Halle; y que la sedujera a la primera y sin ningún contratiempo. Porque ¿y si lo habían mandado para que la vigilara bien de cerca? ¿Y si Jäger sospechaba de ella, de los vínculos familiares que tenía en Oberhof; o incluso de que fuera miembro del tal Comité de Desahuciados? Claro que no lo era. De hecho, muchas veces pensaba que apoyaba a la República Democrática demasiado a ojos cerrados. Porque, en el fondo, todavía creía en el socialismo: todo lo mejor para cuantos más mejor. Estaba dispuesta incluso a pasar por alto algunos de los métodos de la Stasi si con ello la República sobrevivía y prosperaba. Lo cual no quitaba para que tuviera los ojos bien abiertos.

Emil había hecho la cena, y nada más sentarse a la mesa, oyeron la sirena. Müller fue corriendo a la ventana a ver qué pasaba. Vio salir a varios compañeros de uniforme de dos Wartburg de la Policía cuyas luces de emergencia iluminaban la estatua de Händel con fogonazos azules que ponían los pelos de punta. En la puerta de un restaurante se había juntado mucha gente. Y en el centro del corro había una chica que no tendría ni veinte años y parecía muy alterada. Entonces sonó el teléfono en el apartamento, y Emil se dirigió a ella con el auricular en una mano:

—Es para ti. *Unterleutnant* Tilsner. Dice que es urgente.

—Emil sonrió con una especie de reproche en la mirada. Como si dijera: «O sea que así va a ser siempre, ¿no? Si seguimos juntos, esta es la que me espera»—. Meteré tu plato en el horno.

Müller cogió el teléfono.

—¿No te has enterado? —preguntó Tilsner al otro lado de una línea que no paraba de chisporrotear.

—Me parece que acabo de verlo.

—Es justo donde tú estás: en la plaza del mercado. Han secuestrado a otro bebé. Voy para allá con el coche; espérame allí.

A Müller siempre le había preocupado aquella costumbre que se tenía en la República Democrática de dejar a los niños en sus carritos en la puerta de las tiendas y los cafés. Sí que era cierto que se solía quedar un adulto al tanto, tal y como pasó en el caso de los Anderegg hacía una década; pero también lo era que nadie ponía tanto cuidado como una madre en vigilar a sus hijos.

Cuando llegaron a la puerta del restaurante, vieron a la gente arremolinada alrededor de los policías, ocupados en obtener información de una adolescente que ahogaba los sollozos en brazos de su novio. Entonces la chica apartó un poco la cabeza y Müller vio quién era: Anneliese Haase, la madre de Tanja, aquella mamá a la que visitaron en el *Wohnkomplex VI* el primer día de la «campaña de nutrición». No le hizo falta mirar sus notas, pues recordaba perfectamente el número del bloque, el 956. Y hasta el apartamento: 276. Puede que la enfermera que la acompañaba entonces, Kamilla Seidel, hubiera acertado con sus supersticiones, pero no de una forma precisamente halagüeña.

Cuando vio a Müller, y el trato deferente que le daban los policías, Anneliese crispó la cara en una mueca de incomprensión que se sumó a los regueros de lágrimas que le surcaban el maquillaje.

—O sea que es... es mentira que sea usted de Sanidad, ¿no? —dijo con tono acusador—. ¿Dónde está mi hija? ¿Qué ha hecho con mi hija?

Tilsner la tomó por los hombros y la apartó con delicadeza del corro de curiosos.

—Habla bajo —le dijo al oído—. Si no, te vas a meter en problemas.

—Vamos a llevarla al apartamento de Emil —le indicó Müller a su ayudante—. Allí estaremos más tranquilos. Le pediré a Emil que desaparezca un rato. Solo quiero apartar a Anneliese de toda esta gente antes de que se vaya más de la lengua.

Según se la llevaban, Anneliese quiso zafarse de las manos de Tilsner; mientras, los policías de uniforme retenían en la puerta del restaurante al novio y a los demás.

—¿Adónde me llevan? Yo no he hecho nada malo. Me han robado a mi bebé. Mi Tanja. ¿Por qué no van detrás de...?

La chica dejó de protestar en cuanto Tilsner le retorció el brazo por detrás de la espalda y la previno:

—Cállate. No te lo pienso pedir más veces. Solo queremos hacerte unas preguntas, aclarar las cosas, lejos de toda esa gente. Si cooperas, tendrás más posibilidades de volver a ver a tu hija sana y salva.

* * *

A Emil no le hizo demasiada gracia, después de ver su cena interrumpida, que Müller lo mandara al bar por una hora o así mientras ocupaban su apartamento para interrogar a Anneliese. Aun así, con la cara hasta el suelo, hizo lo que le pidió su novia policía.

Anneliese estaba muy asustada y no dejaba los ojos quietos en ninguna parte; seguía confundida, era obvio, porque no sabía quién era Müller después de haber visto a la detective, tres meses atrás, hacerse pasar por personal sanitario.

—Ya te habrás dado cuenta, Anneliese, de que no soy del Ministerio de Sanidad. Soy detective de Policía. Pero no puedes decirle a nadie bajo ningún concepto que yo participé en esa campaña de nutrición. ¿Comprendes?

—S-s-í —dijo la chica tartamudeando.

Müller sacó la libreta y apretó el botón para sacarle punta al bolígrafo.

—Y ahora dinos qué ha pasado esta noche. Pero despacio, y a ver si te acuerdas de todo. Estoy convencida de que vamos a encontrar a Tanja, y de que no le habrá pasado nada. Pero si nos dices toda la verdad, nos será más fácil dar con su paradero.

—¿M-m-e meteré en problemas?

Müller suspiró hondo:

—Lo que importa es encontrar a tu pequeña. ¿Qué hacías aquí, en el centro de Halle? Está lejos de tu casa. El *Wohnkomplex VI* queda justo al otro extremo de Halle-Neustadt.

—Es por mi novio, que vive al otro lado de Halle, y esto está a mitad de camino, por eso quedamos siempre aquí.

—¿Por qué trajiste a Tanja? ¿No tenías a nadie que se quedara con ella esta tarde, un familiar, algún amigo? ¿Por qué no contrataste a alguien para que te la cuidara?

La pregunta le arrancó otro ataque de lágrimas a la joven.

—Iba a venir mi tía a cuidarla. Pero su hijo se puso malo, lo tuvo que llevar al hospital, y me dijo que al final no podía quedarse con Tanja.

—Y ¿no pudiste encontrar a nadie más? —preguntó Tilsner.

La chica alzó los hombros con gesto de impotencia; luego enterró la cara entre las manos.

—A lo hecho, pecho, Anneliese —dijo Müller intentando ser más amable—. Pero ¿qué pasó en el bar para que perdieras de vista a tu hija?

Anneliese se apartó un mechón de pelo de la cara y respiró hondo, como si quisiera a toda costa serenarse.

—Pues, al principio, la metí dentro, conmigo. Pero es que empezó a llorar; y fui a darle el pecho, pero hubo quien se quejó. Así que me la llevé al servicio, le di un poco de mamar allí hasta que se durmió, y entonces la metí en el carrito.

—¿Fuera del bar? —preguntó Müller.

Anneliese no dijo nada durante un instante, como si le costara asumir lo que había hecho.

—Sí —respondió, por fin—. Solo que le dejé el conejito de peluche para que se quedara más tranquila, y de vez en cuando salía a ver si estaba bien. Cada cinco minutos. De verdad que no soy mala madre.

—Tu novio, ¿es el padre? —preguntó Tilsner.

La chica negó con la cabeza.

—¿Mantienes algún tipo de contacto con el padre? —siguió preguntando Tilsner.

La chica volvió a decir que no con un movimiento de la cabeza.

—Se ha vuelto.

—¿Que se ha vuelto adónde? —preguntó Müller.

—A Vietnam.

La respuesta pilló por sorpresa a Müller y a su ayudante, y los sumió en un breve silencio. Tilsner la miró perplejo.

—¿En algún momento se ha interesado por su hija? —preguntó Müller—. ¿Cabe dentro de lo posible que haya vuelto a la República Democrática y haya querido llevarse a la niña a Vietnam con él?

—No. Ni siquiera sabe que existe. Era estudiante en la universidad; en el campus de Halle-West. Nos enrollamos solo una vez, y yo fui tan tonta que me quedé embarazada. Vivía en un apartamento compartido en el *Wohnkomplex VI*. Ya había acabado los estudios, pero se quedó a pasar el verano... el verano del año pasado.

—¿Y nunca le dijiste que era el padre? —preguntó Tilsner sorprendido.

—Ni siquiera sé dónde vive. Solo sé que es de Hanoi, del otro Hanoi, el de verdad, el que está en Vietnam.

Müller se pasó un dedo por la barbilla. El padre quedaba descartado, pues. Pero ¿y el novio?

—¿Cómo se llama tu novio? —le preguntó.

—No quiero implicarlo en esto. Llevamos poco saliendo. Para una madre soltera, es difícil encontrar un hombre.

—No digas chorradas —la cortó en seco Tilsner—. Los policías que se han quedado allí ya sabrán a estas alturas cómo se llama. O sea que ya está implicado. Aquí de lo que se trata es de encontrar a tu bebé. Un bebé al que pusiste en serio riesgo al dejarlo fuera del bar mientras hacías manitas con el último que sea que te ha hecho tilín. Así que haz el favor de responder a las preguntas que te hacemos. A todas.

La chica miró a Tilsner con la boca abierta. Pero esta vez, Müller creía que su ayudante hacía bien en apretarle un poco las tuercas.

—Venga, Anneliese —dijo la *Oberleutnant*—. Escúpelo.

—Se llama Georg. Georg Meyer.

—¿Y qué tal se lleva con Tanja?

—¿A qué se refiere?

—¿La acepta porque es hija tuya? ¿Le hace mimitos? ¿O a lo mejor preferiría que no tuvieras un hijo?

—La trata bien, pero...

—Pero ¿qué? —preguntó Tilsner.

—Pues que todos los tíos jóvenes... Seguro que preferirían estar con una chica que no tuviera hijos. Pero ¿adónde quiere ir a parar? ¿Insinúa acaso que Georg está compinchado con alguien para deshacerse de Tanja? Es absurdo.

Müller negó con un enérgico movimiento de la cabeza:

—No, no es eso en absoluto lo que estamos diciendo. Solo intentamos ponernos en el peor de los casos. ¿O sea que Georg estaba a gusto contigo, aunque a veces Tanja te limitara mucho y no pudieras ser tú misma?

—Sí, él no tenía ningún problema con eso.

—¿Y sabía que era vietnamita por parte de padre? —preguntó Tilsner.

—No, porque no se nota tanto. Por lo menos ahora. Tiene cara solo de... pues eso, tiene una cara monísima. Está para comérsela.

Müller echó la vista atrás, a la visita a Anneliese hacía tres meses. Tenía razón la chica; Tanja llamaba la atención por lo mona que era. Y comérsela, no; pero querer quedarse con ella, eso sí que se le podría pasar a más de una por la cabeza, a alguien desesperado por tener niños. Mas ¿era eso de lo que se trataba, al fin y al cabo? ¿Un robo de niños mondo y lirondo? ¿O tenía alguna relación con el caso de los mellizos Salzmann; o con los esqueletos de los bebés de los Anderegg, hallados entre los escombros de la clínica de abortos de Rothstein? No era casual que hubiera tantos casos de rapto de menores, ¿o sí lo era? Y si se trataba de esto último, ¿por qué había aparecido Maddelena sana y salva?

Tilsner tosió y logró traerla de vuelta a la realidad.

—¿Hay alguien que te quiera mal, sabes si te has granjeado algún enemigo últimamente, Anneliese? —preguntó la detective—. ¿Alguien que quisiera haceros daño a Tanja o a ti?

La chica arrugó la frente:

—Pues, no que yo sepa. Aunque...

—¿Aunque qué? —la apuró Tilsner.

—Pues... es que está la ex de Georg.

—¿Y qué pasa con ella? —preguntó Müller.

—Que se enfadó mucho cuando la dejó para empezar a salir conmigo. La vimos el otro día en Halle y se me tiró encima. Tuvo que sujetarla Georg. Y entonces empezó a gritarle a él. ¿Y qué decía? Ah, sí: «¡Ten cuidado, pedazo de cabrón! Que ya nos las veremos tú y yo tarde o temprano».

40

A Emil se le notaba que estaba enfadado con Müller, y quizá con razón. Cuando Tilsner y ella acabaron de interrogar a Anneliese, llamaron a una patrulla de la Policía del Pueblo de Halle y les dieron una descripción de la exnovia de Georg Meyer. Querían que pasara la noche en los calabozos de la comisaría para que estuviera suave como un guante al día siguiente, cuando fueran a interrogarla. Pero Emil tardó más de una hora en tomarse algo, que fue lo que le pidió Müller: era ya casi la media noche cuando por fin volvió, apestando a cerveza.

A diferencia de Tilsner, que no tenía mal vino, y a lo sumo se ponía contento y ligón cuando se emborrachaba, Emil Wollenburg era del estilo de Gottfried; que si tomaba un par de copas de más, acababa huraño y, a la vez, con los nervios a flor de piel. Müller no conocía ese lado del médico, y no le gustó nada verlo llegar así.

Cuando acabó de echarle en cara a Müller que hiciera de su piso una celda de interrogatorios, y que estropeara lo que supuestamente era una cena romántica para ellos dos, Emil se dejó caer abatido en una silla junto a la mesa del comedor y hundió la cara entre las manos.

—No sé si esto va a funcionar —dijo, y levantó la cabeza para mirarla a los ojos.

—Esto es cosa de dos, Emil. Ya sabíamos cuando empezamos que habría días así. Cosa de dos: porque si tú tuvieras una emergencia en el hospital, harías lo mismo.

—Sí, pero no montaría un quirófano improvisado en tu piso.

Müller se puso roja de ira.

—Eso no es justo. A esa pobre chica le robaron el bebé; y tenía que calmarse, solo media hora, para que entrara en razón. Tampoco hacía falta que no volvieras hasta las tantas.

—Ya.

—Ya, ¿qué?

—Pues que no es lo mismo, ¿a que no?

—¿Lo mismo que qué?

—Que cuando empezamos a salir. Estás siempre hecha polvo. De mal humor. Y no haces más que llevarte la mano a la tripa y vomitar.

Müller cogió una silla y se sentó con cuidado enfrente de su novio.

—No sé qué me pasa, y me preocupa. Y no me ayudan nada esos gritos que me das.

Emil le tocó el brazo con ternura: había comprendido por fin que su actitud no era nada razonable.

—Perdóname. Me he comportado como un niño mimado.

—¿Y ahora qué hacemos?

Él sonrió:

—¿Nos vamos a la cama? Es el remedio universal, al fin y al cabo.

Müller se echó a reír, dando gracias de que le quitara hierro al asunto. Aunque sí que era cierto que le pasaba algo. Ojalá supiera el qué. Llevaba así ya demasiado tiempo. Y entonces sintió que le entraban otra vez ganas de vomitar.

—¿Otra vez te vienen, no?

Ella dijo que sí con la cabeza.

—Pues, ¿sabes qué, Karin?, que te vamos a hacer un chequeo. Yo creo que sé qué es, aunque jures y perjures que no puede ser.

Lo miró a los ojos, cada vez más alarmada:

—¿El qué?

—Que estás embarazada.

* * *

Si irse a la cama, y todo lo que eso implicaba, era el remedio universal, a Müller no le funcionó. Emil enseguida se dio la vuelta y empezó a roncar; puede que tan contento, pensando que el contacto físico había servido para superar la riña. Pero a ella no se le iba de la cabeza lo que él le había dicho con tanta insistencia: que se había quedado embarazada; eso desmentiría de un plumazo lo que diagnosticaron todos los médicos que fue a ver. ¿Sería verdad que aquellos «mareos» no eran sino náuseas del embarazo? Pero ¿cómo iba a ser eso? Y si fuera cierto, ¿era algo deseado? La riña antes de acostarse venía a demostrar que Emil y ella no estaban todavía preparados para que su unión quedara bendecida con un hijo.

La sacó de tanta angustia el timbre del teléfono en el salón.

—Ya lo cojo yo —dijo, al ver que Emil gruñía y se tapaba los oídos con la almohada.

Porque resultaba que era para ella, y no para él. Era Tilsner de nuevo.

—Me temo que ya se han echado a la calle, jefa. Anneliese tiene que haberse ido de la lengua.

—¿Dónde?

—En la puerta de un albergue en el *Wohnkomplex VIII*. Un albergue para trabajadores vietnamitas.

Müller fue a toda velocidad hasta allí en el Wartburg, por el puente del Saale, con las luces de emergencia y la sirena puestas.

Cuando llegó, no le sorprendió nada la escena: unos cuantos matones con cazadoras de cuero habían tomado la zona y se llevaban a una multitud de hombres y mujeres, a los que les arrancaban de las manos las pancartas que portaban.

—Por favor, Karin, apague las luces. No queremos que la cosa parezca más grave de lo que ya es. —Era Jäger, que se le arrimó casi sin hacerse notar en cuanto Müller bajó del coche—. ¿Sabe usted a qué viene todo esto?

Müller se hacía una idea, pero no estaba segura de si quería admitirlo delante de Jäger. Estaba enfadada, eso sí, al ver que Anneliese no les había hecho caso cuando la previnieron. Venían a confirmarse así los temores de la Stasi de que los secuestros de los bebés podían soliviantar a la población. Un secreta alumbró con la linterna la pancarta que acababa de decomisar: «*DEVUÉLVANNOS A NUESTRO BEBÉ*», ponía. Menos mal que, como era de noche, Jäger no veía la cara de apuro que se le había puesto a Müller. Pero el lema de la pancarta, eso sí lo había visto, igual que ella.

—Espero que esto no sea por culpa de su investigación, Karin. Sabe de sobra que queríamos tenerlo todo bajo control. No podemos permitirnos que algo así explote el fin de semana que llega el camarada Castro a la ciudad.

—Quizá si desde un primer momento se hubiera hecho más, camarada *Oberst*, no nos veríamos así ahora.

Uno de los efectivos de la Stasi iba a taparle la boca a una mujer con la mano; justo cuando ella se disponía a gritar otra vez, y a Müller la sorprendió ver que era Klara Salzmann. «¿Por qué no está en casa con Maddelena?».

—¿La conoce? —preguntó Jäger, quien, pese a la escasa iluminación de la calle, se había percatado del interés que aquella mujer despertaba en Müller.

Müller movió afirmativamente la cabeza:

—Es la madre de los mellizos secuestrados en julio. Por eso me trajeron de la capital del Estado, para ocuparme de ese caso, en principio.

—¿Le parece que está protestando demasiado? —preguntó Jäger.

Müller se dio cuenta de que había llegado Tilsner, quien ocupaba un segundo plano y miraba a los agentes de la Stasi en su labor de poner a los manifestantes a buen recaudo, metiéndolos a empellones en la parte trasera de las furgonetas Barkas.

—Karin siempre ha sospechado de los padres —dijo Tilsner.

Müller soltó un suspiro:

—Es cierto. Aunque no sé del todo por qué. Quizá por cómo se miran entre ellos. No creo que nos hayan contado toda la verdad. Y si me pregunta usted que qué hace rodeada de manifestantes en mitad de la noche, cuando tendría que estar en casa con el bebé que sobrevivió al secuestro; y por qué han elegido para manifestarse la entrada al albergue vietnamita, me temo que tendré que contestarle que no tengo ni idea, camarada *Oberst*.

Al día siguiente, fue el Ministerio para la Seguridad del Estado el que lidió con las repercusiones de la protesta. Jäger dejó bien claro que ni Müller ni Tilsner hacían falta. Así que, después de desayunar ya bien avanzada la mañana, los dos detectives de la *Kripo* berlinesa pusieron rumbo a Silberhöhe, al sur de la ciudad de Halle, para dar con la exnovia de Georg Meyer, que trabajaba en la industria textil en la zona. La retuvo brevemente la Policía de Halle en la comisaría; pero luego la dejaron volver al trabajo, cuando Müller les dijo que se retrasarían por culpa de aquella emergencia de madrugada.

La fábrica en la que trabajaba tenía aspecto de haber ido a menos: se le caían los ladrillos rojos y era ya carne de demolición. Müller sabía que ese era en realidad el futuro que la esperaba: toda la zona estaba destinada a alojar otra ciudad dormitorio de apartamentos de hormigón, parecida a Ha-Neu. En apenas dos años, el área quedaría transformada, y un bloque detrás de otro se elevarían de entre el barro y los escombros.

La encargada fue a buscar a Kerstin, no sin antes mostrarles a Müller y Tilsner un cuarto que quedaba a un lado de la entrada en el que podrían llevar a cabo el interrogatorio. Se quejó, además, de que la chica había llegado hacía poco, cuando ya estaba empezado el turno.

Volvió con Kerstin, una joven que tenía aspecto de cansada y que no paraba de toquetearse el pelo mientras escuchaba a Müller hacer las presentaciones.

—Le presento al *Unterleutnant* Tilsner, de la *Kriminalpolizei*; y yo soy la *Oberleutnant* Müller. ¿Sabe por qué queremos hablar con usted, Kerstin?

—Pues la verdad es que no —dijo la chica con voz queda—. Los de la *Vopo*... ellos no me han dicho nada.

—¿Eres irascible, Kerstin? —preguntó Tilsner.

—La verdad es que no. Como todo el mundo.

—¿Alguna vez ha amenazado a alguien? —preguntó Müller. Miró a la chica sin concesiones, hasta que Kerstin bajó la vista y empezó a restregarse las manos.

—No. ¿A qué viene todo esto? No lo entiendo; tengo que volver al trabajo.

—Es en relación con su exnovio, Georg Meyer —siguió diciendo Müller.

—¿Qué le pasa? Yo ya no tengo nada que ver con él desde que lo dejé.

—¿Que tú lo dejaste? Pues eso no es lo que nos han contado —dijo Tilsner—. Nosotros creíamos que había sido él el que te había dejado a ti. Por otra; y más guapa que tú.

—Anneliese Haase —dijo Müller.

La chica no decía nada y seguía retorciéndose las manos, con la vista clavada en el suelo.

—¿Es eso cierto? —preguntó Müller.

—Sí, está con ella, ¿y qué? Él y yo hemos terminado y a mí me da igual. Pero más guapa que yo no es. Lo que es, es una puta. Una puta que se folla a los vietnamitas que vienen a trabajar a este país. Con su pan se lo coma él.

—Si así están las cosas, Kerstin —dijo Müller, y empezó a pasar las páginas de su libreta—, ¿entonces por qué se enfadó usted tanto cuando los vio juntos el otro día en el centro de Halle?

—¿Y eso quién lo dice?

—Tenemos testigos —dijo Tilsner—. Testigos que te oyeron decirle: «¡Ten cuidado, pedazo de cabrón! Que ya nos las veremos tú y yo tarde o temprano». ¿Niegas que se lo dijiste?

Müller vio que se le humedecían los ojos a la chica. Era obvio que estaba celosa; que todavía quería a Georg Meyer. Ahora bien, ¿tenía pinta de ir raptando niños? Müller creía que no.

Como la chica no respondía, Tilsner le apretó un poco más las clavijas:

—Y vaya si te las viste con él, ¿eh? Anoche mismo. Y le robaste a su novia el bebé.

—¿Cómo? —gritó la chica—. Está usted loco. ¿Para qué iba a querer yo un bebé? Y si quisiera uno, nunca sería un hijo bastardo de segunda mano que tiene un padre extranjero.

El verdadero carácter de Kerstin asomaba las uñas con aquella respuesta tan virulenta, pensó Müller. Pero de ahí a llevarse a Tanja de la puerta del bar había un largo trecho.

—¿Dónde estabas anoche a las siete de la tarde? —preguntó Tilsner.

—Aquí —escupió la chica—. Pregúntele si no a Frau Garber, la encargada. No le caigo bien, pero sabe que estuve aquí.

41

La encargada corroboró la coartada de Kerstin, tal y como ella dijo que haría: les enseñó la hoja de entrada con la hora en la que había fichado. Müller comprendió entonces que habían vuelto otra vez a la casilla de salida. Solo que ahora tenían otro bebé secuestrado del que ocuparse; aparte de las primeras muestras de intranquilidad entre la población, y las primeras manifestaciones. Y eso no podía de ninguna manera interferir con la visita del camarada Castro el fin de semana. Lo que era en casa, las cosas no iban mucho mejor: Emil no hacía más que decirle que se hiciera las pruebas para ver si estaba o no embarazada; y Müller aguantaba todavía sin hacérselas, porque no se creía que tantos ginecólogos, a lo largo de tantos años, estuvieran equivocados.

Los preparativos de la visita no diferían mucho de los desfiles conmemorativos del primero de mayo o del aniversario de la República. A Müller y a Tilsner los reclutaron para ayudar a Eschler y a sus hombres en tareas que, en lo esencial, corrían normalmente a cargo de los patrulleros: organización y seguridad. Aunque Müller sabía que, entre bambalinas, Jäger y los agentes de la Stasi seguirían la pista a cualquier sospechoso de pertenecer al Comité de Desahuciados, de tan evanescente nombre, y sobre el que la había prevenido el coronel de la Stasi. Eso sí, le había arrancado al mismísimo

Jäger la promesa de que, en cuanto pasara la visita de Estado, le daría refuerzos para su pequeña brigada de homicidios; y que contaría, al menos, con los mismos hombres que antes de la reaparición de Maddelena sana y salva. El Ministerio para la Seguridad del Estado se amilanó un poco al ver la protesta a las puertas del albergue vietnamita, y Müller salió beneficiada con ello.

Era un sábado luminoso de finales del mes de octubre. No había ni una nube en el cielo; ni contaminación en el aire. Müller casi llegó a pensar que Leuna, Buna y otras plantas colindantes habían cerrado un día entero para asegurarse de que al primer ministro cubano no lo incordiara ningún olor punzante en el que se consideraba el día más importante de su visita. Müller estaba muy orgullosa de poder darle la bienvenida en Halle-Neustadt, la ciudad modélica de la República Democrática Alemana, donde se cumplía el ideal de vida socialista. Eso sí, el orgullo patrio quedaba matizado por los oscuros tejemanejes ocultos detrás del perfil recién estrenado de la ciudad: el secuestro de los mellizos Salzmann, la muerte de Karsten y la desaparición de Tanja Haase. Sobre todo lo cual se corrió un tupido velo para que nada empañara la visita del camarada Castro; si es que era esa la verdadera razón de tanto secretismo…

Desde el puente de amplio trazado sobre la Magistrale, Müller y Tilsner vigilaban el progreso del desfile a sus pies: hileras de trabajadores del sector químico blandían estandartes rojos con las distintas partes en que se dividía el trabajo en las plantas; secundados por los Pioneros, con las camisas blancas recién planchadas y el relampagueo azul y grana de los pañuelos al cuello.

—Estarían encantados de estar aquí si fuera día de colegio o de trabajo —le dijo Tilsner al oído—. Pero seguro que no les hace nada de gracia sacrificar una tarde de domingo.

Müller lo fulminó con la mirada. Porque no era como para ponerse cínico. Ella al menos sí quería que todo transcurriera sin el menor contratiempo. Buscó con la mirada el final del desfile y vio una fila de limusinas negras que, en la distancia, parecían escarabajos; y cuyo brillo despuntaba a la luz del sol mientras cruzaban el puente sobre el Saale desde la ciudad de Halle. Las limusinas eran todas Volvo, como no podía ser menos, y Müller las distinguía bien por la forma, pese a estar tan lejos, y por las columnas de lo que, se diría, eran hormigas que las rodeaban: motos de escolta de la Policía. Si miraba el perfil que recortaba la ciudad en las aristas de los edificios, veía hombres armados de la Stasi en las azoteas de los bloques de pisos; vigías que, sin duda, se mantenían en contacto por radio con los efectivos a ras de suelo, por si vieran desde allá arriba algo sospechoso.

—Entonces, ¿qué hacemos, quedarnos donde estamos y ver el desfile? —preguntó Tilsner—. Porque como pase algo, mucho, lo que se dice mucho, no vamos a poder hacer desde aquí arriba.

—No, mejor vamos al hospital central. Los discursos serán allí. El camarada Castro quiere ver si nuestro sistema sanitario es tan bueno como el suyo.

—Pero tampoco hay que darse prisa. Me han dicho que da discursos de horas y horas.

Según cruzaban el puente peatonal, entraron directamente en el *Wohnkomplex IV*, que albergaba el hospital; así evitaban tener que abrirse paso entre las hordas de espectadores que atestaban la Magistrale. Una vez en el hospital, mostraron sus placas de la *Kripo* para que los dejaran pasar sorteando a la multitud congregada a la entrada, a la espera de los discursos.

Al otro lado del vestíbulo de entrada, Müller vio a Jäger, y lo saludó con un movimiento de cabeza. También estaba allí Emil, enfundado en una bata blanca de médico, mas no logró que la viera. Pasados unos veinte minutos, el rumor de espera se tornó rugido enfervorecido de aclamación; con brillo cegador, refulgieron los *flashes* de los fotógrafos de prensa acreditados; y entonces apareció él, encaramado al podio, saludando con el brazo, vestido de verde oliva con traje de campaña, al lado de Erich Honecker, de paisano, con gafas: Fidel Castro. El gran revolucionario, el héroe socialista; aquel cuya imagen, junto a la del Che Guevara, se repetía en camisetas y pósteres a lo largo y ancho de la República Democrática Alemana. Y lo que era más raro: también al otro lado del Muro. Müller lo había visto en telediarios y documentales de la televisión de la República Federal.

Tilsner hizo bocina con una mano y dijo:

—Hemos hecho una porra en el cuartel general de la Policía del Pueblo. A ver cuánto dura el rollo este. ¿Sabes que en las Naciones Unidas tiene el récord del discurso más largo? Más de cuatro horas.

Müller entornó los ojos, luego le dio unos toquecitos en el reloj occidental que llevaba.

—Menos mal que por lo menos tú lo podrás cronometrar al segundo con esto —le susurró a su vez al oído a su ayudante—. Con tu reloj caro y tremendamente capitalista.

Tilsner respondió con un mohín desdeñoso. Al otro lado de la aglomeración de gente, Jäger los miraba con cara de pocos amigos; puede que molesto, al ver lo bien que se lo pasaban los dos detectives, en vez de estar prontos al quite por si algún miembro del oscuro Comité de Desahuciados, de vago nombre y más vaga existencia todavía, hacía acto de aparición.

Al final resultó que ni Honecker ni Castro empezaron sus respectivos discursos. Le tocó en suerte abrir baza a un alto mando del ala local del Partido.

—¿Ese quién es? —preguntó Tilsner.

Müller se encogió de hombros; pero entonces, una mujer de temible aspecto le dio unos golpecitos en el hombro:

—Es el secretario de distrito del Partido: Rolf Strobelt. —Y Müller le dio las gracias asintiendo con la cabeza.

En pie, delante de una maqueta de la ciudad recién construida, Strobelt abrió su breve discurso en el que daba la bienvenida a Fidel

Castro y enumeraba las bondades de Halle-Neustadt, interrumpido a intervalos regulares por salvas de aplausos. Müller aplaudía obediente, como el resto de la multitud. Solo Tilsner, para disgusto de su jefa, alzaba los ojos al cielo y pegaba los brazos a ambos costados, en vez de unirse a la aclamación que ponía broche al breve discurso. «¿Es que no se da cuenta de que Jäger y sus compinches nos están mirando?».

Entonces le tocó a Honecker. A Müller le sorprendió que su mujer, Margot, no estuviera con él. Ella era parte primordial de la visita, según les informaron a Müller y al resto de los policías. Natural de Halle, la ocasión habría sido propicia para que retomara contacto con su ciudad natal; y con el dédalo de bloques de hormigón recién construidos que le había salido en un lado a la ciudad histórica.

Por fin, después de dejar espacio a más oleadas de aplausos, Honecker presentó a Castro. Nada más empezar a hablar el mandatario cubano, Müller notó detrás de ella un movimiento en la masa de gente que la separó de Tilsner. Lo atribuyó primero al entusiasmo; mas pronto se convirtió en un forcejeo y en un griterío, y la empujaron con violencia hacia adelante, con tan mala fortuna que chocó con alguien y sintió algo parecido a un puñetazo en el vientre. Se dio la vuelta para quejarse y vio a dos hombres con chaqueta de cuero luchando a brazo partido. Entonces se oyó el grito:

—¡Que nos devuelvan la casa y el negocio! Tenemos derecho a...

Se llevó la mano al estómago, presa del dolor; y volvió la vista al punto del que provenían los gritos, un poco a su derecha. Vio allí a otro hombre con chaqueta de cuero, supuso que de la Stasi, que le tapaba la boca a uno de los que protestaban. La confusión se iba adueñando de la multitud, pero subieron el volumen del sistema de altavoces y la voz de Fidel Castro ahogó cualquier otro atisbo de disconformidad.

Hubo más zarandeos, alguien la empujó otra vez y perdió pie. Justo en ese momento, en plena caída, alcanzó a ver con el rabillo del ojo una cara que sabía que había visto antes. Le llegó un recuerdo repentino de su niñez, de cuando era joven. «Yo lo conozco. Pero ¿quién es?». Sin embargo, antes de que diera con la respuesta, mientras le retumbaba en los oídos la palabrería de Castro y su traducción al alemán, impactó contra el suelo con la cabeza y se dio un golpetazo tremendo.

42

Febrero de 1963.
Oberhof.

Hacía mucho mucho frío. La chica daba pisotones contra el suelo por ver si eso le reactivaba la circulación en los pies, enfundados en unas botas de esquiar rígidas, especialmente adaptadas. Con cada exhalación, leves nubes de vapor le flotaban delante de la cara; y daba palmadas para entrar en calor, mientras sostenía los esquís con el pliegue del codo.

El final de la pista parecía de cristal; y los primeros saltadores tuvieron que emplearse a fondo para frenar al borde mismo de las barreras, erigidas con pacas de paja tapadas con una lona. Porque chocarse contra ellas sería como estamparse contra un muro de ladrillo. Horas, días después, todavía les estaría doliendo; y tampoco estaba allí su familia para ofrecerle ánimo o consuelo. Había ido a comprobar el estado de la paja antes de subir: estaba congelada, como todo allí; congelado desde hacía semanas, o meses.

Y no solo allí, en el bosque alpino de Turingia. La ola de frío mantenía su férreo abrazo sobre todo el norte de Europa. Vio las fotografías en el Neues Deutschland: *las olas se habían helado en el Ostsee, como círculos concéntricos de azúcar glaseado en una tarta. En los puertos, las placas de hielo arrastradas por el viento hacían presión* contra el casco de los barcos, los dejaban petrificados en ángulos inverosímiles. Y la gente iba caminando por el agua congelada y salobre para ver más de cerca los desmanes que había causado el temporal. En la capital del Estado, los árboles y los letreros de las tiendas aparecían decorados con una aureola de bigotes blancos que no derretía ni el sol invernal en pleno mediodía.

Tenía delante ahora a su entrenador, que le echaba el aliento con olor a salchichas y le calentaba algo la cara mientras repasaba con ella las técnicas que ya se sabía de memoria. Cómo impulsarse en el lanzamiento con el cuerpo y las rodillas; la inclinación de la cabeza, luego, buscando las puntas de los esquís, con los brazos pegados al cuerpo como los alerones de un avión de caza. Y después el aterrizaje: rodillas flexionadas, una siempre más adelantada que la otra. Ella hacía todo lo posible por concentrarse en las palabras del entrenador, pero los ojos se le iban a la ramificación de capilares rotos que le cubría la cara devastada por la intemperie y el alcohol.

—¡Acuérdate! —lo dijo gritando, y se le escapó una furtiva pizca de salchicha—: Concentración. Concentración. Todos te estarán mirando, y todos te van a animar. Tú puedes ser la campeona, porque vales de sobra. Así que créetelo.

Le dio una última palmada en la espalda con la gigantesca mano enguantada y la empujó hacia los escalones que llevaban a la plataforma. En la base de la colina, en la desvencijada tribuna de madera, vio un mar de caras, y el vapor que se elevaba de ellas mientras le daban sorbitos al café, o al Glühwein mit Schuss. Allí se habían juntado unos cuantos de sus amigos del colegio.

—Venga, Katzi —le gritaban, dándole ánimos.

¿Por qué lo haces?, se preguntó a sí misma. ¿Qué te lleva a querer demostrar que eres mejor que los demás? La número uno. ¿Es que buscas la aprobación de tu madre? ¿La de tu hermana, la de tu hermano, la de papá? ¿Por qué? Si ni siquiera han venido a verte.

Había llegado ya al último escalón. Era ella la siguiente: le tocaba ir andando como un pato hasta el parapeto que culminaba la imponente rampa blanca, surcada por una pista doble que llevaba a... la

261

nada. A nada que no fuera sentirse libre, sentir el viento de alta montaña que rozaba los oídos; y el subidón de adrenalina: la magia de volar por el aire, lo más cercano que un ser humano puede estar de emular la belleza en el vuelo de los pájaros.

La chica vio cómo se preparaba Lukas Habich para el impulso. Él era su máximo rival, el campeón del Bezirk *de* Suhl. *Sabía que era mejor que él: saltaba más lejos, puntuaban más su estilo. Pero en el cómputo final, a ella le descontarían puntos. Porque el esquí de saltos no tenía una categoría aparte para mujeres, ni en adultos ni en juveniles. Era la mejor, mas nunca ganaría un premio.*

Lukas se ajustó las gafas y le dieron la señal de saltar. Entonces tomó impulso y adoptó la postura tradicional, agachado según bajaba por la rampa. La chica lo vio despegar justo en el momento en que pasó a ocupar el puesto que él había dejado vacante detrás del listón de salida.

Cuando Lukas aterrizó, el griterío del público fue ensordecedor. Tenía que haber rebasado el punto K y puntuado bastante en estilo. Era él el que marcaba siempre la diferencia y aspiraba al oro.

La chica sabía que, entre el gentío, no todo eran espectadores; había también ojeadores del Comité Olímpico de Deportes de Invierno de la República. Y no habían venido a ver a Lukas; estaban allí para verla a ella. Para ver si lo que se decía de la chica de Turingia que volaba era verdad. Y si podría ella ser punta de lanza de una competición nueva, solo para mujeres, en esquí de saltos como deporte olímpico. De ese modo, abriendo camino, la Deutsche Demokratische Republik, *aquel diminuto país comunista justo al borde del bloque socialista soviético, dominaría el mundo.*

Se ajustó las gafas e intentó aislarse de lo que no fuera pensar en ese impulso inicial que se tenía que dar con suavidad, seguido de un despegue explosivo pero controlado. Solo que algo iba mal. Con el rabillo del ojo, vio a un joven que le lanzaba una mirada acusatoria desde la parte superior de la tribuna: era una mirada fiera, llena de odio, la que le dirigían aquellos ojos enmarcados en gafas de montura metálica. Había visto esa cara antes. Un montón de veces. En el campo del granjero Bonz, donde practicaban su propia versión del tobogán de hielo sobre un trineo. Y la última vez que lo había visto, era empujado para que subiera a la caja de un camión del Ejército del Pueblo, y él volvía la cabeza a todas partes, confuso y miope. Johannes. Era Johannes.

De repente, la rampa adquirió una longitud infinita; la zona de aterrizaje se le aparecía como un punto imposible de alcanzar. El miedo le sacudió el cuerpo atlético y adolescente con un temblor. ¿De dónde venía ese miedo tan repentino, con lo valiente que había sido ella antes? Era como si se lo hubiera proyectado Johannes con la mirada de desaprobación. Aquel chico al que ella quiso proteger cuando él sintió un terror parecido; pero no pudo, pues era demasiado pequeña y se sentía impotente. Nunca hizo nada por averiguar qué había sido de él; lo había borrado de su vida por completo.

De tal manera que, cuando sonó su nombre por los altavoces, Karin Müller, sintió el mismo pánico que tuvo que sentir él cuando se lo llevaron los soldados; a él, y al resto de su familia, dejando atrás un hogar confiscado. Y allí seguía ella, agachada, incapaz de tomar impulso, inmóvil detrás del listón.

Supo entonces que no podía saltar, que nunca más volvería a saltar.

43

Nada más volver en sí, Müller no sabía dónde estaba. ¿No sería que por fin sí que se tiró por el trampolín de saltos de esquí una última vez? ¿Sería eso, que había superado el súbito pánico que se apoderó de ella al ver la que creyó que era la cara de Johannes...? Pero ¿y el encontronazo contra el suelo, el golpe en la cabeza? Le dolía horrores. Seguía mareada, como siempre últimamente, con miedo a estar...

Embarazada.

Por fin se sintió algo menos aturdida y ya no tuvo delante la cara de Johannes, sino la de Emil: Emil Wollenburg, con gesto de preocupación, volcado sobre el lecho en el que ella estaba tendida. Una cama de hospital.

—Estás de nuevo entre los vivos, Karin.

Quiso levantarse de la cama, sin saber muy bien qué hacer. Si tocaba proteger a Castro, a Honecker o darle sentidas explicaciones a Johannes de por qué a él no le habían permitido quedarse en Oberhof y a ella sí. De por qué nada más verlo en la tribuna, se quedó bloqueada, presa del pánico, sin poder saltar. Y ella también le pediría explicaciones a él. ¿Qué hacía en Ha-Neu? ¿Por qué sujetaba con todas sus fuerzas a aquel manifestante? Si es que había sido Johannes. Negó un par de veces con la cabeza, por ver si así se le despejaba; y se arrepintió en el acto, pues sintió que le taladraba las sienes un dolor horroroso.

—Échate —dijo Emil, y la recostó apoyando con cuidado las manos en sus hombros, hasta que Müller posó de nuevo la cabeza en la almohada—. Vas a tener que tomarte las cosas con más calma unos días.

—¿Qué pasó?

—Te desmayaste, y te golpeaste la cabeza contra el suelo. Debió de ser por la emoción de escuchar en primera fila uno de los legendarios discursos de Fidel Castro.

—No. Fue porque vi algo. Lo vi a él.

Emil frunció el entrecejo dando muestras evidentes de preocupación.

—¿A quién viste?

A Johannes, estuvo a punto de decir ella. «Sí, hombre, aquel amigo al que dejé tirado; cuando me quedé cruzada de brazos mientras se lo llevaban los soldados». Pero no salió palabra de su boca. Porque, al fin y al cabo, para Emil, que no sabía nada de él, ¿quién era Johannes? No lo entendería.

Como no decía nada, Emil alargó la mano, desde la silla en la cabecera de la cama, y tomó la de Müller.

—Como estabas inconsciente, les pedí que te hicieran una ecografía.

Müller abrió los ojos de par en par, con expresión de susto.

—No quiero saberlo. —Vio, nada más decir esto, que esas palabras habían herido a Emil en su orgullo. Y comprendió, pese a lo aturdida que estaba, que tenía que congraciarse de alguna manera con él—. No quiero saber si es niño o niña… si es que estoy embarazada.

—Lo estás. La prueba lo confirmó. Y también que, aunque te pegaste un buen golpe, todo está en orden. Pero yo tampoco quería saber si era niño o niña. Les pedí que no me dijeran nada, solo si estabas embarazada o no.

Müller apoyó de nuevo la cabeza en la almohada del hospital y se echó a reír:

—Tantos años sin tomar precauciones, convencida de que…

—¿De que no podías quedarte embarazada después de lo que te pasó en la academia de policía? A lo mejor es que has tenido suerte, nada más... O que no la has tenido.

Müller apretó fuerte la mano de Emil.

—¿Y tú, Emil, cómo te sientes? ¿Estás contento?

—¡Ja! —se echó a reír—. ¿Tú qué crees, no me ves esta sonrisa de oreja a oreja?

A Müller, sin embargo, la noticia le dejó un poso de preocupación. ¿Qué iba a pasar ahora con la investigación del secuestro y posterior muerte de Karsten Salzmann? ¿Y con el robo del bebé Tanja Haase? ¿Y los mellizos, ya muertos, que les robaron a los Anderegg? Porque, si a ella le había caído en suerte tener un hijo, era tremendamente injusto no seguir buscando a la persona o personas que se los habían robado a otros.

Como si le leyese el pensamiento, Emil verbalizó sus temores:

—Tienes que tomártelo con calma. Sobre todo porque te caíste y te llevaste un buen golpe en la cabeza. Eso podía haberte provocado un aborto. No sería aconsejable que siguieras con el mismo trabajo.

—¡Ni hablar! —gritó, y le clavó las uñas en la palma de la mano. Vio cómo la retiraba y ponía cara de verdadero dolor, y casi se alegró por ello—. No pienso perder otra vez el trabajo que tengo al frente de una brigada de homicidios para pasar a ser la esposa de un doctorcito y quedarme en casa. Ya te puedes ir olvidando de eso.
—Nada más decirlo, ya se había arrepentido. Emil quedó cabizbajo. Sí que había sido sincera con él, pero tampoco hacía falta pasarse. Además, nadie había hablado de matrimonio. Él quizá ni siquiera se lo había planteado—. Perdóname —dijo ella—. No quería soltarlo así. Pero es que quiero seguir trabajando. Me gusta lo que hago. Si vamos a tenerlo...

—¿Cómo que si vamos a tenerlo?

—Vale, pues cuando lo tengamos, yo pienso seguir trabajando.

—Bueno, pero no al...

—Sí —dijo ella con firmeza—. Al frente de una brigada de homicidios. Ese es mi trabajo. La Policía del Pueblo me ha ascendido hasta ese puesto, y aunque puede que en algún momento se hayan arrepentido de ello, les encanta decir a los cuatro vientos que eso demuestra que en la *Kripo* existe paridad de sexos; aunque no haya mujeres en puestos de mando. O sea que no te queda otro remedio que acostumbrarte, Emil.

Su novio médico alzó las cejas, mas no dijo nada. Aquella pequeña discusión sobre qué papel quería para sí como madre acabó por despejarle la mente; y se dio cuenta de que él todavía tenía la bata puesta. Emil la vio mirándolo.

—Sí, todavía estoy de servicio. Solo vine a ver qué tal seguías; es el descanso que tengo para comer. —Miró el reloj—. He de volver. —Se inclinó sobre el lecho para darle un beso en la mejilla, pero ella volvió un poco la cara, le puso una mano en la nuca y se aseguró de que el beso le caía en plena boca.

—Buen trabajo, papá —dijo con un susurro.

A su vez, él le pasó la mano por la tripa.

—Lo tuyo sí que ha sido un buen trabajo, Mutti.

Hubiera querido que la visita siguiente fuera la de Tilsner, que venía a ponerle al día de todo lo referente al caso, o a los casos, si es que había relación entre ellos. Pero el que entró por la puerta fue Jäger. Él solo, sin señales de Malkus ni de Janowitz, afortunadamente. Había sido aparecer Jäger en escena, y los oficiales locales de la Stasi, al parecer, se mimetizaron con las sombras. Pero ¿cuánto tiempo iban a seguir las cosas así, ahora que había terminado la visita de Castro?

—Casi se lleva usted todos los *flashes*, Karin —dijo, echándose a reír—. El camarada Castro siguió todo resuelto por encima del griterío, pero cuando usted se cayó, interrumpió su discurso. Tuvo que parar hasta que el personal médico la llevó sin mayor contratiempo al hospital. ¿Qué pasó?

¿Convenía que Jäger supiera que estaba embarazada? Pues no sería ella la que se lo fuera a decir; por lo menos, no hasta que se le notara tanto que ya no pudiera ocultarlo. Menos mal que, aparte de una ligera hinchazón del vientre que ella misma había atribuido a que comía un poco más de la cuenta últimamente, no se le notaba nada todavía.

—Pues que con tantos empujones, perdí el equilibrio, camarada *Oberst*. —Pese a que estaban en un entorno nada habitual, y bastante informal, no pudo por menos que llamarlo por el cargo—. Y me caí y me di en la cabeza. Con tan mala fortuna que, al parecer, perdí el conocimiento, aunque no me acuerdo de casi nada.

—¿Cuánto tiempo piensan tenerla aquí?

—Creo que un par de días, en observación. Tilsner puede quedar al mando en mi ausencia, no se preocupe. ¿Han arrestado a…?

Jäger levantó una mano para que no dijera nada, mientras miraba a su alrededor con cautela. Luego se acercó a ella un poco más:

—Mejor no hablemos de eso aquí, Karin. Pero sí, todo se solucionó como cabía esperar. No creo que forme parte de nada de mayor envergadura, nada que tenga que preocuparnos. Cuando salga del hospital le daré más detalles.

—¿Y el otro asunto?

Jäger la miró sin comprender.

—¿Qué más asuntos había?

—Lo que le pedí que averiguara, aquellas preguntas que le pasé en un papel.

—Ah, es verdad. Pues no, lo lamento. He estado muy liado con la visita de Castro, como podrá usted imaginarse. Pero como eso ya ha pasado a la historia, puede que ahora tenga más tiempo. No se preocupe, que no me olvido de ello.

Y, dicho esto, dio unos golpecitos en la ropa de cama a la altura de sus piernas y se despidió de ella.

Müller se llevó una desilusión al ver que no lograba avanzar en la búsqueda de noticias sobre sus padres biológicos. Porque si seguían vivos, lo cual era ya mucho suponer, deberían saber que muy pronto iban a ser abuelos. Eso hacía todavía más perentorio dar con su paradero, pensó, mientras se acariciaba la tripa: por ellos, por Müller y por el niño que iba a nacer.

Septiembre de 1975.
Wohnkomplex VIII, Halle-Neustadt.

Ya sabía yo que no iba a durar. Siempre que me pasa algo bonito, me pasa algo horrible después: siempre, siempre, siempre. Qué felices que éramos los tres. Yo le daba el biberón a Heike como Hansi me enseñó. Seguro que no fue culpa mía.

Solo que Hansi ya me había advertido de que, según el médico, era un bebé con un estado de salud muy frágil. Claro, como nació poco después de que yo perdiera el conocimiento. Aunque a mí me parecía un bebé normal.

Así que me quedé de piedra cuando me enteré –después de un chequeo que me mandó el médico a mí, no al bebé, que se quedó con Hansi en el piso–. Y era que Hansi había tenido que llevarla al hospital. Y la ingresaron. Porque estaba muy malita, dijeron, y tenían que llevarla a cuidados intensivos.

—Y ¿no puedo ir a verla? —pregunté. Y seguro que me vio en los ojos las ganas que tenía.

Pero en los suyos solo vi una mirada fría, dura. Él a veces es muy así.

—No, Franzi, lo siento. Está en el hospital del Ministerio. Y allí la van a atender mejor que en ninguna parte. Espero que sea solo por unas semanas.

—¡Unas semanas! ¿Me voy a pasar semanas sin verla?

Dijo que no con la cabeza:

—No lo pongas peor de lo que ya está, Franzi. Es lo mejor para ella. Acuérdate, si no, de lo que pasó la otra vez.

A ver qué iba a decir yo ante eso. Ya sé que me sigue echando la culpa de lo que le pasó a Stefi. Pero de eso hace ya casi diez años, y yo imagino que algún día me tendrá que perdonar, ¿no? Hice lo que pude. Ay, Heike, Heike. Espero que te traten bien. Rezaré por ti todas las noches.

45

Diciembre de 1975.
Halle-Neustadt.

Pasaron las semanas y los meses y no había progresos en la investigación. Seguían teniendo esperanzas en la pista de la letra, pero era una tarea colosal que avanzaba a paso de tortuga. Además, Müller y Tilsner veían interrumpida su labor porque les asignaban constantemente casos de delitos menores cometidos en la ciudad nueva: hurtos, agresiones y demás actos contra la comunidad socialista. Janowitz, en nombre de la Stasi, ya había dejado manifiestamente claro en varias reuniones que no tenía ningún sentido que Müller y Tilsner siguieran allí en comisión de servicios, en vez de volverse a Berlín: dando a entender que los de la Stasi podían solos con la investigación, o lo que quedara de ella.

Se les había echado el invierno encima. Y si en verano y en otoño Halle-Neustadt encarnaba lo mejor de la República –aquella promesa de un apartamento a estrenar para todos los ciudadanos–, no se podía decir lo mismo en invierno. Al pasar la hoja del calendario y meterse ya en diciembre, todo el mundo empezó a pensar en la Navidad: el *Kaufhalle* había puesto en oferta las decoraciones navideñas, y en el puesto de la carnicería, Klara Salzmann vendía productos especiales. Sin embargo, Müller tenía la sensación de todo menos de fiesta. La contaminación era tan alta como en la capital del Estado, si no peor: a las calefacciones de carbón había que sumar el humo tóxico de Leuna y Buna. Y aunque cesaron los mareos, tenía ahora cada vez más tripa, y eso le ralentizaba los movimientos. El niño, o la niña, sería grande.

No paraba de toser por culpa del aire ácido que se respiraba a todas horas; una tos seca y persistente que traía a Tilsner por la calle de la amargura.

—Tienes que ir a que te miren esa tos. O cómprate algo para la garganta, una de dos; porque no quiero que me la pegues. —Müller lo fulminó con la mirada.

Estaban los dos volcados sobre la mesa, ayudando a la cuadrilla de la Stasi a abrirse camino entre los montones de periódicos viejos que recogían los Pioneros con sus carritos. Ya estaban acabando lo que era la labor de recogida; pero Müller, Tilsner y los hombres del Ministerio para la Seguridad del Estado no llevaban analizado ni la mitad de todo aquel montón de pilas de periódicos y formularios obtenidos con más malas artes. Una de ellas fue la competición que se inventaron entre todos los del *Kaufhalle* de Ha-Neu. Los clientes, para ganar, tenían que componer un poema a mano, en letra mayúscula, y que contuviera multitud de es mayúsculas.

Tilsner soltó un suspiro y volvió a dejar encima de la mesa con un golpetazo la pila de periódicos que estaba a punto de inspeccionar.

—*Scheisse!* Yo no me metí a policía para esto, Karin. Así no vamos a ninguna parte. —Se levantó de la mesa y fue a un extremo de la sala a preparar café para todos.

Müller ocupó el sitio que su segundo había dejado vacante en la mesa y se puso con la pila que él acababa de dejar a un lado, atraída por la fotografía que tenía en portada el periódico principal, el *Neues Deutschland*. Era un reportaje de la visita de Fidel Castro a Ha-Neu, hacía un par de meses. No había nada polémico en la fotografía, como no podía ser de otra manera: el secretario del Partido, flanqueado por Castro y Honecker, aparecía delante de una maqueta de Ha-Neu. Pasó la vista con más detenimiento por el artículo en sí, sin saber muy bien qué estaba buscando. ¿Acaso alguna alusión a su caída entre la masa de gente? ¿O una mínima referencia a los rumores que hablaban de la existencia de un Comité de Desahuciados, el cual, según Jäger, había quedado disuelto al arrestar a varios de sus cabecillas? Como era de esperar, no había nada de todo ello; solo se recogía la tediosa noticia de los discursos interminables.

Tilsner silbaba distraído una melodía mientras hacía los cafés, y Müller pasaba sin ganas las páginas del periódico hasta que llegó a la sección de pasatiempos. Fijó la vista en el crucigrama entonces, y, de repente, notó como un pinchazo en la nuca.

—¡Venid a ver esto! —gritó, y se puso en pie de un salto.

Todo el equipo se arremolinó a su alrededor, y Tilsner vertió parte del café en el suelo cuando se acercó a toda prisa con sendas tazas en las manos. El bebé que Müller llevaba dentro dio una patadita al notar su calma perturbada. A ella poco le importó: su hijo, o su hija, tendrían que acostumbrarse.

Porque allí las tenían: tan claras como cuando un día amanecía claro en Ha-Neu. En todas las casillas en las que había una «E» mayúscula, la letra era exactamente igual a la que descubriera Schmidt en el periódico ese verano. El periódico en el que el asesino o, mejor, el captor, había envuelto el diminuto y frío cadáver de Karsten Salzmann.

Cada pila de periódicos había sido convenientemente catalogada por los equipos de Pioneros con el número del complejo residencial, el bloque, la planta y, en los casos en los que había sido posible determinarlo, hasta el número de apartamento. Müller y Tilsner les dijeron que eso había que hacer si querían la paga que les correspondía del fondo de la Policía del Pueblo. Ahora se vería si habían estado a la altura y habían trabajado con diligencia y precisión. Afortunadamente, en el caso de ese periódico, lo habían anotado todo: Complejo número 8, bloque 358, apartamento 329 de la tercera planta. A Müller no le hizo falta mirarlo en el plano de Ha-Neu colgado en la pared: ya sabía ella donde estaba el bloque 358. Porque tenía prácticamente grabado en el cerebro de manera indeleble el diseño urbano tan peculiar de Ha-Neu. Estaba en el extremo más al noreste de la ciudad nueva, justo allí: prácticamente al lado del cuartel general de la Stasi.

Tilsner también había llegado por su cuenta a la misma conclusión. Hizo pantalla con la mano y le dijo al oído a su jefa:

—Fijo que está en la lista prohibida de Malkus.

—Como si no lo está —le susurró Müller, con cuidado de que no la oyeran sus colegas de la Stasi.

Tilsner quería salir disparado para allá, con la sirena y las luces de emergencia, para anunciar a los cuatro vientos la redada. Pero Müller recomendó cautela.

—Si hemos esperado seis meses, podemos esperar un poco más. Primero, a ver si averiguamos lo que sea posible sobre quién vive allí. Si es una familia o una persona sola; y dónde trabajan. Ese tipo de cosas. Y con el respaldo de esos datos, entonces, vamos derechos a por ese cabrón.

—O esos cabrones.

Müller dijo que sí con la cabeza y se pasó la mano por la tripa con expresión pensativa en el rostro.

Fruto de sus pesquisas, en las que colaboró la Stasi, fue averiguar que en el apartamento vivía una pareja de ancianos, sin conexión alguna con el Ministerio para la Seguridad del Estado, pese al piso que ocupaban. Al principio, Müller se llevó una desilusión: no casaban con el perfil habitual de secuestradores de menores, aunque sí con el de pensionistas; lo que había asegurado el experto en grafología, el catedrático Morgenstern, cuando insistió en que podía ser la letra de una persona mayor. Mas cuando averiguaron que la pareja no había tenido hijos, y que en la ficha médica constaba que la mujer, Gertrud Rosenbaum, había sufrido varios abortos, Müller creyó estar sobre la pista de algo. Y aquella convicción se convirtió casi en certeza cuando Tilsner descubrió que Frau Rosenbaum echaba una mano como voluntaria en el ala de pediatría del hospital.

Podían haber optado por alguna táctica de guante blanco con la pensionista, pero Müller decidió ir a saco con ella. Ordenó una redada al amanecer, seguida de un arresto: a Frau Rosenbaum la llevaron derecha al Buey Rojo, un centro de detención. La mujer tenía edad como para conocer la historia del sitio: lo construyeron cuando aquello era Prusia, a mediados del siglo XIX, como penal y reformatorio; y con los nazis, conoció su época más sombría, pues fue centro de ejecuciones.

Müller y Tilsner estaban sentados, codo con codo, en la celda de interrogatorios; un espacio austero y vacío, salvo por el teléfono que había encima de la mesa y el flexo contiguo. Al otro lado de la mesa, un pequeño taburete. Unos guardias de la división de uniforme de Eschler trajeron a la anciana, la obligaron a sentarse en el taburete y le esposaron las manos en el regazo. Era habitual que los dos detectives recurrieran a la técnica del *Kripo* bueno y el *Kripo* malo. Pero Müller pasó por alto ese procedimiento. Lo que quería era meterle el miedo en el cuerpo a aquella mujer, sentada delante de ellos, que no paraba de sollozar.

—¿Qué ha hecho usted con Tanja? —gritó la *Oberleutnant*.

La mujer la miró sorprendida.

—¿A quién se refiere? Yo no he hecho nada malo.

Tilsner dio un manotazo encima de la mesa y el teléfono vibró una vez con un pitido:

—El bebé que ha robado.

—¿Cómo iba a hacer yo una cosa así? —Miró a Müller a los ojos—. Usted es mujer, tiene que creerme. ¿Quién es Tanja? ¿Es una chica de la planta de pediatría? Voy allí solo a echarles una mano. Ni siquiera me pagan. Me encantan los bebés. Jamás le haría daño a uno, ni me quedaría con él.

Müller miró a la mujer a los ojos.

—¿Dónde estaba en la tarde-noche del veintiuno de octubre de este año?

Vio que la mujer se echaba a temblar de puro miedo al comprender que los cargos eran muy graves. El pánico se apoderó de ella.

—No… No me acuerdo. ¿Cómo quiere que me acuerde? ¿En q-q-qué día cayó?

Tilsner pasó una detrás de otra las páginas de la libreta para mirarlo, pero Müller lo recordó en el acto:

—Era martes.

La mujer se puso todavía más nerviosa y se llevó una mano a la frente, llena de arrugas.

—¿Un martes por la noche?

Müller movió afirmativamente la cabeza.

—Pues estaría… estaría en el hospital. Los martes por la tarde voy a ayudarlos. De joven fui enfermera.

Tilsner dio unos golpecitos sobre la mesa con los dedos, de forma rítmica y acelerada, y le tomó el relevo a Müller en el ataque:

—¿Hace usted algún descanso para comer o para lo que sea? ¿Dónde estaría ese martes a las siete de la tarde?

La mujer se relajó un poco, pues sabía que tenía coartada para ese día a esa hora.

—En la planta. Habría empezado mi turno a las seis de la tarde, y normalmente no me tomo ningún descanso hasta las nueve.

—¿Y tiene a alguien que lo confirme?

—Sí, claro: fichamos a la entrada y a la salida.

Tilsner soltó un resoplido:

—Aunque no cuesta nada que alguien fiche por uno, ¿eh?

—¿Y para qué iba a hacer una cosa así? —preguntó la mujer.

Müller notó que el enfado iba reemplazando poco a poco al miedo en el tono de voz. La detective buscó en el maletín y sacó papel y bolígrafo.

—¿Puede escribir aquí la palabra «*DICIEMBRE*», por favor? En mayúscula, como la escriba siempre usted. Y no intente falsificar su letra, porque comprobaremos que es la suya con otros documentos que tenemos en archivo.

Una expresión de asombro crispó la cara de la mujer, pero tomó el bolígrafo con una mano y empezó a escribir.

—¡En mayúsculas, ciudadana Rosenbaum! —gritó Tilsner—. ¿Es que no ha oído lo que le ha dicho la camarada *Oberleutnant*?

—Perdone, perdone —dijo la mujer—. Empiezo otra vez. —Tachó lo primero que había escrito, y Müller vio que le temblaba el bolígrafo en la mano mientras, esta vez, cumplía a rajatabla las instrucciones. Ya lo comprobarían más tarde con la muestra que tenían en la sala de operaciones, tomada del periódico que envolvía el cadáver de Karsten. Aunque solo de memoria, Müller supo que eran casi idénticas.

La mujer tenía coartada, pero ¿acaso le había cogido alguien un periódico de casa con un crucigrama a medio hacer? ¿O lo envolvieron aposta en un periódico cualquiera para despistar y echarle la culpa a aquella pobre mujer que era inocente? Müller suavizó el tono de la siguiente pregunta:

—Vamos a imaginarnos por un momento que lo que nos ha contado sea cierto, Frau Rosenbaum. Nos interesa un crucigrama que alguien hizo en un ejemplar del *Neues Deutschland* y que guarda relación con el secuestro de un bebé. Puede que con más de uno.

La mujer ahogó un gritito.

Tilsner volvió a estampar la mano contra la mesa.

—Y que no salga eso fuera de estas cuatro paredes. No se lo diga a su marido, ni a nadie.

—Entonces —siguió diciendo Müller—, cuando está usted en el hospital, ¿alguna vez se pone a hacer crucigramas?

Frau Rosenbaum negó enérgicamente con la cabeza:

—No, jamás. Nunca hay tiempo, la verdad. Aparte del pequeño descanso para merendar, y que aprovecho para tomar un café, nada más, no paramos en todo el rato. Hay que cambiar pañales, hacer y deshacer camas, y ayudar a las enfermeras con lo que se tercie.

Tilsner respiró hondo y dijo:

—Vale, ciudadana Rosenbaum. Y su marido, ¿qué?

—¿Qué pasa con mi marido?

Tilsner entornó los ojos.

—¿Dónde estaría él la tarde del martes veintiuno de octubre?

La mujer respondió con un gesto de impotencia:

—Pues no lo sé; si no le pregunto a él directamente, es difícil saberlo. Aunque los martes por la noche va a jugar a los bolos. Está en un equipo que tiene su sede en un bar de Halle Nietleben. El Grüne Tanne. —Müller recordó que Vogel, Eschler y ella tuvieron allí una de sus primeras reuniones en el caso de los mellizos Salzmann—. O sea que imagino que estaría allí —dijo la mujer—. A no ser que les tocara jugar fuera de casa, en otra ciudad o en otro pueblo. Si quieren, le pregunto.

Müller se cruzó de brazos y exhaló un profundo suspiro, recibiendo a cambio una patadita del niño. Frau Rosenbaum le vio en la cara la mueca que hizo.

—¿Es niño o niña?… ¿Me refiero a…? —Müller notó cómo la anciana se interrumpía, pues quizá comprendió que no era ella quién para hacer ninguna pregunta. Frau Rosenbaum se puso roja, puede que pensara que se había equivocado, por muy distendida que tuviera la tripa Müller.

—Sé a qué se refiere, Frau Rosenbaum. Y sí, estoy embarazada. —Le sonrió a la anciana. Si lo que les había contado tenía visos de ser cierto, y su instinto le decía que sí, entonces, por mucho que coincidiera la letra, estaban igual que antes en lo tocante a la resolución del caso—. Pero es que no quiero saber si es niño o niña. Así será una bonita sorpresa. —Müller se puso a recoger los papeles y los fue metiendo en el maletín.

—Entonces, ¿ya está?

—Si lo que nos ha contado y lo que concierne a su marido se sostiene, ya está, sí —dijo Tilsner—. Al parecer, tienen ustedes coartada para ese intervalo de tiempo que estamos investigando. Se puede marchar.

Müller sonrió otra vez a la mujer:

—Gracias por su ayuda, Frau Rosenbaum. Perdónenos si al principio fuimos un poco duros con el interrogatorio. Pero se hará usted a la idea de que es un caso grave. Y ya le dijo el camarada *Unterleutnant*: bajo ningún concepto debe hablarle a nadie de nuestras pesquisas, ni a su marido siquiera. De lo contrario se meterá usted en un buen lío.

—Entiendo, *Oberleutnant*. Yo quiero ayudar, a mí me encantan los niños. Y ya es raro que me detuvieran por haber rellenado un crucigrama en el *Neues Deutschland*, porque solo lo compramos en ocasiones muy especiales; y en este caso, lo que yo quería era un recuerdo de la visita del primer ministro Castro. Y para nada tenía la intención de tirarlo a la basura. Habrá sido mi marido, por error.

Müller dijo que sí con la cabeza. Pensaba que tendrían por fin una pista definitiva. Pero aquella mujer no tenía las trazas de ir secuestrando niños por ahí.

Comprobaron la coartada de Frau Rosenbaum y resultó ser a prueba de bomba. Así constaba en el estadillo del día que Müller fue a comprobar a la planta de pediatría del hospital: las horas a las que fichó en la entrada y a la salida. Quedaba demostrado que la anciana cumplió con su turno de voluntaria la tarde-noche que Tanja fue secuestrada en la puerta de un bar en Halle. Y, además, no estaba en el hospital cuando se llevaron a los mellizos Salzmann. A Tilsner le costó algo más detallar con exactitud dónde jugó el equipo de bolos del Grüne Tanne aquella noche. Pero, finalmente, tuvo constancia de que Herr Rosenbaum tuvo partida ese día por la tarde, y que contribuyó a la victoria de su equipo contra otro que jugaba en casa, en Merseburg. Aunque al veterano Rosenbaum no siempre lo sacaban de titular, pues había que dejar paso a jugadores más jóvenes, ese día sus compañeros lo recordaban muy bien porque estuvo inspirado: logró el récord de puntos de la noche, con más de un pleno.

Müller y Tilsner se quedaron con un palmo de narices. No solo habían seguido otra pista que acabó en nada, sino que la solución del caso estaba más lejos que nunca de resolverse. Porque si Frau Rosenbaum no era la persona que andaban buscando —como parecía claramente—, entonces quedaba bien lejos de la verdad lo que había sostenido el profesor Morgenstern sobre aquella letra tan particular.

280

46

Enero de 1976.
Halle.

Año Nuevo trajo una promesa de ventura en la vida de Müller, que cada vez tenía el vientre más abultado. Pero en el trabajo, todo estaba estancado. Habían agotado una pista detrás de otra en su búsqueda de Tanja Haase, o de la persona o personas que la secuestraron. El caso de los mellizos Salzmann pasó a un segundo plano, pues Maddelena estaba a salvo, y se confirmó que lo de Karsten no había sido homicidio. Y en el caso de los mellizos Anderegg, archivado ya hacía años, Müller y Tilsner no fueron capaces de encontrar relación directa con la investigación de más alcance que los ocupaba. Müller estaba cansada casi a todas horas; cada vez tenía más tripa, y más hambre también. No es que comiera por dos, es que comía por toda una familia; o esa sensación tenía ella.

Estaba con Emil recogiendo los adornos navideños en el piso de él, que ahora compartían, y vio enseguida que algo le rondaba la cabeza a su novio. Porque llevaba un rato sin decir nada, y eso no era normal en él. Y ahora que se aprestaba a hablar, lo hacía con mucho cuidado.

—Pesa mucho esa caja para ti, Karin. Deja, que ya lo hago yo. Tienes que descansar más. Precisamente el otro día pensaba que a lo mejor ya es hora de que...

—Ni lo menciones, Emil.

—Vale, pero es que estás ya de seis meses. Vuelves agotada cada noche del trabajo. Agotada y deprimida. Si no llegáis a ninguna parte con la investigación, pues quizá es para pensárselo..., no sé, o por lo menos para bajar un poco el ritmo.

Müller hizo un mohín y respiró hondo. Porque lo malo, lo sabía, era que Emil tenía razón.

—Nos han convocado a una reunión mañana. Yo creo que van a decidir por mí. Aunque a lo mejor no te gusta; porque tengo todas las papeletas para que me manden de vuelta a la capital del Estado, si es verdad que al final optan por darle carpetazo al caso.

—Pues eso no nos conviene. A mí no, por lo menos. No me va a ser posible dejar este trabajo de un día para otro. Puedo pedir el traslado a Berlín, pero llevará tiempo.

—A mí tampoco me conviene. Al menos por ahora. Pero sí que es verdad que quiero que nuestro hijo crezca en Berlín, no aquí.

Emil le cogió de las manos la caja llena de adornos, la puso en la mesa del comedor y luego llevó a su novia al sofá. Allí sentados, tomó las manos de Müller entre las suyas y la miró a los ojos. Los tenía azules, como los de Tilsner. Y como los suyos también.

—¿Por qué no tomas tú la iniciativa? Les dices que no te encuentras bien, lo cual es verdad, te lo puedo asegurar, y pides que te den un tiempo de descanso.

—¿Y qué pasará con Tilsner?

—Pero si está también todavía recuperándose, ¿no? A lo mejor lo ponen al frente del caso, solo que dejan las investigaciones en un segundo plano, casi archivadas. Puede que no esté todavía al cien por cien, ¿no crees?; así como para volver a primera línea en Berlín.

Habían convocado la reunión a las nueve de la mañana al día siguiente en el cuartel general de la Policía del Pueblo del distrito de Halle; en vez de en la comisaría de Ha-Neu. Tilsner la recogió con el Wartburg en la puerta del apartamento de su novio. El

Unterleutnant se había quedado con el piso del *Wohnkomplex VI* prácticamente para él solo, ahora que Schmidt había vuelto a Berlín. Era hora punta y pillaron mucho tráfico; o sea que, nada más aparcar, tuvieron que salir corriendo para llegar a tiempo.

—¡Espera! —gritó Müller, apoyada contra la pared del pasillo, sin resuello casi—. A veces se te olvida que estoy de seis meses.

Tilsner alzó las cejas y dijo:

—Ni aunque quisiera podría olvidarme, Karin. ¿Quieres que me adelante y te disculpe?

—No. Solo quiero que me des un segundo para recobrar aliento.

Cuando llegaron, el jefe de Policía de Halle, *Oberst* Frenzel, presidía una larga mesa, con Malkus y Janowitz, uno a cada lado. Jäger ya había vuelto a Berlín –y a Cuba tal vez, creía Müller–, sin darle información alguna sobre sus padres biológicos, pese a que le había prometido que indagaría. Pero Müller tenía ese tema aparcado por el momento: el bebé era lo primero.

—Ah, Karin, Werner, gracias por venir —dijo Frenzel, con una camaradería que parecía sincera. A Malkus se le dibujaba una sonrisa tenue en los labios. Janowitz miraba con cara de pocos amigos, como era habitual en él. Qué bien había ido todo esas pocas semanas que estuvo Jäger al frente de la Stasi en la zona. Porque con aquellos dos no creía que pudiera llegar a entenderse nunca. A lo mejor era que, simplemente, no les gustaba ver a una mujer en puestos de responsabilidad—. Como veníamos diciendo —continuó Frenzel—, mi intención al convocarlos aquí hoy era que nos pusiéramos al día, porque me parece que hay que tomar decisiones difíciles que atañen a su investigación. Ya sabe que el comandante Malkus ha tenido la gentileza de apoyarlos con varios de sus hombres, pero eso se va a acabar. Y *Hauptmann* Janowitz ha entregado un informe al Ministerio para la Seguridad del Estado en el que dice que, a lo que hace al caso, no parece que estén ustedes avanzando, ni mucho, ni poco, ni nada.

—Pero… —Todo intento de interceder por parte de Müller lo cortó Frenzel con un gesto de la mano, la palma bien visible, y una mirada implacable. Aunque ella también estaba enfadada, porque Janowitz no hacía más que minar su trabajo y el de Tilsner.

—Como he dicho, es hora de tomar decisiones difíciles. Y lo que he decidido es...

Interrumpieron a Frenzel varios golpes en la puerta. Soltó un suspiro y ordenó:

—¡Adelante!

Entró un agente de uniforme, con aspecto de haber venido corriendo desde el centro de control, y se quedó jadeando al lado de la puerta.

—Perdone que lo interrumpa, camarada *Oberst*, pero ha llamado por teléfono *Hauptmann* Eschler, que quiere hablar con *Oberleutnant* Müller.

Frenzel cerró los ojos visiblemente molesto, luego se pasó las manos por la cara y dijo:

—Será mejor que vaya, Karin. E imagino que usted también, camarada Tilsner. Luego seguimos con la reunión. Si nos dejan. Y si sirve de algo todavía.

Según salían, con el rabillo del ojo, Müller vio que Tilsner le guiñaba el ojo a Janowitz; un gesto que al otro le hizo maldita la gracia.

Eschler le dijo a Müller que se reuniera con él en el embarcadero de Rabeninsel, una isla que hay en el Saale, río abajo desde Peissnitz; y a la que, igual que a su pariente cauce arriba, el Saale bordea en estado semisalvaje por el oeste, y como cauce navegable por el este. Solo se podía acceder por un puente peatonal en el distrito de Böelberg de la ciudad de Halle. Los del club de remo habían visto algo sospechoso detrás de la sede y llamaron a la Policía.

Cuando llegaron los dos detectives berlineses, toda la isla de Rabeninsel estaba tomada por policías de uniforme, con Eschler y Fernbach al frente, y habían evacuado el café que estaba al lado del embarcadero. Aparte del cordón policial, cintas de balizamiento precintaban la parte trasera del edificio, y ya habían procedido a excavar en el suelo helado. Eschler les enseñó una bolsa de pruebas. Müller supo qué era en cuanto la tuvo entre las manos: el conejito de peluche de Tanja Haase; el que había visto en el apartamento cuando hicieron la primera visita a la niña y a su madre en el mes de julio. El mismo que, según Anneliese, tenía Tanja en el carrito, en la puerta del bar, cuando desapareció.

—El peluche por sí solo —dijo Eschler—, no habría levantado ninguna sospecha. Pero tenía toda la pinta de que acababan de remover la tierra en ese punto. Al verlo, uno de los del club de remo fue a por una pala y se puso por su cuenta a cavar, aunque el suelo estaba casi congelado. La pala hizo tope en algo, quiso sacarlo, y entonces oyó como un crujido; como si hubiera partido una piedra o algo por el estilo. Así que se puso a excavar con las manos y esto fue lo que sacó.

Eschler les mostró una segunda bolsa de pruebas. Dentro, cortada a cercén a la altura de la muñeca, llena de tierra y sangre, lo que había era una mano humana. La mano perfecta y exquisitamente formada de un niño pequeño. Müller se fijó en el color de la piel, visible entre la tierra, de un tono ligeramente tostado. Era la mano de un niño de raza mixta. La mano –estaba casi segura– de Tanja Haase.

Hubiera dado cualquier cosa por no tener que hacerlo, pero Müller sabía que debía ser ella la que llevase a Anneliese a la morgue. Ni en el mejor de los casos era plato de buen gusto aquella parte de su trabajo: acompañar a un padre a identificar a su hijo muerto. En este caso, el patólogo había adelantado la causa de la muerte, y con bastante certeza: por asfixia; o sea, que había sido estrangulada. Se veían bien los moratones dejados por los dedos del asesino en el cuello de la niña.

Sacaron el cuerpecillo de la cámara en una camilla con ruedas, y Anneliese agarró fuerte el brazo derecho de Müller y se pegó todo lo que pudo a la detective. Entonces levantaron la sábana para que vieran la cara del bebé, y Anneliese se derrumbó en brazos de Müller; hasta tal punto que la detective, en estado de buena esperanza, se las vio y se las deseó para sujetarla.

—¿Confirma que se trata de Tanja?

La chica no respondía.

—Anneliese —la animó Müller.

La detective sintió, más que vio, el gesto afirmativo, apenas perceptible, que hacía Anneliese con la cabeza. Müller ya había prevenido al asistente de la morgue para que retirara la sábana con cuidado de que no se le viera el cuello al bebé, solo la cara. No quería angustiar más todavía a la madre.

—Para que no haya ninguna duda, Anneliese: ¿puede confirmarnos que es el cuerpo de su hija?

La chica hizo un intento desesperado por abalanzarse sobre la camilla. Müller trató de retenerla y tuvo que intervenir el asistente.

—Lo siento, Anneliese, pero tiene que confirmarlo verbalmente.

La chica lloraba, se debatía en brazos de Müller y del asistente, hacía todo lo posible por zafarse de ellos, hasta que por fin prorrumpió en un débil y lastimero:

—Sí.

47

Marzo de 1976.
Halle-Neustadt.

Es posible que, nada más oír que Eschler llamaba por teléfono con carácter de urgencia a Müller, el coronel Frenzel ya intuyera que la decisión de dar por terminada la investigación de Müller y Tilsner, tomada al alimón por la Policía del Pueblo y la Stasi, tendría que esperar. El hallazgo del cadáver de Tanja en una isla del Saale, un punto frecuentado por excursionistas a pie, en canoa y en barca, equivalía a decir que cualquier esfuerzo por mantener en pie el bloqueo informativo estaba condenado al fracaso. Una vez más se confirmaba el signo trágico del oficio de detective: el asesinato de Tanja era algo cruel y terrible. No había palabras para describir lo destrozada que estaba Anneliese Haase; y Müller se acariciaba constantemente la tripa, como si quisiera así proteger a su hijo de un peligro incierto. Pero el hallazgo también ofrecía un chorro de esperanza al aportar nuevas pruebas sobre el caso. El que Rabeninsel fuera una zona de ocio tan frecuentada —tenía hasta estación de ferri— abría para Müller y Tilsner la posibilidad de que alguien hubiera visto cómo mataban, o cómo enterraban, a la niña.

Así que el equipo de la Stasi que seguía comprobando letras redobló sus esfuerzos; y Müller, Tilsner y Eschler organizaron una brigada de agentes de uniforme para llevar a cabo un estudio exhaustivo de quién acudía a Rabeninsel, sobre todo al embarcadero.

Pero pasaban las horas, los días, las semanas, y no lograban dar con nada significativo. Y ello pese al equipo de forenses que peinó la zona en la que fue localizado el cadáver, y analizó lo que enterraron con Tanja, lo que abandonaron en un descuido, o con toda la intención, caso del conejito de peluche. Este último acabó encarnando para Müller lo frustrante del caso, o de los casos. La autopsia confirmó que a Tanja la estrangularon apenas unas horas antes de que enterraran el cuerpo. Solo que, si el asesino o asesinos se las ingeniaron para tapar sus huellas con esmero —pues no había pruebas forenses de consideración, ni testigos de cómo se deshicieron del cuerpo enterrándolo—, ¿por qué habían dejado a la vista de todo el mundo el peluche de la niña? ¿Acaso quería el criminal que lo cogieran? Por otra parte, en el caso del bebé de Anneliese, lo único relacionado con el de los mellizos Salzmann era el emplazamiento geográfico y el tiempo; mientras que con el caso de los mellizos Anderegg, la conexión era... nada menos que un billete de autobús de Halle-Neustadt.

El niño crecía y crecía dentro de ella, y una patada suya dada con puntería sacó a Müller de sus pensamientos.

—¿Te encuentras bien? —le preguntó Tilsner—. Tal vez...

—No empieces otra vez, Werner. Emil no para de darme la tabarra con eso en casa. No sufras, ya sabré yo cuándo me tengo que coger la baja.

Estaban en la estación de bomberos; en la nave que les habían acondicionado para que Tilsner y los de la Stasi se abrieran camino entre los montones de periódicos viejos. Siempre que cualquier pista acababa en vía muerta, volvían allí; era su último recurso, la esperanza de que uno de aquellos periódicos fuera la llave y guardara un crucigrama rellenado por alguien que hiciera las es mayúsculas igual que quien había envuelto el cuerpecillo de Karsten en un periódico viejo. Lo malo era que, en el caso de

Frau Rosenbaum, la letra era igual que la del sospechoso y, al final, eso no fue ninguna «llave», puesto que su marido y ella tenían coartadas inapelables.

Cuando llegó al piso de Emil aquella tarde, Müller se sintió mucho peor. Le daba vueltas el salón y se tuvo que sentar, y llevarse las manos al estómago, casi nada más entrar en el apartamento.

—Enseguida se me pasa —dijo, al ver que Emil acudía presto a su lado.

—No —dijo él, y sacó un aparato del maletín de médico y luego empezó a tocarle la cara y las manos—. Estás hinchada. Tengo que tomarte la tensión.

—¿Por qué? —preguntó Müller, llevándose una mano a la frente, porque de repente le había empezado a doler la cabeza—. ¿Qué tengo? Seguro que se me pasa así sentada.

Emil le puso el manguito de compresión justo por encima del codo y fue apretando la pera de goma. Luego abrió la válvula y estuvo escuchando atentamente con el estetoscopio. Müller observaba la cara de preocupación que ponía mientras comprobaba sus constantes.

—La tienes muy alta —dijo—. Hay que hacértelo mirar. —Luego le palpó con delicadeza el abdomen, la parte interior del antebrazo y los lados de la cara.

—Pero no es nada grave, ¿verdad? —Müller se sorprendió a sí misma retorciéndose el pelo con una mano. Emil le bajó el brazo con sumo cuidado.

—No hagas eso. Tienes la costumbre de hacer eso cuando te entra un ataque de angustia. Seguro que no es nada, pero deberíamos ir al hospital a que te vean.

Müller dejó que su novio la llevara al hospital. Sentía un gran peso encima de la cabeza, y las miradas de preocupación que le lanzaba Emil la ponían más nerviosa todavía. No hacía más que tragar saliva, abrumada por una sensación de ahogo en la garganta.

Cuando llegaron, por ser Emil quien era, los atendieron en el acto.

Una auxiliar de enfermería rellenita y simpática empezó a revolotear alrededor de Müller, diciéndole que se tenía que estar quieta tumbada en la cama mientras ella sacaba su ficha para cuando vinieran los doctores. Emil salió en busca de uno de sus colegas médicos y Müller vio que la mujer no apartaba la vista de la ficha, como si viera algo raro allí.

—No es nada grave, ¿verdad? —preguntó Müller.

La mujer cerró la carpeta de golpe y se le quedó grabada cierta expresión de culpa en la cara, según le pareció a Müller. O a lo mejor es que sí era algo grave, pero no era ella la más indicada para comunicárselo.

—No, tranquila, querida. Su marido volverá enseguida con los pediatras de guardia. Estaba solo echando un vistazo a su historial. Está todo bien. Enseguida vienen los médicos.

Entró Emil con un médico de bata blanca y la mujer salió a toda prisa de la habitación.

El médico miró a Müller sin comprender y le preguntó:

—¿Por qué se ha ido tan corriendo?

—¿La enfermera? Pues no lo sé —respondió Müller—. Me estaba atendiendo muy bien.

El médico llevó a cabo el mismo procedimiento de auscultación que había hecho Emil en el piso. Le tomó la tensión, presionó en algunos puntos con los dedos y le miró el fondo del ojo.

Cogió el historial de Müller y lo estuvo ojeando, y luego lo dejó encima de la mesilla con movimiento enérgico.

—Karin —dijo por fin—. Me parece que se va a tener que quedar en el hospital varios días, para que le hagamos unas pruebas.

Müller se llevó las manos a la tripa. Hacía apenas unos instantes, había sentido moverse al bebé: no pasaría nada, ¿no?

—¿Hay algo que les preocupe?

Emil le cogió la mano y le acarició los dedos con delicadeza, dándole un pequeño masaje.

—Seguro que no es nada, pero es que estás un poco hinchada y tienes la presión más bien alta. Son los síntomas típicos de una preeclampsia leve.

—¿Eso qué es?

—Una complicación del embarazo bastante común —dijo el médico—. Nos harán falta muestras de orina para ver cómo están los niveles de proteína. Dado su historial clínico, queremos ingresarla unos días para comprobar que todo está bien. De verdad, es muy común y no hay por qué preocuparse.

Müller quería a toda costa seguir en el caso hasta el último momento. Sentía que se lo debía a Anneliese Haase, a los Salzmann; incluso a los Anderegg, si la apuraban. Porque, hasta la fecha, Tilsner y ella no habían estado a la altura. Y quería corregir esa tendencia. Mas el trabajo tendría que esperar por el momento. Se puso de lado en la cama y le dio un pequeño puñetazo a la almohada para ahogar su frustración.

48

El susto que se llevó Müller nada más ingresarla en el hospital —el miedo a perder otra vez la oportunidad de tener un hijo— quedó en nada a los pocos días, y su tensión arterial volvió a ser la de siempre. Aunque los médicos no tenían ninguna prisa, al parecer, por darle el alta. En un mes saldría de cuentas, y Emil le explicó que barajaban la opción de una cesárea, algo que maldita la gracia que le hacía a ella. Su novio estaba dándole más detalles de la ecografía, lo que había salido, pero ella lo cortó a mitad de la frase.

—Ya te lo dije, Emil: que no quiero saber nada; ni si es niña o niño, ni cualquier discapacidad que hayan encontrado, nada. Quiero tener este niño, y lo que sea, será.

Müller se aburría como una ostra, mataba el tiempo leyendo novelas malas y revistas que tomaba prestadas de las estanterías del hospital. Por eso, cuando al tercer día de estar ingresada, Tilsner logró por fin permiso para ir a visitarla, se llevó una gran alegría. Emil no lo había dejado entrar por miedo a que Müller empezara a pensar otra vez en el trabajo. Pero ella lo convenció con el argumento de que le vendría bien tener la mente ocupada en cualquier cosa.

—Tienes mejor aspecto del que yo creía —dijo Tilsner, con una sonrisa—. ¿Qué pasa, que no quieres soltarlo ya y acabar de una vez?

—Todavía me faltan cuatro semanas para salir de cuentas. Además, al parecer, el estado en el que me encuentro...

Tilsner alzó las manos en señal de protesta, justo cuando Müller se señalaba la ingle.

—Vale, vale, no me cuentes más. Te agradezco los detalles, pero no he venido a hablar de anatomía femenina.

—No seas crío —dijo Müller, y se echó a reír—. Pero, vamos, que parece que me van a hacer una cesárea, porque creen que un parto natural entrañaría demasiado riesgo.

—Estupendo —dijo Tilsner—. Eso ya es un avance, según lo veo yo. Koletta quería que yo estuviera en el parto, y accedí. Lo de Marius fue eso que llaman un parto natural. Aunque de natural no tuvo nada. Toda esa sangre, y venga empujar y tirar; creía que la cabeza le iba a ex...

Ahora fue Müller la que le paró los pies con un gesto de las manos.

—Creía que venías a visitarme para que no pensara precisamente en eso; no hace falta que me recuerdes los horrores del parto.

Tilsner le lanzó una sonrisa pícara y dijo:

—Perdóname.

—Entonces, ¿qué, algún avance?

Tilsner ladeó la cabeza. Luego cogió el maletín y sacó una carpeta de cartón de color verde oliva. Müller pensó que aquel legajo había conocido días mejores; y vio que en los bordes, quizá por haber estado expuesto a la luz varios años, había perdido el color.

—¿Qué me traes? —preguntó.

—Pues algo que me dio el otro día Wiedemann, y que dijo que a lo mejor te interesaba. —Tilsner fue pasando las hojas hasta que encontró lo que buscaba. Luego le dio la vuelta y se lo acercó a Müller.

Ella lo apoyó encima de la sábana que le tapaba la tripa y empezó a leer.

—Es un parte de hace muchos años. Un parte de un accidente de tráfico. De Halle. ¡Y de 1958! Pero ¿esto qué tiene que ver con lo que estamos investigando?

Tilsner resopló y tuvo que admitir:

—Puede que nada, si te digo la verdad. Hemos seguido tantas pistas falsas en la investigación que lo más seguro es que esto sea otra. Aunque no es un parte de un accidente cualquiera. Aquí hubo muertos.

—¿Y qué?

Tilsner pasó la página para que lo viera Müller.

—Pues que, bueno, a lo mejor no es nada, pero es que las víctimas fueron dos bebés mellizos. Los padres sobrevivieron; murieron los niños.

Müller hizo un esfuerzo por concentrarse en lo que leía, pero se notaba lenta de reflejos, le costaba hilar los pensamientos.

—¿Y qué hay de relevante en relación con el caso?

Tilsner se encogió de hombros.

—Pues que cuando empezamos la investigación, le pedimos a Wiedemann que buscara informes de casos que se salieran de lo normal y con resultado de muerte de bebés, o secuestros, sobre todo si eran mellizos. Ya sabes que se pasa de diligente en sus funciones como representante del Partido, pero cuando lo conoces, no es mala gente. Tiene un sentido del humor un poco retorcido, y no hay quien lo tumbe bebiendo; de hecho, esto me lo contó en el bar. Tenía sus reticencias al principio, no te creas. Y quiere que tratemos este asunto con sumo cuidado.

—¿Por qué?

—Mira cómo se resolvió al final.

—No pone nada. Se lo quitaron de las manos a la Policía del Pueblo.

—Por eso. Igual que el caso aquel en Rügen: la queja que presentó la abuela de la chica internada en el *Jugendwerkhof.* ¿Te acuerdas de la frase?

Müller leyó la última línea del parte.

—«*Sugerimos sea referido el asunto al Ministerio para la Seguri-dad del Estado*». Es lo mismo que ponía allí.

—Y el caso acaba ahí. Nadie presentó cargos, nada. No aparecen los datos del otro conductor. Hasta han tapado con típex los nombres de los bebés muertos y de los padres.

Müller arrugó el entrecejo.

—Vale, pero aun así, es un accidente de tráfico; no un caso de secuestro de menores.

Tilsner alzó una ceja.

—Ajá, pero no vayas tan rápido. Porque el amigo Wiedemann escarbó un poco más por su cuenta, vaya que sí. Y hay otro informe policial de esa misma noche. —Tilsner pasó unas páginas más y señaló el párrafo en cuestión para que lo viera Müller—. Léete eso. Del mismo día, un par de horas después del accidente.

Müller hizo lo que le mandaban y leyó, aunque le costó bastante, por el baile que se traían las letras delante de sus ojos. Notó un dolor muy fuerte justo detrás de la frente. Tuvo que tomar aliento y pasarse la mano por la cara.

—¿Estás bien, Karin? —preguntó Tilsner. Fue a quitarle la carpeta de las manos y añadió—: Me voy, si esto es mucho para ti.

Müller apretó la carpeta con las manos y negó con la cabeza.

—Estoy bien. —Hizo un esfuerzo por concentrarse. Era el parte de otro accidente. Habían detenido un coche en Halle por ir con la rejilla del radiador destrozada y con los faros rotos. El conductor se justificó diciendo que había tenido un accidente y llevaba el vehículo a un sitio seguro. El *Vopo* en cuestión dejó que siguiera camino, sin más, aunque le olía el aliento a alcohol y tenía la mirada perdida. Y, de nuevo, gran parte del expediente estaba llena de típex. Müller lo sostuvo en vilo contra la luz, por ver si se transparentaba algo, un nombre, cualquier dato. Pero no vio nada. Era como las calles que se cruzaban y entrecruzaban en aquella ciudad tan extraña: en los dos partes policiales que podrían haber arrojado algo de luz sobre el caso, habían borrado los nombres. Solo que, ahora, Müller sí sabía lo que podía haber debajo de esos tachones.

49

Cinco meses antes: 22 de octubre de 1975.
Komplex VIII, Halle-Neustadt.

Y, claro, tenía que haber tenido más fe en mi maridito, que es un encanto. Porque, ¡ay, gozo entre los gozos!, me la ha traído otra vez a mis brazos.

Hansi prometió que sería cuestión de semanas, y así ha sido. Los del hospital del Ministerio deben de haber obrado maravillas en ella, porque tiene mucho mejor aspecto. Ha ganado unos kilos, ¡ay, qué cosita!: ¿no es lo más bonito del mundo? No sé a quién se parece. A Hansi no. Y a su madre tampoco. Es que es la viva definición de lo mono, y es maravilloso tenerla de nuevo en casa. No me canso de mirarle ese botoncito de nariz que tiene, y la cara simétrica, perfecta: ¿eso de quién lo habrá sacado? Y el color tan bonito de piel, y lo sanota que está. Solo hay una cosa que me preocupa un poco, y son los ojos. Los veo así como diferentes. A ver si le pregunto a Hansi.

¡Ja! Anda que no es listo mi hombre ni nada. Podría haber sido hasta médico. Sí que es verdad que empezó la carrera, pero luego se pasó a Químicas, será por eso. Pero, bueno, el caso es que no le dije nada de lo de los ojos. Lo que me preocupaba, si soy sincera, era que fuera mongolismo. Eso sí, muy leve. Por los ojos. Pero Hansi me dejó tranquila. Dice que muchos bebés que están sanos nacen con lo que llaman pliegues epicánticos, que son como trozos de piel que cubren el párpado de arriba. Y que con el tiempo desaparecerá. Qué tonta soy, ¡mira que preocuparme!

Cinco meses más tarde: marzo de 1976.
Halle-Neustadt.

Müller jamás pensó que todo fuera tan rápido; y le hubiera gustado que Emil estuviera presente, mas no fue así. Un médico al que no había visto nunca antes le explicó el procedimiento. Le dijo que no se preocupara. Le pondrían una inyección para prepararla y que bajara relajada al quirófano. La auxiliar de enfermería ya estaba en ello.

La mujer entró con una sonrisa de oreja a oreja, y Müller respiró aliviada al ver una cara conocida. Era la misma auxiliar que estuvo mirando su ficha el día que ingresó. Menos mal que era alguien que conocía los antecedentes, y que sabía que tenían que ir con cuidado, dado el historial ginecológico de la detective.

—¿Y no podemos esperar, por lo menos hasta que venga mi novio? ¿Se lo han dicho a él? —preguntó Müller, mientras la auxiliar le frotaba el brazo con un algodón empapado en algo que estaba frío.

El médico la miró a los ojos. Era un hombre con gafas de pasta, y esos ojos le sonaban de algo a Müller, aunque el resto de la cara lo llevaba oculto con una mascarilla.

—Él ya lo sabe, y está de camino. No se preocupe. Pero es que tiene usted peor la tensión arterial, y eso no admite demora alguna. El niño tiene que nacer ya.

La auxiliar le ató una goma en el brazo y buscó la vena propicia. Luego, Müller notó un pinchazo agudo y casi en ese instante sintió un profundo sopor. Le habían puesto una inyección parecida cuando le quitaron las muelas del juicio. Sabía que los síntomas eran como los de una ligera embriaguez. Que se olvidaba una de todo cuidado. Así se sintió al principio. Pero algo tiraba de ella, la arrastraba a un agujero negro. Y quiso oponer resistencia, luchó por mantenerse despierta; mas le fue imposible, y algo la succionó hasta lo más hondo: hasta que quedó inerte y perdió la consciencia.

51

Tilsner estaba ya hasta las mismas narices, y pensaba en la suerte que había tenido Schmidt por volverse a Berlín varios meses atrás. Porque lo que era allí, en Halle, no hacían más que dar palos de ciego desde el minuto uno. El crimen no tenía un motivo claro, ni sospechosos a la vista; y nada apuntaba a que fuera a resolverse pronto. Además, le cargaba ya la ciudad de Halle-Neustadt. Porque, puede que eso de que todos los habitantes tuvieran un apartamento idéntico fuera una innovación en su día, pero a Tilsner lo agobiaba mucho.

Tenía que estar todo el rato mandando sus informes a los hombres de Jäger en Normannenstrasse, cuando hubiera preferido vérselas directamente con él. Pero es que quien había sido su cómplice, por llamarlo de alguna manera, se había hecho con un puesto de lujo en el Caribe. Así que tenía que pasarle la información a un subordinado del coronel. Tilsner creía que Karin lo sabía todo, o que Jäger se lo había dicho. No en vano, la *Oberleutnant* no paraba de meterse con él por lo del Rolex.

También creía que el subordinado de Jäger le diría que no siguiera investigando aquel accidente de coche tan raro de 1958, el que tenía a Wiedemann hecho unas pascuas. Pero, después de ponerse en contacto con el mismísimo Jäger, el hombre le dijo que diera rienda suelta a sus pesquisas. Que investigaran lo que tuvieran que investigar, cayera quien cayera. Al parecer, el Ministerio para la Seguridad del Estado estaba ya tan harto del caso de los bebés de Halle como el mismo Tilsner: querían acabar con ello de una vez, sin importarles las consecuencias.

A Tilsner le hacían falta nombres: nombres con los que rellenar aquellos espacios en blanco marcados con toda la intención en los dos partes. Los nombres de los bebés muertos y de sus padres; el nombre del conductor del otro coche: lo que había sido suprimido. Y esperaba que los de la Científica de la *Kriminalpolizei* de Halle pudieran ayudarlo.

—Sabe de sobra que nos dejaron al margen de esta investigación, ¿verdad? —dijo el capitán de la *Kripo* cuando Tilsner fue a verlo con la consulta.

—Lo sé. Y me extraña, después de que se tomaran la molestia de traernos desde la capital del Estado. Aunque, si le soy sincero, ojalá no nos hubieran traído nunca para esto. Es un caso de locos. Pero yo tengo mi teoría de por qué los han dejado al margen.

El *Hauptmann* lo miró fijamente a los ojos, con cara de póquer.

—¿Ah, sí? ¿Y qué teoría es esa?

Tilsner hizo un gesto con los hombros, como quitándole importancia al asunto:

—Pues, tampoco es que esté del todo seguro… Pero digamos que, según yo lo veo, tiene que ver con estos dos partes.

El capitán de la *Kripo* de Halle resopló, incrédulo:

—¡Venga ya! ¿Un accidente de coche nada menos que de los años cincuenta? Se está quedando usted conmigo.

Tilsner sonrió y dijo:

—No. Y puede que me equivoque, pero solo saldremos de dudas si me deja que les enseñe esto a los de su Policía Científica para que lo examinen. Porque tiene que haber una forma de raspar el corrector para que se vean los nombres. Y, ¿sabe qué? Que si no estoy en lo cierto, le pago una copa.

—Una botella mejor.

—¿Una botella?

El *Hauptmann* movió pausada y afirmativamente la cabeza y le dedicó a Tilsner una sonrisa taimada:

—Y que sea de *whisky*. De malta. Pero si no puede conseguirlo, valdrá con una botella de *Doppelkorn*.

Tilsner soltó un suspiro:

—Vale. Aunque a mí eso me suena demasiado a soborno.

Nada más ver a la forense Petra Stober, Tilsner se maldijo por no haber ido antes a los laboratorios de la Policía Científica de Halle. Era alta, rubia y estaba buenísima. Igual que el día y la noche si se la comparaba con el gordinflón de Schmidt. Como era lógico, aquella *Kriminaltechniker* no dedicaba su tiempo libre a hacer un estudio comparativo, con cata incluida, de las muy distintas variedades de *Wurst* que había en la República Democrática Alemana.

—Menuda suerte la mía —dijo, sonriendo de oreja a oreja—. Al cielo se le ha caído un ángel.

La veinteañera entornó los ojos y lanzó un suspiro de hastío:

—¿Tú quién eres? ¿Y qué quieres? Además de la patada en los cojones que te estás buscando...

Tilsner le contó que el *Hauptmann* le había dado permiso para que recurriera a sus servicios. Sacó la carpeta de color verde oliva del maletín y fue pasando páginas hasta que encontró los partes que le interesaban.

—Fíjate aquí. Están todos los nombres borrados con típex. —Tilsner quitó los clips a las páginas en cuestión y se las dio a la forense.

La *Kriminaltechniker* Stober encendió un flexo que tenía en la mesa, puso una de las páginas contra la luz y luego le dio la vuelta.

—Vaya. Esto no va a ser fácil. Porque han puesto el corrector por ambos lados de la hoja.

—¿Por los dos lados?

—Ajá. En los años cincuenta, la máquina de escribir prácticamente grababa las letras en el papel y dejaba como un relieve por el anverso. Con un espejo, se habría podido leer cada nombre al revés. Pero, para evitarlo, le dieron típex también a la parte de atrás del folio.

—¿Y eso qué quiere decir, que no nos puedes ayudar? De verdad que es importante, tenemos que saber qué nombres aparecen en estos expedientes. Saberlo o no puede llevarnos a resolver un caso en el que estamos trabajando.

Stober repitió el gesto de hastío de antes.

—Claro, todo el mundo me viene con que lo suyo es vital, y que les hace falta para ayer. Ojalá podamos ayudarlos, pero hará falta tiempo.

—¿Cuánto tiempo?

—¿Mañana por la mañana? ¿Te valdrá con eso?

Tilsner tuvo de repente una visión de Petra Stober tal y como estaría a la mañana siguiente. En ese momento llevaba muy poco maquillaje. Pero se la imaginó con la cara lavada y no vio diferencia alguna: una belleza deslumbrante.

Ella notó que no le quitaba ojo.

—¿Le parece bien, *Unterleutnant*?

—Sí, sí. Claro. ¿Me podrías llamar a la sala de operaciones de la comisaría de Ha-Neu cuando lo tengas?

52

Petra Stober mantuvo su palabra. Solo había un problema. Había logrado descubrir los nombres de la madre y el padre de las víctimas; pero el segundo parte, en el que aparecía un conductor ebrio, lo habían manipulado más meticulosamente. Porque, además de aplicarle el corrector líquido, rasparon también las letras. Y no había manera de averiguarlo. La Stasi hizo un buen trabajo. ¿Qué o a quién querían ocultar? Seguro que la respuesta a aquella pregunta tenía su miga.

Con la información que le había dado la de la Científica, Tilsner intentó buscar el rastro de los padres a la mañana siguiente. Para ello tendría la ayuda de Wiedemann, si es que todavía vivían en la zona de Halle. Repasó varias listas de direcciones y por fin Wiedemann dio con los dos ciudadanos.

—Aquí los tiene, camarada *Unterleutnant*.

Tilsner miró por encima del hombro del encargado del archivo; y, al ver la dirección, se echó a temblar. Ahora sí que estaban jodidos; además, de verdad. Su instinto de policía le dijo en el acto que en aquel parte de un accidente sin pena ni gloria que había destapado Wiedemann se encerraba la clave para resolver todo el caso. Comparó la dirección con la lista «prohibida» de Malkus que se sacó del bolsillo: la media docena aproximada de nombres que el Ministerio para la Seguridad del Estado había vetado que investigara la Policía del Pueblo. Los padres estaban en esa lista. Pero a Tilsner se le cayó el alma a los pies además por otra cosa. Porque, aunque no tuviera la memoria fotográfica de Müller, reconoció la dirección: *Komplex VIII*. Bloque 358. Apartamento 328. ¡El piso estaba puerta con puerta con el de los Rosenbaum! Y era algo que tenían que haber comprobado en el acto, en cuanto vieron que las coartadas de los Rosenbaum eran sólidas. Pues claro que era el periódico de Frau Rosenbaum; y el crucigrama que ella había rellenado. Pero no solo el que recogieron los Pioneros; el que traía la visita de Castro, semanas más tarde de que tiraran desde el tren el cuerpo de Karsten. No: la letra en el periódico que envolvía como un sudario el torso del bebé ¡esa también era la letra de Rosenbaum! Tilsner lo supo con toda certeza en ese momento. Seguro que el vecino cogió uno de los periódicos viejos de la pareja de ancianos.

Tilsner no tendría que vérselas con un banda armada; o eso creía, al menos. Sin embargo, después de lo que pasó en el Harz, no pensaba correr ningún riesgo. Sacó la Makarov del cajón, comprobó que estaba cargada y que tenía munición de sobra, y luego fue a hablar con Eschler y Fernbach. El cabrón o los cabrones que fueran no iban a tener la más mínima escapatoria.

Tilsner y Eschler dejaron a Fernbach a cargo de vigilar el rellano de arriba en la escalera, a la altura del tercer piso. Así nadie podría salir de esa planta, ni acceder a ella desde el cuarto. Y ellos dos fueron hacia la entrada del apartamento 328. Era la puerta siguiente a la de los Rosenbaum. Eschler se puso a un lado, pistola en ristre, y Tilsner tiró la puerta abajo de una patada, estampando el pie justo en el punto en que la cerradura encajaba en el marco. Una vez, dos veces y hasta tres veces tuvo que darle con todas sus fuerzas hasta que el marco saltó hecho astillas y se abrió la puerta. Entró entonces, apuntando con la Makarov, seguido de Eschler; sin que se oyera ni un solo ruido, pues ya habían advertido a los vecinos que estuvieran quietos y callados en sus pisos.

Dentro del apartamento reinaba un profundo silencio. Miraron en todas partes: en el salón, en las dos habitaciones, en la cocina y en el baño. No había nadie. Pero en el segundo dormitorio hallaron algo que venía a corroborar que las sospechas de Tilsner no iban mal encaminadas. Era una cuna. Y varios juguetes de bebé. Biberones vacíos. Pañales y demás enseres de un niño recién nacido. Y en el salón, en el aparador, algo que le provocó a Tilsner un rictus de la mandíbula, y que hizo que dilatara los orificios de la nariz: una fotografía de una mujer con sobrepeso y pinta de estar ya muy mayor para ser madre. A su lado posaba un hombre con gafas, con aspecto desgarbado. Tenía en brazos un bebé que Tilsner reconoció en el acto: era Tanja Haase. Junto a esa, había otra fotografía en la que salía la misma pareja de mediana edad con otro bebé en brazos. Y, una vez más, Tilsner supo quién era: Maddelena Salzmann; uno de los dos mellizos Salzmann secuestrados. La misma que desapareció y luego volvió a aparecer milagrosamente, dejando a todo el mundo con un palmo de narices. Había asimismo otra fotografía de la misma mujer, años más joven, con más sobrepeso también, ataviada a la moda de los años sesenta, acunando a un bebé en sus brazos. Y una última fotografía de la pareja, todavía más jóvenes: cada uno con un bebé en brazos. Tilsner solo reconoció a dos de aquellos bebés: Tanja y Maddelena; de los otros, nada sabía. Lo que sí sabía, y estaba convencido de ello, era que los niños de la última foto eran los que habían muerto en el accidente de coche.

Luego se dio la vuelta y miró a Eschler a los ojos con toda la intención.

—Scheisse! —dijo—. Ahora sí que la hemos cagado. Los hemos tenido todo este tiempo en las mismas narices y han salido por piernas.

—Sí, por piernas, pero ¿adónde?

Tilsner lanzó un profundo suspiro y se dejó caer en el sofá, sin poder apartar la vista de las fotografías.

—Pues no tengo ni idea; ni repajolera idea. Solo sé que alguien los ha estado protegiendo; a ellos y al borracho que conducía el coche.

53

Cuando Müller volvió en sí, lo primero que sintió fue una alegría que la invadía toda por dentro: estaba viva. Y, además, como bien sabía, al fin era madre. Todo el daño, los horribles recuerdos de Walter Pawlitzki, habían desaparecido de un plumazo. También sabía que no tendría que abrir más veces el cajón secreto en el piso de Schönhauser Allee. Nada de andar acariciando ya más la ropita de niño. La quemaría y daría carpetazo, por fin, al pasado.

Llegó la enfermera en su visita matutina y Müller la recibió con una sonrisa de oreja a oreja. No había querido saber si era niño o niña antes del parto, pero ahora tenía que saber qué había tenido. Y sentía una necesidad apremiante de tenerlo entre sus brazos. De achuchar a su bebé y darle de mamar.

—¿Es niño o niña? —preguntó, bien a sabiendas de que le embargaba la voz cierto tono de desesperación.

—A ver, Frau Müller —la reprendió la enfermera—. Dijo usted que no quería saberlo. Nos dieron instrucciones muy claras al respecto.

—Sí, pero eso era antes.

La enfermera arrugó su cara risueña en señal de incomprensión.

—¿Antes de qué?

Müller notó que cada vez le ponía más nerviosa aquel diálogo.

—Antes de la cesárea, antes de que tuviera mi...

La enfermera abrió los ojos de par en par. Luego cogió la sábana que Müller se había subido hasta la barbilla y tiró de ella. Le vio los vendajes, el vientre contraído, y ya no le hizo falta ver más.

—¡Dios santo! —La enfermera corrió hasta alcanzar el botón que había en una de las paredes laterales y lo pulsó. Sonó una sirena de alarma.

Müller se tapó los oídos y notó que la invadía una oleada de pánico.

—¿Qué pasa? ¿Qué pasa? —gritó—. ¿Dónde está mi bebé?

La enfermera no le hizo ni caso.

—¡Doctor, doctor! —gritaba mientras salía al pasillo—. Venga inmediatamente.

Müller seguía sin saber qué había pasado. ¿Por qué no le dejaban tomar a su bebé en brazos? ¿A qué venía aquella reacción de pánico? Era como vivir una pesadilla estando despierta y no podía distinguir el sueño de la realidad.

Solo la llegada de Emil logró serenarla un poco.

—No me dejan coger al bebé. Ni siquiera quieren decirme si es niño o niña. ¿Tú lo sabes, Emil? ¿Lo sabes tú? —Escrutó la cara de su novio médico, buscando una respuesta, pero él se había quedado de un aire y estaba pálido, como todos los demás.

Por fin, le cogió la mano a Müller.

—No sé cómo decírtelo, Karin. Tienes que mantener la calma y, al final, ya verás como todo se arregla. Sí, es cierto que te han hecho la cesárea, no lo has soñado. Pero no sabemos quién la ha hecho. Y no sabemos dónde están los bebés.

—¿Los bebés? ¡Ay, Dios! ¿Me estás diciendo que he tenido mellizos?

Emil dijo que sí con la cabeza:

—Un niño y una niña. En el hospital estaban al tanto desde que te hicieron la ecografía, aunque como dijiste que no querías saberlo… Pero seguro que los encontraremos. Es solo que ha habido un malentendido espantoso.

—De malentendido nada, ¡a mí me han robado a mis niños! —Hizo ademán de levantarse de la cama, debatiéndose entre continuos jadeos; pero Emil la retuvo contra el lecho y le lanzó una señal con la cabeza a la enfermera, que se puso a preparar un sedante.

—¡No! —gritó Müller, y empezó a forcejear con su novio—. Deja que me levante, tengo que encontrarlos. —Pero el pinchazo en el brazo acabó por someterla.

54

Dos meses antes: enero de 1976.
Komplex VIII, Halle-Neustadt.

Es que no sé qué hacer. Porque a Hansi no se lo puedo decir. No puedo contarle la verdad. Se ha portado tan bien conmigo que no puede acabar todo así.

¿Y si le digo que la han robado? He oído que las mujeres no hacen más que hablar de bebés robados. Dicen que a uno se lo llevaron hará como un mes, en Halle. En todo el centro de la ciudad, cerca del monumento a Händel. Allí, a la vista de todo el mundo. ¿Es que nadie pudo pararlos?

Pero, claro, si lo digo, vendrá la Policía a registrar el piso. Y descubrirán todo el pastel. Menudas pesadillas tengo yo todas las noches. Le veo en sueños esa carita que era perfecta. Pero perfecta en todos los sentidos, si no hubiera sido por esos ojos.

Ni siquiera Hansi es así de perfecto. Bien que lo sé yo. Tiene sus secretillos. Y los debe de guardar en esa caja de metal que no me deja ver nunca. La tiene cerrada con candado. Dice que son cosas del Ministerio. Bueno, bueno, Hansi; secretos tenemos todos. A ver si me puedo enterar yo de alguno de los tuyos.

* * *

De un martillazo me cargo el cierre. Me van a oír los vecinos, pero ya no me importa. Pum. Pum. Pum. A veces hasta yo misma me asusto de la fuerza que tengo. Solo hay que levantar el martillo bien alto, por encima de la cabeza, y darle otro golpetazo, justo donde está la hembrilla del candado. Y luego otro golpe más.

Seguro que con tanto ruido van a venir los vecinos. Alguien llama a la puerta. Nada, tú ni caso, Franzi, ya se irán. Mira, ya cede. Dale otro martillazo. Hala, se acabó: el candado partido en dos, no hay cierre que se te resista.

No sé qué pensaba que iba a haber ahí dentro. Por una parte, creía que serían solo papeles del Ministerio, documentos confidenciales, ese tipo de cosas. Pero no sé ni lo que acabo de encontrar.

Son recortes de periódico; y parece que todos del *Neues Deutschland*, el periódico del Partido. Hablan de las nuevas instalaciones turísticas del Estado en los puntos donde se practican deportes de invierno. Pues vaya secreto. Y una foto de una niña rubia muy guapa, que tendrá como cinco, seis... o siete años. Es difícil calcularlo. ¿Qué será? ¿Una hermana secreta; una hija secreta?

Pero debajo hay panfletos, folletos. Y caigo de repente en la cuenta de que a esto puedo agarrarme. Porque si yo tengo mi secreto, Hansi también tiene el suyo: esto no puede estar relacionado con el trabajo para el Ministerio; de lo contrario, no lo habría escondido. Las palabras no las entiendo, pero sé bien que entrañan mucho peligro. Van contra la República y contra el Estado. Contra el comunismo. Hay direcciones, números de teléfono. A esto me puedo agarrar cuando tenga que negociar algo con él. Y todos los panfletos llevan impreso el nombre de la misma organización, y tiene toda la pinta de que sea un nombre perseguido por las autoridades. Perseguido por los propios colegas de Hansi en el Ministerio: el Comité de los Desahuciados.

55

Dos meses después: marzo de 1976.
Halle-Neustadt.

Tilsner se devanaba los sesos sin saber qué hacer, adónde ir a buscar a la pareja. *Oberst* Frenzel accedió en el acto a dar la señal de alerta por todo el país con un comunicado: la matrícula de su coche, un Lada, empezó a circular por todas las comisarías. Frenzel ni siquiera puso reparos en que montaran controles policiales a las entradas y salidas de Ha-Neu. Tanta reticencia como había antes a la hora de dar publicidad al caso, pese a las continuas objeciones de Müller y Tilsner, había quedado ahora atrás. Porque la política de confidencialidad había sido adoptada a instancias de la Stasi; y Frenzel por fin se había avenido a montar una operación policial con todas las de la ley, por encima de los intereses de la Policía secreta.

En un primer momento, Malkus se negó a cooperar y no quiso que el Ministerio para la Seguridad del Estado tuviera nada que ver con la alerta. Tilsner sabía que podía puentearlo, recurriendo para ello a los contactos de Jäger en la capital del Estado, pero lo ideal era contar con el apoyo del jefe local de la Stasi.

—¿Quiere usted que resolvamos este caso y arrestemos a los culpables, camarada comandante?

312

—Pues claro —respondió Malkus, y lanzó una mirada de pocos amigos al detective de la Policía—. Pero le sigo diciendo lo mismo de antes: que no queremos levantar la alarma entre la población. Pienso tener unas palabras con *Oberst* Frenzel, y le pediré que retiren los controles policiales. Estamos recibiendo muchas críticas, porque no hacen más que preguntarse a santo de qué tanta presencia policial.

—Ya me imagino —dijo Tilsner—. Al principio nos dijo que el motivo por el que había que mantener en secreto toda la investigación era para no cargarse la visita de Castro. Pero eso ya hace tiempo que pasó, o sea que no hay quien se trague esa excusa ahora. Solo que antes y después de eso, el bueno de su capitán Janowitz no ha hecho más que insistir en que cerráramos el caso, lo cual me parece sospechoso. —Tilsner era consciente de que estaba pisando terreno minado al desafiar de aquella manera al oficial de la Stasi. Aunque sabía también que si las cosas se ponían feas, siempre podía presionar a Jäger. Estar al tanto del pasado de la gente tenía sus ventajas; y Tilsner conocía muchos secretos de Klaus Jäger. Un Jäger que, si quisiera Tilsner, podía merendarse a Malkus en un santiamén—. Lo que yo quiero saber —siguió diciendo Tilsner— es a qué viene tanto interés por parte de Janowitz en que volvamos grupas. —Tilsner no sabía si era buena idea enseñarle toda su baza a Malkus y contarle lo de los dos partes de accidente. Aunque si lograba meter la cabeza entre Malkus y su segundo, quizá el caso saliera ganando. Porque si uno quiere peces tiene que mojarse el culo—. Mire, creo que estamos muy cerca de averiguar toda la verdad sobre el caso y es gracias a la ayuda del camarada Wiedemann, del Departamento de Archivos. —Tilsner estaba de pie delante de la mesa de Malkus, y no pensaba consentir que el otro lo mirara desde arriba. Por eso había hecho caso omiso a la invitación del comandante de la Stasi para que ocupara el asiento bajo que había delante de su mesa. Desde allí arriba, vio que la duda empezaba a abrirse camino en la cara de Malkus.

—¿Qué ha encontrado Wiedemann?

—Algo muy interesante: un accidente de tráfico de finales de los años cincuenta.

Malkus se cruzó de brazos y encogió el cuerpo, concentrado sobre sí mismo.

—¿Y qué importancia puede tener eso para la investigación?

Tilsner lo vio moverse inquieto en el sillón.

—Pues que no quedaría nada bien que ese capitán Janowitz de usted se viera involucrado en un caso de manipulación de pruebas, ¿a que no? Sobre todo si el que conducía el coche iba borracho. Y aunque no fuera Janowitz, alguien de la Stasi tuvo que hacerlo. Tengo pruebas. —Tilsner sabía que iba de farol. Pero no tenía nada más a qué agarrarse.

Malkus parecía más relajado por la expresión de la cara.

—Bien, pues espero que esas pruebas sean sólidas, camarada *Unterleutnant*. Porque si no, estará usted jugando con fuego. No obstante, el hecho de que lo haya mencionado, me obliga a tomar cartas en el asunto.

—Muy bien —dijo Tilsner—. Y ya de paso, podría pensarse lo de pedir que quiten los controles de carretera. Porque queremos coger a los culpables, y usted seguro que también. Y ahora, piense un poco: si *Hauptmann* Janowitz está implicado de la manera que sea, le vendría muy bien que no se investigara a fondo; y hasta que se archivara el caso y nos mandaran a la *Oberleutnant* Müller y a mí de vuelta a Berlín, ¿no le parece?

Malkus ya se estaba levantando del sillón y hacía ademán de acompañar a Tilsner hasta la puerta del despacho.

—Ya le he dicho, camarada *Unterleutnant*, investigaré la situación y tendré en cuenta lo que me ha dicho. Aunque no puedo prometerle nada. Eso sí: como haya estado levantando infundios contra uno de mis oficiales, se le va a caer a usted el pelo. Eso sí que se lo puedo garantizar.

* * *

Frenzel se reunió con Eschler y Fernbach para organizar a sus hombres, y Tilsner creyó que tenía que ir a ver a Karin y ponerla al día sobre los últimos acontecimientos. Mas cuando llegó al hospital, se dio cuenta de que algo iba mal.

—No puede hablar con ella —le dijo su novio, Emil Wollenburg.

—Tengo que informarla de cómo va todo —respondió Tilsner.

El novio médico de Müller dejó caer los hombros con desánimo.

—Usted no lo entiende. Ha sucedido algo terrible. Y no sabemos qué hacer; los estamos buscando por todas partes.

Tilsner lo agarró por las solapas.

—¿Cómo que los están buscando? ¿Qué ha pasado? Dígamelo, rápido.

—Nuestros bebés —dijo Emil sin poder ocultar el llanto.

—¿Los bebés de quién? —gritó Tilsner—. ¿De qué bebés está hablando?

—Los de Karin y míos.

—¿Mellizos? ¿Es que ha tenido mellizos? ¿Y cómo pueden haberlos perdido?

—Los robaron. Se los sacaron del vientre.

Tilsner oyó un rugido tremendo, y tardó una décima de segundo en comprender que era él quien lo había soltado: justo cuando tiraba a un lado al médico y entraba a todo correr en la habitación de Müller. La vio con la mirada perdida, grogui, todavía bajo los efectos de la sedación. Le costaba fijar la vista en él, y una enfermera no se separaba de su lado.

—Werner. Ay, Werner.

Tilsner no sabía qué hacer. Porque necesitaba a su jefa, y al cien por cien. Echó a un lado a la enfermera, cogió el vaso de agua que había en la mesilla y se lo tiró en la cara a Müller.

—¡Oiga! ¿Pero qué…?

—No hay tiempo que perder, Karin. Haz un esfuerzo por volver en ti y ven conmigo ahora mismo.

La enfermera quiso apartarlo de allí.

—Acaba de salir de una intervención muy grave; es demasiado...

—Usted a callar —dijo Tilsner—. Karin se viene conmigo.

Müller, todavía grogui, ya se había incorporado en la cama y se estaba poniendo la chaqueta encima del camisón. Habían venido más médicos y el propio Emil Wollenburg, y entre todos rodearon la cama de la enferma.

—Esto es una locura, Karin. No sabes ni adónde vas, ni...

En ese momento, la radio de Tilsner despertó con un chisporroteo. Cuando cogió la llamada, vio que era Eschler.

—Venga ahora mismo a la sala de operaciones. Hemos encontrado un testigo, alguien que dice que ha visto a la mujer... con un bebé.

56

Müller no era del todo consciente de lo que estaba pasando. Se dejaba llevar por algo parecido a un instinto primigenio. Los sedantes le habían embotado un poco los sentidos, pero la seguía moviendo esa sensación de urgencia que también tenía Tilsner. Emil no era capaz, al parecer, ni de aguantarle la mirada. Lo mismo que los médicos y la enfermera, que solo hacían como que no la dejaban salir con su ayudante. Pero había algo, una fuerza desesperada que la empujaba: ya le habían robado una vez el privilegio de ser madre; o quizá había sido ella misma la que se lo robó, aquella vez hacía ya muchos años, cuando optó por abortar y deshacerse de los hijos de un violador. Ahora tenía que salvar como fuera a los hijos que había tenido con Emil.

Tilsner la llevó en el Wartburg de vuelta a la estación de bomberos; aunque, en circunstancias normales, habría sido más rápido ir a pie. Por una vez en su vida, el *Unterleutnant* iba despacio al volante, a pesar de la urgencia, y Müller se lo agradeció porque no tuvo que sufrir sacudida alguna dentro del vehículo; algo que quizá no habría soportado, de tan magullado como tenía el cuerpo. Eso sí, el trayecto le permitió despejar poco a poco la mente.

Cuando llegaron a la sala de operaciones, Fernbach indicó por señas el despacho que había ocupado Müller. La miró sin dar crédito a sus ojos, al verla en aquel estado, y con la chaqueta echada sobre los hombros, una prenda que no le tapaba del todo el camisón del hospital. Müller se acordó del guardapolvo rojo que vestía para subirse la autoestima, pero hacía meses que no se lo ponía porque, al poco de quedarse embarazada, ya dejó de valerle.

—Eschler está ahí con él —dijo Fernbach.

—¿Con quién?

—Con Stefan Hildebrand.

Müller asintió con la cabeza, pero vio el gesto de rechazo en la cara de Tilsner.

—Es un pordiosero —dijo frunciendo todavía más el ceño.

—Sí, Werner, ya sabemos que en la República Democrática no hay gente sin hogar. Será que él es la excepción.

Al entrar en el despacho, vieron que Hildebrand, con el mismo desaliño de siempre, no daba con las palabras para explicarle a Eschler lo que había presenciado. El capitán de la Policía alzó una mano.

—A ver, espere un momento. Eso que ha dicho no tiene sentido. Vamos a empezar otra vez desde el principio: le pareció que la mujer llevaba una muñeca en brazos.

—Sí. Ya sabe, una como aquella que había en el túnel de la calefacción cerca del bloque *Ypsilon*.

—Esa muñeca ya la retiramos, como prueba en el caso —dijo Eschler—. Pero, entonces, ¿dónde está la mujer, cerca del bloque «Y»?

—No. Por eso me arriesgué a venir aquí. Porque, aunque sé que no está bien que me haya vuelto a los túneles de calefacción; que yo les prometí…

—¡Nos importa una mierda eso ahora! —gritó Tilsner. Müller le puso una mano en el brazo a su ayudante, aunque ella también se muriera de ganas, más quizá todavía que él, por saber adónde quería ir a parar el hombre—. ¿Dónde está? —dijo Tilsner, y dio un paso hacia Hildebrand, como si fuera a darle un puñetazo.

—Me ha quitado el sitio.

—¿Cómo que le ha quitado el sitio? ¿A qué demonios se refiere con eso? —preguntó Eschler; pues, al igual que a Tilsner, ya se le había acabado la paciencia con el hombre.

—Mi casa.

—¿Cómo que su casa?

—Se refiere a su guarida —dijo Müller—. ¿A que sí, a que se refiere usted a eso, Stefan? —El hombre dijo que sí con la cabeza, presa del miedo y los nervios—. Su guarida, en el túnel, a la altura del Molino del Burrito.

—Sí, sí, *Oberleutnant*. Y esta vez lo que tiene no es un muñeco. Es un bebé. Un bebé que está vivo.

Tilsner ya iba a salir para allá a tiro limpio, con la sirena y las luces del Wartburg puestas. Pero Müller lo detuvo. Quienquiera que fuera la mujer del bebé —y Tilsner todavía no la había puesto al día de todos los detalles—, no quería que saliera corriendo. Porque algo le decía a Müller, algo, un sexto sentido, una señal que emitía su vientre vaciado y maltrecho y que le llegaba al cerebro, que aquel bebé era suyo. Su hijo; el hijo que siempre había querido tener.

Los comensales y parroquianos del Molino del Burrito alzaron la vista con cara de susto al ver entrar a aquellos cuatro, cada uno de un padre y de una madre, que miraban a todas partes con cara de desesperados. Iba Eschler, con el uniforme de capitán de la Policía del Pueblo; Tilsner, que vestía cazadora de cuero y daba el pego totalmente como detective; Hildebrand, un vagabundo apestoso y melenudo; y luego Müller, que prefería no pensar en la pinta que tendría, posiblemente la de una loca escapada del manicomio. Pero era igual. Todo daba igual. Lo único que importaba era hallar a los bebés vivos.

Tilsner le gritó a la camarera:

—¿Por dónde se entra al túnel de la calefacción? —La chica señaló las cocinas.

Nada más entrar, al sentir el olor a comida, el calor y los vapores de los fogones, a Müller casi le dio un síncope y estuvo a punto de desmayarse. Hizo un esfuerzo por mantenerse en pie y alcanzó a ver cómo Tilsner abría la puerta que le indicaban los cocineros. Su ayudante agarró a Hildebrand y entró con él en la atmósfera mortecina del túnel. El aire viciado y el calor húmedo que se respiraban dentro le recordaron a Müller aquel primer registro que hicieron, debajo del *Ypsilon Hochhaus*, cuando confundieron la muñeca con un bebé de carne y hueso. Solo que, esta vez, una esperanza rayana en desesperación la llevó a desear con toda el alma que el bebé que Hildebrand había visto en brazos de una loca en su guarida estuviera vivo y fuera el suyo.

Los focos de las linternas rebotaban en las paredes del túnel y, por fin, unos metros más adelante, vieron la pila de cartones que Hildebrand llamaba «su casa». Tilsner se adelantó, levantó la tapa de cartón que hacía las veces de puerta y, allí, iluminada por la luz de la linterna, con un bebé diminuto pegado al pecho, Müller reconoció a alguien que había visto unos días antes en el hospital.

Era la auxiliar de enfermería que estuvo ojeando el historial de Müller nada más ingresarla. Los miraba perpleja, con cara de pánico, mientras el bebé dormía ajeno a todo. Müller luchó por contener el raudal de emociones que la embargaban. Por un lado, la dicha y la felicidad de saber que uno de sus bebés estaba bien; la ira, por otro, que sentía hacia aquella loca con su hijo en brazos; y el miedo, también, a la suerte que hubiera corrido el otro mellizo. Y sabía que tenía que controlarse. Sintió que le flaqueaban las piernas, se le había acelerado la respiración y, con cada inhalación, el aire le laceraba los pulmones. Pero tenía que controlarse. Por el bien de sus hijos, pero también por todo el esfuerzo que había puesto en aquel caso.

—¿Franziska Traugott? —gritó Tilsner.

—Sí —respondió la mujer con voz trémula.

—No se mueva. Queda usted detenida. Deme el bebé.

La mujer lo estrechó más fuerte contra el pecho, alejándolo de los brazos tendidos de Tilsner.

—Pero la niña es mía ahora. —Y miró a Müller a la cara—. Usted no la quiso.

Müller se agarró a Eschler porque sintió que iba a desmayarse. Allí estaba su hija; y ella la veía por primera vez. Lo que más quería en el mundo era cogerla en brazos. Aquella niña que le habían arrancado del vientre con su hermano mellizo.

—¿A... a qué se... refiere? —acertó a balbucear Müller, a quien no le salían las palabras, pues el pecho le bullía como una olla a presión.

La mujer siguió aferrada al bulto.

—Hansi dijo que usted no la quería; y que estaba en la lista.

Tilsner, al lado ya de la mujer, rodeó con las manos al bebé, envuelto en una toquilla, que seguía durmiendo.

—¿Cómo que Hansi dijo que yo estaba en la lista, a qué se refiere?

—Hansi. Mi marido. Tiene un puesto muy importante: trabaja para el Ministerio. —Mientras ella hablaba, Tilsner había logrado arrebatarle el bebé por fin; que se despertó y empezó a llorar, pero la mujer ya no hacía caso. Estaba como en otro mundo; un mundo habitado solo por ella—. Ya saben, el Ministerio para la Seguridad del Estado. Pero no creo que allí lo conozcan como Hansi, lo llaman...

Antes aun de que la mujer hablara, una sola palabra retumbó en la mente de Müller. Fue la impresión que le causó aquel apellido –Traugott, nada más oírselo decir a Tilsner– el detonante del recuerdo. Se sintió desfallecer y tuvo que apoyarse en Eschler para seguir en pie. Vio que su hija estaba a salvo en brazos de Tilsner y sintió que la desbordaba el amor por aquella criatura: quería cogerla en brazos, pero no sabía si tendría fuerzas. Además, el apellido seguía resonando en su cabeza. De repente cayó en la cuenta de quién tenía a su hijo. No era Hansi. No, para ella no había tal. Era Johannes: Johannes Traugott. El desgarbado y maltratado Johannes que la miraba siempre desde detrás de aquellas gafas. El amigo del alma de su niñez, a quien consintió que se llevaran de su lado para siempre.

57

Müller tenía que morderse las mejillas por dentro para poder seguir despierta, no perder la concentración y combatir el dolor que sentía por todo el cuerpo: le tiraban los puntos en la herida de la cesárea con cada latido del corazón. Eschler se llevó a Franziska Traugott al cuartel general de la Policía para interrogarla; y Tilsner acompañó a Müller de vuelta al hospital.

Emil se había quedado como petrificado, incapaz de tomar ninguna decisión. Müller le entregó a su hija, aunque no quería separarse de ella, porque sabía que tenía que dejarla allí si quería encontrar a salvo al hermano mellizo de la niña.

—Cuídala —le advirtió—. No la pierdas de vista ni un instante.

Él puso cara de susto. Porque había pensado que cuando volviera al hospital, Müller se quedaría ingresada otra vez para que cuidaran de ella: entre otras cosas, que le miraran las cicatrices del abdomen y del útero. Ya se habían enterado de que la intervención no la había hecho un médico titulado; aunque en el breve interrogatorio que Tilsner llevó a cabo *in situ*, la mujer dijo que su marido, Hansi, es decir Johannes, empezó la carrera de Medicina y se especializó en cirugía. Müller dudaba mucho que fuera así, pero ojalá estuviera equivocada.

—¿Adónde vas, Karin? No puedes poner en peligro tu salud de esta manera.

—Tengo que hacerlo. He de encontrar a mi otro bebé. A mi hijo.

Porque Franziska Traugott también había confesado eso. La pareja discutió y Johannes desapareció con el recién nacido, el niño robado. Aunque no sabía adónde había ido su marido; y en eso estaba igual que Tilsner y Müller.

Müller, sentada en la sala de operaciones, se sujetaba el vendaje con las manos, sin saber muy bien qué hacer, cuando llegó un mensaje por radio. Era un primer indicio de hacia dónde se dirigía Johannes con el bebé: una patrulla de la Policía del Pueblo había visto el Lada a la altura de Straussfurt, en dirección a Erfurt, más al sur.

Eschler fue quien recibió la llamada.

—Salieron detrás de él, pero abandonó la autopista y les dio esquinazo en una carretera secundaria. Han puesto en alerta máxima a los *Bezirke* de Erfurt, Gera y Suhl.

—¿Algún indicio de hacia dónde iba?

—Ninguno, solo que en dirección al sur.

—Yo sé adónde va —dijo Müller.

Tilsner la miró sorprendido:

—¿Y cómo lo sabes? A ver, ¿adónde?

No estaba segura, pero tenía una corazonada. Porque, ¿adónde va la gente desesperada cuando no le queda otra salida?

—Vuelve a su pueblo, que es mi pueblo también: a Oberhof.

—Vale, si estás en lo cierto, nos lleva como una hora, dos, de ventaja. No lo vamos a coger a tiempo —dijo Tilsner.

—A lo mejor sí —dijo Eschler—. Nada más enterarse de que salieron por patas del apartamento en el Complejo Residencial 8, *Oberst* Frenzel mandó tener listo el helicóptero de la Policía del Pueblo. Está en Südpark, a la espera de órdenes para despegar.

* * *

El KA-26 de fabricación rusa, pintado del color verde oliva de la Policía del Pueblo, ya tenía las hélices rotando cuando Eschler aparcó el Wartburg con un frenazo a la entrada del aeródromo. Müller se levantó las solapas de la chaqueta para protegerse el abdomen del feroz embate de las aspas, mientras se agachaba al pasar debajo de ellas y avanzaba a trompicones hacia el helicóptero. Al llegar a la puerta de la cabina, Eschler montó de un salto y Tilsner aupó a Müller para que el capitán de la Policía del Pueblo la ayudara a subir con cuidado. En cuanto Tilsner metió medio cuerpo dentro, el piloto despegó y enfiló hacia el sur: al *Unterleutnant* todavía le colgaban las piernas fuera, y Eschler tiró de él para acabar de subirlo a bordo.

—Ojalá tenga usted razón con esta corazonada, Karin.

Müller notó que le tiraban los puntos de la herida. Se miró el bajo vientre y vio una mancha roja. Hizo como que no la había visto; no le quedaba otra. La vida de su hijo estaba en juego:

—Claro que la tengo. No puede ser de otra manera.

El helicóptero se dirigía al sur, con las hélices inclinadas hacia la salida de la autopista en la que había sido visto por última vez el Lada de Johannes Traugott. Mientras volaban, Eschler, con los cascos puestos, micrófono en mano, se mantenía en contacto por radio con las patrullas de Policía en tierra.

Se giró hacia Müller y Tilsner, que iban en los asientos de atrás.

—¡Lo han avistado otra vez! —gritó para hacerse oír por encima del rugido de los motores del helicóptero.

—¡¿Cómo dice?! —gritó Müller.

Eschler se volcó sobre el respaldo del asiento y le repitió al oído lo que había dicho.

—¡¿Dónde?! —gritó Müller.

—¡Gamstädt! —gritó a su vez Eschler—. Tiene toda la pinta de que está haciendo lo posible por no entrar en Erfurt. ¿Adónde cree que debería dirigirse el piloto?

A Müller no le hacía falta mirar el mapa: tenía en la cabeza los pueblos y ciudades que iban dejando atrás.

Apartó el casco que le cubría la oreja derecha a Eschler y acercó la boca.

—Dígale que vaya hacia Crawinkel, al suroeste de Arnstadt. Traugott debe de estar yendo por esa otra carretera para evitar la principal. Hay que cortarle el paso antes de que alcance el bosque de Turingia; porque si entra ahí antes que nosotros, jamás lo encontraremos.

Eschler le transmitió las instrucciones al piloto y se los vio hablar acaloradamente.

—¡De todas formas, no cree que podamos atajarlo! —le gritó a Müller el capitán de la Policía—. Aunque vayamos a la máxima velocidad, estamos a una hora de vuelo de la zona. Probablemente él llegará allí en menos de una hora.

—Pero si va por Crawinkel tardará bastante más. —Para reforzar sus argumentos, Müller señaló con el dedo a través de la cabina de cristal—. Y fíjese, hasta aquí hay nieve en el suelo. Cuando llegue a Turingia, a lo mejor tiene que parar para poner cadenas.

Müller rezaba para que su corazonada fuera cierta. Ojalá. Porque no era más que eso, una intuición que tenía. Le insistió a Eschler para que llamara por radio al *Oberst* Frenzel y diera orden de detener todas las patrullas que seguían por tierra al Lada. No soportaba la idea de que su hijo muriera en accidente de coche aun antes de haberlo tenido en brazos. Müller sabía que cualquier idea sobre el lugar al que se dirigía Johannes con su hijo era mera suposición, pero había una imagen que no se le iba de la cabeza: la del campo del granjero Bonz, allá por 1952, el día aquel que jugó a ser la campeona de trineo de la gloriosa república de trabajadores y campesinos. El mismo día que llegaron los soldados y se llevaron a Johannes. Estaba segura de que él volvería a aquel campo que dominaba desde la altura el pueblo: allí, o a la pensión Edelweiss, el pequeño hotel que había regentado su familia hasta aquel momento, convertido a partir de entonces en albergue juvenil para

325

los hijos de los trabajadores fieles al Partido; segura de que iba de vuelta al pueblo que lo había visto nacer, como un último acto de desafío.

Tilsner aprovechó el vuelo para poner a su jefa al día de lo que había ido averiguando gracias a aquellos expedientes de los años cincuenta, y a la redada efectuada en el apartamento de los Traugott en el Complejo 8: las fotos de los bebés en el aparador, en las que salía Tanja en brazos de Franziska Traugott; y también Maddelena. Al lado de esas, una foto que databa de los sesenta y en la que aparecía un bebé sin identificar: probablemente uno de los mellizos Anderegg, sospechaba Tilsner. Y la foto final, de finales de los años cincuenta, en la que se veía a Franziska y Johannes Traugott de jóvenes, un matrimonio que empezaba su andadura, bendecido por el nacimiento de dos bebés, muertos de forma trágica en un accidente de coche provocado por un conductor que iba borracho; un caso que escapó a la acción de la justicia gracias a la manipulación llevada a cabo por las propias autoridades de la República.

Llegó otro avistamiento de las patrullas de tierra: casi atrapan al Lada en un control de carreteras cerca de Holzhausen, justo al oeste de Arnstadt, a pocos kilómetros al norte del bosque de Turingia. Pero Johannes logró saltárselo gracias a que se metió por un camino rural.

Müller tuvo que echarse la mano al vientre cuando el piloto hizo un picado hasta quedar planeando a escasos cien metros del suelo. Sintió un dolor terrible en la herida. Aunque sabía que era mejor no hacerlo, bajó la vista, y se arrepintió en el acto, pues vio que tenía el vendaje empapado de sangre.

Tilsner, sentado a su lado en el escaso espacio que permitía la cabina, detrás de Eschler y el piloto, le apretó la mano y le dio ánimos:

—Aguanta; y no sufras, que ya lo cogemos.

Y fue entonces cuando avistaron el Lada, un punto rojo en un mar de blanca nieve, que ya llegaba al límite del bosque. Müller vio que el piloto apretaba una palanca lo que daba de sí, apurando al máximo la velocidad del helicóptero, y notó la sacudida que este dio en el aire. Ya casi lo habían cogido. Luego, unos segundos más tarde, lo tenían justo debajo; hasta tal punto que los chorros de aire que salían de las hélices del aparato levantaban remolinos de nieve alrededor del coche.

De repente, Müller sintió como si le tiraran del vientre hacia abajo; y era que el piloto había ladeado el aparato y lo hacía subir bruscamente. Un horizonte de píceas verdes ocupó por completo la visión delante de la cabina. Parecía que fueran a chocar contra un muro de árboles. Müller le apretó tanto la mano a Tilsner que se le pusieron los nudillos blancos. Luego volvieron a ver el cielo y las copas nevadas de los abetos. Estaban por encima del manto forestal y el piloto, alarmado, gritaba algo al oído de Eschler.

El *Hauptmann* se giró para comunicárselo a Müller:

—Lo sentimos, Karin. Se ha metido en el bosque antes que nosotros. El piloto tuvo que subir bruscamente para no chocar contra los árboles. ¿Adónde nos dirigimos ahora? ¿A Oberhof?

Müller asintió con un ceñudo movimiento de la cabeza y notó que el corazón le volvía a latir a su ritmo natural.

De lo que no tenía ni idea era de los mil pensamientos encontrados que cruzarían en ese instante por la cabeza de Johannes Traugott. Müller solo se aferraba a la imagen que tenía de ellos dos cuando eran niños y jugaban en las rampas del campo de aquel granjero, a espaldas de un pueblo que tenía la reputación de ser el centro turístico de mayor prestigio en deportes de invierno del país. Pero si el día que llegaron los soldados quedó grabado en la mente de Müller, seguro que también era algo indeleble en la de Johannes, y con mayor motivo. Los habían desterrado de allí, a él y a su familia; confiscaron el negocio que regentaban y les robaron los sueños.

Se iban acercando a Oberhof, en vuelo rasante sobre el mar de píceas, y Müller fue contando las instalaciones deportivas tan características del entorno. Las rampas de salto y los graderíos, allí donde le falló el valor en el último instante, para disgusto de los miembros del Comité de Deportes de Invierno de la República Democrática Alemana, que tenían puestas sus esperanzas en ella. El zigzag de las pistas de trineo entre los árboles, donde Johannes y ella jugaron a ser medallistas. Y las esquirlas asimétricas del Interhotel Panorama, que no pegaba nada allí con sus perfiles ultramodernos, donde la flor y nata de la República gustaba de pasar las vacaciones invernales.

Eschler se giró para lanzarle una mirada interrogante. Müller señaló un prado en la ladera que quedaba detrás del pueblo, en una colina coronada por una pequeña meseta. Hacia allí se dirigió el piloto del helicóptero, y Müller fijó la vista en el pueblo, debajo, deteniendo su atención especialmente en la antigua pensión Edelweiss. No se veía ni rastro del Lada rojo de Johannes, ni del bebé de Müller. Miró a la izquierda y vio el hogar de su familia adoptiva, el hotelito Hanneli; cuyas paredes, de un color rojo sangre, ofrecían un marcado contraste con el blanco inmaculado del nevado entorno. Luego vio remolinos de nieve en polvo que se elevaban del suelo con el rotar de las aspas y notó que el helicóptero iba bajando despacio. Por fin, después de cernerse un instante, se acabó posando suavemente en la misma cima del prado del granjero Bonz. El punto en el que, hacía ya un cuarto de siglo, Johannes Traugott y su familia vieron cómo les arrancaban de las manos los sueños de toda una vida.

Poco a poco, cedió el batir de las aspas y los rotores fueron aplacando sus rugidos. Eschler, Tilsner y el piloto se quedaron mirando a Müller, la *Oberleutnant* de la Policía del Pueblo, magullada y hecha unos zorros; a quien la chaqueta de cuero de detective no le tapaba del todo el camisón del hospital que llevaba debajo. Nadie dijo nada. Mas no hacía falta, porque ya sabía lo que estaban pensando. Y era lo mismo que pensaba ella: «Aquí no está Traugott; así que, ¿qué diantre hacemos ahora?».

58

Eschler había desenchufado los auriculares, y sobre el ralentí del motor del helicóptero, oyeron los cuatro el mensaje por radio, salpicado de interferencias:

—Incidente en el Interhotel Panorama. Un hombre armado. Todas las unidades, diríjanse hacia allí. Es urgente. Repito: urgente.

A Müller se le pasó en el acto el dolor de la herida que tenía en el abdomen y la adrenalina volvió a hacer acto de presencia. Eschler conectó otra vez los cascos y Müller notó que cedía la opresión del pecho. Tomó aire y ensanchó los pulmones, al notar que el piloto aceleraba sin más demora la velocidad del rotor: rugieron los motores y el ruido cortante de las hélices destazó el aire con un creciente zumbido. Parecía que el tiempo se había parado. Aunque no acababa de entender por qué no se movían. Le quitó a Eschler uno de los auriculares y gritó:

—¡¿Qué pasa, por qué no despegamos?!

—¡Porque tarda un rato en arrancar! —gritó él a su vez—. ¡Allá vamos!

El aparato se cernió en el aire; entonces el piloto apuntó el morro hacia delante y salieron disparados, rumbo a los picos gemelos, con forma de pista de saltos de esquí, que remataban las dos alas en que estaba dividido el edificio del Interhotel.

* * *

Nada más aterrizar en la explanada de césped cubierta de nieve que había junto a la entrada, Müller vio las luces de emergencia en tonos azules girando en el techo de los coches patrulla de la zona. Se le cayó el alma a los pies al comprobar que había muchos agentes armados, metralleta en ristre. No quería que acabaran a tiros. Por encima de todo, lo que más anhelaba era que su hijo saliera indemne. Eso era lo único que importaba. Pero es que además estaba el prurito profesional, las ganas de que Johannes Traugott, su amigo de la infancia, saliera vivo de esta y fuera llevado delante de la justicia. ¡Y quería hacerle tantas preguntas!

En un primer momento, los agentes armados se mostraron reacios a dejar pasar a Müller, Tilsner y Eschler. Pero Tilsner les explicó quién era Müller, mostró su propia placa –y Müller tuvo la sospecha de que fue la de la Stasi, no la de la Policía del Pueblo– y les franquearon el paso.

Iban todo lo rápido que podía ir Müller, atravesaron el pasillo de entrada y llegaron a recepción; y allí, vieron las señales que apuntaban en las dos direcciones opuestas, indicando los dos módulos de los que constaba el hotel: *Edificio Uno* y *Edificio Dos*.

—¡Por allí! —gritó un policía de uniforme que señalaba los ascensores del Edificio Uno—. Lo han acorralado en el piso doce.

Eschler subió por la escalera y Müller y Tilsner se quedaron esperando a ver cuál de los seis ascensores bajaba antes. Llegó uno en el acto y los llevó hacia el cielo a velocidad de vértigo. Pero cuando llegó al piso doce, las puertas no se abrían.

—*Scheisse!* —gritó Tilsner—. Debe de ser un bloqueo de seguridad.

Luego pulsó el botón del piso de más abajo, el once. El ascensor bajó una planta, se abrieron las puertas y Tilsner ayudó a salir a Müller. Una vez allí, vieron que la escalera que llevaba al piso doce estaba tomada por policías armados.

—Por aquí no se puede subir —dijo el capitán al mando.

Tilsner volvió a tirar de placa, una de ellas. Pero esta vez Müller miró por encima del hombro de su ayudante y vio el emblema del rifle con la bandera de la República Democrática blandido por un brazo musculoso. Era la Stasi la que imponía su autoridad a través de él, como siempre había sospechado.

El oficial al cargo se apartó a regañadientes.

En la planta doce, había más policías apostados a la entrada a lo que parecía la zona de lujo del hotel. Tilsner puso cara de fastidio y se volvió hacia Müller:

—Son las que reservan para los peces gordos del Partido —dijo ella—. Honecker se queda aquí a veces.

Estaba claro que a Tilsner no le interesaba lo más mínimo en esos momentos recibir lecciones sobre los gustos que tenían los líderes del Partido.

—¿Dónde está? —le preguntó al policía que, por el aspecto y el ademán, debía de llevar la voz cantante.

El oficial señaló con la vista el hueco de las escaleras. Tilsner vio que había otro tramo hacia arriba.

—Yo creía que solo había doce plantas.

—Y son las que hay. Está en la azotea.

—¿Con el bebé?

El oficial movió afirmativamente la cabeza.

—¿El bebé todavía está vivo? —preguntó Müller con algo parecido a un chillido, presa del pánico.

El oficial repitió el gesto afirmativo de antes.

—Subió hasta aquí echando pestes por la boca, en pleno delirio. El camarada Honecker está de vacaciones en el hotel en este momento. El hombre llegó hasta la puerta de su habitación y empezó a soltar una diatriba a pleno pulmón: algo de que le habían robado la casa y el sustento a su familia. Fue el camarada Honecker el que dio la orden de montar un protocolo de emergencia.

Tilsner señaló el tramo de escaleras.

—Vamos a subir.

—No pueden —dijo el oficial—. Tengo instrucciones de disparar a cualquiera que lo intente.

Tilsner lo agarró por las solapas.

—Mira, cara de besugo. Vamos a subir por esa escalera; ya te lo he dicho. Ella es la madre; el bebé es suyo. Y esta es la que lo autoriza. —Tilsner volvió a mostrar la placa, o el salvoconducto, lo que fuera, pero este oficial ni pestañeó.

—Órdenes son órdenes. Nadie sube por ahí.

—¡Pues como intentes detenernos, te enfrentas a una temporada entre rejas, fíjate lo que te digo! —gritó Tilsner, soltando algún escupitajo que otro que impactó contra la cara del oficial.

Müller se llevó la mano al vientre, pasó de largo entre los dos y desenganchó la cadena que impedía el acceso a la azotea, único elemento disuasorio, aparte del rifle con el que los apuntaba el oficial. Estaba segura de que el policía no la iba a disparar. Al menos, eso esperaba.

Oyó que Tilsner la seguía, y también las palabras del oficial:

—Se lo advertí. —Pero no hubo disparo alguno que corroborara esas palabras, y la amenaza quedó en nada.

59

Tilsner abrió la puerta de la salida de emergencia que daba a la azotea del Edificio Uno y un golpe de viento helado casi tira a Müller escaleras abajo. Estaban ya a finales de marzo, pero los rigores del invierno no habían remitido todavía.

La detective subió como pudo las escaleras, agarrándose al pasamanos, en pos de su ayudante, que ya pisaba el suelo de la azotea. Müller no sabía a qué horrores tendría que enfrentarse al cruzar aquella puerta, mas lo que halló superó con creces todo lo imaginado: la estructura del edificio, un remedo de las pistas de saltos de esquí, quedaba rematada en lo más alto por un verdadero vértice, una cornisa larga y estrecha, no más ancha que la escalera horizontal que llevaba hasta ella, rodeada por todas partes de picudas aristas que se precipitaban vertiginosamente hacia el vacío.

—¡No se muevan! —El grito casi se lo llevó el viento.

Müller aguzó la vista: en el otro extremo de la angosta azotea vio una figura que sostenía a su bebé con un brazo mientras empuñaba en la otra mano una pistola con la que apuntaba a Tilsner. Hizo lo que pudo por no pensar en la altura del edificio y por que el miedo no la paralizara como aquella vez que, siendo adolescente, no pudo mover un músculo en lo alto de la pista de saltos, cuya forma reproducía aquel hotel tan inusitado.

—No seas imbécil, Traugott —gritó Tilsner—. La función ha terminado. Deja la pistola en el suelo y, con mucho cuidado, entrégame el bebé.

—¡No! —gritó Johannes—. El niño es mío. Es mi hijo. Su madre no quería tener hijos.

Tilsner se tiró al suelo y empezó a arrastrarse por la estrecha escalera horizontal que era a la vez la azotea y el vértice del edificio.

—¡No lo diré otra vez! —gritó Johannes. Y se oyó un disparo que dio contra el armazón metálico de la escalera, dos metros por delante de Tilsner. El bebé empezó a chillar y ese sonido dejó a Müller con el corazón en un puño. Tenía que salvar a su hijo; tenía que abrazarlo, aunque solo fuera unos instantes.

—Johannes, soy Karin; y sí que quiero a mi hijo.

Una expresión de perplejidad se dibujó en la cara del hombre, que miró al bebé al que sujetaba firmemente con el pliegue del codo.

Tilsner aprovechó ese descuido para avanzar otro peldaño en la escalera; pero Johannes disparó de nuevo y la bala impactó esta vez a escasos centímetros de la mano del detective. Rebotó allí y Müller oyó el impacto del proyectil al empotrarse en la pared que tenía detrás: uno de los alerones de cemento armado en forma de pico que remataban el edificio.

—Se lo advertí: aléjese de mí. Y ahora mismo. De lo contrario, la próxima bala irá a la cabeza.

Tilsner se soltó de una mano y la levantó en el aire.

—Vale, vale, ya me voy.

Müller vio cómo retrocedía su ayudante, de espaldas, luchando contra el viento que soplaba con fuerza desde el bosque, en lo más alto de un edificio de forma caprichosa.

—¡Por favor, Johannes, déjame estrechar a mi hijo en brazos! —gritó Müller para que la oyera al otro extremo de la azotea—. Aunque sea solo una vez; solo por un instante. Por favor. Soy Karin. ¿No te acuerdas de mí? La pequeña Karin Müller de la pensión Hanneli. Jugábamos juntos en el prado del granjero Bonz. Aquí mismo, en Oberhof.

Johannes hizo por fijar la vista a través de las gruesas lentes de sus gafas, como si no acabara de creerla.

—Karin. ¿De verdad eres tú? —Müller lo vio encoger el cuerpo, como si Johannes hubiera reconocido algo en su aspecto desaliñado; algo que casaba con los recuerdos que tuviera de ella cuando niña—. ¡Ay, Dios! —gritó Johannes, y abrazó al bebé todavía con más fuerza.

Tilsner ya había logrado llegar al lado de Müller.

—Haz que siga hablando —le susurró a su jefa al oído—. Voy a subir por la otra escalera para sorprenderlo por detrás.

Müller tiró de él y le dijo:

—No hagas nada que pueda poner en peligro la vida de mi hijo, Werner, te lo ruego.

—Karin: tenemos que hacer algo. Tu bebé no va a salir vivo de esta mientras siga en brazos de ese loco aquí arriba. Se podría tirar al vacío en cualquier momento con tu hijo en brazos.

Müller le apretó tan fuerte el brazo que Tilsner soltó una mueca de dolor.

—Por favor, Werner, te lo suplico.

—Tú dale palique, no pienses en nada más.

Johannes se dejó caer junto al tiro de la chimenea, por la que salía constantemente un humo blanquecino parecido al de un barco a vapor. Se diría que estaba llorando, y no apartaba la vista de los ojos del bebé.

—No es cierto que yo no quisiera a mis hijos, Johannes. Los amo con toda mi alma.

—Entonces, ¿por qué mataste a los mellizos de tu primer embarazo? —gritó el hombre.

—Eso no es justo —dijo Müller entre sollozos.

—Estabas en la lista, Karin. La lista que tenía el Ministerio para la Seguridad del Estado con las mujeres que habían abortado ilegalmente al final del embarazo. Franzi encontró tu historial en la clínica del doctor Rothstein, en Berlín.

—¡Sí, pero ahí no ponía por qué tuve que abortar, ¿a que no?! —gritó Müller, hablando por boca de la ira, ahora, más que del dolor.

Johannes no acertó a decir nada, otra vez; lo confundía, al parecer, lo que estaba oyendo.

—¡¿A que no? ¿A que en el historial no ponía que me violaron?! —Toda la ira que había acumulado Müller le salió proyectada en cada una de esas palabras, gritadas a los cuatro vientos en el vértice de la azotea. Y eso le reventó también algo por dentro: se llevó la mano al bajo vientre, al vendaje, porque sintió que se le saltaban los puntos y la sangre empezaba a manar de la herida—. ¡Ay, Dios! —gritó, y cayó al suelo—. Déjame abrazar a mi hijo aunque sea solo una vez.

Johannes vio lo que estaba pasando, tiró la pistola al suelo y echó a correr por el angosto vértice: y era el mismo pánico lo que hacía que no errara el paso, concentrado en poner el pie en el punto justo. En apenas unos segundos, ya estaba agachado junto a ella, y le acercaba el bebé, que no había dejado de berrear, para que lo abrazara y le diera besos.

—¡Karin, Karin: lo siento tanto! —exclamó entre grandes sollozos.

Müller abrazaba a su hijo y sentía que se le iba la vida; que las entrañas, abiertas, empapaban el vendaje sobre el vientre sajado por la cesárea.

Iba poco a poco perdiendo el conocimiento y oyó todavía un grito. Era Tilsner, desde el otro extremo del tejado. Sonó luego un disparo.

Johannes le agarraba fuerte la mano, pero ahora se la soltó. Aunque no le había alcanzado el disparo; era solo que se zafaba para escapar. Müller quiso retenerlo, pero no tenía fuerzas. Intentó gritar:

—No dispares. —Pero se le nubló la vista justo en el instante en el que Tilsner apuntaba otra vez. Luego vio que Johannes perdía pie.

—¡Karin! —gritó—. ¡Perdó…!

No llegó al final de la frase. Se le abrió el suelo debajo de los pies, cayó de espaldas y fue resbalando por la parte del tejado que remedaba una rampa de saltos de esquí, igual de congelada que la pista original. Rodó por la pendiente: como a cámara lenta primero; luego, cada vez más rápido. Müller se sujetaba la tripa, veía que las gafas de Johannes salían desprendidas de su cuerpo con un vertiginoso giro; y, por fin, que dejaba de dar tumbos, que se resbalaba e iba moviendo desesperadamente las manos, incapaz de sujetarse en la caída. Porque el tejado, diseñado en oblicua pendiente, con la superficie helada por completo, era una pista perfecta, como cuando jugaban de niños a bajar en trineo por la ladera helada. Müller acabó sucumbiendo al dolor y a la impotencia que sentía al saber que no podía hacer nada para salvar a su amigo de la niñez.

Por fin desapareció de la vista, allí donde acababa el tejado en pendiente del edificio. No se elevó en el aire al final de la rampa con un impulso decidido y elegante. No hubo despegue; y el aterrizaje tuvo que ser forzoso y sin esquís. Un salto de cabeza a la mismísima nada.

Cayó al vacío.

A una muerte segura, supuso Müller.

Tilsner ya estaba al lado de la detective. Y Eschler también.

—Cuida de ella, Bruno. Consíguele una camilla, llama a un helicóptero y llevadla al hospital más cercano. Hay que salvarle la vida como sea. Del bebé ya me encargo yo. —Y nada más decir esto, Tilsner cogió al niño, que todavía no tenía nombre, volvió grupas y bajó corriendo por la escalera.

En apenas unos minutos, un equipo médico de emergencias tenía a Müller atada a una camilla y le estaban haciendo una transfusión de sangre de urgencia. Y todo esto, a la vez que la sacaban por el vestíbulo del hotel hacia el helicóptero.

Había perdido el conocimiento casi por completo, pero su primer pensamiento fue para su hijo: quería abrazarlo por si ya no lo contaba. El segundo fue: «¿Habrá sobrevivido Johannes?». Aunque sabía que no debía preocuparse por eso.

Hizo un esfuerzo para preguntárselo a Eschler.

—Según Tilsner, sí ha sobrevivido —respondió Eschler—. Cayó encima de un ventisquero que llevaba días acumulando nieve y le amortiguó la caída. Pero está muy mal. Tiene totalmente paralizado el cuerpo y no creen que dure mucho.

—Tengo que verlo —dijo Müller con un hilo de voz rasposa, haciendo ostensibles esfuerzos por no desvanecerse.

—Pero tenemos que llevarla al helicóptero.

—Déjeme verlo, por favor, Bruno.

Eschler indicó por señas a los del equipo de emergencias que desviaran la camilla para ir a un lateral del edificio, donde había caído Traugott.

Cuando llegaron allí, Müller trató de incorporarse en la camilla y él la miró desde donde estaba tendido.

—¿Por qué lo has hecho Johannes? ¿Por qué? Si éramos tan amigos.

—K-K-Karin —balbuceó él—. Yo no sabía que...

Y dejó caer la cabeza en la nieve. Los de emergencias hicieron lo posible por reanimarlo entonces y lograron que volviera a respirar. Cabía la remota posibilidad de que algún día le contara a Müller la historia de su vida, pero no en ese preciso momento.

—Ya está, Karin. Hemos de irnos. Hay que llevarla al hospital lo antes posible.

Fueron a toda prisa hacia el helicóptero y Müller vio a un grupo de hombres armados, enfundados en chaquetas de cuero, que se dirigían al punto en el que Johannes estaba siendo atendido. Le sorprendió ver entre ellos a Malkus y Janowitz. Entonces alzó un poco la cabeza y vio los aspavientos que hacían para que los del equipo de emergencias se fueran de allí. Pero la camilla en la que la llevaban traspuso una esquina del hotel, y los perdió de vista. Los camilleros la metieron en el KA-26, que aguardaba con los rotores girando a todo trapo y los patines de aterrizaje a punto de despegarse del suelo; y todo lo ahogó el rugido de los motores. Después, hasta ese estruendo palideció mientras Müller iba perdiendo poco a poco la consciencia. Y justo antes de sucumbir del todo, creyó oír un ruido que se filtró por entre el traqueteo de los rotores. Un sonido diferente, como un golpe sordo y seco que sonó dos veces.

No estaba segura. A su mente le costaba hilar los pensamientos y el fragor de los motores del helicóptero hacía enmudecer cualquier otro sonido. Pero algo en el subconsciente le decía que eran tiros. Disparos de pistola amortiguados por la nieve.

60

Tilsner era consciente de que tendría que estar interrogando a Franziska Traugott, comprobando la veracidad de su versión de los hechos, y ver hasta qué punto había consensuado con su marido el relato de lo que iba a contar. ¿Sería ella capaz de arrojar algo de luz sobre el miembro o miembros de la Stasi que habían manipulado los partes de accidente de finales de los cincuenta? Pero el caso era que la tenían a buen recaudo en el Buey Rojo; y bien podía quedarse allí esperando una hora más. Porque primero quería saber cómo se encontraba Müller, verla en persona. Saber que había sobrevivido.

Vio a Emil Wollenburg sentado a la puerta de la uci en el hospital de Halle, con la cabeza hundida entre las manos. Primero llevaron a Müller a Suhl, el centro médico más cercano; pero la trasladaron a Halle en cuanto el personal de Suhl vio que no podían hacer mucho más por ella. Temían que tanta pérdida de sangre le hubiera ocasionado algún daño cerebral. Porque el caso era que la jefa de Tilsner, que todavía seguía aferrada a la vida, había entrado en coma.

Tilsner tomó asiento al lado del novio de Müller y, aunque lo incomodara hacerlo, le pasó un brazo por los hombros al médico.

—¿Se sabe algo, Emil?

El otro alzó la cara con una expresión de derrota en la mirada y dijo que no con la cabeza:

—Seguimos aquí esperando, haciendo lo posible por no desesperar.

—¿Y los mellizos?

Wollenburg soltó una risita irónica.

—Están bien. Como las propias rosas. Aunque nacieron, si se puede llamar a eso nacer, varias semanas antes de salir de cuentas. Menudos pulmones se gastan ese par. Los tienen a salvo en la planta de pediatría; y con escolta, antes de que me lo pregunte.

—¿Han pensado ya en los nombres?

—¡Ja! Como que me lo iba a perdonar mi novia si les pongo nombre sin consultarla. Ya la conoce. —Entonces la expresión de la cara se le ensombreció otra vez—. Y esperemos que haya ocasión de consultarla. Lleva ya dos transfusiones de sangre completas.

—¿O sea que puedo pasar a verla?

Wollenburg hizo un gesto con los hombros que podía indicar indiferencia.

—Por mí, sí. Yo he estado con ella casi todo el rato: leyéndole en alto, ese tipo de cosas. Pero se cansa uno de hablar cuando no responden, y sufro mucho. Ojalá pudiera haber hecho más por ella. Me sentí como un cero a la izquierda aquí aparcado, con mi hija en brazos, mientras Karin salía rauda aun a riesgo de perder la vida.

Tilsner le dio un apretón en el hombro.

—Es usted médico; salva vidas a diario. Karin hizo un trabajo estupendo. Salvó a su hijo. Pase lo que pase, tiene usted mucho que agradecerle…

Emil apartó el brazo del detective y se puso en pie.

—No hablemos de «pase lo que pase». Tengo que hacer todo lo posible por animarme. ¿Quiere que entremos a verla?

A Tilsner lo dejó de piedra la palidez del rostro de Karin. De cerca, rodeada tal y como estaba de toda la parafernalia de aparatos que la ataban a la vida, el detective fue plenamente consciente de que su jefa era un ser mortal; y supo, más que nunca antes, de su vulnerabilidad. Porque incluso en la azotea del Interhotel, cuando saltó a la vista que algo fallaba y empezó la hemorragia, Müller había logrado en todo momento dar la impresión de que, al final, todo saldría bien. Tilsner se frotó las muñecas por turnos: restregó los dedos de la mano derecha en el antebrazo izquierdo y luego al revés, sin saber muy bien qué hacer ni cómo podían ayudarla.

—Lo entiendo —dijo Wollenburg, y le puso una mano a —Tilsner en el hombro; como si quisiera devolverle el gesto que había tenido el detective con él hacía unos minutos—. A mí también me impresionó la primera vez que la vi. Dicen que está estable, pero...

Tilsner no apartaba la vista de todos aquellos monitores; lo dejaba perplejo el pitido que emitían, iban como al compás, con un relampagueo de guarismos que no lograba entender.

—Lo que le hizo perder tanta sangre no fue la herida abierta de la cesárea. En el tiroteo, se le clavó un trozo de metralla en una arteria a la altura de la ingle.

Tilsner crispó la cara en una mueca de horror.

—Siéntese con ella —dijo su novio—; cójale la mano. Puede incluso hablarle, aunque no hay ningún indicio de que oiga nada. Yo veo que a mí me ayuda, aunque a ella no.

Tilsner arrimó una silla y tomó la mano de Müller entre las suyas, con cuidado de no arrancarle la vía de suero salino que le perforaba la piel, de una palidez que daba miedo.

—Hola, Karin —dijo, y le apretó los dedos—. Te echo de menos en el trabajo, ¿sabes? Tenemos que proceder hoy con el interrogatorio de Franzi Traugott, y no me apetece nada hacerlo; al menos, no si tú no estás allí conmigo. Es rara de narices. Quiere echarle todo el marrón a Johannes. Y, aunque puede que no le falte razón, yo estaría mucho más a gusto contigo a mi lado. Porque sé que la calarías como un melón.

Notó que Emil Wollenburg había salido de la habitación y los había dejado solos, en un cara a cara en el que solo participaba una de las partes. Tilsner clavó la vista en los ojos cerrados de Müller, con la esperanza de percibir en ellos el más mínimo parpadeo; pero nada vio.

—Hemos reconstruido parte de los hechos. Al parecer, tenía la costumbre de darle algún medicamento que le retrasaba el periodo, y que ella podría tomar por síntomas de embarazo. Y luego la convencía de que habían tenido que hacerle una cesárea a vida o muerte. La anestesiaba, la dejaba en el limbo unos días, le hacía una incisión en el bajo vientre, la cosía otra vez, y luego, maravillas de la ciencia, ella acababa con un bebé en brazos. Un bebé que no era suyo.

Tilsner le apretó la mano a Müller, por ver si recibía a cambio algún tipo de presión en los dedos. Pero la tenía muerta; y solo el calor de la sangre que todavía le corría por las venas –sangre donada por otra persona– daba alguna señal de vida.

—Y con la niña melliza de los Anderegg fue la primera vez que lo hicieron. La llamaron Stefi. Como mi hija. Pero Franzi era un caso perdido; y, al parecer, la desatendió por completo. Al hermano mellizo no sabemos qué le pasó; el caso es que murió también, puede que de muerte natural o por puro abandono: y se los llevaron a los dos a Berlín cuando fueron a vivir allí a finales de los sesenta. Uno de ellos escondió los cadáveres en la clínica de Rothstein, quizá pensando que los tomarían por fetos en avanzado estado de gestación que alguien había abandonado. Al menos, eso pensamos desde el principio, ¿no? Y porque allí escogían también a todas sus víctimas: mujeres que habían abortado, bien allí o en cualquier otra clínica ilegal de la República Democrática, y de las que la Stasi tuviera noticia en sus archivos.

Müller seguía sin responder a ningún estímulo; pero, al menos, los aparatos que la asistían mantenían estables sus constantes. Tilsner ya había pasado una temporada en el hospital y sabía que lo preocupante sería que las ondas y la emisión de pulsaciones se detuvieran y todo quedara reducido a una línea recta. Solo que en ese caso, sin duda, se encendería la señal de alarma.

Entró una enfermera y miró con detenimiento los indicativos; pero todo pareció cuadrarle, y salió otra vez.

Y Tilsner volvió a su monólogo, con la esperanza de que aquella puesta al día en el caso provocara algún tipo de respuesta en Müller.

—Total, que el verano pasado, ya tenemos a los Traugott otra vez instalados en Halle-Neustadt. Hansi, que para ti era Johannes, se inventó otro embarazo fingido de Franzi; y, en este caso, contó para la farsa con uno que se hacía pasar por médico, aunque en realidad no era más que un compinche que se buscó Hansi en las labores que desempeñaba para la Stasi, alguien que le tenía ley. Fue entonces cuando, maravillas de la ciencia, les «nace» una hija: Heike. Que en realidad no era Heike, sino Maddelena Salzmann. Deducimos, solo eso, que la idea de Hansi era que Franzi tuviera gemelos; puede que para reemplazar a los que mató aquel conductor borracho en el accidente de los años cincuenta. Pero el estado de salud de Karsten era más precario que el de su hermana. Él era el que más preocupaba a los médicos del ala de pediatría; y eso que lo vigilaban las veinticuatro horas. Una vez fuera del hospital, no sobrevivió.

Tilsner le dio otro apretón en la mano a Müller.

—Pero cuando el caso se enrarece de veras es con la aparición del bebé que era medio vietnamita: Tanja Haase. —Nada más mencionar el nombre de la hija de Anneliese, puede que la más trágica de todas las desapariciones y muertes, y por la que, como bien sabía Tilsner, Müller sentía más afecto, no en vano había visto viva a la niña, el detective notó algo. Creyó sentir que Müller le devolvía el ligero apretón, pero lo echó en saco roto, pues pensó que se trataba de un simple acto reflejo de algún músculo—. La pequeña Tanja, con lo mona que era. Pero, bueno, el caso fue que, según Franzi, Hansi la convenció de que tenían que ingresar a Heike en el hospital para que la trataran los médicos. Ahí es donde entra en escena la fulgurante reaparición de Maddelena a la puerta de los Salzmann. Yo imagino que él se enteró, gracias a los contactos que tenía en la Stasi, de lo de la búsqueda de muestras de letra. Y solo cuando creyó que nos la había dado con queso y nos habíamos equivocado de sospechosos, es decir, cuando detuvimos a los Rosenbaum, vio el cielo abierto para secuestrar a otro bebé. Y hete aquí que a la niña que ellos llamaban Heike le dieron el alta en el hospital: y volvió a casa más sanota, más mona y, hay que suponer también, con la piel más oscura. Porque esa nueva Heike a la que Franzi acunaba en sus brazos era en realidad Tanja Haase.

Ahora no había sombra de duda: nada más pronunciar la palabra «Tanja», Müller le había apretado la mano.

Él le devolvió los apretones, sin seguir ninguna pauta especial; solo pronunciando, gritando casi, el nombre de Tanja Haase a la vez. Se fijó en los labios de Müller y vio que intentaba formar una palabra. Luego creyó oír algo. No sabía si la palabra era «Tanja» o «Tilsner», pero algo era.

—¡Enfermera! ¡Doctor! Vengan acá, que son unos gilipollas: ¿no ven que quiere decir algo?

61

Después de dar la alerta y llamar a todo el mundo, Tilsner creyó oportuno retirarse y no esperar al desarrollo de los acontecimientos. El que Müller diera señales de poder comunicarse era una magnífica noticia; pero él sabía, por propia experiencia, después del tiroteo en el Harz el año anterior, que el camino hacia la recuperación total era largo, si es que llegaba a producirse. Fuera como fuera, lo que estaba claro era que las cosas iban a cambiar. Porque incluso si Müller, como todo el mundo esperaba, incluido él, era capaz de asumir su papel de madre y sacar adelante a sus recién nacidos, lo que casi con toda seguridad no podría hacer sería seguir al frente de una brigada de homicidios. Quedaba claro también que eso le abriría a él posibilidades de ascenso, pero no era algo que le hiciera demasiada ilusión. No quería tener tanta responsabilidad, ni verse obligado a hacer todo el papeleo, ni andar con genuflexiones delante de sus superiores.

Pero eso era el futuro. Por ahora, lo que lo ocupaba era conseguir algún cargo contra Franziska Traugott, por mucho que se declarara inocente. Y para ello contaba con la desaparición y muerte de Tanja Haase. A la niña la habían asesinado. Alguien tuvo que ser; y no creía que lo hubiera hecho Johannes. Por muy perversa que fuera la lógica del marido, pese a todo el odio inoculado después de ver cómo le robaban el hogar a su familia, y con la muerte en accidente de tráfico de los dos únicos hijos que tuvo;

pese a todo eso, no daba el perfil de asesino, aunque quedara todavía por dilucidar qué le pasó al hijo de los Anderegg. Y si Hansi no mató a la niña, tuvo que ser su mujer, Franzi. Aunque no se trataba solo de llevarla ante la justicia. Franzi también podía ser útil si, como Tilsner sospechaba, podía decirles más cosas del conductor borracho, de la manipulación de los partes de accidente y, sobre todo, si sabía exactamente quién había metido mano en ellos. Él ya tenía su sospechoso particular. La persona que, desde el principio, había intentado por todos los medios llevar las investigaciones de la *Kripo* a vía muerta. El abominable *Hauptmann* Janowitz. Pero necesitaba que Franzi confirmara esas sospechas.

—A ver, Franziska: ¿sigue usted en sus trece de que fue su marido el responsable de la muerte de Tanja?

La mujer soltó una risa muy aguda, totalmente fuera de lugar, que le dejó temblando el generoso busto. Y menuda delantera que tenía Franzi, pensó Tilsner. Aunque eso no hacía el conjunto de su persona más atractivo, en absoluto. El detective entornó los ojos para que lo viera Eschler, sentado a su lado en la sala de interrogatorios.

—Pues sí —dijo la mujer—, eso debió de ser lo que pasó. Heike, aunque, bueno, ustedes insisten en llamarla Maddelena, pero para mí, siempre será Heike. Pues a Heike se la llevaron. Y luego la volvieron a traer. Y fíjese que a mí me dio que era otra niña, y eso me dejó preocupada. —Volvió a reírse, pero la risa no pasó de la garganta cuando vio la cara que ponían Tilsner y Eschler—. O sea que sería la Tanja esa que dicen. Y entonces Hansi me aseguró que había vuelto a caer enferma.

—¿Enferma de qué, exactamente? —preguntó Tilsner; quien cada vez veía más claro que no iban a llegar a ninguna parte con Franzi. Porque el que tendría que estar interrogándola era un psiquiatra y no un detective.

—Vaya —dijo la mujer, algo perdida con aquella pregunta—. Pues la verdad es que nunca se lo pregunté.

Tilsner dio un puñetazo encima de la mesa y, del sobresalto, la mujer se echó hacia atrás de golpe en el asiento.

—Y una mierda: todo esto que nos está contando no son más que mentiras, ¿a que sí, Franzi? Se lo inventa sobre la marcha.

—No, ¡se lo juro por Dios! Yo lo que intento es decir la verdad.

—Ya —dijo Tilsner—. Pues a ver si lo intenta con más ganas ahora.

Tilsner se quedó impactado cuando volvió al hospital a ver a Müller a la mañana siguiente. Porque ya no estaba en la cama, sino sentada en el sillón que había al lado, con un mellizo enganchado a su pecho derecho, mientras que Emil le arrimaba el otro al costado izquierdo.

—¿Salgo, mejor, un momento? —preguntó a la pareja.

—No, no, estás bien donde estás. —Müller le sonrió al decir esto. Le había vuelto el color a las mejillas y componía una imagen de radiante maternidad.

—Menudo cambio, ¿eh? —dijo Emil, sin poder disimular la risa.

Tilsner alzó las manos y dijo:

—Esto es una transformación. No entiendo nada.

—Cuando el coma se produce por falta de sangre —explicó Emil—, si no dura mucho, la recuperación puede ser bastante rápida. No hacía ni una hora que se había ido usted anoche, y ya estaba empezando a hablar, ¿a que sí, *Liebling*?

—Aunque no recuerdo gran cosa de lo que dije en esa hora —reconoció Müller—. Pero ahora me encuentro bien. Débil y cansada, pero bien.

—¿Han pensado ya en los nombres?

Tilsner notó cómo se miraba la pareja.

—Pensar sí, pero estar de acuerdo, eso ya es otra cosa —dijo Müller, echándose a reír—. O sea que no, vamos. —Dio unos golpecitos en la colcha—. Pero siéntate, Werner. Y ponme al día del caso. ¿Sabes si Johannes sobreviv...?

—No. Su mujer sigue detenida, por supuesto. Pero está como una regadera, le patinan las neuronas; como una puta cabra, vamos. —Vio la mirada de Emil al oír las gruesas palabras y le correspondió con un gesto de indiferencia, aunque pidió perdón.

—Así que, al final, ¿Johannes acabó muriendo por las heridas que se produjo en la caída?

Tilsner puso cara de no entender a qué se refería:

—¿Por qué me lo preguntas?

—Porque justo antes de perder el conocimiento, cuando me llevaban en camilla al helicóptero, juraría que oí un ruido, amortiguado por la nieve y los motores del helicóptero. Juraría que oí disparos.

Müller notaba que la recuperación iba más rápido de lo que hubiera cabido esperar. Con la alegría de ser madre, se le pasaba el cansancio. Aunque los mellizos no hacían más que pedir la teta, el subidón de adrenalina la mantenía despierta y ojo avizor. Tanto era así que se llevó un disgusto cuando los médicos le dijeron que no podía acompañar a Tilsner en el interrogatorio a Franziska Traugott. Quedaba el espinoso asunto de si podría volver a trabajar, o cuándo; y en calidad de qué: sobre eso, ni ella ni Emil habían hablado todavía. Aunque puede que fuera una decisión que no le correspondiera a ella. Müller quería a toda costa volver a la capital del Estado; incluso si era solo para ponerse otra vez detrás de una mesa en Keibelstrasse, en cuanto estuviera en condiciones de retomar su labor en la *Kripo*. Le metió prisa a Emil para que pidiera el traslado lo antes posible, así podría unirse a ella y a los mellizos en Berlín.

¡Los mellizos! Müller sonrió para sus adentros. Todavía no tenían nombre; no le convencía ninguno de los que sugirió Emil: casi todos muy tradicionales, de parientes suyos. Por eso, cuando vinieron a verla los padres de su novio, no lo pasó nada bien. La madre decía que la Melliza —como la llamaba Müller— tenía toda la cara de Clothilde, el segundo nombre con el que la bautizaron a ella. De ninguna manera, pensaba Müller, llamar así a su hija. Y el nombre sugerido por Emil y su padre para el Mellizo, Meinhard, le despertaba todavía menos simpatías. Y no es que no tuviera ella decididos los nombres para los dos; lo que pasaba era que tenía la secreta esperanza de que si tardaban un tiempo en ponerles nombre, había más posibilidades de que Emil pasara por el aro. Además, en aquella ciudad en la que las calles no tenían nombre, parecía que encajaba una pareja de mellizos a la espera del suyo.

A Müller se le pasó la euforia —aquel estado de cálida benevolencia que le recorría todo el cuerpo— apenas un par de días después de salir del coma: con la carta que le trajo Emil. Nada más ver el emblema del Ministerio para la Seguridad del Estado estampado en el sobre, se quedó de un aire. Su novio la miró sin comprender, pero ella no cedió a la tentación de abrirla delante de él. Sabía lo que podía haber dentro, lo que ella esperaba que hubiera, pero era algo muy íntimo. Y si no contenía la información deseada, entonces no quería que Emil viera la cara de desilusión que iba a poner.

Por fin, cuando él salió un momento para llevarse a los mellizos al nido y que descansara ella un rato, cogió la carta de la mesilla y rasgó el sobre.

Con un primer vistazo pudo comprobar que Jäger había dado con lo que ella buscaba.

Era el nombre de la joven que la cogía en brazos en la foto que le dio su madre adoptiva. La dirección de su familia en Leipzig. Y la confirmación, ya fuera de Jäger mismo o de sus fuentes en la Stasi, de que, en efecto, el bebé de la foto era Müller; y la chica, su madre.

62

Müller era consciente de que todavía no estaba bien para hacer el viaje hasta Leipzig. Y que, aunque físicamente quizá lo aguantara, no estaba tan segura del aspecto emocional; pues el viaje sería traumático, aunque ardiera en deseos de recomponer su árbol familiar. Pero más que por eso, estaba tentada de ir por la posibilidad de conocer a la mujer que la había traído al mundo: acariciaba la foto de la joven y la niña una y otra vez, sin llegar del todo a creérselo.

En cuanto tuvo fuerzas para salir del hospital, le pidió a Tilsner que la llevara al Buey Rojo, donde Franziska Traugott seguía detenida. Eso sí, antes se aseguró de que Emil estuviera en condiciones de quedarse solo con los mellizos. No había estado presente en gran parte del interrogatorio a la mujer, pero Müller estaba dispuesta a recuperar el tiempo perdido. Según Tilsner, Franzi no regía bien y no llegarían a ninguna parte con ella. Pero Müller no estaba tan segura de que estuviera loca. Tenía que oír de sus labios las explicaciones que daba la mujer, cómo justificaba los horrendos actos que había cometido; y los de su marido, también: Johannes, aquel amigo de la niñez de Müller.

—Lo que no entiendo —dijo la mujer, después de repetir la secuencia de los hechos que ya le había relatado a Tilsner— es dónde está Hansi. ¿No pueden dejar por lo menos que venga a verme?

Müller fulminó con la mirada a Tilsner, quien se removió intranquilo en el asiento. «¿Es que no le habían dicho a aquella pobre mujer lo que había pasado?». Sí que era indudable su complicidad en casos de secuestro de menores; eso, y quizá más cosas. Pero ya había que ser cruel para ocultarle el destino que había corrido Johannes.

—Lo lamento, Franziska. Pero Hansi no podrá venir a verla, porque está…

Antes de que Müller acabara la frase, a Franziska Traugott se le deformó la expresión de la cara y lanzó un aullido horrible que le salía de las mismas entrañas.

—¡No! ¡No! —gritó, y se tapó los ojos con las manos.

Müller alargó un brazo por encima de la mesa de interrogatorios y le acarició con ternura la mano a la mujer.

—De verdad que lo siento, Franziska. Es que hubo un terrible accidente.

Cuando por fin Franziska se quitó las manos de los ojos, se quedó mirando a Müller, y la detective vio el vacío que había en ellos; y cómo tiraban de ella para que se asomara a un pozo muy hondo.

—¿Por qué no me dijeron nada? —preguntó con tono de resignación en la voz.

Müller seguía con la mano en la muñeca de Franziska cuando respondió:

—Lo siento, Franziska. La verdad es que tenían que haberla informado. —Fulminó otra vez a Tilsner con una mirada, pero este alzó con indiferencia los hombros, como si no fuera culpa suya.

La mujer recompuso como pudo la figura y Müller decidió sondearla un poco más:

—Sé que puede ser doloroso, Franziska, pero me gustaría que volviera atrás en el tiempo veinte años. A finales de los cincuenta: cuando dio a luz a sus hijos. Fueron mellizos, ¿verdad?

—No me gusta hablar del pasado —dijo—. Hansi dice que no me viene bien.

Tilsner dio un puñetazo en la mesa.

—Eso no hay quien se lo trague ya, Franziska; porque él no está aquí para impedírselo. Así que cuéntenoslo todo. Tiene usted que contestar a todo lo que le preguntemos.

—Lo único que queremos saber, Franziska —terció Müller con más tacto—, son unos pocos detalles. —Consultó su libreta, aunque ya se sabía de memoria los nombres de los niños del matrimonio. Así evitaba mirar a la mujer a los ojos un par de segundos—. Se llamaban Monika y Tomas, ¿verdad?

La mujer no dijo nada; se limitó a asentir con la cabeza.

—A ver, yo creo que nunca se llegó a hacer justicia con ustedes y con lo que les pasó a sus hijos. Y es posible que la ayudase bastante en las presentes circunstancias el que… —Müller no estaba muy segura de cómo decirlo. Porque no quería que la mujer albergara falsas esperanzas—. Bueno, que pudiéramos fijar la secuencia de los hechos, aquella noche de finales de los cincuenta.

Franziska Traugott mantuvo impertérrita la mirada en la pared de enfrente y no abrió la boca; como si llamara su atención un punto allí, detrás de Müller y Tilsner. Tenía una expresión extraña en la cara –beatífica casi, como si estuviera en trance–, que a Müller le puso nerviosa.

—¿No ha oído a la *Oberleutnant*? —insistió Tilsner.

Franziska dijo que sí con un imperceptible movimiento de cabeza.

—Entonces… ¿cuál… es… su… respuesta? —Tilsner formuló la pregunta palabra a palabra, como si se dirigiera a alguien que no hablara bien su idioma.

La mujer cerró los ojos y respiró hondo. Y entonces, con los ojos todavía cerrados, empezó a hablar:

—Estaba borracho; como una cuba. Eso fue lo que dijo Hansi. Que no tenía que haber cogido el coche. Íbamos hacia el cruce, yo empujaba el carrito, y de repente…

Müller volvió a acariciarle la mano a la mujer.

—Por fortuna para él, Hansi iba un poco detrás de nosotros y no le dio el golpe. Pero lo vio todo; y jamás fue el mismo ya. Ninguno de los dos volvimos a ser quienes éramos. Yo estuve ingresada en el hospital varias semanas. Dicen que tengo graves lesiones cerebrales. Cuando recuperé el conocimiento, Hansi fue quien me dio la noticia de que... de que... mis bebés...

La mujer cerró los ojos y se quedó completamente quieta. Müller la vio tragar saliva varias veces, como si quisiera enterrar así los recuerdos en lo más profundo de sí misma.

—No se apure —dijo Müller—. No hace falta que nos dé todos los detalles, Franziska, no queremos que lo pase usted mal. ¿Paró el conductor el vehículo?

La mujer respiró hondo muy despacio, luego exhaló el aire con la misma parsimonia: hacía lo posible por serenarse.

—Sí, sí paró. Hansi me contó que detuvo el coche después de arrollarnos. Se bajó y vino haciendo eses hasta donde estaba Hansi, sacudiendo el aire con las manos, hecho un energúmeno. Ni se paró a pensar cómo estaban mis niños, ni cómo estaba yo. Se había quedado igual que si hubiera estampado el auto contra un estercolero. Y Hansi decía que le apestaba el aliento: que olía a alcohol a la legua. Hansi no le hizo el menor caso, se precipitó sobre lo que quedaba del carrito de los niños, pero vio enseguida que no había ninguna esperanza de que hubieran sobrevivido. Estaban muertos. Aunque yo todavía tenía pulso. Y ya había sido un milagro que tuviera hijos, después de lo que pasó...

La mujer dejó de hablar de repente, casi estaba hiperventilando: se llenaba los pulmones con largas bocanadas de aire.

—Perdónenme. Hansi dice que no tengo que pensar en eso, que es mejor mirar hacia delante. Según él, cuando me pongo a recordar aquellos días, me dan ataques.

Müller le apretó cariñosamente los dedos a la mujer.

—Usted tómese su tiempo, no se preocupe, Franziska. Lo que nos está contando es de gran utilidad. Tómese su tiempo.

—Cuando acabó la guerra, al entrar el Ejército Rojo en el país, como les teníamos mucho miedo, nos escondíamos de ellos.

A Müller le entró pavor nada más pensar en lo que podía estar a punto de contarles aquella mujer.

—Yo tenía solo trece años. ¡Trece años! ¿Se imagina usted? Me violaron una y otra vez. Y me quedé embarazada, ¡a los trece años! —Müller tuvo de pronto una visión fugaz de la fotografía en la que aparecía ella en brazos de su madre. ¿Fue eso lo que le pasó a ella también? Se le partía el corazón cuando pensaba en lo que había sufrido aquella mujer: no era de extrañar que Johannes, o Hansi, tal y como ella lo llamaba, le dijera que no echara la vista atrás. Las imágenes se agolparon en la mente de Müller: recordó su propia violación, lo que había sufrido ella también, y se echó a temblar—. Di a luz, pero no tenía a nadie: mi hermana había cruzado hacia la zona estadounidense; mi madre murió en la guerra. Fue horrible. Sufrí numerosos daños internos, por la violación y por el parto. Me dijeron que no podría quedarme embarazada nunca más. Eso sí, a mi hija bien que se la llevaron. Se llevaron a mi niña, ¡los muy cabrones!

Había tanta virulencia en cómo dijo aquello Franziska Traugott que Müller se echó hacia atrás instintivamente. Miró a Tilsner, vio que se impacientaba; le adivinó el pensamiento: según él, la mujer se había ido por las ramas. Pero Müller veía bien adónde quería ir a parar contándoles todo aquello.

—Así que, imagínese lo contentos que nos pusimos Hansi y yo cuando nos enteramos de que estaba embarazada de mellizos. Es que ni nos lo creíamos. Era como un milagro para nosotros. —Müller no pudo evitar trazar un paralelismo con su situación: cómo había tenido que abortar hacía ya muchos años, estando embarazada de mellizos, gestados en circunstancias muy parecidas a las de la mujer; aunque en su caso quien la violó fue un ciudadano de la República Democrática. Y lo hizo en una de las instituciones de la República Democrática.

—Todo para que luego —Franziska Traugott escupía ahora las palabras con inusitada furia—, luego viniera ese cabrón borracho y los matara. Y casi me matara a mí también. ¿Cómo se sentiría usted? Es ese cabrón el culpable de todo esto. De todo, ya se lo digo yo. De todo.

Müller respiró hondo, miró a Tilsner y lo vio decir que no muy despacio con la cabeza. Bien sabía lo que pensaba su ayudante: que aquella mujer lo único que quería era exculparse; un truco tan viejo como el mundo. Pero Müller, por lo que llevaba oído, estaba dispuesta a darle el beneficio de la duda.

—¿Lo reconocería usted si volviera a verlo, Franziska?

—Aunque hayan pasado casi veinte años —dijo la mujer, y la ira la hacía temblar—; aunque lo viera ya en su lecho de muerte, lo reconocería igual, solo con mirarlo a los ojos. Como estaba tan borracho, se le olvidó hasta dar las luces del coche. Lo único que vi, y, además, solo un segundo, cuando ya se nos echaba encima, fue ese brillo de los ojos a la luz de las farolas. Y los ojos de la gente es lo único que no cambia.

—¿Y qué narices quiere decir usted con eso?

—Pues que tenía ojos de lobo.

—¿Cómo? No diga bobadas.

La mujer no paraba de negar con la cabeza:

—No, no. Es cierto. De lobo. —Müller notó que Franziska Traugott se ponía cada vez más nerviosa. Puede que estuviera loca, seguro que lo estaba; pero, al menos en esto, Müller sabía que tenía razón.

Porque hasta ella misma se los imaginaba exactamente así: ojos lupinos.

Esos ojos que te absorbían, que no bajaban jamás la guardia: que te vigilaban constantemente, a la espera del momento propicio para caer sobre ti.

Igual que un lobo.

Exactamente de ese mismo color.

Ambarinos.

Los ojos ambarinos del comandante Uwe Malkus.

El lobo de la Stasi.

63

Tilsner no hacía más que decir que así no iban a ninguna parte. En 1958, fecha del accidente ocurrido en lo que entonces era la zona oeste de Halle, cuando todavía no se había construido la ciudad nueva, a Malkus lo protegieron sus jefes de la Stasi para que no tuviera que rendir cuentas ante la justicia. Por eso rasparon su nombre en los partes; antes aun de aplicar el líquido corrector. Así, nadie lo averiguaría jamás. Malkus siguió como si tal cosa, ascendió en el escalafón y era ya comandante de la Stasi. «Y lo mismo pasará ahora», dijo Tilsner. O sea, que estaban igual que antes. O peor, porque en la actualidad, en 1976, tenía más poder; y había transcurrido tanto tiempo que sería todavía más difícil levantar cargos contra él.

Por el contrario, Müller, aunque pecara de inocente, aunque su ayudante estuviera en lo cierto, no lo tenía tan claro. Vio a Malkus en Oberhof, y a su inseparable Janowitz, entre el grupo de oficiales que se acercó al cuerpo destrozado de Johannes, en el mismo ventisquero en el que cayó, en un lateral del Interhotel Panorama. Estaba convencida de que lo que oyó fueron disparos amortiguados: los que mataron a su amigo de la infancia. Y no iba a ser ella la que lo dejara correr; al menos, no sin presentar batalla.

Pero, aunque Müller estaba dispuesta a hacer lo que tenía que hacer, también sabía que el panorama descrito por Tilsner se ajustaba bastante a la realidad. Eso sí: con que hubiera una sola posibilidad de llevar a Malkus delante de la justicia por conducir borracho hacía casi dos décadas, el más mínimo resquicio, ella sabía que tenía que intentarlo.

Para su sorpresa, *Oberst* Frenzel escuchó lo que los dos detectives de Berlín tenían que decirle sin interrumpirlos. Y cuando acabaron de hablar, no trató de quitarle hierro al asunto con cualquier pretexto: solo les pidió que salieran un momento de su despacho porque quería hacer un par de llamadas.

Pasados unos minutos, cuando los mandó entrar otra vez, vieron que el coronel de la Policía del Pueblo, sentado a su mesa de trabajo, blandía un documento escrito a máquina y firmado por él.

—Camaradas, yo cuidaría esto como oro en paño —dijo—. Porque no creo que tengan ocasión de ver nunca más algo así, ni en toda su carrera como policías. Puede que se trate del único documento de esta índole que se haya visto en la historia de la República Democrática Alemana. Yo, por lo menos, no he firmado nunca nada parecido antes. Es la potestad que yo, como mando al frente de la Policía del Pueblo, les doy a ustedes para que arresten a Uwe Malkus, oficial de la Stasi.

—¡Hostia puta! —dijo Tilsner. Müller hizo el gesto de dar un puñetazo en el aire, como haría cualquier jugador de fútbol que mete un gol en la *Oberliga*.

—Ya digo: no volverán a ver algo así en la vida. Porque la Policía del Pueblo jamás ha actuado contra el Ministerio para la Seguridad del Estado. Trabajamos siempre en conjunto. Jugamos en el mismo equipo. Afortunadamente, en la delegación del *Bezirk* de Halle de la Stasi los hay que le tienen a Malkus aún más ganas que yo.

—¿Más que usted? —indagó Müller.

Frenzel dijo que sí con la cabeza:

—Sabe que no me sentó nada bien que apartaran a mis agentes de la *Kripo* del caso; cuando les trajeron a ustedes. Fue una decisión de Malkus. Le pagaré ahora con la misma moneda. Eso sí, no habríamos conseguido nada sin la ayuda de Janowitz.

—¿Janowitz? Ese es el que ha querido cargarse las investigaciones desde el principio —dijo Tilsner—. No es más que un pedazo de...

—Cuidado, camarada *Unterleutnant*. Ya tienen ustedes lo que querían, pero eso no los hace intocables. —Müller le lanzó una mirada asesina a Tilsner. Estaban tan cerca de coger a Malkus... a ver si ahora lo iba a fastidiar todo su ayudante.

—¿A qué se refiere con eso de la ayuda de Janowitz, camarada *Oberst*? —preguntó Müller.

—Pues a que Janowitz puede dar la impresión de ser desabrido y arisco, Karin, pero sabe bien a quién tiene que sacarle las castañas del fuego. A él tampoco le gustó ni poco ni nada lo que hizo Malkus en Oberhof. Y le vio disparar al caído el otro día; no sin antes advertirlo de que no lo hiciera. Eso le da ventaja para quitarse de en medio a Malkus. Y, también, para conseguir que lo asciendan y ocupar su puesto.

Müller vio que Tilsner entornaba los ojos en un significativo gesto.

—Así funcionan las cosas, *Unterleutnant* —siguió diciendo Frenzel—. Lo sabe usted tan bien como yo. En cualquier caso, Janowitz los recibirá ahora mismo en el cuartel regional de la Stasi. Y esperemos que no haya llegado todavía a oídos de Malkus.

Era la primera vez que Müller volvía al edificio de la Stasi en Ha-Neu desde que se desplazó a la ciudad en julio, cuando empezaron las investigaciones de un caso que apenas había avanzado en todos aquellos meses. Solo que esta segunda vez no fue Malkus el que la mandó llamar para darle un toque de atención. Ahora eran Tilsner y ella los que tenían la baza ganadora: una orden de arresto firmada por *Oberst* Frenzel.

Janowitz los recibió, esbozando una sonrisa cómplice, en el mismo control de entrada del recinto. Era la primera vez que Müller veía al capitán de la Stasi curvar los labios, salvo cuando presenciaba cómo un superior la ponía a caldo a ella por salirse por la tangente.

—Esto sí que no se lo espera —dijo el *Hauptmann*—. Me muero de ganas de ver la cara que pone.

La puerta del despacho de Malkus estaba abierta de par en par; los cajones de su mesa de trabajo, todos abiertos; y había papeles desperdigados por el tablero. A Müller no le hizo falta ver más para hacerse una idea de la situación.

—*Scheisse!* —gritó Janowitz—. Alguien lo ha avisado.

Tilsner fue corriendo a la ventana.

—Allá va el cabronazo ese: corriendo todo lo que puede por el aparcamiento.

Le faltó tiempo a Janowitz para colgarse al teléfono y dar la voz de alarma, mientras Müller y Tilsner corrían escaleras abajo y, luego, hacia donde habían aparcado el Wartburg. Estaban a punto de salir a toda pastilla, cuando montó Janowitz.

—¿Tiene usted idea de hacia dónde puede dirigirse? —preguntó Tilsner.

Janowitz negó con la cabeza; luego hizo un gesto con los hombros, como aventurando una posibilidad, y dijo:

—Vive justo al otro lado de Ha-Neu. En el *Wohnkomplex VI*. Podemos probar suerte allí.

Tilsner puso el vehículo a toda máquina en dirección al sur; luego giró para entrar en la Magistrale, rumbo al oeste.

Justo en ese momento, entró un mensaje de radio que interrumpió el crujido constante del aparato:

—El Volvo del sospechoso ha sido interceptado en el centro de Ha-Neu. Huye a pie hacia la estación.

Vieron el Volvo abandonado unos metros más adelante. Tilsner frenó en seco justo detrás del coche vacío y los tres salieron a toda prisa del Wartburg y echaron a correr hacia la estación de cercanías. Müller hacía lo que podía por seguirles el ritmo; le tiraban los puntos que le habían tenido que volver a dar en la herida de la cesárea y la cabeza le iba a estallar. Bajaron corriendo los escalones que llevaban a la entrada de la estación, dando gritos para que abrieran paso los pasajeros y los trabajadores de las plantas químicas que habían acabado el turno.

Cuando llegaron al nivel de la estación, vieron un revuelo de gente en el extremo norte del andén; y Müller alcanzó a distinguir las luces del tren que salía en ese momento del túnel. De repente, el bullicio se tornó alarmado griterío.

Incluso desde donde se encontraba, Müller le vio la cara de pánico al conductor del convoy.

Y en un instante, como de tiempo detenido, vieron un cuerpo que se tiraba a la vía al paso del tren.

Llegaron al final del andén: Tilsner apartó a los curiosos y mirones, y Müller se paró justo al borde.

Y allí, de espaldas, debajo de las ruedas metálicas del tren, con el torso cercenado por lo que se diría una cuchilla giratoria de acero, estaba la mitad superior del cuerpo de Uwe Malkus. Un oficial de la Stasi que había sido siempre un cobarde y prefería ahora quitarse de en medio y no enfrentarse a la ignominia de su propia caída.

Tenía los ojos abiertos, sin vida, fijos en el techo de la estación.

Ojos que, incluso velados por la muerte, mantenían ese ambarino brillo.

Los mismos ojos que Franziska Traugott describió con la sencilla imagen de los ojos de un lobo.

64

Unos días más tarde.

—¿Seguro que no quieres que te acompañe, Karin? —preguntó Tilsner. Estaban los dos dentro del Wartburg de la *Kripo*, en la puerta de un bloque de apartamentos de principios de siglo, en Plagwitz, al oeste del centro de Leipzig. Tilsner accedió a llevarla en coche desde Halle; porque, aunque era un trayecto corto, ella creía que no estaba todavía preparada para conducir. Eso sí, esa parte final del viaje quería hacerla ella sola.

—Seguro, Werner. Ahora tengo que seguir por mi propio pie. —Miró la fachada del edificio: el enfoscado había perdido ya todo el color; y se preguntó cómo sería cuando lo construyeron, o lo mucho que mejoraría su aspecto si tan siquiera le quitaran la costra que había ido formando un año detrás de otro el humo parduzco del carbón. Era un edificio imponente, y la calle –Karl-Heine Strasse–, tenía un aire parecido a los bulevares de París que Müller había visto en los programas de la televisión occidental. Se abrochó la chaqueta con gesto decidido, abrió la puerta del coche y salió.

—Te recojo aquí mismo en… ¿cuánto, treinta minutos?

Müller se agachó y metió la cabeza por la puerta antes de cerrarla.

—Vale, pero ahora aguarda unos minutos, no sea que no haya nadie en casa. —Aunque ella esperaba que sí. Quiso llegar a aquella hora de la tarde con toda la intención: así ya habrían salido del trabajo.

El portal no estaba cerrado con llave. Müller empujó la puerta y la mantuvo abierta mientras llamaba al piso que correspondía con el nombre que le había proporcionado Jäger, o sus secuaces: 3 C, Helga Nonnemacher. Respondió una voz áspera de mujer por la escalera, no por el interfono:

—¿Quién es?

Y fue el hábito, más que otra cosa, lo que llevó a Müller a responder en calidad de policía, no de ciudadana:

—*Oberleutnant* Karin Müller, de la *Kriminalpolizei* —gritó metiendo la cabeza en la penumbra del portal. Aunque, nada más decirlo, se dio cuenta de que eso haría que saltaran todas las alarmas en la cabeza de la mujer; y que puede que le costase un poco más abrirse a Müller—. Pero no he venido en acto de servicio, es un asunto personal. No tiene nada que ver con la labor policial, nada de lo que preocuparse. Es sobre… —«¿Sobre qué es en realidad?»—. Un asunto familiar —gritó Müller, con la esperanza de que la invitaran a subir.

—Pues entonces suba. Tercera planta.

Helga Nonnemacher miró muy seria a Müller, pero la invitó a pasar. Tenía el pelo gris, aunque lucía un corte muy esmerado; y Müller supuso que, de joven, tuvo que ser una mujer atractiva. Todavía lo era, de una forma pulcra y elegante. Tenía los pómulos bien esculpidos; de tal manera que, aunque Müller le echó más de sesenta años, la piel conservaba un lustre sin arrugas. Había algo en la mujer que a Müller le resultaba conocido; que le recordaba a ella misma, y a la adolescente que salía en esa foto en blanco y negro tomada nada más acabar la guerra; y también a aquella mujer misteriosa que fue a casa de su familia adoptiva en Oberhof, hacía ya un montón de años.

Frau Nonnemacher la invitó a tomar asiento en el salón, limpio y ordenado. Los muebles estaban pasados de moda, la decoración había conocido tiempos mejores, pero todo estaba en su sitio y no había ni una mota de polvo.

La mujer se sentó enfrente de Müller, puso las manos en las rodillas, se echó hacia adelante y dijo:

—Entonces, si no ha venido usted en calidad de oficial de Policía, ¿a qué ha venido? ¿A qué se refería cuando dijo que era un asunto familiar?

Müller tardó unos instantes en responder. Le iba la cabeza a cien por hora, se sentía bullir llena de adrenalina. «¿Será ella? ¿Mi verdadera madre? Pero es que es muy mayor para ser aquella adolescente que me acunaba en brazos». Entonces sacó la cajita de latón del bolsillo. Nada más verla, la mujer puso una cara muy rara. Casi como si la reconociera; pero había también tristeza en esa expresión: la de quien ha perdido algo y se ha pasado media vida añorándolo.

Cuando Müller le dio la fotografía en blanco y negro, sacada hacía treinta años, la mujer no se mostró sorprendida. Al contrario: Müller la vio llevarse los dedos a las comisuras de los ojos; primero uno y luego el otro, sin soltar la foto con la otra mano.

—¿Sabe usted quién es? —preguntó Müller.

—Pues claro —respondió la mujer—. Es mi hija, Jannika; con... —Helga Nonnemacher lo dejó ahí, y lo que sucedió a las palabras fue un grito ahogado. Se llevó una mano a la boca y miró a Müller con mucha atención—. ¡Dios santo! —Miró de nuevo la fotografía; luego una vez más a Müller—. Tú eres Karin, ¿verdad?

Müller dijo que sí con la cabeza. Y, de repente, sintió que la invadía un gran amor por la chica de la foto. Desde que se enteró de que era hija adoptiva, hacía unos meses, siempre había supuesto que el nombre se lo pusieron sus padres adoptivos. Quedaba ahora claro que no fue así. Por eso aquella mujer que acudió a casa de sus padres en los años cincuenta, cuando ella era pequeña, sabía cómo se llamaba.

La mujer negó con la cabeza y se quedó como anonadada, presa del asombro.

—Qué orgullosa habría estado de ti. Pero qué orgullosa.

Aquellas palabras se le clavaron a Müller en las entrañas, y se vio a sí misma llevando las manos a la herida de la cesárea.

—¿Cómo que habría estado? —No le salían las palabras, y tuvo que obligarse a decirlas. Porque no se le escapaba el significado de lo que había dicho aquella mujer.

Helga Nonnemacher se levantó, fue hasta Müller, se arrodilló a su lado y le acarició la cara.

—Cuánto lo siento, *Liebling*. Cuánto lo lamento. Tú no esperabas oír esta noticia.

Müller hizo por tragarse las lágrimas en un estado en el que sus hormonas ya venían alteradas por el parto inducido y prematuro.

Helga le tomó las manos entre las suyas y las apretó con fuerza.

—Fueron tiempos difíciles después de la guerra. No tienes más que ver a Jannika en esa foto. —Pasó un dedo por la imagen de su hija—. Tenía tanta fe en que tu padre regresaría del frente, pero nunca volvió. Eso le rompió el corazón. Y luego las autoridades soviéticas se llevaron a su bebé: te apartaron de su lado. Y le rompieron otra vez el corazón. La verdad es que no llegó a recuperarse.

Müller se mordió el labio, apretó las manos de la mujer; luego respiró hondo.

—O sea, que...

—¿Que si falleció? Me temo que sí, cariño. En el año 49. La causa oficial fue la tuberculosis, pero a mí jamás me convenció ese diagnóstico. Se dejó morir, eso fue todo. Cuando te llevaron, le quitaron también las ganas de vivir. Yo logré dar con tu paradero a los pocos años de morir ella; me costó mucho encontrarte, tuve que pedir favores a mucha gente. Y luego fui hasta Oberhof, nada menos. Quería convencer a tu madre adoptiva de que me dejara entrar, aunque fuera solo un poco, en tu vida. Ya no me quedaba más familia que tú. —Y fue curioso, porque, en ese preciso instante, la mujer se echó a reír y negó varias veces con la cabeza—. Y ahora, veinte años más tarde, tú vas y me encuentras. Es un milagro. Y Jannika habría estado tan orgullosa de ti: de verte así, hecha toda una mujer, y tan guapa.

La sonrisa le iluminaba las facciones a Helga Nonnemacher, y Müller tuvo un destello fugaz de cómo habría sido aquella mujer de joven. Y se vio a sí misma en ella: como si se hubiera mirado en un espejo deformado por el paso del tiempo. Y fue entonces, cual la cámara que de repente pasa de enfocar algo borroso a fijarlo con total nitidez en el objetivo, cuando vio con certeza que Helga Nonnemacher era carne de su carne; que por fin había dado con los de su verdadera estirpe. Con su hogar. Su verdadero hogar.

—Estoy tan feliz de conocerte, Karin. Por fin; después de tantos años.

Müller tragó saliva con dificultad.

—¿Y usted es mi abuela? —Porque a pesar de la trágica noticia de la muerte de su madre, Müller tuvo fuerzas para esbozar una tenue sonrisa—. Mi Oma —dijo, sin poder evitar una carcajada—. Tendré que llamarla Oma.

—No, por favor, no lo hagas —dijo Helga, y se acercó más a Müller y la abrazó, abrazó a su nieta con todas sus fuerzas—. No me siento tan mayor como para ser abuela. Todavía no, al menos.

Müller enarcó las cejas, metió la mano en el monedero y sacó una fotografía de tamaño pequeño en la que salía ella, con Emil y los mellizos.

—Pues entonces, qué será cuando vea esto —dijo con una media sonrisa—. Mucho peor que ser abuela: esta es su bisnieta y este es su bisnieto.

—¡Ay, Karin, Karin! —exclamó la mujer—. Veo tanto de Jannika en ellos. Pero tanto tanto. Y cómo los habría querido, se los habría comido a besos, como contigo, cariño mío. —Pasó la mano con ternura por la foto, como si, al hacerlo, pudiera siquiera rozar, de alguna extraña manera, la piel de su hija, la madre de Müller; aquella madre que la detective jamás llegaría ya a conocer—. ¿Y cómo se llaman estas monadas?

Müller esbozó una tímida sonrisa.

—Pues no se lo va a creer, pero tienen ya casi una semana y todavía están sin nombre. Es que mi novio y yo no nos ponemos de acuerdo.

—¿Es tu novio, no tu marido?

—Todavía no. Así que todavía puede usted ir de boda... si es que él se decide.

—Pues sáltate la ceremonia y pídeselo tú a él. Eso hice yo con Helmut.

—¿Con mi abuelo?

—Pues claro. Pero ya no vive, cariño. Murió en la guerra, como tantos otros. En el frente oriental. No quiero ni pensar lo que tuvieron que pasar. Y después de eso, te llevan a ti, y Jannika... en fin, que yo ya no tenía ilusión para empezar de cero. —Cogía la foto de los mellizos con todo su amor—. Lo que nunca, jamás, creí es que llegara el día en que tuviera la dicha de volver a verte. Es..., pues eso, un milagro. Y me muero de ganas de conocer a esta pareja. Pobrecillos, bien es cierto que su Oma está muerta, pero la tuya sí que está aquí; y será para mí un honor hacer de las dos, de abuela y bisabuela en tu pequeña familia.

Hubo intercambio por igual de lágrimas y risas mientras las dos mujeres, la abuela y la nieta, iban llenando las lagunas que habían quedado en el transcurso de sus vidas; hasta que Müller se dio cuenta de que ya casi habían pasado los treinta minutos acordados con Tilsner.

—¿Me puede contar algo de mi padre, Helga?

La mujer miró un instante a Müller, demorando la respuesta.

—Pues, la verdad, Karin, es que no quiero hablar mal de él. Porque no llegué a conocerlo del todo. Cuando se quedó embarazada de ti, por aquellas fechas más o menos, a Jannika y a mí nos separó la confusión que sucedió a la guerra. Solo sé que ella no hacía más que esperar su vuelta, y él jamás volvió.

La mujer no apartaba la mirada de los ojos de Müller, como si no supiera si podía fiarse de ella.

Müller había oído hablar de los horrores de la posguerra. Nadie discutía eso en público, les costaba reconocerlo. Lo único que se sabía era que algunos alemanes —las mujeres sobre todo— sufrieron graves daños. Solo le quedaba esperar que no fuera esa la verdadera tragedia que se escondía detrás de la vida de su madre, cortada a cercén casi nada más salir de la adolescencia.

Helga debió de ver la mirada de pánico dibujada en la cara de Müller. Porque la mujer le tendió la mano y dijo:

—Ven conmigo. Tengo que darte una cosa.

Helga abrió el cajón de arriba en la mesilla de noche y Müller comprobó con sorpresa que sacaba una caja de latón idéntica a la que le había dado su madre adoptiva en Oberhof el verano anterior. Se la entregó a Müller.

—Esto tienes que tenerlo tú —dijo—. Te pertenece más que a mí. Aunque, si me puedes hacer una copia, te lo agradecería.

Müller se quedó mirando la fotografía con todo detalle. Era casi la misma toma que le había dado Rosamund Müller. Solo que la expresión en la cara de Jannika era distinta; la sonrisa, más amplia. Habían mediado al menos unos minutos entre ambas.

Algo arrojó un brillo metálico desde el fondo de la caja de latón, y Müller preguntó, intrigada:

—¿Qué es esto?

—Pues, no lo sé a ciencia cierta. Solo sé que Jannika lo guardó desde su primera… cita. La primera vez que se vio con tu padre. Lo tenía ahí escondido: mira lo que pone.

Müller le dio la vuelta al medallón octogonal para poder leer la inscripción. Entonces se le encendió una luz. Recordó las clases de ruso que les habían dado en el colegio. Era una inscripción en cirílico. Pasó los dedos despacio por las volutas grabadas en el metal y lo fue traduciendo, dejando que el miedo y la emoción se apoderaran a la vez de ella. «*Litshnyi Znak*»: esas eran las palabras más largas. Lo que equivalía a decir que se trataba de una placa de identificación. Luego había números, y más letras: Segunda Compañía, Batallón 404, soldado número 105.

Miró a su abuela con la boca abierta.

—Antes habló de su primera… cita. ¿A eso se refería en realidad, a una cita amorosa?

Helga Nonnemacher no le pudo sostener la mirada y bajó los ojos.

—¡No! —gritó Müller—. No me diga que la viol…

La mujer le tapó la boca con la mano y apretó fuerte.

—No lo digas, Karin. Ni lo pienses siquiera. Ya te dije que, después de la guerra, Jannika y yo tardamos todavía meses en volver a reunirnos otra vez. Algo pasó en ese intervalo de tiempo, y a él se lo tuvieron que llevar. Pero, por cómo se comportaba Jannika, no me dio nunca la sensación de que la forzaran. De verdad te lo digo, se le partió el corazón cuando vio que él no volvería a por ella.

—Y él, ¿sabía de mi existencia? —preguntó Müller, y al hacerlo apretó los puños, como si quisiera así combatir las lágrimas.

—Yo creo que no, Karin. Creo que no.

65

Metieron todo en el coche de Emil y aseguraron bien a los mellizos en el asiento de atrás; y entonces Müller le pidió a su novio que la llevara por el puente sobre el río Saale y luego Magistrale adelante, para echar un último vistazo a aquella extraña ciudad de hormigón en la que llevaba casi un año trabajando. Llegaba la primavera, y le pareció que en el aire flotaba algo parecido a cuando empezó el caso. Habían encendido las muchas fuentes de Ha-Neu, y las columnas de espuma que se elevaban en el aire le lavaban la cara, casi literalmente, a la atmósfera, después de toda la contaminación acumulada a lo largo del invierno. Salían las madres a la calle con los carritos de bebé para enseñárselos al mundo —una imagen muy parecida a la que Müller presenció cuando llegó en julio—, y el sol hacía relucir los murales de azulejos en las fachadas de los bloques de apartamentos: mosaicos de color que rompían la monótona sucesión del gris reinante en las superficies de cemento y hormigón.

—Yo pensaba que estabas encantada de volver a Berlín —dijo Emil—. Pero, mírate: tienes casi cara de pena.

Müller alargó la mano y le apretó el muslo:

—Y de verdad que estoy encantada. La capital del Estado es mi hogar. —Miró entonces a los mellizos, la paz que inspiraban, dormidos en el asiento de atrás. Le había cambiado la vida desde que llegó a aquella ciudad. No estaba segura de que Halle-Neustadt representara exactamente el futuro, con aquellas calles sin nombre, el sistema tan peculiar de numeración de los edificios, la sucesión de bloques y más bloques de apartamentos, iguales unos a otros. Pero con la llegada de la primavera, Ha-Neu, tan opresiva para Müller en las oscuras noches de invierno, tenía ahora un aire mucho más benigno. Y sus hijos habían nacido allí: los niños que le dijeron que jamás podría tener. Puede que, donde quiera que fuera, llevara siempre a Halle-Neustadt en el corazón.

EPÍLOGO

Cuatro meses más tarde: julio de 1976.
Halle-Neustadt.

¿Sabes, Dagna?, en el juicio, aquella mujer policía tan guapa soltó un breve discurso que las autoridades intentaron silenciar, pero que caló entre la gente, seguro. Y yo sé que tú habrías hecho lo mismo, que me habrías defendido en público. ¡Y lo que dijo luego el médico! Que el accidente me dejó graves secuelas cerebrales. Eso sí que no. Porque yo me encuentro estupendamente. Aunque, claro, si sirvió para salvarme la vida, pues bueno...

Yo, cuando tengo estas conversaciones conmigo misma dentro de mi cabeza, en realidad en quien pienso es en ti, Dagna. Siempre me pareció curioso que fueras dos años más pequeña que yo pero tuvieras mucho más sentido común. Eso al menos era lo que decía Mutti. Todavía me acuerdo de cuando jugábamos en la caseta de chapa que había en la mina. Qué bien nos lo pasábamos. Porque, aunque imagino que para mí esa tendría que ser la caseta de los horrores, no lo es. Yo de lo que me acuerdo es de cuando jugábamos allí antes de la guerra, no de lo que pasó el día que llegó el Ejército Rojo.

Tengo que ir al hospital a que me sigan haciendo pruebas, y presentarme en comisaría cada cierto tiempo, ya sabes, esas cosas;

pero puedo con ellas. Eso sí, lo que más me cuesta es hacerme a la idea de que nunca más volveré a verte. Y aquí me tienes, con la única foto tuya que tengo encima de la mesa, hablándole a la máquina esta. La usaba Hansi, cuando hacía trabajos para el Ministerio. No sé por qué no se la han llevado.

Y he pensado grabar esta conversación contigo, la última de todas, aunque no creo que tú la oigas nunca. Porque cuando pregunto por ti, por tu dirección en la República Federal Alemana, me dicen siempre lo mismo: «En paradero desconocido». O sea que a lo mejor ya dejo de hablar mentalmente contigo; y es esta la última vez, aquí, con la máquina esta.

Es que, ¿sabes?, yo quería contarte algo, algo que solo tú ibas a entender.

Porque, al final, fue por los ojos. Esos ojos que tenía, con los pliegues epicánticos. Al poco de llegar del hospital, ya se veía que no era de Hansi. Que era de aquel camarero de Berlín. Y es que, ¿sabes?, no fueron solo besos y abrazos. La verdad, no fui del todo sincera. Me parece que me mentí a mí misma en eso.

Ay, pobre Heike. No hacían más que llamarla Tanja, pero de Tanja, nada. Era mi Heike. Y yo no podía dejar que Hansi se enterara. Por eso tuve que hacerlo. Porque seguro que la habría repudiado, a mi pobre mico. Y de paso, a mí también, y yo no creo que hubiera sobrevivido sin mi Hansi. Así que tuve que protegerla de la única manera que pude: ayudándola a que se quedara dormida.

Ojalá me puedas perdonar, Dagna, te lo pido de corazón. Porque Hansi se habría enterado. Te digo yo que sí.

Fue por esos ojos.

GLOSARIO

Ampelmann Hombrecillo verde/rojo de las luces de un semáforo peatonal.

Barkas Tipo de furgoneta de Alemania del Este.

Bezirk Distrito o región de la República Democrática Alemana.

Der schwarze Kanal Programa de televisión de la DDR que trata temas de actualidad.

Dirección General de Inteligencia - Departamento de Exteriores dentro de la Stasi: como el M16 de la DDR.

Doppelkorn Bebida alcohólica destilada, por lo general, de centeno.

f6 Marca alemana de cigarrillos.

Freikörperkultur Nudismo.

Ha-Neu Abreviatura en habla coloquial de la ciudad de Halle-Neustadt.

Hauptmann Capitán.

Interhotel Cadena de hoteles de lujo de la República Democrática Alemana.

Jugendwerkhof Colegio interno para niños con problemas, y taller de menores.

Kaufhalle Término con el que se designa en la República Democrática Alemana al supermercado.

Keibelstrasse Cuartel de la Policía del Pueblo cerca de Alexanderplatz, en Berlín: el equivalente en la República Democrática Alemana a Scotland Yard.

Kinder des Krieges Niños de la guerra.

Kriminalpolizei Policía Criminal.

Kriminaltechniker Agente de la Policía Científica.

Kripo Policía Criminal de forma abreviada. También conocida por la «K».

Liebling Cariño.

Ministerio para la Seguridad del Estado - Policía Secreta de la Alemania del Este, cuya abreviatura, *MfS*, deriva de las iniciales en alemán. Coloquialmente es conocida como la Stasi, por la contracción del nombre completo en alemán.

Mutti Mamá o mami.

Neues Deutschland Periódico del Partido Comunista de la República Democrática Alemana.

Oberleutnant Teniente o primer teniente en algunos ejércitos.

Oberliga Primera división de la liga de fútbol de Alemania del Este.

Oberst Coronel.

Oma Abuela.

Pioneros - En la Unión Soviética, la DDR y demás países afines, organización juvenil a cargo del Partido Comunista.

Policía del Pueblo - Cuerpo de Policía de Alemania del Este (*Volkspolizei* en alemán).

Räuchermännchen Quemador de incienso con forma generalmente antropomórfica.

Roter Ochse Buey Rojo.

Scheisse Mierda.

Sekt Vino de aguja alemán.

Stasi Término coloquial con el que se designa al Ministerio para la Seguridad del Estado (véase más arriba).

Strandbad Playa o zona de baños.

U-bahn Tren metropolitano o metro.

Unterleutnant Alférez.

Volkspolizei Véase Policía del Pueblo más arriba.

Vopo Abreviatura de *Volkspolizei*, normalmente se refiere a policías de uniforme, para distinguirlos de los detectives o *secretas*.

Wachtmeister Sargento de Policía.

Weihnachtsmann Papá Noel.

Wohnkomplex Urbanización.

Ypsilon Hochhaus Bloque de apartamentos de gran altura en forma de aspa.

NOTA DEL AUTOR

Esta es una obra de ficción, y aunque la ciudad socialista de Halle-Neustadt existió, y existe en la Alemania unida capitalista como parte de la vecina Halle, todos los hechos descritos en este libro son fruto de la imaginación del autor.

He utilizado el hilván de varias historias reales de la vida en la Alemania Oriental de la época para urdir la trama de la novela. En los años ochenta, Halle-Neustadt fue escenario de un asesinato horripilante, uno de los más truculentos en la antigua DDR. Se lo llamó «el asesinato del crucigrama» (*Kreuzworträtselmord*), y en él apareció el torso de un niño pequeño dentro de una maleta al lado de las vías del tren. El caso acabó resolviéndolo la *Kripo* de la ciudad de Halle, la brigada de homicidios al mando del *Hauptmann* Siegfried Schwarz (véase más abajo en los «Agradecimientos»); no fue, pues, un equipo de detectives llegado de Berlín. El cadáver apareció envuelto en un papel de periódico, y el misterio se resolvió gracias a la letra que aparecía en las casillas del crucigrama. Eso sí, no sin antes cotejar cientos de miles de letras manuscritas: se lo suele citar como récord de recogida de muestras de escritura. El asesinato del pequeño Lars Bense sigue levantando ampollas en la zona de Halle. De hecho, se reabrió el caso en 2013 para elevar cargos contra la novia del joven imputado por el asesinato, aunque fue sobreseído un año más tarde por falta de pruebas. Al utilizar parte del trasfondo del «asesinato del crucigrama» en mi novela,

no pretendo abrir viejas heridas, ni echar mano de aquellos trági-
cos hechos para urdir una historia de ficción; y solo espero no
haber cruzado esa linde.

La historia de los bebés robados en un hospital se basa en lo
que me contó el doctor Remo Kroll, criminólogo experto de la
DDR: se abrió una investigación por infanticidio en un hospital de
Leipzig, y la Stasi estuvo al frente de las investigaciones, precisamente porque no querían que cundiera la alarma entre la población. El Palacio de la República, en Berlín, fue acabado en 1976;
pero, hasta donde yo sé, no se construyó ni sobre los cimientos, ni
al lado de ninguna clínica de abortos ilegales: esto último pertenece enteramente al plano de la ficción.

El robo intrauterino de bebés es muy raro en todo el mundo; y,
prácticamente en todos los casos, la madre nunca sobrevive a la
mutilación. Por lo que yo sé, nunca ha habido robo de fetos en un
hospital, y el que sufre Karin en la novela es, lógicamente, ficticio.

El «pueblo» de Karin Müller, Oberhof, conoció la confiscación
de varias casas de huéspedes que estaban en manos privadas. Pero
fue en 1950, no en 1951, tal y como aparece en el libro; aunque la
pensión y el hotel de los Müller y Traugott son inventados. Algunos de los propietarios lograron recuperar sus propiedades años
más tarde, pero la mayoría no —al menos en tiempos de la DDR—;
y, todavía hoy, sigue siendo un episodio controvertido en la historia
del país. En febrero de 1953 se llevó a cabo un programa de nacio-
nalización parecido en la isla de Ruge («Aktion Rose»), al que se ha
dado más cobertura en los medios.

Todas las ubicaciones de Halle-Neustadt que aparecen en el
libro son bastante precisas, aunque he hecho trampas en algunos
casos por mor de la trama. Por ejemplo: no me consta que el
Wohnkomplex VI estuviera ya terminado en 1975; pero sí aparece
en un plano de 1977. De la misma manera que las torres con forma
de aspa no están enfrente de la estación de bomberos. La visita de
Fidel Castro es verídica, pero acaeció unos años antes de lo que
recoge la novela, en 1972. Otras pequeñas «trampas» que me he

permitido hacer en más lugares, en beneficio de la historia narrada, atañen, por ejemplo, al programa de televisión *Der schwarze Kanal*; el cual, me parece, no estaba en antena los viernes, sino los lunes. Por favor, ¡que no escriba nadie con esa queja!

El prólogo que abre esta novela es inventado; no obstante, están documentadas atrocidades parecidas a manos de soldados del Ejército Rojo por aquel tiempo en una mina de la zona de Halle-Bruckdorf (imagino que era una mina a cielo abierto; pues, aunque hay alguna que otra mina de carbón bajo tierra, son raras allí, y no hay ninguna en el área de Halle). Los hechos salieron por fin a la luz en 2009, y los dio a conocer en público una de las víctimas: la octogenaria Ruth Schumacher. A Ruth, que al final de la guerra tenía dieciocho años, la violaron sucesivamente cinco soldados rusos en los terrenos inundados de la mina de Halle-Bruckdorf. Sin embargo, en la Alemania comunista, alega Ruth, la obligaron a firmar una declaración negando cualquier tipo de violación, ya que los soviéticos eran vistos como «libertadores» y «aliados» por el régimen. Como consecuencia de la violación múltiple, Ruth no pudo tener hijos: en 2009, vivía ella sola en un piso diminuto de Leipzig, después de enviudar de un capitán de submarino. Estuvieron casados cuarenta y nueve años; pero, según contó a la cadena de la Radio Nacional Pública de Estados Unidos (NPR por sus siglas en inglés), no estaban enamorados cuando se casaron. En palabras de la propia Ruth, lo que pasó fue que «yo le conté que ya no era casta e inocente y él no salió corriendo».

AGRADECIMIENTOS

Mucha es la gente que me ha ayudado a la hora de escribir este libro, y a todos estoy muy agradecido. Me lo pasé muy bien en Alemania charlando con Siegfried Schwarz, quien estuvo al mando de una brigada de homicidios en Halle: fue su equipo el que resolvió el caso del asesinato del crucigrama. Sigi, tal y como se conoce al antiguo inspector de Policía, es una celebridad en la zona, y todo un personaje que me llevó de visita guiada por su antigua jurisdicción en Halle, y hasta me invitó a tomar el té en la cabaña que tiene para ir de caza. Además de a él, le quiero dar las gracias a su amiga, Jana Reissmann, natural de Halle-Neustadt (que sigue viviendo a las afueras de la ciudad y tiene gratos recuerdos de su niñez allí), por tomarse el día libre en el trabajo para hacer de intérprete para mí.

En Berlín fueron de gran utilidad los consejos que me dio Bernd Marmulla, quien estuvo al frente de la brigada que investigaba los crímenes más graves en la DDR (ahí me ayudó como intérprete Thomas Abrams).

Oliver Berlau, del Servicio de Exteriores de la BBC, exciudadano de la DDR, tuvo la gentileza de leer el primer borrador de la novela para ver si había caído en alguna inexactitud (aunque, de haber errores, son solo atribuibles a mí). También se lo di a leer a Stephanie Smith, y a mis antiguos compañeros del máster en Escritura Creativa de la City University de Londres: Rod Reynolds (entre cuyos excelentes relatos de detectives está *The Dark Inside* [Lo oscuro dentro], publicado por Faber), y Steph Broadribb (que tiene el blog *Crime Thriller Girl*, y ha publicado *Deep Down Dead* [Muerto y más que muerto] en Orenda Books). Muchas gracias sean dadas también al resto de los miembros del máster en Escritura Creativa en Narrativa Policíaca y de Misterio de la City University de Londres: Rob, Laura, Seun, James y Jody.

Gracias, por supuesto, a mi agente, Adam Gauntlett, y al resto de los agentes en Peters Fraser & Dunlop; y a todo el equipo de Bonnier Zaffre, especialmente a mi editor, Joel Richardson.